Arne Dahl

Der elfte Gast

Roman

Aus dem Schwedischen von
Wolfgang Butt

Piper München Zürich

Mehr über unsere Autoren und Bücher:
www.piper.de

Die Originalausgabe erschien 2008 unter dem Titel »Elva« im Albert Bonniers Förlag, Stockholm.

Von Arne Dahl liegen im Piper Verlag außerdem vor:
Misterioso
Böses Blut
Falsche Opfer
Tiefer Schmerz
Rosenrot
Ungeschoren
Totenmesse
Dunkelziffer
Opferzahl
Bußestunde

Gier
Zorn
Neid

MIX
Papier aus verantwortungsvollen Quellen
FSC® C014496

ISBN 978-3-492-05304-4
2. Auflage 2014

Published by agreement with Salomonsson Agency
Gesetzt aus der Stempel Garamond
Satz: Kösel Media GmbH, Krugzell
Druck und Bindung: GGP Media GmbH, Pößneck
Printed in Germany

Andere aber waren grausameren Sinnes – obgleich sie vermutlich sicherer gingen – und erklärten, kein Mittel gegen die Seuche sei so wirksam und zuverlässig wie die Flucht.

Giovanni Boccaccio, *Das Dekameron*

Hugo stellte sich alles in einem anderen Licht dar. Unter seinen eigenen und den Gemälden seiner Verwandten hatte er oft im Stillen gedacht, wie viel vortrefflicher das »Märchenwerk im Jagdschloss« wäre, wenn es, statt verstreuter Erzählungen ohne inneren Zusammenhang, ein einziges Ganzes bildete, dessen Teile zwar jedes für sich genommen selbständig waren, aber dennoch aus ihrer Beziehung zueinander lebten.

C. J. L. Almqvist, *Das Jagdschloss*

Verehrte ehemalige Mitglieder der A-Gruppe!

Viel Wasser ist ins Meer geflossen, seit wir vor mehr als einem Jahr beschlossen, uns wiederzusehen. Und auch wenn wir uns in alle Winde verstreut haben, bezweifle ich, dass einer von uns unsere Abmachung vergessen hat. Die Zeit ist reif, ja mehr als reif, und keiner von uns wird jünger. Lasst also den Tag in Nacht übergehen, während die Erzählungen uns mit jener Magie einhüllen, die stets vorübergehend ist, die aber immer auch zurückerobert werden kann, der Stoff, aus dem die Träume sind. Lasst uns bei einem Treffen zusammenkommen, das an vergangene ruhmreiche Tage erinnert, Tage, die vielleicht auf diese Art und Weise wieder lebendig werden können, mit doppelter Kraft.

Alle Vorbereitungen sind getroffen, Ihr braucht Euch um nichts zu kümmern. Begebt Euch nur zu der auf der Rückseite des Briefs genannten Adresse. Dort findet Ihr auch das Datum der Veranstaltung sowie eine vollständige Wegbeschreibung. Der öffentliche Nahverkehr in der Gegend ist äußerst rudimentär, aber auch aus Gründen der Umweltverträglichkeit empfehlen sich Fahrgemeinschaften. Die mit Informationen gespickte Rückseite dieses Briefs enthält auch Angaben darüber, was von Euch erwartet wird, damit der Abend für jeden Einzelnen von uns zu einem Genuss wird. Zu einem Genuss, wie nur die Sondereinheit der Reichskriminalpolizei für Gewaltverbrechen von internationalem Charakter ihn möglich machen kann. Wenn es sie noch gäbe. Es wird ein phantastisches Vergnügen sein, sich wiederzusehen.

Mit großen Erwartungen

1

Elf Minuten vor Mitternacht stürmten sie herein und zerschlugen seinen Traum. Er hatte keine Ahnung, warum sein Blick in einem so kritischen Augenblick auf die wertvolle Tischuhr fiel, die auf demselben schlanken Vollmaster von Philadelphia nach Hause gefrachtet worden war wie er selbst. Vielleicht hing es mit dem Schicksal zusammen, denn er war sich sicher, dass in der Sekunde, bevor er Tempo aufnahm, die kleine goldene Tischuhr stehen blieb. Das leuchtende Pendel glitt langsam auf einer Seite herunter und stand still.

Während er aufsprang, und zwar schneller, als irgendeiner der vorrückenden Hofregimentssoldaten hatte ahnen können, glitt sein Blick über das markige Gesicht des Alten auf der anderen Seite des Tisches. Es war wie in Stein gemeißelt. Als hätten die harten Jahre im Feld zusammen mit den harten Jahren in der Politik eine Maske aus reinstem Granit geschaffen.

Bevor einer der Soldaten auch nur auf den Gedanken gekommen war, seine unförmige Muskete zu heben oder seinen unhandlichen Degen zu ziehen, war er schon aus der nächstgelegenen Tür. Er schlug sie zu, stürzte durch die neu eingerichtete Bibliothek, in der sich noch auf keinem Buch das kleinste Staubkorn hatte ansammeln können, und sprang durch das Fenster, das er vor einigen Stunden nur angelehnt hatte, hinaus.

Er hatte sich für einen kurzen Moment aus dem von glückseligem Stimmengewirr erfüllten Festsaal zurückgezogen, war in die Bibliothek gegangen, hatte ein paar Zeilen in seinem Lieblingsbuch gelesen – »Alle in der Gesellschaft, Herren wie Damen, waren mit dem Vorschlag einverstanden, Geschichten zu erzählen« – und hatte das Fenster einen

Spaltbreit geöffnet. Er hatte es traurigen Herzens getan. Denn er war nicht gern misstrauisch. Doch ein langes und hartes Leben hatte ihn gelehrt, auch in der Wirklichkeit zu Hause zu sein, und da war Misstrauen nichts weniger als eine Tugend. Wäre es auch nur um einen Bruchteil geringer gewesen, würde er jetzt nicht mehr leben.

Sein Blick war tief in die Flammen des Kaminfeuers versunken gewesen, er hatte traurig den Kopf geschüttelt und einen Moment so verharrt, bevor er wieder sein weltgewandtes Lächeln aufsetzte und erneut zum perfekten Gastgeber wurde und in den Trubel des Festsaals zurückkehrte.

Das war Vergangenheit. Jetzt landete er auf dem Boden unterhalb des Fensters und versank bis zu den Knöcheln im Schlamm. Es regnete in Strömen, und zum ersten Mal in seinem Leben freute er sich darüber, er, der Schlamm immer gehasst hatte. Doch jetzt war die Situation eine ganz andere. Der Regen würde es viel schwerer machen, ihn zu finden. Er lief an der Hauswand entlang und warf einen hastigen Blick durch das Fenster in den Festsaal. Er war menschenleer. Die Kandelaber verbreiteten in dem verlassenen Saal noch immer einen nahezu magischen Schein, die Tische waren überhäuft von Speiseresten, schmutzigem Geschirr und Gläsern. Erst als die Türen des Festsaals aufgestoßen wurden und die Soldaten hereinstürmten, lief er weiter.

Er ging nur bis zu dem dichten Tannenwäldchen, das er stehen gelassen hatte, als der großartige französische Garten angelegt worden war. Als hätte er damals tatsächlich in die Zukunft sehen können. Er duckte sich. Die Tannennadeln stachen ihn, der Regen rann unter sein maßgeschneidertes Seidenhemd. Nichts von alldem störte ihn, denn von hier aus hatte er eine perfekte Sicht auf den Festsaal.

Dort irrten die Soldaten eine Weile umher. Dann verteilten sie sich über das ihn umgebende Gelände. Rechts und links sah er, wie Fackeln angezündet wurden. Noch war es keine geordnete Jagd. Nicht einmal, als er die markante Stimme des

Alten in ihrem wohlbekannten Dialekt Befehle brüllen hörte, fühlte er sich ernstlich bedroht. Alles, was er brauchte, war ein klein wenig Zeit.

Einen Augenblick Unsichtbarkeit.

Dieser kam unerwartet rasch. Der Festsaal leerte sich, auch in seiner unmittelbaren Umgebung waren die Soldaten nicht mehr zu hören, die Fackeln schienen sich entfernt zu haben. Er nahm die Leiter, kletterte hinauf und sprang durchs nächste offene Fenster in den Festsaal – auch dieses Fenster hatte er angelehnt, er liebte und hasste sein Misstrauen gleichermaßen. Drinnen zog er die Schuhe aus, die stets so zuverlässigen Lederschuhe, angefertigt von keinem Geringeren als Adam Slythe in Philadelphia. Diese Handlung erinnerte ihn vage an das Vergangene. Dann lief er lautlos und, so hoffte er, ohne Spuren zu hinterlassen durch den Festsaal und erreichte den Punkt. Er stellte sich auf die Zehenspitzen.

Die Tür glitt auf, wie sie sollte, und glitt ebenso wieder hinter ihm zu. Ein kleines architektonisches Wunder. Aber auch kostspieliger als jede andere Tür, dachte er. Der Ausdruck »das Gewicht in Gold wert« kam ihm in den Sinn, und er musste lächeln. Ein ganz klein wenig.

Zunächst schien es stockdunkel zu sein. Es wäre schlecht, wenn es das wirklich wäre. Das durfte es einfach nicht sein. Er wartete und hörte seinen eigenen pfeifenden Atem. Es war ein entsetzliches Warten.

Es blieb pechschwarz um ihn her.

Lange. Lange.

Doch dann hatten sich die Augen an das Dunkel gewöhnt, und er erkannte das kleine Bienenwachslicht in seiner Vertiefung ein paar Meter weiter vorn im Gang. Er zog die Schuhe an. Auf zittrigen Beinen ging er hin und nahm die Kerze. Er nahm sie ganz vorsichtig auf und hielt die gekrümmte Hand um die Flamme, als hinge sein Leben davon ab, dass sie weiterbrannte.

Und so war es auch.

Obwohl Leben und Leben … Eben das, was denn nun davon noch übrig war.

Der Auftrag.

Sehr, sehr langsam bewegte er sich die wenigen Meter zurück zur Tür. An der feuchten Steinwand hing die erste Fackel. Er sah deutlich, wie seine linke Hand zitterte, als er die Fackel an die kleine Flamme der Wachskerze hielt.

Als die Fackel mit klarer Flamme brannte, blies er die Kerze aus und strich dankbar mit der Hand darüber. Dann hielt er inne. Aus dem Festsaal drang das charakteristische Stiefeltrampeln der Soldaten des Hofregiments. Er betete zu einer höheren Macht – an die er kaum glaubte –, dass er keine Spuren hinterlassen hatte. Dass sie die Tür nicht entdeckten. Dass sie nicht – und er beugte sich so abrupt über die Flamme der Fackel, dass seine Perücke beinahe Feuer gefangen hätte –, dass sie nicht ein mystisches Licht hinter der Wand flackern sähen.

Er machte sich auf den Weg. Eine Treppe führte nach unten. Einen kurzen Moment lang durchströmte ihn das Gefühl, ins Inferno hinabzusteigen.

Am Fuß der Treppe verlief der Gang weiter geradeaus. Er hatte das Gefühl, als käme er dem Mittelpunkt der Erde immer näher. Zwar gehörte er zu den wenigen, die glaubten, der Mittelpunkt der Erde wäre heiß, heiß von kochender Lava, doch hier wurde es nur immer kälter. Als wäre die Hölle aus Eis.

Die Hölle, an die er nicht glaubte.

Der Gang, der immer schmaler wurde, teilte sich endlich in vier Gänge, die in verschiedene Richtungen führten. Er zögerte nicht. So weit zurück reichte sein Erinnerungsvermögen auf jeden Fall. Er sah die Zeichnung vor sich, wählte den richtigen Gang und sah nach einer Weile an einer gewissen Stelle, wie ein kalter Wind die Flamme der Fackel flackern ließ. Eine Kerze wäre auf der Stelle erloschen, doch die Fackel hielt dem Wind stand.

Der Gang wurde enger und niedriger. Er konnte nicht mehr aufrecht gehen, sondern musste sich immer tiefer ducken. Schließlich war es am einfachsten zu kriechen. Er folgte einem Gang, der nur notdürftig aus dem Urgestein herausgehauen zu sein schien. Die Knie seiner Hose aus feinem Tuch, das von dem großen Loutard in Paris gewebt war, wurden blutig und waren bald durchgescheuert. Die Fackel versengte ihm mal das Gesicht, mal das Hinterteil, je nachdem, ob er sie behutsam vor sich herschob oder hinter sich herzog.

Dann endete der Gang an einer nackten Felswand. Es gab keinen Weg mehr, bis auf den trostlosen Weg zurück.

Er schloss die Augen und hoffte, dass alles mit der Zeichnung übereinstimmte. Dass dem Meister, der das erste architektonische Wunder vollbracht hatte, auch das zweite gelungen und dass es ebenso zuverlässig war. Er hob die Hände zur Decke.

Nichts geschah.

Er fühlte förmlich, wie ihm der Schweiß aus den Handflächen trat. Noch einmal vollführte er das Manöver, entschieden, exakter.

Und der Stein glitt zur Seite.

Er gab einen tiefen Seufzer von sich und dankte dem Gott, an den er trotz allem eigentlich nicht glaubte. Oder eher, er glaubte schon an einen Gott, doch an einen, der bereits im Anbeginn der Zeit sein Werk aufgegeben und die Menschheit allein hier zurückgelassen hatte.

Völlig allein.

Auf der anderen Seite des Steins weitete sich der Gang, und er konnte sich wieder aufrichten. Vor ihm lag ein Gewölbe. Er blickte sich darin um. Erkannte den Raum vage von der Zeichnung. Der Schemel geradeaus, der große, reich ornamentierte Eichenschrank zur Linken, das Relikt einer Epoche, die an grenzenlose Ausschmückung geglaubt hatte. Und dann rechts das dritte architektonische Wunder.

Unmittelbar zu seiner Linken, als er den Raum betrat, steckte eine weitere Fackel in einer Befestigung an der Wand. Er zündete sie an und schob seine treue Fackel in eine Fassung auf der rechten Seite der Tür, durch die er gekommen war.

Als er zu dem Schemel an der gegenüberliegenden Wand trat, sah er, dass er einen doppelten Schatten warf. Gerade jetzt schien dies ungewöhnlich gut zu passen, da sein altes und sein neues Ich im Begriff waren, sich zu vereinen. Aber noch waren es zwei Schatten.

Er sank auf den Schemel nieder und atmete, so ruhig er es vermochte, bis sein Atem einigermaßen normal ging.

In einer Vertiefung der robusten Steinwand zur Rechten stand ein Tintenfass neben einem Papier und einer Schreibfeder. Er strich über das Papier und fühlte seine grobe Struktur. Es kam aus der neuen Papierfabrik der Provinz. Das Gefühl, Papier zu berühren, ließ ihn immer ein wenig andächtig werden. Papier war ihm heiliger als Gott. Und das war wohl einer der Gründe dafür, dass er nicht weiterleben durfte.

Einer von allzu vielen Gründen.

Er tunkte die Feder in das Tintenfass und ließ die Tinte langsam auf den Boden tropfen. Sie sah aus wie Blut.

Es war Blut. Die Tinte zirkulierte in seinem zweiten, parallelen Blutkreislauf.

Und dann schrieb er. Einen kurzen Brief in zierlicher Handschrift.

Er faltete den Brief zusammen, während er aufstand. Dann zog er eine kleine Kiste unter dem Schemel hervor, in deren Schloss ein Schlüssel steckte. Er legte sie auf den Schemel und öffnete sie. Sie war mit Ruß gefüllt.

Er lachte auf. Manchmal hatte man sonderbare Ideen.

Und dann drückte er den Brief mit der Feder in den Ruß, steckte die Feder ins Tintenfass und schlug die kleine Kiste zu, drehte den Schlüssel um und trug ihn hinüber zu dem großen Eichenschrank auf der linken Seite. Anschließend ging er nach rechts.

Zu dem dritten architektonischen Wunder.

Er trat durch eine Türöffnung und blickte sich um. Ein weiterer, kleinerer Raum. Eher wie eine Zelle. Die Zelle hatte er stets gemieden. Er sah eine Pritsche und einen Stuhl. Außerdem vier große Kisten auf dem Boden.

Und er sah, dass alles gut war.

Gut unter den gegebenen Umständen.

Er öffnete die linke äußere Kiste. Darin standen zahlreiche Krüge mit Wasser. In der Kiste daneben befand sich Essen in Form von allerlei geräuchertem und getrocknetem Fleisch. Er öffnete die nächste Kiste, und sie war voller Fackeln. Die letzte Kiste ganz rechts ließ er geschlossen.

Er nahm eine der Fackeln und ging hinaus in den größeren Raum. Dort hielt er sie an seine alte treue Fackel, die an der Wand steckte, und kehrte, die brennende Fackel hoch erhoben, in die Zelle zurück. Er befestigte sie an der Wand und holte tief Luft.

Dann zog er an einem Hebel unmittelbar neben der Türöffnung. Eine massive Tür schlug vor ihm zu. Auf der Innenseite hatte sie keinen Handgriff, und er stand mit dem Hebel in der Hand da. Er hatte sich gelöst, als er ihn betätigt hatte. Er lächelte, ließ den Hebel fallen und öffnete die letzte Kiste.

Darin waren Tintenfässer und Schreibfedern im Überfluss. Und stapelweise Papier, lose Bögen, die an das Papier erinnerten, auf dem er gerade den Brief geschrieben hatte. Außerdem waren Bücher in der Kiste, gewaltige Mengen von Büchern.

Er nahm eines davon in die Hand und schlug es auf. Es bestand aus völlig leeren Seiten. Er lächelte wieder.

Er legte das leere Buch zur Seite und nahm einen der losen Bögen. Dann setzte er sich auf den Stuhl und begann zu schreiben.

Er schrieb eine Weile. Kurze Zeilen. Und während er

schrieb, dachte er: So ist es gekommen. Die Einsamkeit des Schreibens. Und ich, der versucht hat, ihr zu entgehen. Das Erzählen soll nicht einsam sein.

Die Dinge fielen ihm unmittelbar ein. Die Worte kamen wie von allein. Als wären es nicht seine eigenen.

Schließlich war er fertig. Er betrachtete sein Werk. Es sah nicht nach besonders viel aus.

Dann faltete er das Papier zu einem kleinen Brief zusammen, faltete es öfter als gewöhnlich. Er holte einen kleinen Beutel aus feinstem gegerbtem Seehundleder aus der Tasche, betrachtete ihn und lächelte. Darin hatten die armseligen Silbermünzen gelegen, die einmal seine Familie gerettet hatten. Er streichelte den Lederbeutel und steckte den Brief hinein. Dann ging er hinüber zur einen Ecke der kleinen Zelle, zu einem langen Holzstock. Er näherte sich dem kleinen Loch in der Decke, hielt den Finger daran und spürte einen leichten kühlen Windhauch. Er kletterte auf eine der Kisten und hielt die Nase an das Loch. Er roch den Duft der frischen Luft.

Die Luft des Lebens.

Das war das Letzte, was er davon wahrnehmen sollte.

Er fand, dass sie nach Schlamm roch.

Schließlich drückte er den kleinen Lederbeutel in das Loch, nahm den langen Stock und schob den Beutel hinaus in die Außenwelt. Er spürte, wie das Säckchen auf der anderen Seite herausfiel.

Er betrachtete seine Schuhe, seine phantastischen, kostbaren Lederschuhe, angefertigt von Adam Slythe in Philadelphia. Und er sah, wie lehmig sie waren.

Der Lehm. Er kam zurück. Er siegte.

Dann kehrte er zu dem Stuhl zurück, in Gedanken noch immer bei den lehmverschmierten Luxusschuhen. Er dachte an seinen eigenen Hochmut, seine Selbstverliebtheit, seine Eingebildetheit und seine Selbstzufriedenheit. An all das, was ihn hierhin geführt hatte, trotz aller guten Vorsätze, trotz der Tatsache, dass der Mensch eigentlich das Einzige war, woran er glaubte. Aber letztlich war alles von Eitelkeit gelenkt. Wie bei allen anderen.

Erneut legte er das erste leere Buch auf seine Knie, öffnete es und ließ im bleichen Schein der Fackel die Feder sich der allerersten Seite nähern.

Bevor er zu schreiben begann, dachte er erneut:

Die Eitelkeit.

2

Die Eitelkeit.

Er stand auf der Felsenkuppe, die nicht nur einer der höchstgelegenen Punkte in der Innenstadt von Stockholm war, sondern auch diesen verrückten Namen trug. *Die Eitelkeit.* Von hier aus blickte er über die Stadt. Er verspürte keine Lust, die Faust gegen sie zu ballen und sie herauszufordern, auch wenn das wohl der eigentliche Grund dafür war, dass er hergekommen war. Doch nachdem er erst den Felsen bestiegen hatte, der bis zum Jahr 1956 Danviksberget geheißen hatte, stand ihm nicht mehr der Sinn danach. Nicht nur, dass er zu alt und vielleicht auch zu sehr mit dem Leben in all seinen eigentümlichen Aspekten versöhnt war – da war noch etwas anderes. Er war der Vogelperspektive ganz einfach überdrüssig. Es reichte jetzt. Zumindest für die kommenden vierundzwanzig Stunden.

Er war Lehrer. Die Perspektive von oben war sein Spezialgebiet. Manchmal fragte er sich, wie er dazu gekommen war. Aber immer seltener. Das Leben hielt eine Reihe von Achterbahnfahrten bereit, das war eigentlich die einzige Weisheit, mit der er aufwarten konnte. Das Einzige, was vollkommen sicher, was felsenfest klar war: dass nichts wirklich sicher war.

Die Eitelkeit, dachte er.

Nein, alle Eitelkeit war jetzt verschwunden. Nichts davon war geblieben. Das Leben als Läuterungsprozess. Schade, dass man genau zum falschen Zeitpunkt stirbt.

Denn natürlich hatte es in seinem früheren Leben eine ganze Menge Eitelkeiten gegeben. Nicht zuletzt in seinem Berufsleben. Er hatte immer der Beste sein wollen, auch wenn er es gut kaschiert hatte. Und immer hatte er der Smarteste von allen sein wollen.

Jetzt spielte das keine große Rolle mehr. Er war Lehrer. Er unterrichtete. Er lehrte Menschen, die selten die geschliffensten Messer in der Schublade waren, den Schnitt richtig anzusetzen. Er schabte die Unebenheiten weg. Er schliff das polizeiliche Rohmaterial zurecht und brachte auch die verstecktesten Erzadern zum Vorschein. Auf gewisse Art und Weise war er es, der die Basis für das Polizeikorps der Zukunft schaffte.

Immerhin etwas.

Jetzt, da es die A-Gruppe nicht mehr gab.

Inzwischen war er Kommissar. Mehrere der ehemaligen Mitglieder der Sondereinheit für Gewaltverbrechen von internationalem Charakter bei der Reichskriminalpolizei waren Kommissare geworden. Als hätte eine ganze Reisegruppe von Kommissaren in Quarantäne gesessen und nur darauf gewartet, rauskommen zu dürfen.

Dekontaminiert.

Er war auf jeden Fall der Einzige, dem es gelungen war, nach der Auflösung der A-Gruppe gleich zwei Titel einzuheimsen. Er war nicht nur Kommissar (was genau genommen aber nur ein Titel ohne praktische Konsequenzen war), sondern jetzt auch Dozent.

Wenn es irgendwo Eitelkeit gab, dachte er, als er von Fåfängan über die Stadt schaute, dann vor seinem Pult. Es hatte eine Zeit gegeben, da war er der Meinung gewesen, dass in der Polizeihochschule eine ungute Mischung aus künstlichen Machoattitüden und überspanntem Idealismus vorherrschte. Dann kam er dahinter, dass es sich ganz einfach um die Jugend handelte.

Aber so alt war er doch verdammt noch mal auch nicht. Wieso ließ ihn dann der Gedanke nicht mehr los? Wahrscheinlich aufgrund des kuriosen Schicksals seines langjährigen Partners.

Eitelkeit, dachte er und strich sich über sein kreideweißes Haar. Eitelkeit, Eitelkeit. Und dann die Stadt dort unten. Der

Jahrmarkt der Eitelkeiten. Vanity Fair. Eine immer härtere Welt. Immer oberflächlicher, immer konkurrenzbetonter. Immer rauere zwischenmenschliche Beziehungen.

Die Pest war in die Stadt gekommen.

Zehn Jahre lang hatte Arto Söderstedt gewartet, und jetzt war sie da. Jetzt, da er keine aktive Rolle in der Gesellschaft mehr zu spielen hatte. Jetzt, wo sich seine Einflussmöglichkeit darauf beschränkte, unreflektierten Seelen, die sich für nichts anderes begeistern konnten als ihre eigenen körperlichen Hüllen, den faschistoiden Lack abzuschleifen.

Die Eitelkeit.

Er übertrieb natürlich. Die meisten seiner Studenten waren gewöhnliche Menschen ohne große Laster, dafür aber mit einem leichten Anstrich von Idealismus, der beinahe schwerer abzuschleifen war als der faschistoide Anstrich der anderen Seite. Vielleicht fiel es ihm auch deshalb so schwer, weil es ihm auch bei sich selbst nicht richtig gelungen war, ihn abzuschleifen.

Arto Söderstedt lächelte leicht in dem feuchtkalten Wind und zog seinen Mantel enger um den Körper. Er wünschte, er hätte ein Halstuch mitgenommen. Und dass sie einen anderen Tag gewählt hätten.

Es war Totensonntag, der letzte Sonntag im November. Der letzte Sonntag des Kirchenjahres und der Sonntag vor dem ersten Advent. Traditionellerweise handelten an diesem Sonntag Lesungen und Predigten vom Jüngsten Gericht.

Die Apokalypse.

Die Pest.

Nein, dachte er dann und ließ den Blick an diesem trotz allem ungewöhnlich klaren Spätherbstmorgen über den Saltsjön zum Djurgården schweifen. Nein, jetzt keine eschatologischen Untergangsvisionen. Das war nicht seine Tonart. Obendrein hatte er nicht einmal mehr einen Partner, der Anstoß daran nehmen konnte, dass er mit Wörtern wie »Eschatologie« um sich warf.

Auch im grausamsten Monat war die Stadt schön. Es hatte zwar ein paarmal geschneit, aber davon war jetzt keine Spur mehr zu sehen. Es schien, als hätte sich das Klima verändert. Zu einem eher gesamteuropäischen Klima.

Und so war es wohl. Das Klima lief Amok.

Fast eineinhalb Jahre waren seit dem letzten großen Fall der A-Gruppe vergangen. Und Arto Söderstedt erinnerte sich an jede Naturkatastrophe seitdem.

Er wünschte, er hätte ein etwas schlechteres Gedächtnis.

Der vergangene Herbst hatte mit einer Überschwemmung in Indien und Pakistan begonnen, die dreihundert Menschen getötet hatte, und einer anderen in Äthiopien, bei der an die neunhundert ertrunken waren. Dann war ein Taifun mit Namen Xangsane über die Philippinen und Vietnam hinweggefegt und hatte ein paar Hundert Menschen getötet. Kurz danach, im Oktober des vergangenen Jahres, hatten Stürme in Nordkorea siebentausend Menschen obdachlos gemacht, während der amerikanische Mittelwesten von Stürmen und Tornados verwüstet wurde. Der November begann mit einer großen Überschwemmung im Südosten der Türkei, der dreißig Menschen zum Opfer fielen, und über Saroma in Japan, das eigentlich nie von Wirbelstürmen heimgesucht worden war, brach ein tödlicher Tornado herein und zerstörte die Stadt. Während Stürme das Innere Nordamerikas überzogen, tobte über den Philippinen der Taifun Durian und führte zu einer massiven Schlammflut, die vom Vulkan Mayon herabstürzte und fünfhundert Menschen in den Tod riss. Das Jahr endete damit, dass orkanartige Winde in der Javasee eine Fähre mit sechshundert Menschen an Bord zum Kentern brachten, von denen vierhundert noch immer verschollen sind.

Das Gedächtnis, dachte Arto Söderstedt, die Hände vors Gesicht geschlagen. Das Gedächtnis, die Eitelkeit. Was tue ich da eigentlich?

Doch das Gedächtnis war unerbittlich. Allein das letzte

halbe Jahr war bis zum Rand von solchen Ereignissen angefüllt.

Schwere Monsunregen im Juni lösten Schlammlawinen aus, die sechzig Menschen in Bangladesch unter sich begruben, und heftige Regenfälle in Südchina führten zu Überschwemmungen, bei denen mindestens ebenso viele umkamen. Schwere Stürme in Karatschi in Pakistan forderten mehr als zweihundert Menschenleben, und große Teile der Ostküste Australiens wurden überschwemmt. Den Höhepunkt bildeten im Juli gigantische Überschwemmungen im indischen Westbengalen, als sechshundertsechzig Menschen umkamen und mehr als eine Million obdachlos wurden. Zwei Tage später wurde Buenos Aires vom ersten Schneefall seit neunzig Jahren überrascht. Juni und Juli wurden jedoch vom August noch übertroffen. In Nordkorea rissen Regenfluten nicht nur Hunderte von Menschen, sondern auch die letzten Nahrungsreserven mit sich fort und führten zu einer akuten Hungersnot. Kurz danach zog der Orkan Dean über das Karibische Meer und brannte sich im Gedächtnis der Mexikaner als der drittstärkste Orkan seit Mitte des 19. Jahrhunderts ein. Wenige Tage später wurde Griechenland von über zweihundert Feuersbrünsten verwüstet, die nicht nur zweihundert Menschen töteten, sondern auch die Landschaft der Antike in Asche legten, und als wäre der Sudan nicht schon genügend von irrsinniger Gewalt heimgesucht, wurden dort die letzten Trinkwasserreserven von einer Überschwemmung vernichtet. Danach präsentierte der Oktober eine erstaunliche Serie von Waldbränden in Kalifornien, in deren Verlauf eine halbe Million Menschen evakuiert werden mussten. Ende Oktober fegte der Tropensturm Noel über die Karibik, tötete etwa hundert Menschen und machte hunderttausend obdachlos. Und dann kam der Monat des Totensonntags, der grausamste von allen, November. Nach fünf Tage anhaltenden Wolkenbrüchen in der Provinz Tabasco in Mexiko mussten dreihunderttausend Menschen ihre Häuser verlassen. Viertausend Schulen wurden von den Wassermassen fortgerissen. Eine Woche später wütete der Sturm im Schwarzen Meer. Elf Schiffe sanken, zwanzig Seeleute ertranken, und dreihundert Tonnen Öl ergossen sich in das ohnehin schon biologisch tote Binnenmeer. Und zuletzt tötete der Zyklon Sidr rund viertausend Menschen im südlichen Bangladesch. Während einer einzigen Nacht wurden mehr als eine Million Menschen heimatlos.

Arto Söderstedt atmete schwer aus und nahm die Hände vom Gesicht. Es dauerte einige Sekunden, bis die Stadt wieder Gestalt annahm vor seinen Augen, und ein paar weitere, bis sein überhitztes Gehirn den Eindruck des Anblicks einordnete.

Warum ausgerechnet er?

Warum musste ausgerechnet er sich an all das erinnern? All diese Klimakatastrophen? Als ob die kontinuierlichen Nachrichten über die schmelzenden Eisberge der Arktis und die abtauenden Alpengletscher, die wachsenden Wüsten der Sahara und den verschwindenden Regenwald im Amazonasgebiet nicht genügen würden. Kürzlich hatte er über den Pastoruri-Gletscher in Peru gelesen, der in fünfundzwanzig Jahren vierzig Prozent seiner Eismasse verloren hatte. Und auch die Eisdecke der Anden schmolz mit rasender Geschwindigkeit.

Eine neue Krankheit grassierte in der westlichen Welt: die »Klimaangst«. Das war natürlich nicht gut – nicht direkt produktiv –, doch solange sie nicht ganz von der zweiten Krankheit überflügelt wurde, die sich in den zehn Jahren der Existenz der A-Gruppe so stark verbreitet hatte, ja epidemisch geworden war, meinte Söderstedt trotz allem, dass die Lage noch unter Kontrolle war.

Diese Krankheit hieß »Empathiemangel«.

Wenn man jedoch unter dem Begriff Klimaangst auch eine gewisse Sorge um das mentale Klima der gegenwärtigen Gesellschaft verstand – den reaktionären Rückgriff auf traditionelle Geschlechterrollen, den zunehmenden Konsum von Gewaltpornografie, die Anorexiewelle, Selbstjustiz und Selbstgeißelung, die zunehmende Fixierung auf die reine Oberfläche –, dann bestand eine augenscheinliche Gefahr von Depression.

Und Depression war nicht wirklich Arto Söderstedts Ding.

Nein, er fühlte sich keineswegs deprimiert. Nur auf quälende Weise klarsichtig. Wozu die A-Gruppe in dem Jahrzehnt ihrer Aktivität ebenfalls tendiert hatte. Wie viele ihrer Vorahnungen und Voraussagen waren eigentlich eingetroffen?

Wenn er eines nicht werden wollte, dann war es altersverdrießlich. Deshalb erlaubte er es sich im Moment, Naturkatastrophen nur in ihrer reinen Naturform zu betrachten. Denn er mochte diese Stadt ja, die sich zu seinen Füßen ausbreitete. Es war seine Stadt. Endlich war er zu Hause. Sogar die Bewohner mochte er, obwohl sie ein wenig eitel waren.

Dennoch erschien es ihm keineswegs falsch, Stockholm und die Zivilisation für eine Weile zu verlassen. Für eine kurze Zeit der Pest zu entfliehen und sich alten Freundschaften und neuen Erzählungen hinzugeben.

Für die andere Art von Klimaangst waren Leute wie Paul Hjelm zuständig.

Söderstedt blickte sich auf dem Fåfängan um. Er war allein dort. Der klare Totensonntagmorgen war nun wolkenverhangen, wodurch die Stadt mit jeder Sekunde konturloser wurde. Er war dankbar dafür, rechtzeitig gekommen zu sein. Spätere Morgenwanderer würden nichts mehr von der verführerischen Schönheit der Stadt zu sehen bekommen.

Arto Söderstedt machte sich auf den Abstieg von der Felsenkuppe. Feuchtigkeit schwebte in der Luft wie ein Sprühregen, der vergessen hat, dass das Gesetz der Schwerkraft ihm vorschreibt, zu Boden zu fallen. Wieder zog er den Mantel fester um seinen Körper – den Lehrermantel, den frisch erstandenen Dozentenrock, in dem er sich noch nicht ganz wohlfühlte – und erreichte sein Auto.

Bevor er in seinen alten rostigen Minibus der Marke Toyota Hiace stieg, hob er kurz die Hand gegen die nebelverhangene Stadt, ballte sie zur Faust und drohte ihr.

Aber er meinte es nicht ganz ernst.

Als der Motor wie ein betagter halb toter See-Elefant losröhrte, spürte Arto Söderstedt nur noch eines.

Eine starke und unwiderstehliche Erwartung.

3

Gewalt, Gewalt, Gewalt. Sie trat auf die Straße, die nach Süden hin zum Medborgarplatsen und nach Norden zum Slussen abfiel, und betrachtete die Hinterlassenschaften der letzten Nacht. Offenbar war es auf dem Götgatsbacken hoch hergegangen, obwohl es die Nacht zum Totensonntag gewesen war. Sie selbst hatte, aus erklärlichen Gründen, nicht viel davon mitbekommen.

Er war es gewesen, der sie darauf hingewiesen hatte, dass heute Totensonntag war. Oder eher: dass überhaupt ein Tag mit diesem Namen existierte.

Er, der jetzt die wenigen Meter bis zur Kreuzung an der Högbergsgatan neben ihr ging. Er mit dem speziellen Beruf.

Klar hätte sie etwas hören müssen. Die Wohnung lag im zweiten Stock, und alle Fenster gingen auf die Götgatan hinaus. Aber sie war anderweitig beschäftigt gewesen. Sie beide waren anderweitig beschäftigt gewesen.

Sie beobachtete, wie seine ziemlich abgewetzten Sneakers geschmeidig einer unverhältnismäßig großen Lache von Erbrochenem auswichen – es musste sich um ein Gruppenkotzen gehandelt haben –, um anschließend etwas weniger tänzelnd mitten in die nächste Pfütze zu tappen. Ihr scharfer Blick wusste sofort, worum es sich handelte. Er war inzwischen ihr wichtigstes Arbeitswerkzeug. Nicht das Gehirn, das die langsame komplizierte Ermittlungsarbeit leistete, und auch nicht das enge, intime, wunderbare Zusammenspiel mit einem Partner, der zu ihr passte wie eine Hand in den Handschuh. Nein, der scharfe Blick.

Blut.

Auch davon zu viel. Viel zu viel. Niemand, der so viel Blut verloren hatte, konnte überlebt haben. Jemand musste heute

Nacht nur wenige Meter von ihrer Wohnung entfernt gestorben sein. Und sie hatte nichts gehört.

Gehörte das nun dazu? Waren Todesfälle bei Schlägereien unter Betrunkenen mittlerweile Alltag? Und wurden wir immer geschickter darin, die Gewalt zu übersehen? Ekel erfüllte sie. Dies hier war ihr Alltag. Hiermit verbrachte sie jeden Tag ihres Lebens. Konnte sie nicht zumindest am Sonntag verschont bleiben? Wenigstens an diesem verfluchten Totensonntag?

»Igitt«, sagte er und machte einen Schritt zur Seite. »Öl?«

In diesem Moment krampfte sich etwas in Lena Lindbergs Innerem zusammen, und sie spürte, wie ihr die Tränen in die Augen stiegen. Aber vor Glück, denn ihre innere Stimme sagte: Dieser Mann ist kein Teil dieser Welt. Ich habe Kontakte mit einer Welt voller Gewalt und Blut und Trunkenheit und einem immer gleichen unnötigen Leiden. Dieser Mann kann meine Rettung sein. Mein Atemloch. Meine Lebensquelle.

»Ja«, sagte sie. »Öl.«

Und dann gingen sie ein paar Schritte weiter zum Medborgarplatsen und zur Högbergsgatan hinunter. Ihr Blick wanderte an seinem Körper aufwärts. Als er bei den Augen ankam, erkannte sie es wieder. Dieses Aufblitzen, das sie gestern Abend gesehen und das zu all dem geführt hatte, was danach geschehen war.

Es war selten, dass sie denselben Blick am Tag danach wiedersah. In der Regel war er dann erloschen. Es gab immer noch etwas Besseres. Irgendwo anders.

Lena Lindberg war in die Internetdatingfalle geraten. Nie zuvor hatte sie so viel Bestätigung erfahren wie während des letzten Jahres. Die Männer meldeten sich in Scharen. Aber jedes Mal, wenn sie sich sagte, dass sie immer noch den Richtigen suchte, Mr Right, klang es hohler. Fast jeder Mann, den sie über das Internet kennenlernte, war Mr Right. Und am nächsten Morgen Mr Wrong.

Der Ausgangspunkt war einfach. Sie war einsam und wollte es nicht mehr sein.

Sie kam zwar gut allein zurecht, schließlich war sie daran gewöhnt. Aber das Leben war schwarz-weiß. Die Erlebnisse waren gedämpft wie durch einen Filter. Als bekäme jede Erfahrung ihre richtigen Farben, ihre richtigen Töne, ihre Nuancen und Düfte erst, wenn es jemanden gab, mit dem sie sie teilen konnte.

Die Kneipe war nichts mehr für sie. Sie brachte es nicht mehr fertig, die einsame Frau am Tresen zu sein, die von lüsternen Männern ohne Hemmungen belagert wurde. Sie wollte nicht mehr Schlampe genannt werden. Nicht ein einziges Mal mehr im Leben. Also beschloss sie, die Auswahl selbst zu treffen.

So geriet sie in diese Spirale der Internetbekanntschaften. Keiner der Männer war ihr genug. Es gab immer irgendwo einen besseren. Und wer sagte eigentlich, dass Frauen in Paarbeziehungen leben mussten?

Natürlich war das Gras auf der anderen Seite immer grüner, doch sie suchte nicht einmal das. Sie suchte das rote Gras. Und es wurde immer deutlicher, dass das nur in ihrer Phantasie existierte. Da fand es sich dafür aber im Überfluss. Lena Lindberg war süchtig. Ihre Sucht hieß Onlinedating. Es war die neue Krankheit der Gegenwart, die Pest von heute.

Sie hoffte, dass ihr diese Sekunde des Erstarrens, das sie auf den letzten Metern vor der Kreuzung von Högbergsgatan und Götgatan überfallen hatte, nicht anzumerken gewesen war. Es war das erste Mal, dass sie sich ihre Sucht eingestand – ein Eingeständnis, das einem nur gelingen kann, wenn sich eine Alternative bietet.

Und damit kehrte das Gefühl von vorhin zurück, dass sich etwas in ihr zusammenkrampfte und ihr die Tränen in die Augen stiegen. Er wandte sich ihr nämlich zu und hielt inne. Sein Blick war von Zärtlichkeit erfüllt. Als ob er nicht nur sähe, aufnähme und reagierte. Sondern als ob er verstünde.

Als ob er sagen würde: Wir sind nur Menschen. Es ist in Ordnung.

Aber die eigentliche, hohe Schwelle zu ihrem Herzen überschritt er, indem er schwieg. Als er sah, verstand und nichts sagte. Da wurde es ernst.

Und in dem Moment erblickte sie den Wagen oben auf der Högbergsgatan. Sie schob den Mann vor sich her, aber er blieb an der Ampel stehen, bis sie von Grün auf Rot sprang.

»Hau jetzt ab«, sagte sie und merkte, dass sie lächelte. »Damit du nicht überfahren wirst.«

Er lächelte auch. »Damit er mich nicht sieht?«

»Damit er das nicht sieht«, antwortete Lena Lindberg und zeigte auf sein Beffchen.

Er lächelte ein wenig breiter, drehte sich um, lief zwischen den hupenden Autos hindurch und verschwand im stärker werdenden Regen. Ehe er ganz außer Sicht war, hörte sie seine Stimme, die auf eine seltsam ruhige Weise rief: »Ich habe gesehen, dass es Blut war, Lena. Ich arbeite auch damit.«

Und in den kurzen Sekunden, die der Wagen brauchte, um die abfallende Straße hinunter zu ihr zu gelangen, kam der gestrige Abend mit voller Kraft zu ihr zurück. Die schmerzhafte Ernüchterung nach dem beiläufigen sinnlosen Sex mit einem weiteren mittelmäßigen Netzcharmeur mit völlig verzerrtem Selbstbild am Freitagabend hatte sie in die Samstagshysterie hinausgetrieben. Sie war sicher zwanzig Kilometer durch die Stadt gewandert, immer hektischer, immer gehetzter auf der Flucht vor sich selbst und der Gegenwartspest, die sie am eigenen Leibe spürte. Und als wandelndes Klischee hatte sie vor, ihre verzweifelte Wanderung in der Kirche zu beenden. In der mächtigen, aber dennoch anonymen Engelbrektskirche, dieser Felsenkirche, die wie ein versöhnlicher Riese über Östermalm hinblickte.

Doch als sie dort anlangte, wurde die Kirche gerade geschlossen. Das brachte das Fass zum Überlaufen. So endete ihre Wanderung. Sie sank auf die Mauer am Kirchhügel, und alles entwich aus ihr. Alle Kraft. Ja, alles Leben, so kam es ihr vor. Und sie hatte keine Ahnung, wie viel Zeit vergangen war, bis irgendeine Form von Vernunft in ihren ausgelaugten Geist zurückkehrte. Es konnte ebenso gut fünf Minuten nach drei Uhr am Tag wie in der Nacht sein, als er den zur Kirche führenden Weg entlangkam, gleichsam ein paar Zentimeter über dem Boden schwebend in seinem an Zorro erinnernden Talar. Er legte eine große und beruhigende Hand auf ihre Schulter, sah sie an, als würde er alles verstehen, sah in jeden Winkel ihrer leidenden Seele und sagte, dass alles in Ordnung sei.

Wir sind einfach nur Menschen.

Es war so unglaublich lächerlich. Wie ein Kitschfilm, über den man sich die ganze Zeit beschwert, bei dem man aber trotzdem ständig weinen muss.

Sie gingen Kaffee trinken. Und das eine ergab das andere, wie man so sagt. Dies hier war etwas anderes, redete sie sich ein. Dieser Mann war etwas ganz anderes als die, dic ihr für gewöhnlich begegneten. Und gleichzeitig kämpfte sie mit ihren inneren Dämonen, nicht zuletzt mit einer moderneren Variante von Groucho Marx: »Ich kann mir nicht vorstellen, einem Club beizutreten, der mich als Mitglied haben möchte.«

»Ich kann mir nicht vorstellen, mit jemandem zu schlafen, der mit mir schlafen möchte.« Denn das wollte er. Das wurde immer deutlicher. Und sie wollte es auch. Es war trotz allem ihre besterprobte Art, Wertschätzung zu zeigen. Die Frage war, ob es auch ihre einzig mögliche war.

Vielleicht trotz allem nicht. Denn jetzt fuhr das Auto an den Bürgersteig heran, und die Tür zum Beifahrersitz wurde aufgestoßen.

Es war eineinhalb Jahre her, dass sie mit diesem Wagen gefahren war, und damals waren die Umstände recht dramatisch gewesen. Außerdem war es fast ein Jahr her, seit sie den kreideweißen Mann hinter dem Steuer zuletzt gesehen hatte, der jetzt sagte: »Ein Pastor?«

Lena Lindberg lächelte und sprang geschmeidig in den Wagen, begleitet vom obligatorischen Frusthupen dahinter wartender Autos. Sie schaute Arto Söderstedt an, während er trotz der roten Ampel Gas gab und fortfuhr: »Das wird bestimmt lustig.«

»Warten wir's ab«, sagte Lena Lindberg. »Es ist eine Weile her. Wir haben uns alle verändert.«

»Durch die Zeit außerhalb der A-Gruppe.« Arto Söderstedt nickte.

»Oh, Herr Professor.«

»Dozent, wenn ich bitten darf.«

Sie sahen einander eine Weile an. Söderstedts weißes Gesicht wurde für eine kurze Sekunde ernst. Dann sagte er: »Und du bist zur Gewalt zurückgekehrt, soviel ich gehört habe.«

»Mit Uniform und allem«, entgegnete Lena Lindberg und schnitt eine unfreiwillige Grimasse.

Nach einem Moment des Schweigens sagte sie: »Er ist kein Pastor.«

»Es sah wahrlich danach aus«, meinte Söderstedt.

»Das ist nur ein Rollenspiel«, sagte Lena Lindberg.

4

Die beiden Gesichter auf der anderen Seite des Frühstückstischs faszinierten sie. Nicht nur, weil sie sie liebte, nicht nur, weil ihre Wangen erstaunlicherweise rot leuchteten. Es war etwas anderes, aber sie konnte den Finger nicht genau darauf legen.

Sicher war, dass sie jung und vital waren und hoffentlich ein langes Leben vor sich hatten. Sicher war auch, dass diese armen Schweine gezwungen waren, die Reste des wahnsinnigen 20. Jahrhunderts zusammenzukehren, und versuchen mussten, sich in den Ruinen einzurichten. Und dazu kam der Sirenengesang der Gene, die ihren Fortbestand in einer unsicheren Zeit einforderten. Aber nicht nur das.

Sie merkte, dass sie lächelte, während sie die beiden betrachtete, die, jeder auf seine Weise, deswegen eine gewisse Irritation erkennen ließen.

»So, und wann kommt ihr zurück von eurem Abenteuer?«, fragte die Ältere mit einem solchen Grad von Ironie in der Stimme, dass sie den Faden verlor.

»Vielleicht erst morgen, wie gesagt.«

»Aber wann? Muss ich am Abend hier sein?«

»Kannst du das denn nicht?«, fragte der Jüngere. »Es macht doch Spaß.«

»Ich finde auch, dass es Spaß macht«, entgegnete die Ältere und streichelte dem Jüngeren übers Haar. »Aber ich habe auch noch ein anderes Leben.«

Damit wandten sich beider Blicke wieder ihr zu, fragend, und sie versuchte sich daran zu erinnern, wie die Frage gelautet hatte. Das Einzige, was sie erfüllte, war die Faszination. Die unbestimmbare Faszination beim Betrachten dieser beiden jungen Gesichter.

Schließlich fand sie den Faden wieder, dachte über den Wortlaut der Einladung nach und antwortete: »Wir dürften morgen Nachmittag wieder zurück sein.«

»Wieso dürften? Habt ihr echt null Durchblick?«

»Wenig«, gestand Kerstin Holm.

*

Zu seiner grenzenlosen Verblüffung bekam er einen Parkplatz in der Nähe. Allerdings nicht in der Heleneborgsgatan, wo er spät am gestrigen Abend aus schierer Frustration in der zweiten Reihe geparkt hatte, sondern an der kleinen Kurve in der Varvsgatan gegenüber von Långholmen.

Erst als er um die Ecke bog und die Bucht mit dem Riddarfjärden vor ihm lag, über der ein stärker werdender Novemberregen hing, wurde ihm klar, wo er sich befand. Sein Blick hatte sich wie von selbst und ganz ohne sein Zutun hinauf zu dem Balkon im ersten Stock bewegt. Dort lagen inzwischen Spielsachen herum, ein paar hingeworfene Springseile und ein vom Regen aufgeweichtes Kuscheltier neben einem kleinen Tretauto, das auf dem engen Balkon kaum wenden konnte. Nicht das geringste Anzeichen ließ vermuten, dass hier einmal Schwedens Topspion gewohnt hatte, ein höchst anonymer Mann mit Namen Tore Michaelis. Und noch weniger konnte man ahnen, dass der Mann, der gerade seinen Blick vom Balkon abwandte und sich im Schaufenster eines Tante-Emma-Ladens selbst erblickte, sein Nachfolger war.

Der Meisterspion Paul Hjelm.

Und er fand nicht einmal besonders schlecht, was er da in der Scheibe sah. Auf jeden Fall noch nicht. Er war immer noch zu frisch in der Agentenbranche, um sich allmählich vor seinem Spiegelbild zu ekeln.

Mittlerweile war er ein gutes Jahr im Dienst der Säpo, der Sicherheitspolizei. Es war keineswegs ein ruhiges Jahr gewesen, unter internationalen sicherheitspolizeilichen Aspekten betrachtet, aber für ihn selbst war es einigermaßen entspannt gewesen. Eine Einarbeitungsphase. Nur wenige Auslandsreisen. Ein wenig introvertiertes Spionagenetzwerken. Die Planung zukünftiger Aufgaben für diese Stelle. Und die Gewöhnung an die Einsamkeit.

Das war das Paradox seines Lebens. In seinem Berufsleben gewöhnte er sich an die Einsamkeit, in seinem privaten Leben gewöhnte er sie sich gerade ab.

Nach all den Jahren hatte Paul seine Kerstin bekommen. Das altvertraute Komikerpaar Jalm & Halm war wieder vereint. Oder eher wiedergeboren.

Er musste lächeln, wenn er daran dachte. An die Liebe. Er hatte sie tatsächlich nie aufgegeben, war trotz seiner zunehmend verwahrlosten Junggeselleneinzimmerwohnung in der Slipgatan im alten Messer-Söder jenseits der Långholmsgatan nie bitter geworden, hatte nie Magenbeschwerden gehabt oder zu viel getrunken. Er hatte nicht einmal angefangen, Opern zu hören. Und irgendwie hatte Kerstin sich stets in Reichweite befunden, in seinen Gedanken, in seiner Seele. Ihre Leben waren nur immer sozusagen asynchron verlaufen.

Aber jetzt nicht mehr.

All die Jahre, in denen sie zusammengearbeitet hatten. In denen sie einander zuweilen so nahegekommen waren, dass zwischen ihren Hirnen praktisch keine Grenze verlaufen war. Es war vorgekommen, dass sie jeweils die Gedanken des anderen gedacht hatten.

Wie bemerkenswert einfach es gewesen war, wieder darauf zurückzukommen, jetzt nicht mehr beruflich – wenngleich dies natürlich auch vorkam, aller Schweigepflicht und aufgezwungenen Geheimnistuerei zum Trotz –, sondern in höchstem Maße privat. Wenn es früher keine Grenze zwischen ihren Hirnen und Gedanken gegeben hatte, so war jetzt auch die Grenze zwischen ihren Körpern und Seelen durchlässig geworden. Es schien fast, als gäbe es so etwas wie Glück. Tatsächlich.

Natürlich gerieten sie manchmal aneinander, doch nie ernstlich, nie mit bedrohlichen Konsequenzen. Es war beinahe ein wenig verdächtig, dass ein Jahr so schmerzfrei vergehen konnte, so, na ja, glückselig. Nicht einmal der Zustand der Welt vermochte seine im Grunde positive Lebenseinstellung zu erschüttern.

Kerstin, du weiche, scharf geschliffene, intelligente, schöne, gerechte, betörende Frau. Die du das Leben gezeichnet hast, ohne dich von ihm zeichnen zu lassen.

Und in ebendiesem Augenblick spürte er, dass sie an ihn dachte. Seine Sinne wurden auf einmal doppelt so klar.

*

Und plötzlich sah sie es vollkommen deutlich. Als hätte sich ihre Sehschärfe abrupt verdoppelt, und mit einem Lächeln erkannte sie, warum. Auf einmal sah sie, was an den beiden Gestalten auf der anderen Seite des Frühstückstischs so faszinierend war. Sie waren Paul und Kerstin. Doch mit vertauschten Rollen. Paul als Frau und Kerstin als Mann.

Oder genau genommen: Anders Holm war jetzt dreizehn Jahre alt und Tova Hjelm zweiundzwanzig. Und beide hätten ebenso gut tot sein können.

Anders war vor sieben Jahren nur um Haaresbreite dem Tod entronnen, aufgrund des Ränkespiels seines Vaters, dessen Name nie wieder genannt werden sollte, und Tova hatte erst im vergangenen Jahr am Rand des Grabes balanciert, als die Anorexie sie eisern im Griff hatte – und sie außerdem einem richtig grässlichen Serienmörder über den Weg lief.

Kerstin Holm betrachtete Tova über den ziemlich schmuddeligen Küchentisch hinweg. Niemand würde ahnen können, dass sie vor einem Jahr nur vierunddreißig Kilo gewogen hatte. Ihre Ähnlichkeit mit Paul war entzückend, und sie sah kerngesund aus. Eine Zweiundzwanzigjährige von strahlender Schönheit, die gerade für die Schauspielausbildung an der Theaterhochschule angenommen worden war. Doch Kerstin wusste, dass der Schein trog. Was sie vor sich sah, war eine junge Frau, die die ganze Zeit mit ihrer inneren Selbstzerstörung zu kämpfen hatte und nur vorübergehend siegreich aus diesem Kampf hervorging. Denn die Anorexie lässt sich nicht besiegen, sie ruht nur. Sie ist die ganze Zeit da, wie eine Drohung, ein festes Verhaltensmuster, ein eingebautes Kontrollbedürfnis.

Paul hatte Tova gestern Abend spät in ihrer Studentenwohnung am Lappkärrsberget in Frescati abgeholt. Im Laufe des Jahres, das sie jetzt zusammengelebt hatten, war Pauls Tochter zu einem perfekten – und extrem geschätzten – Babysitter für Kerstins Sohn geworden. Der meinte zwar, eigentlich keinen Babysitter mehr nötig zu haben, er war immerhin ein Teenager, er kam zurecht. Aber für Tova war Anders immer bereit, eine Ausnahme zu machen.

Dann hatten sie die halbe Nacht beisammengesessen und geredet, und die Erwachsenen hatten ein bisschen zu viel Wein getrunken. Sie hatten Paul ein paar Geschichten aus den verschlossenen Korridoren der Säpo abgeluchst, Tova hatte freimütig Anekdoten aus den heiligen Hallen der Theaterhochschule zum Besten gegeben, und sogar Kerstin steuerte einige Sätze über ihr neues Leben als Bürokratin bei.

Nun ja, vielleicht war sie nicht direkt eine Bürokratin. Aber auf jeden Fall eine ranghohe Beamtin in dem sogenannten Operativen Rat bei der Reichskriminalpolizei. Der Operative Rat war das erst kürzlich ins Leben gerufene Organ, das die polizeilichen Kraftanstrengungen im Kampf gegen das organisierte Verbrechen koordinierte. So lautete auf jeden Fall die offizielle Beschreibung. Und Gott sei Dank war die Reichskrim dem Chaos entgangen, das sich im Lauf des Herbstes in der übrigen schwedischen Polizei breitgemacht hatte und das – Kerstin Holms Einschätzung zufolge – jederzeit explosionsartig zu einer massiven Unzufriedenheit mit dem ziemlich juristischen und nichtpolizeilichen Reichspolizeichef führen konnte. Denn der Operative Rat funktionierte recht gut. Zu seinen Aufgaben gehörte unter anderem die Einsetzung sogenannter Aktionsgruppen. Eine nationale Aktionsgruppe wurde für einen zeitlich begrenzten Einsatz gegen einen bestimmten Verbrechenstyp gebildet – mit anderen Worten war sie also der betrüblicherweise aufgelösten Sondereinheit für Gewaltverbrechen von internationalem Charakter, gelegentlich als A-Gruppe bezeichnet, nicht ganz unähnlich. Waldemar Mörner, der nominelle Chef der A-Gruppe, hatte deren operative Chefin Kerstin Holm mit hinübergenommen in den Operativen Rat, wo sie für zeitlich begrenzte Einsatzgruppen verantwortlich war. Seit sie dort war, hatten Einsätze unter anderem gegen Cannabishandel, Überfälle auf Werttransporte und einhundert Schwerkriminelle stattgefunden. Letztere bildeten die Hunderterliste, was bedeutete, dass hundert Schwerkriminelle im ganzen Land von der Polizei auf Schritt und Tritt beschattet wurden.

In den letzten sieben Jahren hatten die Fälle von sogenannter »unzulässiger Beeinflussung« um fünfzig Prozent zugenommen. Die Urteile gegen Kriminelle, die mit Gewaltandrohung Politiker, Gewerbetreibende, Zeugen und Juristen zu beeinflussen versucht hatten, waren drastisch gestiegen – und dabei wurden nur rechtskräftige Verurteilungen berücksichtigt. Die Dunkelziffer der Anzahl von Drohungen, Einschüchterungen und Misshandlungen von Zeugen und Angestellten im Rechtswesen, aber auch von Bestechung und Schutz von Kriminellen, war allem Anschein nach enorm.

Mit anderen Worten, Kerstin Holm ging es ziemlich gut. Die Erfahrungen aus der A-Gruppe waren unschätzbar, weil die Gruppe eine neue und zukunftstaugliche Einheit gewesen war, in der es keine Hierarchien gab, wo Denkfreiheit herrschte und die Entscheidungswege kurz waren. Die zeitlich befristet zusammengestellten Einsatzgruppen waren in hohem Maß nach dem Muster der A-Gruppe geformt.

Dennoch vermisste sie diese. Ihr fehlten nicht nur die praktische Polizeiarbeit, die Ermittlungen, die Wahrheitssuche, sondern vor allem die Menschen, das gemeinsame kollektive Denken, die langen Besprechungen in der nunmehr zum Lagerraum umgewandelten Kampfleitzentrale.

Es würde ganz einfach unglaublich schön sein, sie alle wieder zu treffen. Die verschwendeten Ressourcen.

Als Tova Hjelm zwischen ihrem Vater und ihrer, ja, Stiefmutter eingeklemmt Schauspieleranekdoten zum Besten gegeben hatte, während der gestrige Abend in die Nacht und die wiederum fast in den grauenden Morgen übergegangen war, schien ihr kaum bewusst gewesen zu sein, dass sie zwischen zwei der höchsten Polizeibeamten des Landes saß. Weder Paul Hjelm noch Kerstin Holm waren als Angeber bekannt. Vermutlich waren sie deshalb so weit gekommen. Nur durch Verdienste, nicht durch Gelaber.

Paul. Ja, Paul, Paul, Paul. Sie hätte nie geglaubt, dass sie fähig war, so zu lieben. Nicht bei ihrer Vergangenheit. Nicht so einfach, unverstellt und stark. Nach ein paar Jahren in Armani-Anzügen bei der Abteilung für interne Ermittlungen hatte er seinen etwas saloppen Stil wieder aufgenommen. Auf diesem am wenigsten offiziellen und vielleicht allerwichtigsten Posten bei der Säpo durfte Paul er selbst sein, zumindest, was das Äußere anging. Und Kerstin Holm gefiel das. Paul Hjelm hatte sich bemerkenswert gut gehalten, als hätte er sein Leben so lange konserviert, bis es in ihrer Beziehung aufblühen konnte. Und vielleicht hatte sie das Gleiche getan.

All die Jahre, in denen sie wie die Katze um den heißen Brei geschlichen waren, als ihre Leben kontinuierlich asynchron verlaufen waren: Vergeudete Jahre? Nein, kaum. Vielmehr Jahre auf emotionaler Sparflamme, als hätten sie beide eingesehen, dass sie eines Tages eine ansehnliche Menge emotionalen Kapitals brauchen würden.

Sie blickte auf die Uhr, bekam einen Schrecken und begann hektisch alles durchzugehen, was Tova in den nächsten gut vierundzwanzig Stunden bedenken musste.

»Du, ich bin ja nicht zum ersten Mal hier, oder?«, sagte Tova mit einem nachsichtigen Lächeln.

»Frag Anders, dann wirst du hören, ob ich eine überbeschützende Mutter bin«, gab Kerstin lachend zurück.

»Helikoptermutter«, sagte Anders. Tova und Kerstin lachten. Kerstin Holm drückte ihre beiden Lieben. Die Tatsache, dass Anders seiner Mutter inzwischen über den Kopf gewachsen war, machte ihr schwer zu schaffen. Instinktiv wollte sie sich immer noch zu ihm hinunterbeugen.

Sie öffnete die Tür und winkte Tova und Anders zum Abschied.

Die beiden waren schon wieder in ein Gespräch vertieft.

⋆

Paul Hjelm stand vor dem Haus, das schon sein Zuhause war. Er blickte durch den Torbogen in den Hinterhof, wo in einem Ladenlokal die Redaktion einer Zeitschrift und ein Fotostudio untergebracht waren. Dieses Haus war unerwartet schnell viel mehr ein Zuhause geworden, als es die Einzimmerwohnung in der Slipgatan je gewesen war. Die wurde jetzt von den nicht immer glückseligen Nebeln der Vergangenheit verschluckt. Als er schließlich mit Kerstin und Anders hier einzog, verspürte er nicht die geringste Sentimentalität für die alte heruntergekommene Junggesellenbude. Sie gehörte der Vergangenheit an, jedoch auf eine ganz andere Art und Weise als das Reihenhaus in Norsborg. Dort waren immerhin seine Kinder aufgewachsen. Es begleitete ihn, wie ein Gruß aus einem anderen Leben.

Aber jetzt zählte dies hier. Die Heleneborgsgatan. Er liebte die Gegend um die Högalidskirche. Er war sich nicht ganz sicher, ob ein Spion leicht bohemehafte Künstler- und Musikerviertel lieben sollte, doch er tat es auf jeden Fall. Vermutlich war er kein echter Spion.

Er dachte an den merkwürdigen Zufall, dass sein Vorgänger auch in dieser Ecke gewohnt hatte. Sein Vorgänger, der in der gleichen Position, die Paul jetzt innehatte, mindestens zehn Menschen getötet hatte. Er selbst war noch nicht annähernd so weit, aber er hatte in der A-Gruppe getötet und begann allmählich zu ahnen, dass er seiner Aufgabe nicht mit dem gleichen selbstaufopfernden Pflichteifer nachkam wie Tore Michaelis.

Im vergangenen Jahr war er natürlich ein paarmal im Ausland gewesen, hatte wegen des überraschenden Kernwaffenversuchs Nordkoreas und der besorgniserregenden Erklärung des iranischen Präsidenten Mahmud Ahmadinedschad, sein Land sei in der Lage, Atomwaffen herzustellen, an internationalen Konferenzen der Nachrichtendienste in London und Athen teilgenommen. Seine erste alleinige Auslandsreise hatte ihn nach Budapest geführt, wo die Proteste gegen Ministerpräsident Ferenc Gyurcsány aus dem Ruder zu laufen drohten. Dessen Stimme war zuvor auf Band festgehalten worden, als er zugab, bezüglich der Staatsfinanzen gelogen zu haben, um die Wahl zu gewinnen. Aber es war dennoch ein Jahr gewesen, in dem keine großen umwälzenden Ereignisse die Welt erschütterten. Und was im April geschehen war, um sich nur wenige Wochen später zu wiederholen, war höchstens auf subtile, indirekte Weise von größerer politischer Bedeutung. Wenn auch nicht weniger furchtbar.

Kaum zufällig traf es zwei der waffenfreundlichsten Länder. Im Waffenparadies USA war man zwar daran gewöhnt, doch die Wahnsinnstat des Todesschützen Cho Seung-Hui an der Virginia Tech war dennoch rekordverdächtig. Zweiunddreißig Menschen starben durch die einhundertfünfundsiebzig Schüsse des waffenverrückten jungen Mannes, und der hinterließ so verwirrte, so von richtungslosem Hass erfüllte Äußerungen, dass es ein Rätsel war, wie er die Schule hatte besuchen können, ohne dass jemand eingriff. Es war nicht nur ein Versagen der amerikanischen Waffengesetze – die es dem aktenkundig geisteskranken jungen Mann erlaubten, mit seiner Kreditkarte Waffen zu kaufen –, sondern auch des ganzen psychiatrischen Systems, ja der gesamten Öffentlichkeit.

Und ein halbes Jahr später ereignete sich das erste Schulattentat auch in Skandinavien, den USA Europas, nämlich im finnischen Tuusula. In dem nördlichen Vorort von Helsinki gab der achtzehnjährige Pekka-Eric Auvinen an der Jokelaschule neunundsechzig Schüsse ab, mit der Begründung: »Dies ist mein Krieg, der Krieg eines Mannes gegen die Menschheit, gegen Regierungen und die schwachsinnigen Massen. Keine Gnade dem Abschaum der Erde.« Acht Menschen starben, dann tötete er sich selbst.

Paul Hjelm konnte lediglich konstatieren, dass es ein paar Lehren zu ziehen gab, um Ähnliches in Schweden zu vermeiden. Auf gar keinen Fall durfte man die strengen Waffengesetze lockern. Und man musste versuchen, Außenseiter früh aufzufangen, wenn ihr Verhalten destruktive Formen anzunehmen drohte – und wenn es nur zum Besten des Betroffenen war. Und in beiden Fällen war die Gesellschaft, die Öffentlichkeit gefragt.

Die Gesellschaft, die völlig zu verschwinden begann.

Pekka-Eric Auvinen hatte einen Tag zuvor auf YouTube ein Video mit dem Titel *Jokela High School Massacre* eingestellt. Auf YouTube, das einige Monate zuvor für 1,65 Milliarden US-Dollar von Google aufgekauft worden war.

In Paul Hjelms Kopf hing dies alles zusammen.

Doch plötzlich stand Kerstin neben ihm, und alle Angst verflog. Sie küssten sich leicht auf den Mund, und im selben Augenblick, in dem sich ihre Lippen berührten, schallte ein Hupen durch die regenschwere Novemberluft. Sie lachten und drehten sich zur Långholmsgatan um. Hundert Meter entfernt stand ein Toyota Hiace an der Bushaltestelle der Linie 4 und tuckerte.

Während ihnen die feuchte Kälte immer tiefer ins Mark drang, liefen sie auf den Minibus zu, Hand in Hand, damit keiner zurückblieb. In dem Moment kam die 4 heran, und der große blaue Bus zwang den kleinen Minibus zu einem schmählichen Manöver, um nicht rettungslos auf die Västerbron hinaufgedrückt zu werden. Er fuhr auf den Bürgersteig und blieb auf dem Fahrradweg stehen. Die Seitentür wurde geöffnet, und Paul und Kerstin erkannten Lena Lindberg, die ihnen durch die Regenkaskaden zuwinkte.

Sie erreichten den Wagen und sprangen hinein. Im Augenwinkel meinte Paul Hjelm zu erkennen, wie hinter dem Fenster oben im Eckhaus jemand an einem Computer saß und schrieb.

»Na, was sehe ich denn da«, sagte Arto Söderstedt, während der blaue Bus hupend vorbeifuhr. »Zwei gut angefeuchtete Polizeiobere.«

»Kann man gut angefeuchtet sein, ohne nass zu sein?«, fragte Kerstin Holm.

Söderstedt nahm den Fuß von der Bremse, rumpelte vom Bürgersteig und quälte den Minibus mit einem infernalischen Jaulen des Motors über die Västerbron.

5

Einst war er zu Schwedens größtem Polizisten gekürt worden. Es war die hausinterne Zeitung *Polistidningen* gewesen, die seine mächtigen Körperformen – ein Ergebnis der Einnahme anaboler Steroide – zu dieser Auszeichnung veranlasst hatte.

Schwedens größter Polizist.

Drei Worte, und keines davon stimmte.

Sein Umfang war schon lange nicht mehr so gewaltig. Es war mehr als ein halbes Jahrzehnt her, dass er abgenommen und aufgehört hatte, seinem Körper diverse Substanzen zuzuführen. Damals hatte er die Frau getroffen, von der er inzwischen wusste, dass sie der letzte Mensch sein würde, dem er in diesem Leben begegnen würde. Ludmilas Augen waren das Letzte, was er von dieser Welt sehen würde. Sie würden ihm genug Zuversicht geben, um dem Tod offen entgegenzutreten. Dass sie vor ihm sterben könnte, kam ihm nicht in den Sinn. Es war ganz einfach undenkbar.

In Schweden war er auch nicht mehr. Das verliebte Paar war nämlich mehr oder weniger ausgewandert und lebte auf der Insel Chios dicht vor der türkischen Küste im Ägäischen Meer. Dort hatten sie ein kleines Haus, in dem sie beide saßen und schrieben.

Denn nicht einmal Polizist war Gunnar Nyberg noch. Allein die A-Gruppe hatte ihn es so lange im Polizeikorps aushalten lassen. Als diese dann zum Jahreswechsel begraben wurde, hatte er seinen Absprung schon minutiös vorbereitet. Den entscheidenden Stoß erhielt der Entschluss durch Ludmilas Erfolg mit ihrem autobiografischen Buch *Sowjetische Pubertät*, von dem sie bereits mehr als die Hälfte geschrieben hatte, als er ihr begegnet war. Es verkaufte sich so gut, dass sie es sich erlauben konnte, ihre Professur am Slawischen Seminar der Universität aufzugeben. Außerdem schrieb sie Lehrbücher über die russische Sprache, die für den größten Teil ihres Einkommens sorgten. Sie erschienen in einem der renommiertesten Lehrmittelverlage der USA und wurden in zunehmendem Maß weltweit verwendet.

Gunnar Nybergs Beitrag zum gemeinsamen Auskommen war dafür umso bescheidener. Er kämpfte mit seinem eigenen Manuskript. Obwohl es die ganze Zeit dicker und dicker wurde, verschob er das Setzen des Schlusspunkts immer wieder in weite Ferne.

Merkwürdigerweise war ein Verlag an ihn herangetreten. Irgendwie war man auf seinen eigenartigen Lebensweg, vom Mister Sweden in den Siebzigerjahren bis zum Ermittler in der A-Gruppe, aufmerksam geworden. Es waren seine Vorträge gegen Doping an den Schulen des Landes gewesen, die das Interesse des Verlags geweckt hatten. Nyberg erhielt ein Vorschusshonorar als, Zitat, »Anreiz zu fortgesetzter Kreativität«.

Meine Güte, dachte Gunnar Nyberg und schleuderte das mit ebenso viel Trauer wie mühsamer Handarbeit hergestellte Manuskriptbündel zum wer weiß wievielten Mal an die Wand.

Das Leben war viel zu verzwickt für einen Text.

Wenn Ludmila in die Opferrolle schlüpfen wollte, nur um sich zwischendurch daran zu erinnern, wie es in ihrer unbeschreiblichen Kindheit in Moskau in dieser Rolle gewesen war, widmete sie sich mit Vorliebe dem Aufsammeln der Manuskriptseiten und bügelte diese sogar noch.

Noch nie hatte Gunnar Nyberg sich so geschämt, wie als Ludmila zum ersten Mal mit erhobenem Bügeleisen und der Zungenspitze im Mundwinkel über seinen zerknüllten Blättern stand.

Diesmal war sie nicht da, um ihm ein schlechtes Gewissen zu machen, aber das konnte er durchaus selbst.

Was zum Teufel hatte er sich da eingebrockt? Schriftsteller? Er? Gunnar Nyberg? Der Mann, der eigentlich nur für seine nahezu magische Fähigkeit bekannt war, Türen nicht in Stücke, sondern in Splitter zu schlagen.

Er trat an die großflächigen Scheiben des verglasten Balkons und blickte mürrisch über das kreisförmige St.-Eriks-Viertel. Hier, in Ludmilas Apartment, wohnte er bei seinen immer selteneren Stockholmbesuchen. Da war er dem verfluchten Polizeipräsidium endlich entkommen, und dann lag es trotzdem in Sichtweite dieses Fensters. Es war wie ein Fluch.

Der Einzige, den er seit der Auflösung der A-Gruppe getroffen hatte, war Paul Hjelm, der eines Tages dagestanden hatte und über den schmalen Sund zur Türkei hinüberblickte, als Gunnar Nyberg mit einer kleinen Tasse dickflüssigen griechischen Mokkas in der Hand aus dem Haus trat. Was Hjelm dort genau tat, war nicht aus ihm herauszubekommen, doch es war ein freudiges Wiedersehen. Es war der Paul aus guten alten Tagen, sozusagen erholt von den durch modische Anzüge geprägten Jahren in der Abteilung für interne Ermittlungen, jetzt war er beinahe so verlottert wie Nyberg selbst. Sie hatten ein paar Tage zusammen verbracht und waren sich einig gewesen, dass das meiste trotz allem schlimmer geworden war. Beide waren augenscheinlich glücklicher, doch die Welt war schlechter dran als bei der Gründung der A-Gruppe.

Sie saßen auf der Veranda, tranken einundzwanzig Jahre alten Whisky der raren Qualitätssorte Aberfeldy, den Hjelm von einem ehemaligen KGB-Agenten bekommen haben wollte, der mittlerweile für die CIA arbeitete, und stellten Betrachtungen über die vergangenen zehn Jahre an.

Weder Paul Hjelm noch Gunnar Nyberg neigten zu hoffnungslosem Pessimismus. Es gab Lichtblicke. Die Jugend schien eindeutig fähiger als ihre Elterngeneration zu sein, die Untiefen des Internets zu umschiffen, eine neue Form von

Aufnahmefähigkeit breitete sich aus, eine neue Bewusstheit. Die Kreativität, Urkraft der Menschheit, nahm neue Formen an, und das Umweltbewusstsein begann zu einer der Grundvoraussetzungen der Existenz zu werden.

Über dies alles musste er unbedingt ausführliche Gespräche führen. Sosehr er Ludmila liebte, brauchten sie beide doch zuweilen auch ein wenig alternative Gesellschaft. Das Dasein als Schriftsteller war Einsamkeit pur, das hatten sie erkannt. Deshalb hatte er Ludmila auf Chios zurückgelassen, um sich in der schlimmsten aller Jahreszeiten nach Stockholm zu begeben. Um der seltsamen Einladung nachzukommen.

Sie hatte ihn in einem Brief erreicht, dessen Absenderanschrift ihm nichts sagte, und war überschrieben mit: »Verehrte ehemalige Mitglieder der A-Gruppe«. Anderseits, warum sollte er die Anschrift kennen? Er wusste ja kaum, wo die anderen jetzt arbeiteten. Dann und wann hörte er von Kerstin, aber das war auch alles. Das Bedürfnis, die anderen zu treffen, war im Verlauf des vergangenen Jahres immer stärker geworden. Und der November war verdammt noch mal auch in der ägäischen Inselwelt kein besonders spaßiger Monat.

Jetzt bekam er eine SMS. Von einer unbekannten Nummer, natürlich – er kannte keine Nummern mehr, und sein Adressbuch war quasi leer. Doch die Botschaft war umso deutlicher: »Stehen schon eine halbe Stunde hier und warten, du Lahmarsch.«

Er erkannte eine söderstedtsche Übertreibung, wenn er sie sah. Vermutlich war der Wagen noch nicht einmal auf Kungsholmen angekommen. Dennoch raffte er mit einer Energie, wie er sie lange nicht verspürt hatte, die verstreuten Manuskriptseiten in dem ihm eigenen Tempo zusammen, das die Ganoven stets verwundert hatte, riss den kleinen Rucksack und die auf dem Flugplatz Arlanda erstandene Winterjacke an sich und stürzte die Treppe hinunter.

Genau in dem Moment, als er den Grubbensringen erreichte, drängte sich der Wagen tatsächlich durch die Regenschleier entlang des großen Gebäudeovals. Er hielt Kurs auf ihn, die Seitentür glitt auf, und Gunnar Nyberg sah Arto Söderstedt, Lena Lindberg, Paul Hjelm und Kerstin Holm gleichzeitig auf ihre nur vereinzelt vorhandenen Armbanduhren deuten.

Er lachte.

»Jetzt rückt mal zusammen, ihr Armleuchter«, sagte er.

Und Gunnar Nyberg war wieder zu Hause.

6

Die große Leere füllte die Wohnung. Er war schon so lange nicht mehr allein gewesen, dass er kaum wusste, was er mit den wenigen Minuten, die ihm noch blieben, anfangen sollte.

Die Zeit hatte in diesen Tagen eine merkwürdige Form. Die Luft vibrierte sozusagen immer noch vor Lebendigkeit dort draußen im Flur. So wurde die Zeit jetzt gemessen: in molekularen Vibrationen, die von zwei wahnsinnig vitalen Wesen erzeugt wurden. Als ob die Atmosphäre einige Minuten brauchte, um sich zu erholen und die Luftmoleküle in ein etwas besser geordnetes Chaos zu bringen.

Er warf einen durchaus zweifelnden Blick zur Kleiderkammer. Nie mehr, hatte er sich selbst und der Welt versprochen.

Aber.

Dennoch.

Gerade in den wenigen Augenblicken des Alleinseins überfiel ihn die Verlockung mit der ganzen gewaltigen Kraft des Verdrängten. Er legte die Hand an den Türgriff zur Kleiderkammer. Da blieb sie liegen.

Wie sonderbar das Leben sich entwickelt hatte.

Als er endlich seine seit einer Ewigkeit ersehnte Beförderung bekommen hatte, hatte Kommissar Jorge Chavez seinen Erziehungsurlaub genommen. Und nicht nur einen kleinen, albernen, politisch korrekten Vatermonat, sondern ein solides komplettes Jahr, was die Reichspolizeiführung unmittelbar in die Bredouille brachte. Mit aller zu Gebote stehenden politischen Feinfühligkeit versuchte man Mittel und Wege auszuloten, um den frisch berufenen Computerchef ins Büro zurückzuzwingen. Computerchef war eigentlich nicht die korrekte Bezeichnung, aber die korrekte Bezeichnung war so lachhaft albern, dass Chavez sich aus Prinzip weigerte, sie auszusprechen. Er war auf jeden Fall für eine neu gegründete Abteilung bei der Reichskriminalpolizei verantwortlich, die sich der kompliziertesten Daten- und Internetkriminalität widmete. Die Reichskriminalbehörde erwartete von dem dankbaren frischgebackenen Kommissar natürlich einen hingebungsvollen und rücksichtslos selbstaufopfernden Arbeitseinsatz. Stattdessen ging der Schuft nach nur einem Monat, gerade als seine ersten Direktiven umgesetzt werden sollten, in einen Langzeit-Vaterschaftsurlaub. Mit großer und wie üblich panischer Hast musste ein Stellvertreter ernannt werden. Aber der verfluchte Kinderhüterkommissar hatte es natürlich außerdem noch geschafft, die Stellvertreterstelle für eine Figur maßzuschneidern, die alle so weit wie möglich auf Abstand halten wollten. Also war man doch gezwungen, den homosexuellen Jon Anderson zum stellvertretenden Kommissar und Chef der genannten Einheit zu berufen. Wer zum Teufel würde es wagen, sich an den zweitqualifiziertesten Computerpolizisten des Landes zu wenden? Bestand nicht die Gefahr, dass die Festplatten virusverseucht zurückkamen und die nichts Böses ahnenden Polizeiassistenten unversehens auf Schwulenpornoseiten landeten?

Doch nachdem Anderson erst einmal die Stelle angetreten hatte, blieb es niemandem verborgen, wie kompetent und gut organisiert er war. So sehr, dass sich inzwischen die Frage stellte, wie zum Teufel man den Babyarschabwischerkommissar am besten loswurde.

Chavez hatte das ganze Szenario minutiös geplant und war sich der Tragweite voll bewusst. Vor allem hatte er sich von seinem alten Mentor Jan-Olov Hultin, dem am häufigsten pensionierten Polizisten des Landes, helfen lassen. Niemand wusste besser über die Ziele der Reichspolizeibehörde Bescheid, und niemand kannte so viele Wege, die daran vorbeiführten. Fakt war, dass sie während des Erziehungsurlaubs ihr altes Vater-Sohn-ähnliches Verhältnis wiederaufgenommen hatten und sich nahezu jede Woche trafen. Er hoffte, dass Hultin an dem bevorstehenden Ereignis ebenfalls teilnehmen würde, aber er wusste nichts Genaueres darüber. Die Einladung hatte ziemlich eigenartig ausgesehen.

Doch allein der Gedanke, alle wieder zu treffen, war schon großartig. Der Rest spielte keine so große Rolle. Er wusste lediglich, dass jeder gebeten worden war, etwas vorzubereiten. Und das hatte er getan.

Er betrachtete seine Hand auf dem Handgriff der Kleiderkammertür. Sie lag still. Nie mehr.

Aber.

Dennoch.

Dann holte er tief Luft und öffnete die Tür.

*

Sara Svenhagen ging auf die Knie. Ja, tatsächlich. In gewisser Weise kam es ihr natürlich vor. Sich nicht nur ein wenig lässig hinunterzubeugen, sondern tatsächlich auf demselben Niveau zu landen. Es war ihr egal, dass die Strumpfhose unter dem schwarzen Lederrock sicher schlimme Staubflecken bekommen würde.

Sie drückte Isabel an sich, die hübsche schwarz gelockte Fünfjährige erwiderte ungeduldig die Umarmung und rannte davon in die Wohnung, wo ihre Kindergartenfreundinnen in dreifacher Ausfertigung schon warteten. Es war natürlich ein gewagtes Spiel, die Kinder bei den berüchtigten Drillingseltern in Wasa zu lassen, die hauptsächlich dafür bekannt waren, dass sie ihre Töchter exakt gleich kleideten, sodass niemand die geringste Chance hatte, einen Unterschied zwischen Maja, Mia und Maj auszumachen. Dennoch mochte Sara die exzentrische, aber unglaublich kinderliebe Familie. Nicht einmal den kleinen Miguel dort abzugeben, der gerade im Treppenhaus auf sie zutappte, fiel ihr so schwer, wie es das aus Gewissensgründen eigentlich tun sollte.

Das schlechte Gewissen existiert ja bekanntlich, damit wir uns gut fühlen.

Miguel war blonder als sie selbst und hatte klare blaue Augen, die genetisch etwas schwer zu erklären waren. Der Witz vom Briefträger war anfangs ziemlich strapaziert worden. Vielleicht hätten sie den Jungen Hugo oder Axel, Lukas oder Oskar, Viktor oder Erik nennen sollen, als sie sahen, dass er weizenblond und blauäugig geboren wurde.

Aber jetzt war er Miguel. Isabel und Miguel. Fabelhafte Namen für fabelhafte Kinder.

Sie drückte Miguel noch einmal an sich und fühlte, dass sie eigentlich weinen sollte: die erste Nacht von Papa und Mama getrennt. Aber sie konnte nicht. Es kostete sie ein wenig Selbstüberwindung, sich einzugestehen, dass es schön sein würde. Einer einzigen Nacht wegen musste man noch kein schlechtes Gewissen haben.

Tatsache war, dass sie ein schlechtes Gewissen hatte, weil sie kein schlechtes Gewissen hatte. Aber irgendwo gab es schließlich eine Grenze.

»Tschüss, mein kleiner Liebling«, sagte sie, und Miguel schwankte friedlich auf seinen gerade erst fürs Gehen entdeckten Beinen davon.

Als Sara Svenhagen das Haus verließ, spürte sie keinerlei Trauer, nur Erwartung. Doch dann schlug das schlechte Gewissen auf andere Weise zu. Als habe es, geduldig wie eine Löwin an einem Wasserloch, nur darauf gewartet.

Lena.

Nach der Auflösung der A-Gruppe war Sara in eine geheime Abteilung bei der Reichskriminalpolizei versetzt worden. Aber ihre eigene Rolle war ziemlich faszinierend. Gut, sie war nicht befördert worden, damit hatte sie allerdings auch nicht gerechnet, doch anfänglich verfluchte sie jeden einzelnen Vorgesetzten, Kerstin Holm eingeschlossen, weil sie in einer Art Grauzone ohne exakt definierte Stellenbeschreibung gelandet war. Im Nachhinein hatte sich indessen gezeigt, dass sie eine sogenannte spezielle Ressource war, die bei besonders komplizierten Verhörsituationen hinzugezogen wurde. Vernehmungsexpertin, ganz einfach.

Das Dilemma war: Zusammen mit Lena Lindberg war sie darin am besten, aber an keiner Stelle war es ihr gelungen, Lena hinzuzuziehen. Lenas Hypothek an Gewaltausbrüchen und Disziplinarverfahren war zu groß. Und es gab im Grunde nur Mittel für eine Vernehmungsexpertin, und auch die waren knapp. Beinahe täglich redete sich Sara Svenhagen ein, dass sie nicht mehr für Lena hatte tun können. Aber natürlich nagte es an ihr. Die anderen A-Gruppen-Mitglieder waren trotz allem ziemlich gut weggekommen. Nur Lena Lindberg hatte sich wieder die Uniform anziehen müssen und war gezwungen, erneut in die gewalttätige Alltagskriminalität der Innenstadt einzutauchen. Und das hätte Sara Svenhagen eigentlich verhindern sollen. Ja, sie hätte es verhindern müssen. Und jetzt würden sie sich wiedersehen. Sie hoffte, dass Lena nicht sauer auf sie war. Sie hatten praktisch ein halbes Jahr lang nicht miteinander geredet, und allein das war komisch, so nah wie sie sich gestanden hatten. Eigentlich konnte alles passieren.

Sara Svenhagen trat in der etwas kargen Vikingagatan in Birkastan in den Dauerregen hinaus und lief zur Rörstrandsgatan hinunter. Der Regen konnte ihr nichts anhaben, und nicht einmal auf ihren Jorge zu warten würde sie irritieren. Sie hatte ihm sogar gestattet, die Kleiderkammertür einen Spaltbreit zu öffnen.

*

Er trat in die Kleiderkammer.

Den ersten Gedanken, der ihm dabei in den Kopf kam, nämlich wie unendlich viel Krempel man als Familie mit kleinen Kindern ansammelt, vermochte er zu verdrängen.

Schon das war ein imponierender Fortschritt. Ohne in lautes Panikgeschrei ausbrechen zu wollen, kämpfte er sich durch den letzten Urwald auf Erden, die Kleiderkammer Chavez-Svenhagen, und gelangte ans Ziel.

Er funkelte wie der Heilige Gral und stand ganz hinten in dem Chaos. Langsam öffnete Chavez die große Hülle. Sie war wie ein Kokon. Hoffentlich befand sich ein Schmetterling darin, eine Entität, die ihre irdischen Grenzen überschritt, um sich in den Himmel zu erheben, wenn die Hülle endlich aufbrach.

Was sie in ebendieser Sekunde tat. Plötzlich erinnerte sie mehr an einen Sarg als an einen Kokon. Er nahm ihn heraus, wiegte ihn einen Augenblick in den Armen und begann schließlich, sich aus der Kleiderkammer herauszukämpfen. Es war ein Bild wie aus der Frühgeschichte der Evolution. Der Jäger, der sich durch den Dschungel arbeitet, unter schweren Entbehrungen, und – Musik erschafft. Um die Entbehrungen zu beschwören. Ihnen einen Sinn zu geben.

Ein Bild aus der Geschichte der Menschheit.

Der Kampf und die Kunst.

Er zog den hohen Schemel heran, der zu einem Kinderstuhl umfunktioniert worden war, und platzierte die linke Hinterbacke darauf. Es war eine selbstverständliche Stellung, und allein das Gefühl setzte eine Welt in Bewegung.

Er rieb die Finger ein wenig gegeneinander. Legte die linke Hand um den Hals. Fühlte die Spannung. Und schlug den ersten Ton auf dem Kontrabass an.

Er klang seltsam. Geradezu bizarr. Was war im Urwaldklima der Kleiderkammer mit dem alten Bass geschehen? Feuchtigkeitsschäden, Reptilienangriffe, der Resonanzkörper vollgestopft mit ausrangierten Kuscheltieren?

Noch ein Ton. Und der war genauso komisch. Als ob der ganze makabre Klang der Gegenwart in seinem Echo widerhallte. Disney? Donald Ducks Weihnachtsabend?

When you wish upon a star?

Er erinnerte sich an die Experimente. Die Spiele mit der fünfjährigen Isabel. Und erinnerte sich daran, wie sie den lustigsten SMS-Ton gefunden hatten.

Grimmig lächelnd nahm er das Handy aus der Hosentasche. Es war natürlich Sara, und die SMS lautete: »Sie sind jetzt da. Parken auf dem Bürgersteig mitten auf dem St. Eriksplan. Fühl dich nicht gestresst, Liebling.«

Jorge Chavez rieb sich die Augenwinkel. Er schlug einen weiteren Ton an, seinen Lieblingston, ein wunderbar vibrierendes Gis auf der G-Saite. Dann schüttelte er den Kopf, trug den Kontrabass in die Kleiderkammer zurück und stopfte ihn in seine monströse Hülle.

Er trat auf die Straße und hastete zur Rörstrandsgatan hinüber. Mitten auf dem St. Eriksplan, direkt an einer Bushaltestelle und umgeben von griesgrämigen Sonntagsfahrgästen, stand tatsächlich ein blassgrauer Toyota Hiace. Und seine Frau davor. Pudelnass. Ihr Blick war starr auf ihn gerichtet. Er lächelte. Er wusste, dass sie vor dem Wagen stehen geblieben war, um ihn zu bestrafen. Ihre Nässe sollte ihn den ganzen Weg über bis zu dem mystischen Herrenhaus anklagen.

*

Sara Svenhagen war vor dem Auto stehen geblieben, um ihren Mann zu bestrafen. Das Alberne war, dass sie wusste, dass er es wusste, und dass sie es vor allen Dingen tat, weil es so lustig war.

Beziehungen sind manchmal ziemlich kompliziert.

Er kam zu ihr, legte die Hand auf ihre nasse Schulter und sagte zuckersüß: »Wie lieb von dir, dass du auf mich gewartet hast.«

Sie sprangen in den Wagen und umarmten alle, die sie erreichen konnten, während Arto Söderstedt gerade noch rechtzeitig vor einem weiteren blauen Bus der Linie 4 von der Haltestelle losfuhr und die Odengatan hinunterjagte.

»Das hier«, sagte Jorge Chavez mit schneidiger Kommissarstimme, »war eine verdammt gute Idee.«

»Hauptsächlich eine Methode, der Pest für eine Weile zu entfliehen«, sagte Paul Hjelm.

An den Scheiben strömte der Regen herunter.

7

Er saß vor dem Computer. Früher war der PC ein reines Arbeitsgerät gewesen, zwar das wichtigste und bedeutend effizienter als die schärfste Waffe, aber mittlerweile war er mehr als das. Manchmal beunruhigte es ihn, dass er im Begriff war, den Kontakt mit der wirklichen Welt zu verlieren, und damit sozusagen trotz enormer Fachkenntnisse über Computertechnologie ein immer schlechterer Polizeibeamter wurde.

Aber nicht oft. Und vor allem nicht lange.

Im Grunde war er genau dort gelandet, wo er sein wollte, aber wenn es eines gab, das vor der wirklichen Welt zu bekennen schwerfiel, dann war es Zufriedenheit. Die Tatsache, dass man nach seiner langen Wüstenwanderung tatsächlich angekommen war. Ein wunderliches Gefühl von Befriedigung begleitete seinen Alltag. Die alten Ängste und der Schmerz waren nur noch Erinnerung, ein Resonanzboden, aber als Ganzes gesehen nurmehr eine entfernte Landschaft der Vergangenheit.

Seine Arbeit entsprach voll und ganz seinen Wunschvorstellungen – nichts war so spannend, wie im Internet die Spur von Verbrechern aufzunehmen oder auf Festplatten, die die Ganoven gelöscht zu haben glaubten, bevor sie sie auf den Meeresgrund versenkten, noch Hinweise zu finden –, und er lebte das Leben, das er leben wollte. Er hatte ein ziemlich geordnetes Privatleben, in dem zwischen ihm und Markus zuweilen Leidenschaft aufblühte. Markus, den er innig liebte und der ihn allem Anschein nach ebenso innig liebte, obwohl er in der verlockenden Kunstwelt arbeitete. Markus besaß eine Galerie und war ständigen Verführungsversuchen ausgesetzt, denen er – allem Anschein nach – tapfer widerstand.

Ihr gemeinsames Alltagsleben war leise, liebevoll und vollkommen offen, und Jon Anderson fühlte sich so wohl wie noch nie zuvor. Er war ein ziemlich langweiliger, loyaler und vollkommen treuer Schwuler.

Die Frage war, ob er sich selbst etwas vormachte. So zuckersüß konnte das Dasein doch nicht sein. Irgendwo im Hintergrund schlugen die schwarzen Flügel des Unglücksraben. Jon Anderson verschloss die Augen davor, und das aus einem einfachen Grund: Vertrauen.

Vertrauen zu einem Kollegen.

Nach all den Jahren, in denen er aus der kollegialen Polizeigemeinschaft ausgestoßen gewesen war, hätte er an so etwas nicht mehr geglaubt. Und ihm war klar, dass die Reichspolizeibehörde ganz bestimmt nicht vorgehabt hatte, Jon Anderson zum Kommissar zu befördern. Er hatte eine viel zu ambivalente Vergangenheit, zu der unter anderem gehörte, dass ein paar Kollegen wegen Diskriminierung entlassen wurden und er in einem bekannten Schwulenpark in Posen niedergestochen worden war.

Anfänglich war er im Limbo gelandet, umgeben von Kriminalität in einer trostlosen Existenz bei der Stockholmer Polizei und hatte jeden Kontakt zu den anderen verloren. Es war, als hätte die A-Gruppe nicht existiert. Nicht zuletzt trauerte er um seinen Partner, mit dem er ein Team gebildet hatte, das zwar nicht ganz reibungslos funktioniert, aber dennoch mehrere gewinnbringende Jahre gehalten hatte. Doch Jorge Chavez ließ nie wieder von sich hören. Er wurde schnell zum Kommissar befördert, bekam einen Traumjob in einer der neuen Abteilungen für Internetkriminalität bei der Reichskriminalpolizei und war wie vom Erdboden verschluckt. Natürlich war Jon Anderson enttäuscht, das konnte er nicht verhehlen, natürlich gab es sogar Gelegenheiten, bei denen er Jorge verfluchte. Aber irgendetwas sagte ihm, dass sich etwas tat. Dass Kräfte im Stillen für ihn arbeiteten. Er hatte die Hoffnung nicht aufgegeben.

Und natürlich war es so. Er hatte Jorges List unterschätzt, seine Fähigkeit, an den bürokratischen Untiefen vorbeizunavigieren, ohne dass es bemerkt wurde. Und Jon musste ganz einfach zugeben, dass es genau das war, was Jorge Chavez zu einem etwas besseren Polizisten machte, als er selbst einer war. Er stand in gutem Kontakt mit der Wirklichkeit.

Wahrscheinlich saß Jon Anderson ein bisschen zu viel vor dem Computer. Wahrscheinlich war er ein wenig zu virtuell, zu sehr ein Mann des Cybernet, um Reichspolizeichef zu werden, was Jorge Chavez aller Wahrscheinlichkeit nach binnen eines Jahrzehnts werden würde. Wenn er nicht wieder anfing, Bass zu spielen.

Jorge hatte Jon Anderson hemmungslos ausgenutzt und ihm zugleich in selbstaufopfernder Weise geholfen. Ohne Jon hätte Jorge nie ein ganzes Jahr Erziehungsurlaub nehmen können. Und ohne Jorge hätte Jon nie den Job seines Lebens bekommen.

Eine Win-win-Situation.

Aber er wusste auch, dass hier der Unglücksrabe lauerte. Schließlich würde Jorge eines Tages zurückkommen. Er hatte offen erklärt, dass er auch diesen Zug geplant hatte. Mit jedem Tag, an dem Jon gute Arbeit leistete, kam er einer festen Anstellung näher. Die Abteilung machte zweifellos Fortschritte, und bald würden zwei Kommissare an der Spitze benötigt werden. Ein Chef und ein stellvertretender Chef.

Seiner strikten und wohlorganisierten Lebensführung getreu erhob sich Jon Anderson, speicherte den halb geknackten Code auf drei verschiedenen Festplatten und zog sich den schweren handgenähten Mantel der Marke Rose & Born über, der ihn wie eine enorme schwarze Kirchenglocke aussehen ließ. Der lange schmale Körper darin war der Klöppel.

Er sah, dass es draußen regnete, und durchsuchte den Schirmständer. Mit einer leicht angewiderten Miene schob er den vom Wind zerzausten »Pu der Bär«-Schirm zur Seite, den Jorge einmal bei ihnen vergessen hatte, und entschied sich für ein elegantes Modell der Marke GustBuster mit Schottenmuster, angeblich der beste Schirm der Welt.

Er schickte sich an, die Wohnung zu verlassen. Normalerweise hätte Markus jetzt dort im Sessel aus dem Jahr 1876 gesessen, ein paar Züge aus seiner gut eingerauchten Pfeife der ebenso altehrwürdigen wie unvergleichlichen Marke Savinelli genommen und hätte ihm einen Abschiedskuss gegeben. Aber Sonntag war Galerietag, und Jon musste seinen hoch aufgeschossenen Körper ungeküsst in den Aufzug klemmen, für den Tag unberührt seinen GustBuster aufklappen und in den strömenden Regen der Roslagsgatan hinaustreten.

Natürlich war er ordentlich vorbereitet, bis an die Zähne belesen. Weil der Wagen schon sechzehn Sekunden verspätet war, zog er ein zusammengefaltetes Papierbündel, auf dem *Die Flamme des Lebens* stand, aus der Tasche und wiederholte Schlüsselwörter wie »Rue Wiertz« und »Optoswitch«. Als er sich nicht weniger als vierzehn Minuten später zwischen Sara Svenhagen und Jorge Chavez im Auto zurechtsetzte, hatte er den ganzen Text noch einmal gelesen und war mehr als bereit und außerdem unerhört zufrieden mit dem Leben. Seine erste Frage nach den Begrüßungsfloskeln lautete: »Die Pest? Welche Pest?«

8

Dankbarkeit. Ein kleines Wort. Wie alle Wörter. Inzwischen. Das Leben. Alles wieder neu zu bewerten. Sich wieder zu platzieren. Unmöglich. Und es geschieht dennoch. Sich umdrehen, wie jetzt, und den Regen lieben. Jeden einzelnen kleinen Tropfen lieben, der am Fenster herabrinnt. Ein absurder Gedanke.

Damals.

Aber jetzt lebte er im Absurden. Das Absurde war seine neue Wirklichkeit. Das Absurde, tot gewesen zu sein und jetzt zu leben.

Ein Atemzug war ein Genuss. Ein tiefer Atemzug war ein Fest. Viggo Norlander lebte. Und sein restliches Leben würde reich werden. Vielleicht nicht lang, aber reich.

Dass er nicht tief religiös geworden war, lag hauptsächlich daran, dass seine Dankbarkeit eher der Wissenschaft galt als der Religion. Denn tatsächlich hatte die Wissenschaft sein Leben gerettet. Gott vielleicht auch, doch das war schwerer zu beurteilen.

In seinem gesamten früheren Leben hatte er auf den Begriff »medizinisches Experiment« mit instinktiver Skepsis reagiert. Er roch nach Josef Mengele, Menschenversuchen und unkontrollierbaren Genmanipulationen.

Aber dann trat dieser graue Mann wie ein Engel in überaus gelungener Verkleidung in sein Heim und fragte ihn, ob er willens sei, an einem »medizinischen Experiment« teilzunehmen. Das Risiko »eines vorzeitigen Exitus« sei »allerdings erheblich«, aber andererseits sei »die potenzielle Rekonvaleszenz ein realer Faktor«, wenngleich, unabhängig vom Ausgang, eine »exazerbierte Douleur« nahezu garantiert sei.

Der zu diesem Zeitpunkt todkranke und unter schwersten Medikamenten stehende Viggo Norlander, der nach Hause gekommen war, um zu sterben, da er als nicht mehr behandelbar galt, hatte Schwierigkeiten, die Rede des verkleideten Engels zu verstehen. Wäre seine geliebte Astrid zu Hause gewesen oder hätte er ein französisches Lexikon zur Hand gehabt, hätte er wahrscheinlich nicht zugestimmt. Doch für ihn hatte es damals wie eine Rede aus ätherischen Sphären geklungen, die ihn aus den irdischen Sphären von Gestank und Leiden emporheben würde. Und er griff nach jedem Strohhalm, den er mehr ahnte als sah.

Später erwies sich, dass das Wort »Douleur« ohne jeden Zweifel »Schmerz« bedeutete, doch das war zweitrangig. Denn dies war eine neue Art Schmerz. Zwar entschieden schlimmer – tatsächlich der schlimmste Schmerz, den er je erlebt hatte, und weitaus schlimmer als der, den er zum Beispiel damals empfunden hatte, als man ihn auf einem schmutzigen Fußboden in Tallinn gekreuzigt hatte –, aber es war ein Schmerz, der tatsächlich zu greifen schien. Zum ersten Mal seit Langem hatte er das Gefühl, für einen höheren Zweck zu leiden. Nicht um zu sterben, sondern um zu leben. Er hatte das Gefühl, an jedem einzelnen Tag des Experiments die potenzielle Rekonvaleszenz höchst konkret in seinem Körper kreisen zu spüren.

Natürlich lag die Gefahr nahe, dass es sich um reines Wunschdenken handelte. Der letzte fiktive Strohhalm, nach dem seine ebenso fiktiven Hände greifen wollten. Doch so fühlte es sich nicht an.

Jeden Tag fuhr er ins Krankenhaus und bekam eine Spritze in den Hintern. Das war alles. Die Wirkung war umso heftiger. Er lag danach zwei Stunden in einem Einzelzimmer, während sein ganzer Körper von Schmerz geschüttelt wurde. Buchstäblich geschüttelt wurde. Nach einiger Zeit kannte er die Dramaturgie des Schmerzes bis ins kleinste Detail, in jeder Nuance. Wie er anfangs eine kleine Schneeflocke war, die auf der Spitze des Berges ins Rutschen kam. Wie sie anwuchs, wie der Schnee langsam um sie herum zu haften begann, der Schneeball größer und größer wurde, bis er eine Lawine schiersten Schmerzes auslöste, die ihn vollständig unter sich begrub, sodass ihm der Atem wegblieb. Aber sobald er sich erholte, fuhr er in seinem Rollstuhl durch die Krankenhausflure nach draußen und nahm ein Taxi, einen Krankentransport nach Hause, zu seiner Familie.

Die Familie. Es kam vor, dass er in kurzen, unbedachten Augenblicken ihre Verwunderung sah. Darüber, dass er immer noch am Leben war. Seine Partnerin Astrid, die Töchter Charlotte, acht Jahre, und Sandra, sechs, hatten mit Sicherheit schon ein Leben ohne ihn begonnen. Und er sah keinen Grund, ihnen deshalb einen Vorwurf zu machen. Er hatte sich bereits vor langer Zeit ausgeklinkt. Er hatte sogar seinen Selbstmord vorbereitet, nur um von einem Indianer, der gekommen war, um ihn zu ermorden, daran gehindert zu werden.

Das war eine eigene bizarre Geschichte. Ein halluzinatorischer Albtraum. Aus einem Selbstmord war ein Mord geworden. Oder auf jeden Fall ein Totschlag aus Notwehr. Und der hatte sein Leben gerettet. Er tötete, um leben zu können.

Wenn seine Gedanken diesen Punkt erreichten, befiel Viggo Norlander stets eine leichte Übelkeit. Er hatte zuvor nie getötet.

Und dann dieses Gefühl, gesund zu werden. Er würde es nie vergessen. So skeptisch er auch dem Gefühl gegenüber gewesen war, dass das Leben zurückkehrte, dass der Körper aus seinen Ruinen auferstand und vor Glück zu brüllen schien. Ein Frühlingsschrei wie von Ronja Räubertochter.

Denn dann kam der Frühling. Der lange Winter war vorüber. Er erinnerte sich, wie er vor exakt einem halben Jahr hier gestanden hatte, wie er das Fenster geöffnet und den Frühling gespürt hatte. Da hatte er eingesehen, dass er wirklich gesund war.

Nein, er schrie nicht. Er war zurückhaltend geworden. Seine verhalten lächelnde, schräg nach hinten und rückwärts gewandte Miene hatte den besten Freund ihres Besitzers willkommen geheißen, der seinerseits das weißeste Haar des Universums aufwies. Arto Söderstedt hatte sich ein paar Sekunden lang wirklich gefragt, ob er sich nicht in der Tür geirrt hatte. Ob dies wirklich die Wohnung war, in der die Familie Norlander-Olofsson zu Hause war. Dann hatte er seinen seit nunmehr einem Jahrzehnt wohlvertrauten Partner wiedererkannt und erleichtert aufgeatmet.

Und Söderstedt, der den sonderbaren Schritt getan hatte, Lehrer an der Polizeihochschule zu werden, hatte Norlanders Entschluss voll und ganz gutgeheißen. Jenen Entschluss, der während seines gesamten Genesungsprozesses gereift war, den er jedoch erst jetzt verkündete.

In Pension zu gehen. Frühzeitig, wie es ein neues Abkommen erlaubte.

Söderstedt hatte seinen früheren Partner mit skeptischem Blick betrachtet und gesagt: »Pensionär? Du?«

Und Norlander hatte geantwortet: »Ich würde mich so verdammt gut damit fühlen.«

Da hatte Söderstedt eingesehen, dass die Verwandlung echt war. Er saß vor einem Viggo Norlander, der nie wieder »Schnauze« sagen würde, weil er tatsächlich etwas daraus gelernt hatte, dem Tod so nahe gewesen zu sein.

Viggo Norlander – noch vor einem Jahrzehnt ein steinernes Monument konsequenter Lebensführung und unverrückbarer Werte – hatte sich im Kampf gegen die Mafia auf einen Wahnsinnstrip nach Estland begeben, war dort auf den Fußboden genagelt worden und hatte anschließend wie ein Irrer den Frauen nachgejagt. Und nun hatte er erneut eine Metamorphose erlebt. Schuld daran war der graue Engel. Der auftauchte und nie eine Miene verzog und ihm die »exazerbierte Douleur« zuteilwerden ließ.

Und eines Tages saß er ihm im Krankenzimmer gegenüber, als ihn der Schmerz gerade verließ und ihn die Welt wieder sehen ließ. Als sein Gesichtsfeld nicht mehr nur aus zufällig hingeworfenen Farbflecken bestand, erkannte er ebenjenen grauen Engel, und Viggo Norlander hätte schwören können, dass er im Bruchteil eines Augenblicks sah, wie sich die Flügel auf dem Rücken des grauen Mannes zusammenlegten. Dann verschwanden sie.

Der graue Engel blickte ihm tief in die Augen und nickte langsam. Dann sagte er: »Es ist möglich, dass Sie der erste Mensch in der Weltgeschichte sind, der positiv auf einen Impfstoff gegen voll entwickelten Krebs reagiert hat.«

Kurz sah Viggo wieder die Flügel aufblitzen.

Der graue Engel, wieder ohne Flügel, fuhr fort: »Ich möchte, dass Sie dieses Papier hier unterschreiben.«

»Ist das ein Pakt mit dem Teufel?«, fragte Viggo Norlander.

Obwohl der graue Engel keine Miene verzog, war Norlander der Meinung, dass etwas in seinen Augen funkelte. Vielleicht ein Lächeln himmlischer Nachsicht, oder aber ein bekräftigendes schiefes Lächeln aus ganz anderen Regionen. Sind Teufel nicht einfach gefallene Engel? Anhänger des Erzengels Luzifer?

Wer hatte ihn eigentlich geheilt?

Der graue Engel erwiderte: »Dies ist eine Abmachung über Schweigepflicht. Sie dürfen auf gar keinen Fall Details über die Behandlung weitergeben.«

»Ich kenne keine Details«, sagte Norlander aufrichtig. »Ich habe eine Spritze in den Hintern bekommen, täglich einen teuflischen Schmerz erlebt und Tag um Tag gespürt, dass es mir besser geht. Das ist alles, was ich weiß.«

»Nur sicherheitshalber«, erklärte der graue Engel.

Und Viggo Norlander unterschrieb.

Der Engel nickte leicht, faltete langsam das Papier zusammen und sagte: »Das hier bedeutet nicht, dass Sie geheilt sind.«

»›Vom Krebs wird man nie geheilt‹«, zitierte Norlander.

Der Engel nickte etwas deutlicher und fuhr fort: »Er kann zurückkommen. So weit ist die Forschung noch nicht. Aber im Moment sieht es vielversprechend aus.«

Arto Söderstedt saß im Sessel und nickte ebenfalls.

»Und davon solltest du also nichts erzählen dürfen?«

»Ich habe gerade meine Schweigepflicht gebrochen«, antwortete Viggo Norlander. »Jetzt rausche ich auf direktem Wege hinunter in die Hölle.«

»Ein Pharmaunternehmen, nicht wahr?«, fragte Söderstedt. »Vermutlich hätte es auch komplett schiefgehen können.«

»Vermutlich. Ist es aber nicht.«

»Das ist phantastisch«, sagte Söderstedt nur.

Sie schwiegen eine Weile. Norlander hatte einen Moment das Gefühl, dass Söderstedt mit den Tränen kämpfte. Aber vielleicht hatte er nur Magendrücken.

»Teufel oder Engel, das ist die Frage«, sagte Söderstedt schließlich.

»Er hat mir das Leben zurückgegeben«, erklärte Norlander. »Und ehrlich gesagt ist es mir scheißegal, was er ist, ich werde diese Gelegenheit nutzen, um in Pension zu gehen. Meine Töchter werden mich nicht so leicht los.«

»Und ich auch nicht«, sagte Söderstedt.

»Lehrer?«, fragte Norlander.

»Ja, ja«, antwortete Söderstedt.

Mehr sagten sie nicht.

Seitdem hatten sie sich nicht wieder getroffen. Viggo Norlander traf zurzeit überhaupt ziemlich wenige Menschen, wenn man von seiner Familie absah. Als wäre er gezwungen, sich zuerst wieder an das eigentliche Leben zu gewöhnen. Fast wie ein Neugeborenes zu lernen, mit der Einsamkeit, der Urform des Lebens, umzugehen. Aber jetzt war er endlich bereit, wieder in die soziale Gemeinschaft zurückzukehren. Oder wie man das, was ihn nun erwartete, nennen sollte.

Arto war der Einzige von ihnen, den er seit dem Vorfall mit dem Indianer im vorigen Jahr getroffen hatte. Er wusste nicht einmal, ob er eine so große Versammlung ertragen könnte – obwohl es die A-Gruppe war, seine alten Kumpane durch dick und dünn –, und er hatte nicht die geringste Ahnung, ob er, wie gewünscht, einen Auftritt zustande brächte.

Was war das eigentlich für eine bescheuerte Idee?

Obwohl er ein eingefleischter Großstadtmensch war, ertrug er die Stadt eigentlich nicht mehr. Als würde er nicht mehr dazugehören. Zwar bewegte er sich wie ein gewöhnlicher Mensch durch die Straßen und wurde auch fälschlicherweise für einen solchen gehalten, aber ihm kam es so vor, als würde er einer anderen Art angehören. Manchmal meinte er, in der Stadt Seelenverwandte zu erkennen. Sie leuchteten wie von einem inneren Licht. Fast immer suchten sich dann ihre Blicke. Und sie erkannten einander. Und hasteten mit zu Boden gerichtetem Blick weiter. Als wäre es ein wenig pervers, dieser Menschenart anzugehören.

Den Menschen, die im Totenreich gewesen und zurückgekehrt waren.

Sie würden nie wieder wie die anderen sein. Und so kam es ihm auch vor, als er vor dem Fenster das Hupen hörte, ein Hupen, wie es nur von einer Person auf der Welt erzeugt werden konnte. Er lächelte und ließ seine Hand vorsichtig an der vom Regen gestreiften Scheibe hinabgleiten.

Während er sich die Jacke anzog, überlegte er, wie die Reaktionen im Auto sein würden. Dieses Gefühl, mit Menschen zu reden, die tatsächlich nicht wussten, was sie sagen, wie sie reagieren sollten. Weil er einer anderen Menschenart angehörte.

Aber er freute sich auch darauf. Sie alle zu treffen, sich von der verpesteten Welt zurückzuziehen, wenn auch nur für einen Tag, und sich auf bestmögliche Weise die Zeit zu vertreiben.

Mit federnden Schritten ging er die Treppen hinunter. Wenn es etwas gab, dem er sich seit seiner Genesung intensiv gewidmet hatte, dann war es das Gehen. Planlos war er durch die Stadt gewandert, um sich wieder daran zu gewöhnen. Und nun war er in besserer Form als je zuvor. Immer diese Zweischneidigkeit, dachte er und machte die Tür auf.

Als er die Eingangstür öffnete, stand der Wagen unmittelbar davor. Die Seitentür des Minibusses war aufgeschoben worden, aber durch den immer stärkeren Regen sah er keine Menschen darin, nur ein großes schwarzes Loch. Viggo Norlander holte einmal tief Luft, stürzte sich in den Regen hinaus und tauchte kerngesund in den schwarzen Abgrund.

Zu den anderen.

9

Nostalgie war nicht seine Sache. Dennoch saß er jetzt mit der Vergangenheit vor sich ausgebreitet da und suhlte sich darin. Alte Ordner, Mappen, Akten, sein Werk aus zehn Jahren, alle Fälle, alle falschen Spuren, alle genialen Schachzüge, all die Gewalt und die grässlichen Tode.

In einem Frühjahr vor gut zehn Jahren hatte er und kein anderer den Auftrag erhalten, eine Gruppe Kriminalbeamter aus allen Teilen des Landes zusammenzuziehen und eine Spezialeinheit zu gründen, die unter dem panisch zustandegekommenen Namen A-Gruppe Jagd auf einen Serienmörder machen sollte, der es auf ausgewählte Mitglieder der schwedischen Wirtschaftselite abgesehen hatte.

Der nun zum vierten Mal pensionierte Kriminalkommissar Jan-Olov Hultin versuchte, sich daran zu erinnern, was er damals gedacht hatte. Er blätterte in den Mappen zu den Polizisten von damals. Da lagen sie nebeneinander, sechs Stück.

Wer war ich zu dieser Zeit?, überlegte Hultin. Wie dachte ich eigentlich? Was wollte ich erreichen?

Dann fiel es ihm ein. Er wollte eine neue Polizei erschaffen. Eine Polizei, die – wie es einige Jahre später heißen sollte – in der Lage war, *out of the box* zu denken. Möglicherweise war er der Erste in Schweden gewesen, der diesen Begriff benutzte.

Es ging darum, die alten Bestandteile – die Routine und die grundlegende Kompetenz, die trotz allem bei der Polizei vorhanden war – auf neue Weise zusammenzusetzen. Auf eine Weise, die vergessene und vernachlässigte Gehirnzellen aktivieren konnte. Verantwortung delegieren, Hierarchien ignorieren, jeden Einzelnen fühlen lassen, dass er die Macht hat, zu tun, was er denkt, viel und oft miteinander reden, alle

Ansichten und Theorien berücksichtigen, eine kreative Arbeitsatmosphäre mit viel Freude schaffen, und all dies mitten in der Hölle, mit der sie zurechtzukommen hatten. Kurz gesagt: Er wollte ein gutes kollektives Denken schaffen. Und es hatte gar nicht schlecht funktioniert.

Er blätterte zwischen den Mappen. In Ermangelung eines Familienalbums.

Schließlich raffte Hultin die ausgebreiteten Mappen auf seinem Schreibtisch zusammen und legte sie in einen größeren Ordner, den er an eine sehr anspruchslose Stelle im Bücherregal schob, und die Nostalgie verschwand mit ihm. Sie war in diesem Augenblick ebenso abwesend wie die Sonne vor dem Fenster.

Er verließ den See Ravalen in Sollentuna nördlich von Stockholm inzwischen nur noch, um zu verreisen. Er kaufte nicht einmal mehr ein, sie bestellten zu seiner großen Verwunderung das Essen im Internet, und viel mehr als das Lebensnotwendige brauchten sie nicht mehr. Er hatte seine Frau, Stina, er unternahm zwei Reisen im Jahr an verschiedene Ziele auf der Welt, und er hatte seine bemerkenswerte Villa am Seeufer in der Nähe von Stockholm. Das reichte vollauf.

Nun ja, dazu kamen die Windeln oder auch, euphemistisch, der Inkontinenzschutz. Selbst zog er die Bezeichnung »Windeln« vor, das war klar und deutlich. Er litt seit fast fünfzehn Jahren an Inkontinenz, was ganz einfach bedeutete, dass er sich oft in die Hosen pinkelte. Tief in seinem Inneren hoffte er wohl, dass die medizinische Wissenschaft das Problem beheben würde, bevor er starb, sodass er zumindest eine kleine Auslandsreise würde machen können, ohne dem Zoll in Istanbul, in Jakarta oder Ulan-Bator erklären zu müssen, warum sein halbes Gepäck aus diesen mit Watte angefüllten Objekten bestand, die im Übrigen auch, wie Greenpeace kürzlich nachgewiesen hatte, den hormonelle Störungen verursachenden Stoff Tributylzinnhydrid enthielten.

Als hätte Jan-Olov Hultin noch Hormone, die man stören könnte.

Tja, dachte er und betrachtete seinen Koffer, in dem die weichen Objekte diesmal nicht die Hälfte ausmachten. Sie machten eher den gesamten Inhalt aus. Ein paar Unterhosen, eine Zahnbürste – und dreißig verdammte Windeln.

Wie das Leben so läuft.

Im selben Augenblick, in dem er sich herabbeugte, um den Reißverschluss des Koffers zu schließen, hörte er ein Hupen. Ein ziemlich nachdrückliches Hupen, als ob sein Haus nur durch die Tatsache, dass es sich ein Stück unterhalb des Parkplatzes befand, unerreichbar für den Rest der abendländischen Zivilisation würde. Als ob man ebenso wild hupen müsste wie in der Nubischen Wüste, um menschlichen Kontakt herzustellen.

Der pensionierte Kriminalkommissar Jan-Olov Hultin, der Mann, der nie lächelte, ertappte sich dabei, dass er die Lippen verzog. Sein Spiegelbild offenbarte sich halb transparent im Fensterglas, und das war ein ziemlich schockierendes Erlebnis. Wie ein Gespenst in einem alten Schloss sah es aus, mit einem Lächeln auf den Lippen, das jahrhundertelang nicht erprobt worden war.

Aber er nahm seinen Koffer, trat auf die Veranda hinaus, gab seiner ständig Kaffee trinkenden Ehefrau Stina einen Abschiedskuss – der Frau, die nicht über die Fähigkeit zu verfügen schien, die andere Frauen im Überfluss hatten, nämlich die Fähigkeit zu frieren – und stieg im strömenden Regen den grasbewachsenen Hang hinauf. Aber trotz aller dieser Leiden saß das Lächeln weiter in seinem Gesicht, als er den Parkplatz erreichte.

Dort stand ein Minibus. Um ihn herum eine Anzahl Menschen im Regen.

»Warum zum Teufel steht ihr hier?«, stieß Jan-Olov Hultin aus. »Es regnet.«

»Wir warten auf dich«, sagte Kerstin Holm.

»Damit ich noch nasser werde, wenn ich mich hineinsetze?«

»In etwa«, entgegnete Paul Hjelm.

Dann fuhren sie davon.

Alle zusammen.

10

Während die Dämmerung hereinbrach, wurde der Wald immer dichter. Es gab in Schweden zu dieser Jahreszeit nicht besonders viele Stunden mit Tageslicht, und diese wurden nicht zahlreicher dadurch, dass die Straße immer tiefer in den Urwald hineinkroch. Der alte Minibus hustete und ächzte. Es schien, als verliefe zwischen Stadt und Land eine absolute Grenze, und als diese Grenze passiert war, gab es keinerlei Spuren von menschlichem Leben mehr. Außerdem wurde es immer kälter, ohne dass die Temperatur sank. Vielleicht stieg die Luftfeuchtigkeit und führte dazu, dass die Kälte sich rauer und beißender anfühlte. Andererseits konnte es durchaus so sein, dass die immer grimmigere Natur die Grenzen zwischen Körper und Seele durchlässiger werden ließ, weshalb das innere Frieren zu einem äußeren wurde.

So eine Gegend war dies.

Bald hatten sie das Gefühl, durch einen Tunnel zu fahren. Die regenschweren Baumkronen wölbten sich zu einem halbrunden Dach über ihren Köpfen. Der Wald strahlte eine eigentümliche Magie aus, und wenn er noch ein wenig dichter würde, würden sie ganz einfach stecken bleiben wie der Korken in einem Flaschenhals.

»Als ich diesen Wagen gekauft habe, wollten meine Familie und ich nach Europa fahren und ein Erbe auf den Kopf hauen«, sagte Arto Söderstedt.

»Na immerhin«, sagte Jorge und klang vollkommen überzeugt von einem glücklich gefundenen Argument.

»Damals gab es kaum GPS«, erklärte Söderstedt mit einer sprechenden Handbewegung. »Und wenn ich ein Navi gekauft hätte, wären wir zu arm gewesen, um auch nur bis Södertälje zu fahren.«

»Halt das Steuer fest«, rief Jan-Olov Hultin barsch.

»Außerdem hätte es dir nur mitgeteilt, dass du umkehren sollst«, sagte Paul Hjelm.

Sie starrten ihn von allen Seiten an.

»Das taten die alten Navis ständig«, erläuterte er schulterzuckend. »Sobald man das kleinste bisschen vom Weg abwich, den die Idiotenstimme vorschlug, schwafelte sie vom Umkehren. Am liebsten, wenn man mitten auf der Autobahn war und hundertachtzig fuhr.«

»Konntest du dir damals so etwas leisten?«, fragte Kerstin Holm.

»Damals war ich Single«, entgegnete Paul Hjelm schelmisch. »Ich hatte noch keine Familie, die sich meine sauer verdienten Groschen einverleibte.«

»Aber verdammt«, sagte Jorge Chavez und schlug auf den ehrwürdigen Straßenatlas. »Diese Straße gibt es auf der Karte überhaupt nicht.«

»Das ist auch keine Straße«, sagte Sara Svenhagen. »Arto fährt direkt durch den Wald.«

»Merkwürdigerweise nennt man das Luftlinie«, meinte Söderstedt ruhig.

»Können wir uns jetzt mal zusammenreißen?«, fragte Jan-Olov Hultin. »Und ordentlich die Karte lesen?«

Mit einer ehrerbietenden Geste überreichte Chavez Hultin den Straßenatlas, der daraufhin seine alte Eulenbrille auf der Bergkette auf und ab gleiten ließ, zu der die Erosionen der Zeit seinen Nasenrücken transformiert hatten. Weil die Bewegung nicht innehalten wollte, sagte Chavez schließlich: »Schweden ist das da rechts.«

Jan-Olov Hultin ignorierte ihn und fragte, ohne den Blick von der Karte zu nehmen: »Was steht denn in der Einladung?«

»Ja, du hast sie doch geschrieben«, sagte Lena Lindberg.

»Ich?«, stieß Hultin aus und hörte auf, seine Brille zu justieren.

»Ruhe jetzt«, befahl Kerstin Holm und fischte einen völlig zerknitterten Zettel aus ihrer Handtasche.

»Dann hast du sie geschrieben?«, fragte Lena Lindberg.

»Also, hier steht es«, sagte Kerstin Holm, wurde aber vom Fahrer rücksichtslos unterbrochen.

»Ich weiß, was da steht«, erklärte Arto. »Ich habe die ganze Formulierung im Kopf, und ich garantiere euch, dass wir auf dem richtigen Weg sind.«

»Das hier ist kein Weg«, beharrte Sara Svenhagen.

»Also hast du die Einladung geschrieben, Arto?«, fragte Lena Lindberg wenig variationsreich.

»Wer auch immer sie geschrieben hat, es war eine außerordentlich gute Idee«, sagte Jon Anderson. »Man wird von der anregenden Unterhaltung in alte Zeiten zurückversetzt.«

»Bist du in meiner Abwesenheit ironisch geworden?«, fragte Jorge Chavez. »Ist das der Dank?«

»Ich bin nicht ironisch«, entgegnete Jon Anderson mit offensichtlich ungespielter Verblüffung.

»Wir haben sogar Viggo dazu gebracht, seine Isolation aufzugeben«, sagte Arto Söderstedt. »Das ist nichts weniger als eine Großtat.«

»Es ist keine Isolation«, widersprach Viggo Norlander. »Ich sehe das mehr als Quarantäne. Eine gewisse Eingewöhnungszeit, bevor ich wieder unter die Lebenden gehen kann.«

»Es ist auf jeden Fall schön, dich hierzuhaben«, meinte Sara Svenhagen.

»Das hätten wir nie für möglich gehalten«, sagte Kerstin Holm. »Du warst ganz übel dran.«

»Das ist ja völlig unglaublich hier«, sagte Viggo Norlander, statt zu antworten. »Als befänden wir uns in einer verzauberten Landschaft.«

»Oder in einer weggezauberten«, fügte Arto Söderstedt hinzu und kniff die Augen zusammen, um durch die schwarze Windschutzscheibe etwas zu erkennen.

Aber gerade als sich die Dunkelheit endgültig um sie herabgesenkt hatte, änderte sich plötzlich die Umgebung. Der Wald wurde lichter, und als sie aus dem dunklen Tunnel herauskamen, zeigte sich, dass immer noch ein klein wenig Tageslicht vorhanden war. Der Weg erstreckte sich weiter durch eine offenere Landschaft, und jenseits eines Wäldchens, in einer Senke, gewahrten sie einen funkelnden Lichtschein.

»Funkelnd?«, fragte Gunnar Nyberg.

Die anderen betrachteten ihn. Schließlich antwortete Kerstin Holm: »Ja, so kann man es wohl nennen, obwohl es nicht direkt das Wort ist, das ich selbst gewählt hätte.«

»Da muss es sein«, sagte Arto. »Die Entfernung stimmt.«

»Das sollte der Veranstalter dieses Festes höchstpersönlich wohl wissen«, sagte Lena Lindberg.

Der Weg machte jetzt eine Biegung nach rechts und verwandelte sich in eine Allee. Die Bäume auf beiden Seiten des Weges standen bedeutend weniger dicht und in einem regelmäßigen Abstand voneinander. Und ganz am Ende wartete das funkelnde Licht.

»Allee«, sagte Gunnar Nyberg.

»Du bist wortkarg, aber präzise!«, stellte Jorge fest. »So mögen wir's.«

Je weiter sich der alte Minibus auf der Allee vorwärtskämpfte, desto deutlicher wurde das Licht auf der anderen Seite. Aber es war nicht stark oder aufdringlich.

»Als würde das Funkeln emanieren«, sagte Gunnar Nyberg.

»Schriftstellerheini«, entgegnete Viggo Norlander.

»Viggo«, sagte Arto Söderstedt zärtlich. »Willkommen zu Hause.«

Und bald sahen sie, dass er recht hatte. Was vor ihnen lag, konnte man wohl ein Herrenhaus nennen, und das Herrenhaus leuchtete wie von einem inneren Licht. Die Fassade war vermutlich kreideweiß, aber bei dem starken Regen und in der Dämmerung wirkte das imposante Gebäude eher gelb gestreift. Ein ganz schwaches Licht sickerte aus den Fenstern, und es schien nicht elektrisch zu sein. Das gesamte Haus erinnerte an eine andere Epoche, als ob ihnen das 18. Jahrhundert einen imposanten, aber zurückhaltenden Empfang bereiten wollte. Einen würdigen Empfang.

Arto Söderstedt fuhr langsam durch das offene Tor des eingezäunten Guts, um den Minibus so würdig wie möglich den Weg zum Herrenhaus hinaufgleiten zu lassen, das sie auf der Anhöhe oberhalb des Wäldchens erwartete. Nach einigen Metern schloss sich das Tor hinter ihnen.

»Beeindruckend«, sagte Lena Lindberg. »Dieses Erbe war offenbar größer, als du uns erzählt hast, Arto.«

»Ich hoffe auf jeden Fall, dass es dir gehört«, fügte Paul Hjelm hinzu, »denn jetzt sind wir eingeschlossen.«

»Wir sind hier, um zu feiern«, sagte Jorge Chavez, »nicht um krankhaft misstrauisch zu sein. Du hast deinen ansteckenden Optimismus nicht verloren, du alter Spion.«

»Wir sind alle tot«, vermeldete Paul Hjelm dramatisch.

»Ja, ja«, sagte Kerstin Holm undramatisch.

Der Wagen rollte auf das Herrenhaus zu und glitt die Fassade entlang bis vor die Treppe einer äußerst großzügigen Veranda. Als der Wagen anhielt und Arto Söderstedt den Zündschlüssel abzog, entstand ein seltsames Schweigen.

Sie blickten einander nicht an. Stattdessen saßen sie eine Weile jeder für sich da und stellten fest, dass dies genau das war, was sie gewollt hatten. Der Zivilisation zu entfliehen und einander ausgeliefert zu sein. Vielleicht die eine oder andere Geschichte von den verborgenen Rändern der vorübergehend verlassenen Zivilisation zu erzählen.

Der Pest eine Weile zu entfliehen.

Das Schweigen schien die Kraft aus dem bisher so laut blubbernden Auto zu saugen. Als ob auch der Minibus die Gelegenheit nutzte, um sich zu erholen. Es knackte in seinen Fugen und Schweißnähten und pochte im Motorblock, als würde sich der Wagen strecken, als versuchte er, sein Prestige als imposantes Motorfahrzeug aus dem goldenen 20. Jahrhundert zurückzugewinnen.

Wer würde das Schweigen als Erster brechen? Es war Jan-Olov Hultin. Er spürte, dass es wohl seine Aufgabe war.

»Ich nehme an, wir gehen hinein?«

Aber es gelang ihm nicht ganz, das abschließende Fragezeichen abzuschütteln. Es hing dort und schuf Unsicherheit, als sie anfingen sich zu bewegen und sich bereit machten, in den strömenden Regen des vergehenden Totensonntags hinauszutreten.

Schließlich nahmen sie ihr Gepäck und stürmten, so verdeckt sie es vermochten, die mächtige Marmortreppe des Herrenhauses hinauf, joggten in lächerlichem Gänsemarsch an der prächtigen Balustrade der Veranda entlang und erreichten das noch prächtigere Portal. Dort blieben sie stehen. Das Portal bestand aus zwei gewaltigen Flügeln aus dunkler, geölter Eiche, und unter anderen Umständen hätten zumindest ein paar von ihnen innegehalten und die Tore näher betrachtet. Der Türgriff – soweit ein dermaßen profaner Ausdruck angemessen war – war aus angelaufenem Kupfer, große hängende Ringe mit Rokokocherubinen. Und der rechte Türflügel war nur angelehnt.

Einer von ihnen, unklar, wer, drückte die Tür nach innen. Sie glitt mit einem stilgemäß dumpfen Knarren auf, das im Inneren des Herrenhauses widerhallte. Durch den dunklen orgelähnlichen Ton schien Leben in Arto Söderstedt zu kommen, und er trat über die Schwelle, während er die folgenden Worte genießerisch über seine Lippen kommen ließ: *»Lasciate ogni speranza, voi ch'entrate.«*

Viggo Norlander folgte ihm und sagte: »Was?«

Paul Hjelm kam als Nächster und übersetzte hochdramatisch: »›Lasst alle Hoffnung fahren, die ihr hier eintretet.‹«

Und so traten sie alle in das Herrenhaus ein.

Die Halle war enorm, sie glich eher einem Festsaal. Von hier und da aufgestellten Kandelabern breitete sich ein nahezu sakrales Licht über den weiten grün schimmernden Marmorfußboden aus, über die beiden mit Läufern belegten Treppen, die in zwei entgegengesetzte Richtungen führten, über die oberhalb der Halle verlaufende Galerie, die die beiden Treppen miteinander verband, und fiel auch auf das kleine Schild unmittelbar neben dem Portal.

Das kleine Schild stand unter einem großen Kandelaber mit dicken Kerzen, die dem Anschein nach eben erst entzündet worden waren, und sah aus wie ein Notenblatt auf einem Notenständer oder die Speisekarte in einem feineren Restaurant. Die man lesen konnte, während man darauf wartete, einen Tisch zugewiesen zu bekommen.

Und in der Tat konnte man das Schild lesen. Die verschnörkelte Handschrift entstammte dem 18. Jahrhundert, ein Schreibstil mit Häkchen und verfeinerten runden Ornamenten, in zeitgetreuer Tinte ausgeführt.

»Schick, Arto«, sagte Lena Lindberg.

»Gerade ich, der keine Handschrift mehr hat«, murmelte Arto Söderstedt.

»Sollte es nicht der Schriftsteller vorlesen?«, schlug Kerstin Holm vor.

Gunnar Nyberg, der zuvor einen kurzen Augenblick lang befürchtet hatte, man erwarte von ihm, die ehrwürdige Tür in Splitter zu treten, trat zu dem Schild, richtete ein böses Auge auf Kerstin Holm und las: »Seid willkommen. Eine kurze Einführung sei gestattet. Hier unten findet Ihr eine Skizze des ersten Stockwerks, das Ihr über die Treppen rechts und links erreicht. Eure jeweiligen Zimmer sind auf der Skizze deutlich gekennzeichnet, und es dürfte Euch keine Probleme bereiten, sie zu lokalisieren. In einer Stunde sehen wir uns im Speisesaal – auch der ist in der Skizze eingezeichnet –, um uns unserer vorgesehenen Tätigkeit zu widmen. Möge der Hunger Euch beistehen. Ein erstklassiges Mahl in vollkommener Übereinstimmung mit der Speisenfolge, die am Tag der Einweihung des Herrenhauses im Jahre

1737 gereicht wurde, übrigens dem Tag, an dem das Haus unbewohnt wurde, erwartet Euch. Euch allen sei ein gelungener Abend gewünscht.«

Sie standen in der maßvoll verzierten Riesenhalle und betrachteten einander. Draußen vor den ausnehmend wohlproportionierten Fenstern, deren etwas verzerrter Durchblick auf Originalscheiben schließen ließ, strömte der Novemberregen herab, und die Wärme, die sie in der großen Halle des Herrenhauses umfing, war wider alle Vernunft. Es hätte eiskalt sein müssen.

Als einer von ihnen schließlich mit den Schultern zuckte, taten es ihm die anderen nach, und mit dieser Wellenbewegung löste sich die Gruppe langsam auf.

»Dann sehen wir uns in einer Stunde.«

11

I

Die Eitelkeit, dachte Arto Söderstedt eine Spur verwirrt. Er lag auf einem sehr harten Bett, die Hände im Nacken verschränkt, und starrte an eine gänzlich schmucklose weiße Decke. Der Raum war klein und vom Zahn der Zeit beträchtlich angenagt. Dennoch wirkte er frisch und luftig, der kleine Kandelaber mit den erst kürzlich angezündeten Kerzen reichte aus, um eine Illusion von Weite zu schaffen. Er fragte sich, warum der Begriff Eitelkeit in ihm Wurzeln geschlagen hatte. Als würde er die Gedanken eines anderen weiterführen. Aber natürlich hing es damit zusammen, dass seine Reise dort ihren Anfang genommen hatte, oben auf dem Felsen Fåfängan im östlichsten Södermalm. Der war jetzt weit weg, das spürte er. Hier war er wahrlich am Ende der Welt. Er spürte, dass er pinkeln musste, und zum Glück gab es im Zimmer eine Tür. Er stand auf und öffnete sie. Sie führte schnöde vor eine Wand. Eine Ziegelwand anstelle einer Türöffnung. Das war zutiefst irritierend. Also begab er sich zu der Tür, die seiner Erfahrung nach auf den Korridor hinausführen musste, weil er durch sie auch hereingekommen war. Doch als er den Türgriff anfasste, fiel sein Blick auf ein Bild unmittelbar neben dem Türpfosten. Es hing in einem so zierlichen Rahmen, dass es wirklich wie ein Gemälde aussah. Bei näherem Hinsehen war es das jedoch nicht, sondern ein eingerahmter Text, der mit derselben feinen, eleganten Handschrift und mit derselben unverkennbaren Tinte aus dem 18. Jahrhundert geschrieben war wie der Willkommensbrief unten in der riesigen Halle. Arto Söderstedt beugte sich ein wenig zurück, denn er war auf seine alten Tage etwas weitsichtig geworden. Dem kurzen einleitenden Prosatext zufolge, der wohl kaum im 18. Jahrhundert geschrieben worden war, handelte es sich um ein »Kinderlied über eine kleine Schar Singvögelchen«, und es war die Rede von den uralten Wurzeln des Reimgedichts. Arto Söderstedt las nur das erste Verspaar, dann hielt er inne:

Von Mut der erste Piepmatz sang laut und klar,
von Wendung dort, wo früher Stillstand war.

II

Lena Lindberg konnte nicht abstreiten, zumindest nicht vor sich selbst, dass sie sich auf der Stelle wohlfühlte. Das war nicht zu erwarten gewesen. Sie war eine eingefleischte Großstadtpflanze, die außerdem bei einem Fall in Ångermanland, der Ewigkeiten her zu sein schien, ausgesprochen schlechte Erfahrung mit der Provinz gemacht hatte. Sie hatte die Großstadt allerdings nicht ganz und gar hinter sich gelassen, das spürte sie deutlich, denn in ihr nagte eine Unruhe, die verhinderte, dass sie sich auf das an und für sich einladende Bett fallen ließ. Doch es war eine Unruhe, die nicht das Geringste mit Unbehagen zu tun hatte. Das kleine Zimmer war äußerst gastlich, genau die Art von Zimmer, in der man mit einem sorgfältig ausgewählten Liebhaber ein Wellnesswochenende verbringen wollte – und warum nicht mit einem Pastor? Ihre Unruhe hing eher mit ihrer Erwartung zusammen, oder vielleicht sogar mit Nervosität. Nervosität?, dachte sie, während sie sich an dem winzigen Schreibtisch niederließ, der in der Ecke eingeklemmt unter dem Fenster stand, an dem der Regen nicht mehr still herabrann, sondern rücksichtslos von zunehmenden Sturmböen gegen die Scheibe gepeitscht wurde. Nervosität? Sie zog den Kandelaber so dicht an sich heran, dass sie die Wärme im Gesicht spürte. Dann nahm Lena

Lindberg ein Papierbündel aus der Handtasche, faltete es auseinander und las. Manchmal sprach sie Wörter laut aus, eigentümliche Wörter wie »Ähabäck« und »Kimenye«, aber die meiste Zeit ließ sie ihre innere Stimme sprechen. Am Ende lächelte sie zufrieden und dachte: Ja, das ist gut, das ist richtig gut. Sie schob den Kandelaber zur Seite, der ihre Wange inzwischen schon kräftig aufgeheizt hatte, und da fiel das Licht auf einen gerahmten Text an der Wand, der angeblich ein »Kinderlied über eine kleine Schar Singvögelchen« sein sollte. Schon beim zweiten Verspaar hielt sie inne:

Vergangnes zu verwandeln hieß des Zweiten Litanei,
die ganze Vogelschar änderte ihr Niveau dabei.

III

Kerstin Holm war allein. Sie hatten zwar ein Doppelzimmer bekommen, aber Paul war unmittelbar verschwunden. Sie vermutete, dass er eine Toilette suchte. Oder er überprüfte nur die Umgebung, wie Spione das eben so machten. Wahrscheinlich war er derjenige, der heimlich diese ganze Operette arrangiert hatte, dachte sie leicht verstimmt. Doch dann überlegte sie es sich anders und begann, über Rache nachzudenken. Die A-Gruppe hatte tatsächlich unerhört viel mit Rache zu tun gehabt. Es gab eigentlich nur zwei Arten von Verbrechen: in die Zukunft gerichtete (um sich einen Vorteil zu verschaffen, in der Regel Geld) oder rückwärtsgewandte (Rache). Andere Motive gab es nicht. Aber konnten Rachegelüste wirklich so weit gehen wie bei der Geschichte, die sie vorzutragen gedachte? Vielleicht doch. Vielleicht konnte sie – das hatte sie gerade bei ihrem letzten großen Fall gelernt – zu einer vollkommenen Fixierung werden, einem grenzenlosen Trieb, der alles andere verschlang. Kerstin Holm selbst lag der Gedanke an eine ausgeklügelte Rache ziemlich fern. Sie hatte immer eher dazu tendiert, das Vergangene zu vergessen, es in geheime Räume zu packen, wo es langsam verfaulen und anschwellen konnte, bis es in ihrem Gesicht explodierte. Höchstens dann und wann konnte sie sich vorstellen, eine Sprengladung zwischen Waldemar Mörners Arschbacken anzubringen. Davon abgesehen war sie inzwischen sehr besonnen, dachte sie ein wenig enttäuscht, während sie rücklings auf dem harten Bett lag. Viel zu nüchtern und ausgeglichen. Wenn sie daran dachte, dass ihr geheimes Verhältnis zu Paul immer von Leidenschaft geglüht hatte, fand sie, dass sich in ihrer Beziehung, die sie so lange und auf bemerkenswerte Weise ersehnt hatte, reichlich schnell eine gewisse Gewohnheit eingestellt hatte. So war es vielleicht im Herbst des Lebens. Oder vielleicht war auch nur ihr die Begeisterung abhandengekommen. Jedenfalls, dachte sie und ließ ihre Hand ihren Körper hinabgleiten, war dies hier eine ausgezeichnete Gelegenheit, die Leidenschaft wieder zu beleben. Sie rollte sich in Embryonalstellung zurecht, legte die Hände in den Schritt und drehte sich zur Wand. Ihr Blick fiel auf eine kleine Tafel, deren Text ein »Kinderlied über eine kleine Schar Singvögelchen« darstellen sollte. Sie begann zu lesen und hielt beim dritten Verspaar inne:

Von Leiden und Vergeltung der dritte Vogel sang,
jetzt ist die Bestie, die geängstigt, eingefang'n.

IV

Paul Hjelm kam durch den Korridor zurück. Es war kein großes Problem gewesen, die Toilette zu finden. Leider war sie schon besetzt, und als Arto Söderstedt schließlich herauskam, blieben sie beide stehen und hatten das Gefühl, miteinander reden zu müssen. Über all dies hier und über das, was eigentlich hier passierte. Aber sie schwiegen, es war schwer,

Worte zu finden. Außerdem musste Paul mittlerweile dringend pinkeln und war schließlich gezwungen, sich aus der für beide peinlichen Situation loszureißen und auf die Toilette zu stürzen. Als er wieder herauskam, war Arto fort.

Jetzt war er wieder beim Zimmer. Zu Hause?, dachte er im gleichen Augenblick, in dem er den Türgriff hinunterdrückte. Während er in das gemeinsame Zimmer trat, kam ihm der Gedanke, dass er jetzt tatsächlich so darüber dachte. *Zu Hause ist, wo du bist.* Wie ein kitschiger Schlagertext. Kerstin lag auf der Seite in einer Art Embryonalstellung. Sie hatte die Hände zwischen die Beine geklemmt, was er als eine Geste der Geborgenheit deutete, und schien zu schlafen. Er bewegte sich bewusst leise, während er an das Doppelbett trat. Vorsichtig legte er sich neben sie, schob die Hände unter den Kopf und starrte an die Decke, während er darüber nachdachte, was passieren würde, wenn die Zeit wirklich stehen bliebe. Doch dann reagierte sein Körper, er wandte sich um und schmiegte sich eng an Kerstin. Und sie schlief nicht. Die Position ihrer Hände stellte keineswegs eine Geste der Geborgenheit dar, sie widmeten sich ganz anderen Aktivitäten. Er legte eine Hand über ihre und spürte die behutsamen Bewegungen ihrer Finger. Und als er sich über sie beugte, um seine Lippen auf die ihren zu drücken, blieb sein Blick einen kurzen Moment an einem Text an der Wand hängen. Er las ein »Kinderlied über eine kleine Schar Singvögelchen«, und beim vierten Verspaar hielt er inne (wenn auch nur sehr kurz):

Ein Tirili von Piepmatz vier der Zeit gab neue Form,
wo Lichter stets erlöschen, im ständig gleichen Sturm.

V

Gunnar Nyberg wurde von einem Gefühl durchströmt, für das es kein schwedisches Wort gab. Seltsamerweise passten die griechischen Wörter, die er kürzlich gelernt hatte, besser – ganz zu schweigen von dem deutschen Ausdruck »das Unheimliche«. Verfluchter Freud. Das schwedische »kuslighet« wollte darauf nicht ganz passen, es war eindeutig zu negativ. Und negativ war dieser Zustand nicht. Unheimlich, aber nicht negativ. Es war ein Gefühl, das ihn schon dann und wann gestreift hatte, seit er »Schriftsteller« geworden war (er durfte nicht vergessen, das Wort in Anführungszeichen zu setzen), aber erst jetzt erfasste es ihn wirklich. *Als ob es in ihm schriebe.* Eine bessere Formulierung konnte er nicht finden. Gedanken trieben auf ihn zu, Wörter strömten auf ihn ein, er fing sie auf und ließ sie weitergleiten, direkt aus dem Mund oder aus der Feder. Es war ein sehr sonderbares Gefühl. Aber er würde nicht zulassen, dass es sich verflüchtigte. Es galt, die Gelegenheit beim Schopf zu packen, das hatte er als Schriftsteller gelernt. Also saß er an dem kleinen Schreibtisch und schrieb frenetisch in sein Notizbuch. Er wechselte zwischen seiner eigenen Erzählung – dem Roman über sein Leben – und einer Erzählung, an der er immer wieder polieren musste. Sie handelte von einem Todesaugenblick, und er war zunehmend zufrieden damit. Hoffentlich würde die Erzählung auch dem Vortrag standhalten. Die Erwartungen an ihn waren, verglichen mit den anderen, natürlich unverhältnismäßig hoch. Ungerechtigkeit ist der Welt Lohn, oder wie es nun heißt, dachte er und schrieb weiter im blassen Schein des Kandelabers. Da verhakten sich seine Gedanken für einen kurzen Augenblick, und er hörte auf zu schreiben. Undank, nicht wahr? Undank ist der Welt Lohn? Aber die Ungerechtigkeit? Hatte die nicht auch ihr Sprichwort? Vermischte er sie? Während dieser tiefsinnigen Überlegungen wanderte sein Blick an einen Punkt unmittelbar über dem Schreibtisch. Da hing ein Text. Es kam ihm vor, als wäre im Moment alles Text. Sorgfältig las er die ersten vier Verspaare eines »Kinderliedes über eine kleine Schar Singvögelchen«, aber beim fünften fand er einen Anlass innezuhalten:

Der fünfte Vogel flüstert': Die Sekunde, in der wir sterben,
schenkt höhere Visionen als unseres Lebens Scherben.

VI

Jorge Chavez sehnte sich nicht nach seinen Kindern. Das hätte eigentlich niederschmetternd sein sollen, war es aber nicht. Er kompensierte es nämlich damit, dass er sich nach ihrem Ursprung sehnte, den er gerade betrachtete. Es war ein wunderbarer Ursprung. Und er befand sich nicht besonders weit entfernt – zumindest nicht in der physischen Welt. Sein Abstand zu Sara Svenhagen war nämlich nicht größer als der bekannte Größenunterschied zwischen Jorge Chavez und Jon Anderson, also dreißig Zentimeter. Der mentale Abstand schien jedoch weitaus größer zu sein. Sara Svenhagen saß völlig absorbiert auf der Bettkante und starrte an die Wand. Auch das hätte niederschmetternd sein können. War es aber nicht. Ihr Hinterteil formte nämlich eine nahezu göttliche Rundung, und seine südamerikanischen Gene meldeten sich mit übermenschlicher Kraft. Er wälzte sich übers Bett zu ihr hinüber, um zum Ursprung seiner Kinder zu gelangen, doch sie deutete nur an die Wand. Auch das hätte niederschmetternd sein können. Aber als er zwischen ihren Beinen auf den Fußboden sank, und ihre Jeans aufzuknöpfen begann, traf er auf keinerlei Widerstand. Sie hob sogar die goldenen Pobacken an, als er ihr die Hose auszog. Aber sie zeigte weiterhin auf die Wand. Jetzt sah er, worauf. Es war ein »Kinderlied über »eine kleine Schar Singvögelchen«, aber bevor er protestieren konnte, nahm ihn der Text gefangen. Er hatte ihren Slip fast schon ausgezogen, als er das sechste Verspaar las und innehielt:

Die Kunst ist grausam, trällerte der Vogel sechs aus voller Kehle,
denn ungerades Leben nimmt dem geraden jede Seele.

VII

Sara Svenhagen dachte an ein unerhört komplexes Liebesverhältnis. Sie dachte an einen Mann, der nicht träumte, sie dachte an Osteuropa und an das eigentümliche, zwiespältige, nie wirklich sichere Gefühl der Liebe. Gleichzeitig spürte sie ihren Mann in ihrem Rücken. Sie hörte, wie sich sein Atem langsam veränderte. Sie wusste, was sie erwartete und lächelte. Doch gerade, als sie aktiv werden wollte, fiel ihr Blick auf eine kleine Tafel an der Wand. Genau genommen war es keine Tafel, sondern eine Schrift, ein sonderbares »Kinderlied über eine kleine Schar Singvögelchen«. Sie versuchte, dem rätselhaften und etwas lächerlichen Text irgendetwas, ein Fünkchen zu entnehmen, aber es gelang ihr nicht. Das erste Verspaar, gesungen von dem ersten kleinen Piepmatz, handelte davon, eine Wendung zu machen, wo früher alles nur stillstand. Ja und? Das zweite handelte davon, die Vergangenheit zu verwandeln. Ja und? Das dritte davon, sich zu rächen, damit eine Bestie eingefangen wird. Okay? Das vierte erzählte, dass die Zeit sich wandelte. Und das fünfte Verspaar handelte von der Sekunde, in der wir sterben. Das sechste löste jedoch etwas in ihr aus. Irgendwie meinte sie, den Vers zu kennen. Kurz bevor Azteken und Walküren zusammentrafen, kam sie zum siebten Verspaar und hielt inne (für einen sehr kurzen Augenblick):

Das siebte Federvieh pries lautstark Lebenskraft,
den Liebesschatz, den all' wir einst gehabt.

VIII

Jon Anderson wusste nicht, was er glauben sollte. War dies hier real? Dabei hatte er sich so gut vorbereitet. Aber die Wirklichkeit, wenn er sich denn in dieser befand, war ganz anders, und er bekam sie nicht in den Griff. Außerdem war da noch etwas Seltsames, etwas bedeutend Näheres, bedeutend Physischeres, und auch das konnte er nicht greifen. Er lag da wie Männer, die sich auszuruhen pflegen, mit im Nacken verschränkten Händen auf dem angenehm steinharten Bett und überlegte, was es sein konnte. Es war nicht die allgemeine Atmosphäre, sondern ein physisches Dilemma. Das überhaupt kein Dilemma war. Im Gegenteil. Etwas, das zu nagen pflegte, nagte nicht. Etwas, das wehzutun pflegte, schmerzte nicht. Das hätte ihm Anlass zu positiven Gefühlen geben können, doch dies war nicht der Fall. Er kam sich vor wie aus dem Takt geraten, ihm gleichsam entwachsen, als ob die Welt und er nicht dieselbe Sprache sprächen. Er war inzwischen ein glücklicher Mensch, aber er hatte sein Glück in hohem Maß auf festen Routinen und strikten Strukturen aufgebaut, so war er nun einmal beschaffen. Und er war sich nicht ganz sicher, ob ihm das Glück der Strukturen und der Ordnung in diesem seltsamen Herrenhaus eine Hilfe war. Fortwährend mit dem Gefühl, dass etwas nicht stimmte, wenn auch auf eine gute Art und Weise, begann er zu repetieren. Er ging sogar einen Schritt weiter und fing an zu analysieren. Er versuchte zu verstehen, wovon er redete und was er eigentlich erzählen wollte. Ein Mann mit starken Illusionen und Visionen, ein Mann, der von einer besseren Welt träumte und tatsächlich versuchte, sie zu verwirklichen, in der konkreten Welt, in der Welt der Realpolitik – und dann kam das Ereignis, das alles über den Haufen warf, das dazu führte, dass er plötzlich exakt das Gegenteil dachte. Das sein Weltbild erschütterte und konsequenterweise einstürzen ließ. Wie sollte Jon Anderson, mit all seinen vorgefertigten Mustern für Glück, einen solchen Schlag verarbeiten?

Er freute sich mächtig auf all die anderen – die Autofahrt war genau so gewesen, wie er es sich erhofft hatte, liebenswert entspannt mit absurden Dialogen –, aber dennoch spürte er die offensichtliche Gefahr, dass er gerade jetzt einem solchen Schlag ausgesetzt sein könnte. Wie dem, von dem er erzählen wollte. Im selben Augenblick, in dem sein Blick auf einen gerahmten Text an der Wand neben ihm fiel, kam er darauf, was nicht stimmte. Während er ein »Kinderlied über eine kleine Schar Singvögelchen« las, wurde ihm plötzlich klar, dass es das Körpergefühl war. Er überflog die einleitenden Zeilen und erkannte mit einer glasklaren Deutlichkeit, dass das Bett nicht zu kurz war. Es fragte sich, ob er das jemals zuvor erlebt hatte. Er maß zwei Meter und drei Zentimeter, und während er über Piepmätze las, die von Mut und Rache und vom Vergangenen sangen, von Federvieh, das über Kunst und Liebe und die Zeit tirilierte, ging ihm plötzlich auf, dass das Bett offenbar für ihn persönlich maßgefertigt worden war. Erst als er zum achten Verspaar kam, hielt er inne:

Von zerplatzter Illusion sang Piepmatz Nummer acht,
und der Schlüssel in des Löwen Pranke lacht'.

IX

Auch Viggo Norlander lag ausgestreckt auf dem Bett. Und er war einfach glücklich. Er hatte es geschafft. Er war unter die Lebenden getreten – unter die seiner Ansicht nach Lebendigsten der Lebenden – und einer von ihnen geworden. Auf jeden Fall beinahe. Er konnte zwar nicht allen schnellen Wendungen der Diskussion folgen, aber hatte er das jemals gekonnt? Wenn Gunnar langsam auf den richtigen Weg fand, wenn Paul und Jorge loslegten, wenn Kerstin und Sara sie zurückhielten und sie umlenkten, oder wenn Artos Stein ins Rollen kam, wer konnte ihnen dann folgen? Viggo hatte es nie ganz vermocht, und wenn es ihm doch gelungen war, war es zutiefst verwirrend gewesen. Aber er konnte es genießen. Er war in der Lage, seine Rolle als Würstchenbrater und Videofilmer, die ihm überhaupt nicht unnatürlich vorkam, ohne größere Probleme zu spielen. Schließlich war er wieder zurück. Und glücklich. Diese Stunde des Alleinseins schien derjenige, wer auch immer diese Festlichkeit arrangiert hatte – Arto oder Kerstin, Paul oder Jan-Olov –, genau für ihn eingeplant zu haben. Sie war genau das, was er brauchte. Er dachte an seine Geschichte. Nicht an die Geschichte von Viggo Norlander, sondern an die Geschichte, die er am heutigen Abend vortragen wollte. Sie war einfach, klar und positiv. Sie huldigte der Rückkehr des Lebens. Er liebte sie. Die feine Augusta, die das Leben und die Familie zurückbekommt, er hatte keine Schwierigkeiten, sich selbst in dieser Erzählung wiederzufinden. Es war eine Geschichte von Heilung und Buße, und er freute sich auf eine kindliche Weise darauf, sie erzählen zu können. Als wäre sie das Leben. Da entdeckte er neben dem Bett ein »Kinderlied über eine kleine Schar Singvögelchen«. Sein Blick fiel sofort auf das neunte Verspaar. Er las es ein ums andere Mal und erkannte, dass es tatsächlich wahr war, dass die Erzählung tatsächlich das Leben war:

Der neunte Matz von Heilung sang und Buß',
denn frei die Wahrheit ist von Schmutz und Ruß.

X

Jan-Olov Hultin wechselte die Windel. Er war dankbar dafür, dass die kleinen Zimmer mit großzügig bemessenen Badezimmern ausgestattet waren. Als hätte jemand genau an ihn und sein spezifisches Problem gedacht. Wie ein neuer Mensch kehrte er ins Zimmer zurück. Am schlimmsten waren immer Reisen, bei denen es keine Möglichkeit gab, auf die Toilette zu gehen. Diese hier war in Ordnung gewesen. Die Autofahrt hatte, obwohl sie ihm bedeutend länger vorgekommen war, nur etwa eine gute Stunde gedauert. Nun ja, dachte er, jetzt ist man auf jeden Fall frisch gewickelt und fröhlich, und was uns dort unten erwartet, scheint durch und durch spannend und anregend zu werden. Bis ihm plötzlich aufging, dass er dachte wie ein Pensionär. Was ihn ein wenig pessimistisch werden ließ – bis er einsah, dass er ja ein Pensionär war. Und in der Tat ziemlich pessimistisch. Die gesellschaftliche Entwicklung der letzten Zeit hatte leider all seine Befürchtungen bewahrheitet. Schulen wurden niedergebrannt, Lehrer wurden misshandelt, gefilmt und auf YouTube verhöhnt, das Mobbing nahm drastisch zu und wurde immer stärker zu einem ernsthaften gesellschaftlichen Problem. Jeder Respekt vor älteren Menschen, vor Wissen und Erfahrung war abhandengekommen, ganz zu schweigen vom Respekt vor Mädchen. Gut, er war ein bisschen pessimistisch. Und wenn Wörter wie »Abzocke« Realität wurden, erschien es ihm notwendig, das aufzuschreiben. Und nun würde er dies vorlesen, öffentlich. Oder vielleicht nicht ganz öffentlich, doch vor seiner eigenen Schöpfung. Vor den Menschen, die er selbst ausgewählt hatte. Er würde endlich zeigen, was sich hinter der ewigen Neutralität verbarg, die sie ihm immer vorgeworfen hatten. Nämlich Schmerz.

Er vermutete, dass es allmählich Zeit wurde, und sah auf die Uhr. Die Uhr und Jan-Olov Hultin hatten ein kompliziertes Verhältnis. Es war eine Patek Philippe, die inzwischen fast fünfzig Jahre alt war und vor vielen Jahren plötzlich nicht mehr funktioniert hatte. Auf einer mystischen Reise von Norrviken nach Stockholm hatte die Zeit verrückt gespielt, und er hatte sich gefragt, ob es sich um eine reine Verwirrung, einen bevorstehenden Herzinfarkt oder so etwas wie schwarze Löcher im Raum-Zeit-Kontinuum oder gravitationsbedingte Zeitdilatation handelte. Er bekam auf diese Frage nie eine eindeutige Antwort. Aber jetzt lief die alte Uhr tadellos. Eine Stunde war vergangen. Er zog das Hemd glatt, strich sich über die sehr ungewohnten Rockschöße und war auf dem Weg durch die Tür hinaus, als sein Blick auf einen handgeschriebenen Text in einem Rahmen neben der Tür fiel. Komisch, dass er ihn vorher übersehen hatte. Mit zunehmender Skepsis las er ein »Kinderlied über eine kleine Schar Singvögelchen« und kam zu dem Ergebnis, dass es der reine Nonsens war. Bis er schließlich beim zehnten Verspaar innehielt:

Vogel Nummer zehn kann den Schmerz kaum ertragen,
dass Gesetz sich verkehrt in Treten und Schlagen.

XI

Von Mut der erste Piepmatz sang laut und klar,
von Wendung dort, wo früher Stillstand war.
Vergangnes zu verwandeln hieß des Zweiten Litanei,
die ganze Vogelschar änderte ihr Niveau dabei.
Von Leiden und Vergeltung der dritte Vogel sang,
jetzt ist die Bestie, die geängstigt, eingefang'n.
Ein Tirili von Piepmatz vier der Zeit gab neue Form,
wo Lichter stets erlöschen, im ständig gleichen Sturm.
Der fünfte Vogel flüstert': Die Sekunde, in der wir sterben,
schenkt höhere Visionen als unseres Lebens Scherben.

Die Kunst ist grausam, trällerte der Vogel sechs aus voller Kehle,
denn ungerades Leben nimmt dem geraden jede Seele.
Das siebte Federvieh pries lautstark Lebenskraft,
den Liebesschatz, den all' wir einst gehabt.
Von zerplatzter Illusion sang Piepmatz Nummer acht,
und der Schlüssel in des Löwen Pranke lacht'.
Der neunte Matz von Heilung sang und Buß',
denn frei die Wahrheit ist von Schmutz und Ruß.
Vogel Nummer zehn kann den Schmerz kaum ertragen,
dass Gesetz sich verkehrt in Treten und Schlagen.
Zehnstimmigen Gesang der elfte Vogel feiert,
den verbreiterten Gang, der den engen erneuert.

12

Sie kamen von beiden Seiten die Treppen herunter, und sie betraten mehr oder weniger gleichzeitig in zwei Reihen den Boden der Eingangshalle. Wie eine geteilte Prozession bei einem uralten babylonischen Palastritual – wenn vielleicht auch nicht ganz so ernsthaft – schritten sie die Treppen hinab und verteilten sich anschließend ein wenig ungeordnet über den grün schimmernden Marmorboden. Die Kerzen in den großen Leuchtern neben dem Willkommensbrief, der unmittelbar neben dem mächtigen Eichenportal hing, waren so dick, dass sie kein Stück heruntergebrannt waren. Als wäre überhaupt keine Zeit verstrichen. Paul Hjelm betastete die Kerzen. Sie fühlten sich nicht wie gewöhnliche Kerzen an. Wahrscheinlich war es Talg, aber Talglichter rauchten viel mehr und sonderten einen stärkeren Geruch ab als diese hier. Vermutlich handelte es sich um Bienenwachs, die luxuriösere Variante. Vor der Zeit des Stearins. Im 18. Jahrhundert.

Gemeinsam betrachteten sie die Skizze des Herrenhauses und fanden heraus, dass sich der Speisesaal hinter den enormen Türen auf der rechten Seite befand. Dort sollten sie Platz nehmen, um »ein erstklassiges Mahl in vollkommener Übereinstimmung mit der Speisenfolge, die am Tag der Einweihung des Herrenhauses im Jahre 1737 gereicht wurde« einzunehmen sowie möglicherweise die eine oder andere Geschichte zu erzählen. Aber die Türen waren verschlossen, und die Gesellschaft blieb ein wenig ratlos davor stehen. Um die Irritation zu überspielen, begannen sie, sich zu unterhalten.

»Ist euch die Formulierung aufgefallen, ›dem Tag, an dem das Haus unbewohnt wurde‹?«, fragte Jon Anderson.

»Ich habe keine Ahnung, wovon du redest«, entgegnete

Lena Lindberg. »Andererseits frage ich mich, warum sie hier kein Wellnessbad eröffnet haben. Es wäre doch perfekt.«

»Oder eine religiöse Privatschule«, sagte Arto.

»Was?«, fragte Viggo Norlander.

»Das haben sie in Ekebyholm gemacht«, erklärte Söderstedt. »Es liegt nicht weit von hier, glaube ich.«

»Du musst es ja wissen«, sagte Lindberg. »In deiner Eigenschaft als Festausrichter, meine ich.«

»Ich bin Lehrer«, korrigierte Söderstedt. »Aber was war das gleich für eine verdammte christliche Gemeinschaft?«

»Kann man ›verdammte christliche Gemeinschaft‹ sagen, ohne in die Hölle zu kommen?«, fragte Viggo.

»Ihr seht frisch und ausgeruht aus«, sagte Kerstin Holm zu Sara Svenhagen, und funkelte da nicht etwas in ihren Augenwinkeln?

»Azteken und Walküren passen wunderbar zusammen«, entgegnete Sara kühl.

»Hört mal, ich meine das ernst«, sagte Jon.

»Du meinst es immer ernst«, bestätigte Jorge Chavez. »Im Übrigen war wohl das Komischste in unserem Zimmer ein ›Kinderlied über eine kleine Schar Singvögelchen‹.«

»Moment mal«, schaltete sich Paul ein. »Hing das bei euch auch?«

»Bei mir ja«, sagte Jon.

Und die ganze Kinderschar stimmte ihm zu. Sie sahen einander ein wenig verwundert an.

»Wovon hat es eigentlich gehandelt?«, fragte Viggo schließlich. »Ich konnte mich auf jeden Fall wiedererkennen.«

»Es hatte tatsächlich eine gewisse Treffsicherheit«, räumte Paul Hjelm ein. »Wer weiß, was wir erzählen wollen?«

»Hast du keine Synopsis eingereicht?«, fragte Gunnar Nyberg.

»Wieso?«, sagte Paul. »Du etwa?«

»An wen denn?«, fragte Lena neugierig. »Etwa an Arto?«

»An die Adventistengemeinde«, sagte Arto. »An die Siebenten-Tags-Adventisten. Da saß er.«

»Soll wirklich kein einziges schwedisches Herrenhaus davor bewahrt werden, ein Wellnesscenter zu werden?«, fragte Jan-Olov Hultin ein wenig verspätet.

»Nun kommt schon«, meinte Jon. »Wieso unbewohnt?«

»Sie sind die optimalen Gäste für Wellnesscenter«, warf Lena grantig ein, »und du bist nur ein griesgrämiger alter Mann.«

»Alle Achtung«, sagte Hultin neutral. »Da hast du recht.«

»Ich habe die ganze Zeit daran gefeilt«, erklärte Gunnar.

»Fühlst du dich hier besonders kreativ?«, wollte Paul wissen.

»Warum fragst du?«

»Es liegt etwas in der Atmosphäre.«

»Ekebyholm?«, sagte Hultin. »Irgendetwas klingelt da bei mir.«

»Oxenstierna«, ergänzte Arto. »Mehr fällt mir auch nicht ein.«

»Ihr seht auch ziemlich revitalisiert aus«, stellte Sara fest.

»Das ist ein zu kompliziertes Wort für mich«, log Kerstin.

»Du bist richtig süß, wenn du rot wirst«, flüsterte Paul und bekam einen Schlag auf den Oberarm.

»Fandet ihr die Reime und den Rhythmus nicht ein bisschen holprig?«, fragte Gunnar.

»Das Kinderlied?«, sagte Arto. »Die sollen doch so sein.«

»Also hast du es geschrieben?«, stieß Lena hervor.

»Aber hat es denn gepasst?«, fragte Jon. »Bei mir passte es verdammt gut.«

»Bengt Bengtsson Oxenstierna«, sagte Hultin. »Er ließ Schloss Ekebyholm im 17. Jahrhundert errichten. Jetzt fällt es mir wieder ein.«

»Irgendetwas geht hier vor«, sagte Arto leise.

»Aber wieso denn die Siebenten-Tags-Adventisten? Was ist das für eine Vereinigung?«

»Im Ausland sind sie ziemlich stark. Viel amerikanisches Geld.«

»Wieso passte?«, fragte Kerstin.

»Nun komm schon«, meinte Jon. »Der Text hat gepasst.«

»Hast du nicht vorher etwas anderes gesagt?«, fragte Paul.

»Wer?«, entgegnete Jon. »Ich?«

»Sag mal ehrlich«, flüsterte Kerstin. »Wie viel Latino steckt denn in ihm als Lover?«

»Er ist lächerlich schwedisch«, flüsterte Sara zurück. »Aber dann kommen seine Ahnen über ihn.«

»Und was passiert dann?«

»Wow«, hauchte Sara und wirkte plötzlich ganz in sich gekehrt.

»So gut?«, fragte Kerstin und lächelte.

»Ist es mit Paul nicht das Gleiche?«

»Über ihn kommen nur der Staubsauger seiner Mutter und vielleicht ein paar dänische Pornofilme aus den frühen Siebzigerjahren.«

»Und«, flüsterte Paul und beugte sich vor, »für sie ist es immer das Bild eines sechzigjährigen Pastors.«

»Pastoren sind nicht zu verachten«, sagte Lena.

»Belauschst du uns?«, grantelte Paul sie an.

»Ja, ja«, sagte Arto. »Rollenspiele, meine Güte.«

»Aber hallo.« Lena war gekränkt.

»Aber die Frage lautet«, sagte Jon, »warum wurde dieses Herrenhaus am selben Tag unbewohnt, an dem es eingeweiht wurde?«

»Ich fand es wunderbar, das zu lesen«, erklärte Viggo. »›Denn frei die Wahrheit ist von Schmutz und Ruß.‹«

»In deiner Erzählung vielleicht«, sagte Gunnar. »Aber nicht in meiner.«

»Verdammt«, entgegnete Viggo. »Mir hat ein grauer Engel das Leben gerettet. Ich bin bereit, an alles zu glauben, egal was.«

»Auch daran, dem Teufel seine Seele zu verkaufen?«, fragte Arto.

»Wenn es verlangt wird«, meinte Viggo. »Schnauze, übrigens.«

»Danke«, sagte Arto und lächelte.

Da legte Gunnar Nyberg die Hand auf den Türgriff, und die Türen glitten unerwartet leicht auf.

»Du, Gunnar?«, rief Lena Lindberg verwundert aus. »Hast du dieses Fest arrangiert?«

»Das hättest du nicht gedacht, was?«, sagte Gunnar und stieß die Türen weit auf.

Nacheinander betraten sie den stattlichen Speisesaal.

Als Viggo an Gunnar vorbeiging, der wie ein übergewichtiger Butler an der Tür stand, flüsterte er: »Nicht du, etwa?«

Gunnar antwortete ebenso flüsternd: »Ich wollte sie nur nicht in Splitter treten müssen.«

Während sich die Übrigen um den überbordenden Tisch verteilten und nach ihrer Tischplatzierung suchten, hielt Paul Jon unmittelbar vor der Tür zurück.

»Du hast da einen wichtigen Punkt angesprochen, Jon. Warum wurde dieses Herrenhaus am selben Tag unbewohnt, an dem es eingeweiht wurde?«

Jon sah ihn an. Er nickte und sagte: »Du hast auch einen wichtigen Punkt erwähnt, Paul.«

»Ich?«, fragte Paul. »Was habe ich gesagt?«

»Wer weiß, was wir erzählen wollen?«

Paul lachte und legte einen kurzen Moment die Hand auf Jons Schulter. Dann trat er in den Speisesaal.

Dieser wirkte ziemlich streng, aber auch imponierend. An allen vier Wänden befanden sich mehrere Türen, die in unbekannte Räume führten, zwischen ihnen gab es mehrere kleine Tische, Chiffonniers und Rauchabzüge ohne Öfen, die mit diversen erlesenen Ziergegenständen geschmückt waren. Unter anderem eine ausgestopfte Ente, ein Spiegel aus der Zeit vor Gustav III., ein paar Statuetten – anscheinend aus Elfenbein –, eine pompöse Bronzebüste und eine Tischuhr in Gold, die nicht so aussah, als stünde sie seit langer Zeit still.

Die hier und da im Raum verteilte Dekoration bewirkte, dass der Speisesaal ziemlich eng erschien. Der große ovale Esstisch nahm fast die ganze Fläche ein. Aber die hohe Decke war beeindruckend. Von ihr hing ein Kristalllüster herab und beleuchtete mit einer endlosen Zahl von Bienenwachskerzen prismatisch die aufgetischten Delikatessen, oder wie man es nun nennen sollte. Der kleinen Gesellschaft kam es so vor, als stünde sie vor einem Tisch aus einer anderen Zeit mit all den mehr oder weniger ansprechenden Leckereien einer anderen Zeit. Paul Hjelm meinte Kalbsbraten, Rübenmus, geräucherte Lammkeule, eingelegten, gegrillten und getrockneten Hering, marinierten Saibling, hausgemachten Käse, Erbsenpüree, eine Art Sauerkohl, Brennnesselsuppe, einen mysteriösen Kuchen, Eier, gekochtes Fleisch, das möglicherweise etwas so Beunruhigendes wie Seehund sein mochte, sowie Wildschweinbraten, gekochten Hecht, Zander und Wels erkennen zu können. Dazu eine ansehnliche Anzahl Weinflaschen aus einer der ältesten Weinbauregionen Frankreichs, Languedoc, Pays d'Oc, der sich tatsächlich schon 1737 auf dem Tisch befunden haben könnte. Von mehreren der Gerichte stieg Dampf auf, und am Ehrenplatz des Tisches – wo Jan-Olov Hultin gerade sein Tischkärtchen gefunden hatte – stand auch ein Schild mit derselben verschnörkelten Handschrift, auf die sie nun schon einige Male gestoßen waren.

Als Letzter von allen fand Paul Hjelm seinen Platz. Er setzte sich neben Sara Svenhagen und Viggo Norlander und sagte zu diesem: »Ich nehme an, dass dich das zu meiner Tischdame macht.«

»Schnauze«, entgegnete Viggo Norlander.

»Hier steht ein Schild«, sagte Jan-Olov Hultin an der anderen Seite des Tisches. »Erlaubt ihr, dass ich es vorlese?«

Sie erlaubten es ihm.

»Willkommen zu unserer kleinen Zusammenkunft. Endlich ist es so weit. Im Prinzip sollten die Gerichte natürlich in einer deutlicheren Ordnung serviert werden, aber Diener hätten unserer Sache kaum geholfen. Einige der Gerichte können ein wenig schwer verdaulich sein, das Menü entspricht dem der Einweihungsfeier am Sonntag, dem 20. November 1737. Also kostet den falschen Sauerkohl und den Brandteigkuchen. Ein Nachtisch wird zu gegebener Zeit zur Verfügung stehen. Und jetzt, meine Freunde, lasst uns essen, trinken und unsere Erzählkunst genießen, wie schon Pampinea, Fiammetta, Filomena, Emilia, Lauretta, Neifile, Elissa, Panfilo, Filostrato und Dioneo es taten, als sie aus dem von der Pest verwüsteten Florenz im Jahre 1348 in das nahe gelegene Fiesole flüchteten. Und in welcher Reihenfolge die Erzählungen vorgetragen werden, wisst ihr schon. Skål und noch einmal herzlichst willkommen, alle miteinander.«

Sie betrachteten ihren früheren Chef. Sie hatten den Eindruck, als wären es seine Worte, und vielleicht waren sie es. Er erhob sein eben erst gefülltes Rotweinglas, und sie stießen miteinander an. Sie tranken darauf, dass sie lebten und dass sie zusammen waren. Darauf, dass das Gute des Lebens sie umfing. Und darauf, dass die Erzählungen beginnen konnten. Ein langer, genussvoller Abend lag vor ihnen.

»Wenn ich dies hier richtig deute«, sagte Arto Söderstedt schließlich, »bin ich der erste Singvogel.« Er sah sich um. Als keiner protestierte, fuhr er fort: »›Von Mut der erste Piepmatz sang laut und klar, / von Wendung dort, wo früher Stillstand war.‹ Das passt ziemlich gut zu meiner Erzählung. Sie handelt von einem Mann, der gelernt hatte, sein ganzes Leben lang stillzustehen. Aber eines Tages machte er eine Kehrtwendung. Das hat gewisse Folgen. Ich erzähle es in der Ichform, nur weil mir das am besten erscheint, nicht weil die Geschichte von mir handeln würde. Viel mehr will ich gar nicht sagen, hier kommt meine Erzählung.«

Bronto-Nerd

Jeder Augenblick ist erstaunlich, Erika. Doch es erfordert einiges, um das einzusehen.

Vielleicht darf man nur noch so wenige Augenblicke haben, um in der Lage zu sein, sie zu überschauen, jeden einzelnen zu drehen und zu wenden, um zu erkennen, welche wundersame Ereigniskette zu ihm geführt hat.

Vielleicht würden wir wahnsinnig, wenn wir das immer erkennen könnten.

In diesem Moment, Erika, verstehe ich, warum ich Worte, die eigentlich ins Leere geschleudert werden sollten, ausgerechnet an dich richte. Wir ertragen nicht so viele einzigartige Augenblicke in unserem Leben, und ich selbst habe wahrlich nicht viele davon gehabt. Deshalb hat sich das Bild von dir gerade jetzt offenbart. Denn in meinem Leben gibt es eigentlich nur zwei dieser einzigartigen Momente.

Im ersten, Erika, spielst du eine Rolle. Der zweite findet jetzt statt.

Während dieses absurden Wartens darauf, dass das Wetter umschlägt, dass sich der waagerechte Daumen des Kaisers nach oben dreht oder nach unten, tritt es hervor, das Bild von dir. Wir sind allein auf dem elektrisch beleuchteten Skihang. Es ist die letzte Abfahrt. Nur du und ich. Der Schnee wirbelt, weiße Lichtwolken. Du hältst abrupt vor mir an. Dann zeichnet sich langsam deine Gestalt ab, Erika, dein Lächeln inmitten eines leuchtenden, wirbelnden Glorienscheins aus Schneekristallen.

Es war, kurz bevor das Erwachsenwerden kam und uns raubte, Erika, wie ein böser Troll. Es war, bevor du böse auf mich wurdest. Doch das ist eine spätere Geschichte, und sie konnte nie das Bild von dir zerstören. Es blieb unversehrt.

Aber wohin es dich verschlug, Erika, davon habe ich keine Ahnung. Du verschwandst einfach.

*

Wie du seinerzeit schon vermutet hattest, als du mich mit dem Chemiebaukasten im Keller ertapptest und mir »Du Bronto-Nerd!« ins Gesicht schriest, wurde ich Chemiker. Eine Weile war ich angestellt. Dann war ich nicht mehr angestellt. Lass uns über das, was dazwischenliegt, den Mantel des Schweigens breiten, es ist allzu banal.

Ich arbeitete für eine Firma, die Farbampullen herstellte, mit denen die Polizei Geldscheine einfärbte. Ich stimmte die exakte chemische Zusammensetzung der Farbe ab. Damit beschäftigte ich mich ein paar Jahre meines Lebens.

Die Not ist die Mutter der Erfindung, pflegt man zu sagen, Erika, doch in meinem Fall ist eher die Erfindung die Mutter der Not. Ich verfeinerte sie lange, vermutlich in erster Linie aus Rache für das schmähliche Ende meiner Anstellung. Sie zu verkaufen erwies sich als bedeutend kniffliger.

Ich will dich nicht mit Details langweilen, Erika, doch die Pointe bestand darin, die Farbe untauglich zu machen, ehe sie die Scheine erreichte, damit das, was über sie hinwegsprühte, kaum mehr war als ein leichter Duschstrahl. Ich entwickelte mithilfe von Experimenten ein Gas, das die Farbe farblos machte. Es genügte, dass sich das Gas im Geldkoffer befand. Man musste es nur hineinbekommen. Also schuf ich eine feine elastische Kanüle, die durch das Schloss eingeführt wurde, und eine kleine Pumpe, die das Gas hineinhustete.

Schließlich funktionierte die Konstruktion so, wie sie sollte. Ich testete sie minutiös, bis ins kleinste Detail. Leider war mein finanzieller Status ein wenig prekär, sodass ich bis zuletzt damit wartete, die Erfindung an echten Scheinen zu testen. Das war mein einziger Fehler.

Na ja, vielleicht nicht wirklich der einzige …

Erika, Erika. Ich sitze hier im Schneesturm und warte. Schneeflocken wirbeln an meinem Fenster vorüber, und die ganze Zeit über warte ich darauf, dass dein Lächeln aus ihnen hervortritt. Doch es geschieht nie.

Es geschieht nie.

Ich erinnere mich noch an den Gesichtsausdruck meines Vaters, als er sich mit der Brotdose in der Hand mal wieder zu einer Nachtschicht in der Fabrik aufmachte und durch das Fenster mal wieder einen Porsche auf dem Garagenvorplatz deiner Eltern parken sah, Erika. Unsere Familien, die jahrelang zusammen in Urlaub gefahren waren, wurden immer verschiedener. Ich weiß noch, wie er in den sauren Apfel biss und sich dort am Fenster dazu durchrang, die Einsicht zu formulieren, die allen anderen längst gekommen war: »Sie müssen Kriminelle sein.«

*

Wie geht man denn vor, wenn man – ganz ohne kriminelle Kontakte – eine Erfindung verkaufen will, die für sämtliche schwer bewaffneten Räuber des Landes Gold wert ist?

Man muss völlig anonym sein, so viel war mir klar, und das ist heutzutage sowohl leichter als auch schwieriger denn je zuvor. Eine anonyme Anzeige auf einer anonymen Homepage mit einer anonymen E-Mail-Adresse. Man sucht niemanden auf, man lässt sich aufsuchen. Man muss sich den Rücken frei halten. Es war nicht besonders schwer zu bewerkstelligen, nicht für einen Bronto-Nerd.

Ich beschloss, mich mit dem schwedischen Markt zu begnügen, zumindest für den Anfang. Wenn es lief, konnte ich immer noch expandieren. Die Anzeige lautete: »Farbe auf Geldscheinen? Vergiss es.« Ziemlich pfiffig, wenn ich das selbst so sagen darf.

Ein erster Kontakt kam recht schnell zustande. Ein Individuum, das sich Halbe Hydra nannte, zeigte großes Interesse an meiner Erfindung, doch nach einigen E-Mails in beide Richtungen – deren Ton immer drohender wurde – machte ich einen Rückzieher. Dabei hatte es recht harmlos angefangen. Halbe Hydra erklärte, er, denn es war ein Er, habe seinen Namen dadurch bekommen, dass sein Unterkörper vor zwanzig Jahren auf der griechischen Insel Hydra zurückgeblieben sei, nachdem ihn eine Bande von »Läusegriechen mit Hackebeilen« bei etwas ertappt habe, was er als »multiplen Ehebruch« bezeichnete. Er nahm an der Beerdigung teil und beweinte seine eine Hälfte. Danach wurde er zu einem ausgeprägten *criminal mind* und befasste sich vom Rollstuhl aus mit »avancierter Raubplanung«. Als ich Skepsis erkennen ließ, verlegte er sich teils auf Appelle wie: »Du wirst dich frei aus dem Geldkoffer bedienen dürfen«, teils auf Drohungen wie: »Ich lass dich deine eigenen Eingeweide fressen.«

Es hörte sich nicht nach einem wirklich lukrativen Kontakt an.

Andere folgten. Hinter ungefähr der Hälfte von ihnen konnte ich das notdürftig maskierte Ego von Halbe Hydra erahnen, und die Übrigen erlaubten sich einfach nur einen Scherz. Mein Mut begann zu sinken.

Deine Worte kamen mir in den Sinn, Erika, als du aus dem Lieferwagen deines Vaters stiegst, einem dieser braun-lila Wagen mit dem Logo in Form einer Spirale, das ich nie zu deuten vermochte. Du sahst mich an, als ich vor dem Gartentor stand, während mir das Fahrrad an einem Bein festhing, weil sich die Jeans in der Kette verfangen hatte, schütteltest den Kopf und sagtest: »Dass smarte Typen immer so bescheuert sein müssen.«

Der smarte Erfinder, dem es nicht gelingt, sein goldenes Ei auszubrüten …

Und siehe da, wie eine Fata Morgana in der Wüste meldete sich derjenige, auf den ich gewartet hatte. Schon sein Ton war völlig anders. Lakonisch, klar, aber er meinte es ernst.

Er nannte sich Donald Duck.

Wie du weißt, Erika, wechseln wir in Schweden gegenwärtig die Geldscheine aus. Allerdings nicht gegen Euro, sondern gegen Scheine aus fälschungssicherem Papier. Auf der einen Seite der Hunderter- und Fünfhunderterscheine taucht immer häufiger ein Folienstreifen auf, mit Hologramm und allem, was dazugehört, ein Sicherheitsfaden ist ins Papier eingezogen, und ein durchsichtiges Bild unter dem Wasserzeichen zeigt den Wert an, wenn man den Schein gegen das Licht hält.

Beim dritten E-Mail-Kontakt, nachdem wir uns gegenseitig unserer ernsten Absichten versichert hatten, schrieb Donald Duck: »In Kürze verlässt ein größerer Werttransport mit alten Scheinen, die makuliert werden sollen, die Reichsbank. Wir verfügen über Insiderinformationen. Prozente oder Festbetrag?« Über diese Frage machte ich mir eine Weile Gedanken. Schließlich gelangte ich zu dem Ergebnis, dass sie bedeutete: Will ich einen niedrigeren, aber sicheren Vorschuss oder bis nach der Aktion warten und an der Beute beteiligt werden? Ich wollte nicht in den Raub mit hineingezogen werden und entschied mich daher für den Vorschuss, und das erwies sich als ein kluger Schachzug. In gewisser Weise.

Es kommt mir vor, als lege sich der Sturm nun ein wenig, Erika. Vielleicht können wir bald starten. Sie haben mit dem Enteisen begonnen. Der kaiserliche Daumen zittert schwach. Dass die Schneewirbel vor dem Fenster immer weniger werden, heißt nicht, dass du mir entgleitest, Erika, ganz im Gegenteil, du scheinst mir immer näher zu sein. Je mehr ich schreibe, desto näher kommst du.

*

Gestern spätabends – es war tatsächlich erst gestern Abend, dabei kommt es mir vor wie eine Ewigkeit – schrieb Donald Duck: »Morgen. Vierhundert geht klar. Sturekatten, Punkt zwölf. DD.« Das hieß, dass ihm sein Chef grünes Licht gegeben hatte, mir meine geforderten vierhunderttausend Kronen zukommen zu lassen, dass der Raub am Nachmittag stattfinden würde und dass wir uns um zwölf Uhr in einem Rentnercafé in Östermalm treffen würden, wo ich mein Geld und sie meine Erfindung bekommen sollten.

Die Stunde hatte geschlagen. Ich begann mich darauf vorzubereiten, aus der virtuellen Welt heraus- und in die wirkliche einzutreten, die physisch schmerzen konnte. Das war eigentlich das Einzige, wovor ich mich fürchtete. Etwas anderes hatte ich kaum zu verlieren.

Ich konnte die ganze Nacht nicht schlafen. In den frühen Morgenstunden musste ich mich mit etwas beschäftigen, um nicht durchzudrehen. Obwohl ich die Erfindung etwa zwanzigmal getestet hatte, tat ich es noch einmal. Ich holte den präparierten Geldkoffer hervor, legte die Papierbündel hinein, die das Geld darstellen sollten, setzte eine neue Farbampulle auf und wollte den Koffer gerade verschließen, als mir ein Einfall kam. Ich öffnete ihn wieder, zog meinen letzten Hunderter aus der Brieftasche und schob ihn oben auf eines der Bündel. Dann verschloss ich den Koffer. Ich hörte das Klicken, als die Ampulle einrastete. Dann führte ich langsam die Kanüle ins Schloss, pumpte ein wenig Gas hinein und drehte sie wieder heraus. Nichts geschah. Alles war still.

Ich versetzte der Tasche einen Tritt und hörte, wie die Farbampulle aufging. Dann öffnete ich die Tasche und sah, dass alles in Ordnung war. Eine farblose Feuchtigkeit lag wie Tau auf den Papierbündeln. Ich zog den Hunderter heraus, wischte ihn ab, steckte ihn wieder in die Brieftasche, seufzte tief und stellte fest, dass nichts schiefgehen konnte.

Dann machte ich mich auf den Weg. Viel zu früh. Ich war an die zwanzig Kilometer gelaufen, bis ich in der Riddargatan 4 ankam. Um atmen zu können, musste ich in Bewegung bleiben. Ich ging die zwei Treppen zum Café Sturekatten hinauf, nahm mir eine Tasse Kaffee, setzte mich an einen Fenstertisch und schaute hinunter auf die Riddargatan.

Sie waren nicht zu übersehen, als sie hereinkamen. Drei Mann, drei Kaffeetassen auf dem Tisch. Kalte harte Blicke. Sträflingsblicke. Ich nehme an, dass der Mann, der das Wort führte, Donald Duck war.

»Alles klar?«

Eine raue, spröde, vollkommen ausdruckslose Stimme. Ich nickte und schob die Schultertasche ein Stückchen über den Boden.

»Seid vorsichtig beim Einführen«, sagte ich, und meine Stimme hielt richtig gut durch.

»Nur eines noch«, zischte Donald Duck und packte mein Handgelenk. »Wenn irgendwas schiefläuft, hast du meinen Boss am Hals. Und dann viel Vergnügen. Nur damit du es weißt.«

Ich verspürte einen leichten Stoß gegen das Schienbein. Er durchzuckte meinen ganzen Körper wie ein Stromstoß. Ich blickte nach unten. Eine Aktentasche. Ich öffnete sie schnell. Tausender, eine phantastische Menge Tausender. Als ich wieder aufblickte, waren die drei Männer aufgestanden.

»Ich nehme an, du kannst unseren Kaffee bezahlen«, sagte Donald Duck ausdruckslos. Ich nickte und versuchte weltmännisch zu lächeln. Ich wage mir nicht vorzustellen, was für eine sonderbare Grimasse dabei herauskam.

Ohne mich rühren zu können, saß ich da und sah hinunter auf die Riddargatan. Ein Lieferwagen startete mit quietschenden Reifen. Ich folgte ihm mit dem Blick, ohne ihn richtig wahrzunehmen. Dann stand ich mit zitternden Beinen auf und trat zur Theke, um zu bezahlen. Ich zog die Brieftasche hervor, griff hinein und hatte – Papiermehl in der Hand.

Ich stürzte zur Toilette. Wäre sie nicht frei gewesen, hätte ich glatt auf drei in Chinchillapelze gekleidete Östermalmdamen gekotzt. Ich leerte meinen gesamten Mageninhalt in die gepflegte Toilette. Danach war sie nicht mehr gepflegt.

Meine zitternden Finger waren weiß von dem Papiermehl. Jesus Christus. Eine völlig unerwartete chemische Reaktion hatte zwischen dem Gas, der Farbe und dem Hunderter stattgefunden. Etwas in diesem speziellen Geldscheinpapier hatte die Flüssigkeit, in die die Farbe verwandelt worden war, nicht vertragen.

Nach einigen Minuten stiller Panik versuchte ich zu denken. Das war alles, was mir geblieben war. Der reine Gedanke.

Also. Jetzt. Denk nach.

Was hatte Donald Duck gesagt? »Wenn irgendwas schiefläuft, hast du meinen Boss am Hals. Und dann viel Vergnügen.« Es konnte eine leere Drohung sein, aber viel wahrscheinlicher war, dass sie meine Identität kannten oder sie zumindest ziemlich schnell herausbekommen konnten.

Die Frage war, wie viel Zeit mir noch blieb.

Ich hatte keine Ahnung, wann die chemische Reaktion eingetreten war. Jedenfalls nicht sofort. Der Schein war intakt gewesen, als ich ihn in die Brieftasche gesteckt hatte. Und der Raub würde frühestens in einer Stunde stattfinden. Vielleicht würde ich es schaffen, mich aus dem Staub zu machen, bevor Donald Ducks Boss entdecken würde, dass sich die Beute zersetzte. Irgendwohin fliegen. Weg, einfach nur weit weg. Schließlich gab es hier nichts, was mich zurückhielt. Ich ging zur nächsten Bank und zahlte das Geld ein. Dann stieg ich in ein Taxi und fuhr durch das österliche Schmuddelwetter zum Arlanda International Airport. Die Fahrt dauerte viel zu lange – dichter, zähflüssiger Osterverkehr und widerwärtige Straßenverhältnisse in einer ärgerlichen Kombination.

Endlich betrat ich die Abflughalle und nahm die Reisemöglichkeiten in Augenschein. Rio de Janeiro klang gut, und das Flugzeug würde bald starten. Ich kaufte ein Ticket, setzte mich hin und wartete.

Nur eines, Erika, war schlimmer als diese Wartezeit, nämlich die, die danach folgte.

Mit der Schwere des Todes auf meinen Schultern ging ich an Bord. Die Augenblicke, in denen die Mitpassagiere im

Gang vorüberglitten, zogen sich unendlich hin. Als alle ihre Plätze eingenommen hatten und keiner mir eine Schlinge um den Hals gelegt hatte, um mich zu erdrosseln, verspürte ich eine Erleichterung, wie ich sie gar nicht beschreiben kann. Mir war, als würde das verlorene Leben Atemzug um Atemzug in mich zurückgepumpt werden.

Ich sah durch das Fenster hinaus. Das Schauspiel dort draußen glich immer mehr einem Schneesturm. Und als die Stimme des Piloten erklang, veränderte sich die Form der Zeit erneut.

»Meine Damen und Herren, wir haben momentan ein kleines Problem mit dem Wetter und wissen nicht, ob wir starten können. Wir hoffen, Ihnen bald Bescheid geben zu können, und bitten Sie darum, sich solange zu gedulden.«

Genau in dem Augenblick sah ich dich durch die Schneewolken hindurch, Erika, genau da wurde jeder Augenblick, den ich noch atmete, erstaunlich. Genau in dem Moment begriff ich, was ein lebender Toter ist. Ich hätte nie überlebt, wenn ich dir in dieser Zeit nicht geschrieben hätte.

Jetzt sind sie fertig mit dem Enteisen, Erika, allen Schwierigkeiten zum Trotz. Ich lebe noch immer. In ebendiesem Moment, da ich hier sitze und dir auf jedem Stück Papier, das ich finden kann, schreibe, höre ich wieder die Stimme des Piloten.

»Meine Damen und Herren, wir sind jetzt startklar. Wir bedauern die Verspätung.«

Viel mehr höre ich nicht. Ich sehe auch keine Schneewolken mehr vor dem Fenster, und ich fühle überhaupt nichts.

Ich weiß nicht, wann wir in die Luft gekommen sind, doch jetzt sind wir hier, über den Wolken, in einer virtuellen, überirdischen Wirklichkeit. Ich lehne mich zurück, Erika, ich greife gierig nach dem Getränk, das mir die Stewardess reicht.

Und alles ist sehr gut.

*

Ich weiß nicht, ob ich diese Schneewolke wirklich sehe, Erika, oder ob sie nur in meiner Erinnerung existiert, in meiner Phantasie, aber sie erscheint mir so nah. Sie fällt auf den leeren Sitz neben mir, ich halte die Hand hinein, und sie ist nicht kalt. Ich ziehe die Hand zurück und betrachte sie.

Es ist kein Schnee, es ist – Papiermehl.

Es sind Geldscheine, verwandelt in Papiermehl.

Und dennoch ist es Schnee, weiße Wolken von Licht, und aus der Schneewolke tritt etwas hervor.

Und da kommt mir ein anderes Bild entgegen, verzögert, verdrängt. Es ist die Riddargatan, ein Lieferwagen, der mit quietschenden Reifen startet, und der Lieferwagen ist braunlila, und an seiner Seite prangt ein eigentümliches spiralförmiges Logo.

Eine Stimme sagt: »Wenn irgendwas schiefläuft, hast du meinen Boss am Hals. Und dann viel Vergnügen.«

Wir sind allein auf dem elektrisch beleuchteten Skihang. Es ist die letzte Abfahrt. Nur du und ich. Der Schnee wirbelt, du hältst abrupt vor mir an. Zuerst ist es nur eine Schneewolke. Dann zeichnet sich deine Gestalt langsam ab, Erika, dein Lächeln inmitten eines leuchtenden, wirbelnden Glorienscheins aus Schneekristallen.

Und der Platz neben mir ist nicht mehr leer. Als sich die Papierwolke zwischen uns auf den Flugzeugsitz gelegt hat, kommt Dein erlösendes Wort: »Du Bronto-Nerd.«

13

Sie saßen absolut still da. Wahrscheinlich wartete jeder darauf, dass ein anderer als Erster etwas sagen würde. Oder sie ließen die Geschichte sacken.

Doch dann kam Bewegung in die Gesellschaft an der Tafel, und ein Gemurmel setzte ein.

»Verdammt, Arto«, sagte Viggo Norlander schließlich laut. »Du bist ja der geborene Geschichtenerzähler.«

»Du bekommst gleich selbst eine Chance«, entgegnete Arto Söderstedt und nahm einen Schluck Wein, als wollte er den Mund ausspülen, um alle Wörter loszuwerden.

»Hoffentlich habe ich bis dahin genug Wein intus«, murmelte Viggo.

»›Von Mut der erste Piepmatz sang laut und klar‹«, sagte Paul Hjelm nachdenklich und fuhr fort: »›von Wendung dort, wo früher Stillstand war.‹«

»Faszinierende Geschichte«, sagte Gunnar Nyberg und schaufelte eine imposante Menge Rübenmus in sich hinein. »Soll man also annehmen, dass jeder Versuch, sich aus einer hoffnungslosen Situation zu befreien, zum Scheitern verurteilt ist?«

»Oder zumindest dann, wenn man sich mit Verbrechern einlässt«, sagte Kerstin Holm. »Das ist vielleicht nicht unbedingt der richtige Ausweg.«

»Also mein Favorit war Halbe Hydra«, sagte Jorge Chavez und schmatzte, auf etwas Undefinierbarem kauend. »Und natürlich die Läusegriechen mit den Hackebeilchen.«

»Also ich habe noch nicht viele Läusegriechen gesehen«, warf Gunnar ein.

»Dein Humor ist mit dem übrigen Griechenland im letzten Sommer verbrannt«, stichelte Jorge und zeigte auf den eigenartigen Kuchen, den er gerade mampfte. »Was ist das hier eigentlich? Scheißgut.«

»Scheißgut kann man nicht sagen«, erklärte Sara Svenhagen. »Das ist genauso blöd wie ›riesig klein‹.«

»Und Jorge ist sowohl blöd als auch riesig klein«, sagte Viggo.

»Es ist wirklich schön, dich wieder bei uns zu haben, Viggo«, erklärte Jorge liebenswürdig.

»Vermutlich ist das Brandteigkuchen«, sagte Jan-Olov Hultin, der seinerseits auf etwas kaute, was mindestens ebenso undefinierbar war.

»Du isst auf jeden Fall falschen Sauerkohl«, bemerkte Paul Hjelm und nickte seinem ehemaligen Boss zu. »Das hat man früher viel gegessen.« Alle Augen waren auf ihn gerichtet. Lange genug, dass er sich veranlasst sah zu sagen: »Nicht doch. Aber ich weiß, dass der Betrug darin besteht, dass man den Kohl nicht mehrere Wochen lang ziehen lässt.«

»Es gibt verdammt viel seltsames Wissen hier am Tisch«, stellte Lena Lindberg fest.

»Das Rezept für Brandteigkuchen«, sagte Arto Söderstedt, »wurde wahrscheinlich zum ersten Mal von keiner Geringeren als Cajsa Warg aufgezeichnet. Weil die erste Auflage des Kochbuchklassikers 1755 erschien, kam man vermuten, dass sie von einem existierenden Rezept der Zeit ausging, das beispielsweise bei der Einweihung dieses Herrenhauses achtzehn Jahre zuvor benutzt wurde.«

»So etwas kann kein normaler Mensch auswendig«, sagte Lena Lindberg. »Du bist wirklich derjenige, der diese Veranstaltung arrangiert hat.«

»War es nicht eben noch Gunnar?«, fragte Arto ruhig.

»Aber jetzt bist du es«, sagte Lena. »Du hast mich überzeugt.«

»Vielleicht bin ich kein normaler Mensch«, entgegnete Arto.

»Aber das war keine Antwort auf die Frage, was ich hier eigentlich esse«, schmatzte Jorge.

»Ich frage mich, ob es nicht ein Nachtisch ist«, sagte Sara. »Es besteht ja hauptsächlich aus Zucker. Du kannst es nicht zusammen mit dem Hering essen.«

»Du kannst ja zusehen«, antwortete Jorge und mampfte weiter.

»Mehr Wein bitte«, sagte Viggo.

»Jetzt lass es mal ruhig angehen«, mahnte Paul. »Du kannst nicht sternhagelvoll sein, wenn du erzählen sollst.«

»Nur weil deine Geschichte früh an der Reihe ist.«

»Ist sie das?«

»Ist doch klar, dass du hinter dem Ganzen steckst«, sagte Viggo. »Und es ist es immer am besten, wenn man am Anfang kommt.«

»Da bin ich mir gar nicht so sicher«, sagte Hultin.

»Nein, du hast dich selbst ja als Letzten eingeteilt«, stimmte Lena zu.

»Aber hallo«, sagte Hultin. »Bin ich es jetzt, der das hier inszeniert hat?«

»Männer deines Alters sagen nicht ›Aber hallo‹«, bemerkte Lena. »Man darf nicht vor den Siebzigerjahren geboren sein, um solche Worte in den Mund nehmen zu dürfen.«

»Ich komme nicht am Anfang«, murmelte Paul.

»Jetzt begreife ich langsam, warum das so kompliziert ist«, sagte Lena. »Wahrscheinlich ist alles von einer kleinen Gruppe Eingeweihter ausgeheckt worden. Einer Kerntruppe, die sich alle Privilegien gesichert hat.«

»Ein Rührteig«, warf Arto ein und schenkte mehr Wein aus der offensichtlich verkannten Region Languedoc Pays d'Oc nach.

»Ein machtvollkommenes Zentralkomitee«, sagte Jon Anderson, um nicht schlechter dazustehen.

»Wer auch immer«, meinte Gunnar. »Jetzt ist jedenfalls Lena an der Reihe.«

Lena Lindberg stutzte, während sie ein ziemlich widerspenstiges Stück Lammkeule kaute. Ihre Kiefer führten einen vergeblichen Kampf mit der unheimlichen, gummiartigen Anhäufung von Sehnen. Schließlich schummelte sie den Bissen aus dem Mund und legte ihn unauffällig auf den Teller, nur um festzustellen, dass alle es gesehen hatten. Aller Blicke waren nämlich ebenso unverwandt wie erwartungsvoll auf sie gerichtet.

»Scheißzähes Stück«, sagte sie und zeigte auf den Teller, wo der Happen lag und aussah wie eine lebendige Molluske, die bereit war zum Angriff.

»Und was willst du uns erzählen?«, fragte Jan-Olov Hultin.

»›Vergangnes zu verwandeln hieß des Zweiten Litanei, / die ganze Vogelschar änderte ihr Niveau dabei‹«, zitierte Jon. »Kann man wirklich das Vergangene verwandeln?«

»Das Vergangene kann man auf jeden Fall verwandeln«, sagte Lena und wischte sich den Mund ab. »Es kann sich vor unseren Augen verwandeln. Ungefähr das widerfährt Lisa in meiner Erzählung. Sie glaubt, ein bestimmter Mensch zu sein, ist aber eigentlich ein anderer.«

»Wie meinst du das?«, fragte Jon.

»Äh«, sagte Lena und nahm einen Schluck Wein. »Hört lieber zu.«

Sieben hübsche Mädchen im Kreis

Draußen segelt eine Schar Haubentaucher über die Bucht. Lautlos sinken sie durch den verzauberten Nachthimmel und verschwinden im wallenden Nebel, der sich vom felsigen Ufer her ausbreitet. Der Tanz der Elfen. Wenn die Haubentaucher auf der Wasseroberfläche landen, sieht man sie nicht mehr. Aber sie hört das leise Platschen.

Es heißt, der Mittsommertau habe magische Kräfte. Sie sieht, wie er sich auf den Grashalmen vor ihren Augen sammelt, und sie streckt die Zunge heraus, um einen Tropfen aufzufangen.

Sehr viel mehr sieht sie nicht, wie sie da auf dem Rücken im Mittsommergras liegt. Die Elfen haben sich in die Lüfte erhoben, sie tanzen jetzt fast einen Meter über dem Boden. So hoch oben ist keine von ihnen. Sie liegen alle auf dem Rücken und genießen die Nachwirkungen des Fruchtbarkeitsfestes. Sie weiß das, ohne es zu sehen.

Sie lässt sich von den verfliegenden Düften der Mittsommernacht berauschen. Dann kommt eine leichte Brise auf. Sie empfindet sie wie ein kühles Kitzeln an den Armen. Die Luftbewegung löst den Nebel auf. Die Elfen tanzen weiter durch den hellen Nachtwald, und die, die sich zu erkennen geben – eine nach der anderen –, sind keine Elfen. Aber weibliche Wesen sind sie, und sie liegen tatsächlich auf dem Rücken, im Kreis. Um den Maibaum herum.

Sie dreht sich auf den Bauch, stützt das Kinn in die Hände, blickt am Maibaum hoch und lächelt. Der Tanz ist vorbei. Das Fest zu Ende. Aber der Maibaum steht noch. Geschmückt.

Sie heißt Lisa, und ihr Blick wandert weiter über das feuchte Gras. Nacheinander trifft sie die Blicke der anderen. Friedliche Blicke, Blicke, die nach dem Rausch zur Ruhe gekommen sind. Sie sind wieder miteinander verbunden.

Sieben hübsche Mädchen im Kreis.

*

Hat irgendetwas irgendwann einen Anfang? Gibt es nicht immer einen anderen Anfang vor jedem Anfang? Lisa erkannte allerdings vollkommen problemlos, wo alles begonnen hatte. Sie sah es ganz deutlich vor sich, während sie im Minibus saß und herumfuhr, um die anderen abzuholen, eine nach der anderen. Zuerst war sie allein, sie hatte den Bus an einer Tankstelle gemietet, die über Mittsommer geöffnet war, und während sie nach Norden fuhr, immer noch allein, sah sie ihren Anfang.

Sie war ungefähr zwölf und schlich auf den Dachboden ihrer Eltern, und als sie von dort wieder herunterkam, war es nicht mehr der Dachboden ihrer Eltern.

In einem versteckten Karton lagen Briefe, nicht viele, höchstens zehn vielleicht. Sie las sie im Dunkeln auf dem Dachboden. Sie stammten von Mamas Schwester Elsa. Elsa wurde zu Hause nie erwähnt. Sie war tot und beerdigt – ein für alle Mal beerdigt, das hatte Lisa verstanden. Das Thema wurde sorgfältig gemieden. Bis sie im letzten Brief las: »Kümmert Euch gut um meine Tochter. Sie ist jetzt Eure.« Das löschte alles andere aus. Sie rannte vom Dachboden, der einmal der ihrer Eltern gewesen war, nach unten und schrie, laut und lange.

»Wir wollten es dir sagen, wenn du groß genug bist«, beteuerte ihre Mama, die plötzlich die Tante war.

»Elsa wollte es so«, sagte Papa, der plötzlich nicht einmal ein Verwandter war.

Mehr sagten sie nicht, außer, dass Elsa plötzlich gestorben war, an einer Lebensmittelvergiftung. Und beim nächsten Mal, als sie sich auf den Dachboden wagte, war der Karton verschwunden. Die Eltern verschlossen sich wie Austern. Die Beziehung zu ihnen wurde nie mehr wie zuvor.

Es dauerte viele Jahre, bevor ihr die Widersprüchlichkeit auffiel. Wie kann man zuerst einen Brief schreiben, in dem steht »Kümmert Euch gut um meine Tochter« und dann plötzlich an Lebensmittelvergiftung sterben?

Damals, als sie etwa zwanzig war, nahm Malin Kontakt zu ihr auf. Lisa war gerade von zu Hause ausgezogen, in ein Zimmer im Studentenwohnheim Lappkärrsberget der Universität Stockholm, wo sie gerade angefangen hatte, Sozialanthropologie zu studieren.

Eine Stimme am Telefon fragte: »Hieß deine Mutter Elsa Björk?«

Lisa antwortete: »Ich glaube, ja.«

Und jetzt schwenkte der Minibus in die Bushaltestelle ein, an der Malin stand und in der knallheißen Mittsommersonne halb gar gekocht aussah. Wortlos kletterte sie neben Lisa auf den Beifahrersitz. Aber der Blick, den die beiden austauschten, sagte alles.

Sie hatten sich in einem Café in Gamla Stan getroffen. Eine dritte junge Frau im selben Alter war mit dabei gewesen. Sie hieß Emma.

Malin hatte erzählt: »Ich habe Emma auf demselben Weg gefunden wie dich. Über die Uppsjökommune.«

Eine Weile war es still. Lisa wartete ab.

Dann fuhr Malin fort: »Die Uppsjökommune war eine Sekte, die sich in den Siebzigern und zu Beginn der Achtzigerjahre auf den Inseln ganz oben im Norden der Schären aufhielt. Sie verknüpfte ziemlich strenge christliche Vorstellungen mit einem Glauben an die magischen Kräfte des Mittsommers. Es soll eine Reihe merkwürdiger Riten an Mittsommer gegeben haben. Im Übrigen lebten die Leute zurückgezogen auf einem kleinen Hof namens Uppsjö unten am Strand. Sie bauten ihre Lebensmittel selbst an und hielten Tiere und hatten keinerlei Kontakt zur Außenwelt.«

Jetzt ergriff das zweite Mädchen, Emma, das Wort: »Vor allem aber hatten sie einen sehr charismatischen Anführer. Er hieß Sten Ähabäck. Anfang der Achtzigerjahre wurde die Uppsjökommune nach einer Katastrophe aufgelöst. Einige Mitglieder waren an einer Lebensmittelvergiftung gestorben. Wahrscheinlich an verdorbenem Hammelfleisch. Das ist alles, was wir im Moment wissen. Abgesehen von den drei Namen, die nach der Katastrophe in der Presse genannt wurden: Elsa Björk, Nina Bengtsson und Hilda Bergström. Drei der Toten.«

Malin sah Lisa an und fügte hinzu: »Unsere Mütter.«

Der Minibus hielt an der Bushaltestelle in Tierp. Dort stand Emma, die Blonde, und wartete. Sie riss die Seitentür auf und sprang ohne ein Wort ins Auto. Aber der Blick, den die Frauen austauschten, sagte alles.

Die drei Mädchen hatten sich noch einmal getroffen. Jede hatte Nachforschungen in die eigene Richtung angestellt. Jetzt traute sich Lisa endlich zu verraten, dass ihre Mutter vor der Katastrophe mit der Lebensmittelvergiftung einen Abschiedsbrief geschrieben hatte. Malin und Emma starrten sie an.

»Den kann sie doch geschrieben haben, als sie im Sterben lag«, sagte Emma schließlich.

Lisa nickte. Das war natürlich möglich.

»Aber es kommt mir wahrscheinlicher vor, dass sie wusste, dass sie sterben würde«, erklärte Malin und fuhr fort: »Ich habe versucht, mehr über die Uppsjökommune herauszubekommen. Als die Katastrophe geschah, gab es offenbar bis zu fünfzehn Mitglieder. Alle mit eiserner Hand von Sten Ähabäck geführt.«

»Was ist denn eigentlich aus ihm geworden?«, fragte Lisa. »Ist er auch gestorben? Wie viele sind denn überhaupt gestorben?«

»Und was ist das für ein Name?«, fragte Emma. »Ähabäck? Ist das norwegisch oder finnlandschwedisch oder was?«

Malin sah sie an. »Den Mann gibt es nicht. Das ist auch kein richtiger Name. Und es sieht so aus, als ob Ähabäck überlebt hätte. Aber er ist spurlos verschwunden. Und wie viele genau gestorben sind und wie viele überlebt haben, weiß ich nicht. Aber es waren Kinder darunter.« Sie machte eine kleine Kunstpause, ehe sie hinzufügte: »Wir, unter anderem.«

Lisa und Emma nickten schwach.

»Wir müssen die ersten Jahre unseres Lebens dort gewesen sein«, sagte Lisa. »Erinnert sich jemand an etwas?«

Die beiden anderen schüttelten den Kopf.

»Ich muss etwas über drei Jahre alt gewesen sein, als es passierte«, schätzte Malin.

»Ich auch«, sagte Emma.

»Ich auch«, ergänzte Lisa.

Sie sahen einander lange an. Schließlich fragte Malin: »Wisst ihr, wann sie gestorben sind?«

Lisa und Emma warteten die Antwort ab.

»In der Mittsommernacht«, sagte Malin.

Sie hatten sich die Recherche aufgeteilt. Lisa sollte versuchen, den polizeilichen Untersuchungsbericht in die Finger zu bekommen. Emmas Aufgabe war es, vollständige Adoptionsunterlagen bei den Sozialbehörden aufzutreiben. Und Malin sollte alle Presseberichte durchgehen.

Es war völlig still im Minibus, der durch Roslagen kreuzte, nahe der Grenze zu Gästrikland. Es wurde nicht einmal lebhafter, als sich die Schar verdoppelte. Es ging auf den Nachmittag zu. Die Sonne hatte begonnen unterzugehen, aber sie war noch weit vom Horizont entfernt. Es war ja der längste Tag des Jahres. Als der Minibus in einen versteckten Waldweg in der Nähe von Skärplinge einbog, stand dort ein kleiner weißer Pkw. Drei junge Frauen stiegen aus dem Auto aus und in den Minibus ein. Es waren Elin, Helena und Lina. Jetzt waren sie zu sechst. Sie sprachen kein Wort, aber die Blicke, die sie wechselten, sagten alles.

Lisa hatte sich in letzter Zeit den unbekannten Mittsommerriten der Uppsjökommune gewidmet. Da sie Sozialanthropologie studierte, begann sie damit, die Wurzeln der schwedischen Mittsommerfeiern zu erforschen. Die Wissenschaft schwankte in ihrer Einschätzung, ob es ein christliches oder ein heidnisches Fest war, ob man den Geburtstag von Johannes dem Täufer feierte oder die magische Kraft der Natur. War der schwedische Maibaum ein modifiziertes christliches Kreuz oder eher ein großer Phallus, komplett mit Testikeln und allem, der in Mutter Erde eindrang und sie befruchtete? Als absolut sicher galt jedoch, dass die Mittsommernacht das ganze Arsenal an Naturwesen aus dem Volksglauben entfesselte: von Hexen, Elfen und Teufeln bis zu Nixen und dem Bäckahäst, dem mystischen Pferd, das Frauen und Kinder auf seinen Rücken lockt, um mit ihnen ins Wasser zu stürzen und sie zu ertränken.

Was war an alldem dran, dass es die Uppsjökommune und Sten Ähabäck so faszinierte? Was waren das für Rituale, die sie in der Mittsommernacht ausübten? Und an denen sie selbst, Lisa, bis zum Alter von drei Jahren teilgenommen hatte, ohne sich daran zu erinnern?

Nach mehreren Debatten hatte sie erreicht, dass die Polizeiunterlagen über die Lebensmittelvergiftung in Uppsjö herausgesucht und ihr ausgehändigt wurden. Es existierte der Verdacht auf ein Verbrechen. Sie waren zu fünfzehnt im Kollektiv gewesen. Sieben von ihnen waren in der Mittsommernacht an Lebensmittelvergiftung gestorben. Alle sieben erwachsenen Frauen. Acht hatten überlebt. Sten Ähabäck und – sieben Kinder. Sieben kleine Mädchen.

»Er hat versucht, uns zu adoptieren«, hatte Emma gesagt, als sie sich im Café in Gamla Stan neben Lisa und Malin gesetzt hatte. Sie wurde von drei Frauen in ihrem Alter begleitet. »Aber das durfte er nicht, nicht zuletzt, weil er in einen ungeklärten Kriminalfall verwickelt war. Stattdessen wurden wir landesweit zur Adoption freigegeben. Das hier sind die drei, die ich gefunden habe: Elin, Helena und Lina. Eine fehlt.«

Zum ersten Mal wurde die Stille im Minibus durchbrochen. Elin fragte: »Wo ist Hanna?«

Lisa drehte sich um und antwortete: »Sie ist schon dort und bereitet alles vor.«

Die sechs jungen Frauen im Café in Gamla Stan hatten sich verwundert begrüßt. Es war ein merkwürdiges Gefühl. Sie wurden immer mehr.

»Ich bin in Zeitungsartikeln auf Sten Ähabäck gestoßen«,

erzählte Malin. »Sie standen alle im Zusammenhang mit der Uppsjökommune. Alle außer einem. Der war ein paar Jahre älter. Frühe Siebzigerjahre. Eine Reportage über Schweden in Tansania. Ähabäck war dort, um Frauen für ein ›Mitternachtssonnenkollektiv‹ in Schweden mitzunehmen. Er lockte die Frauen mit einer christlichen Naturreligion, aber bis zu diesem Zeitpunkt war ihm das nur bei einer einzigen gelungen, Nadine Kimenye. Es war sogar ein kurzer Auszug aus einer Rede abgedruckt, die er bei einer Erweckungsversammlung in Tansania gehalten hat. Wollt ihr sie hören?«

Sie nickten.

»Er sagt Folgendes: ›Während der Tage, an denen die Sonne nie untergeht, übt die Natur eine Macht über unsere Sinne aus, die sich mit nichts im Leben vergleichen lässt. Die Natur bemächtigt sich des Körpers und der Seele, und man wird mit seinem ganzen Wesen in die Fruchtbarkeits- und Todesrituale des Mittsommers hineingezogen.‹ So wollte er die Afrikanerinnen in sein Kollektiv locken. Aber wie gesagt, es kam nur eine.«

»Todesrituale ...«, wiederholte Lisa atemlos.

»Das muss ein Selbstmordritual gewesen sein«, vermutete Malin. »Sie wussten, dass sie sterben würden. Er hat sie überredet – wie es nur charismatische Sektenführer können.«

»Mein Gott«, sagte Emma. »Und diese Nadine ...«

»Kimenye, ja. Das ist wohl die letzte, nicht identifizierte Frau. Die siebte Tote der Lebensmittelvergiftungskatastrophe von Uppsjö. Und in dem Artikel stand noch etwas: Sten Ähabäcks richtiger Name. Er heißt Sven Jansson. Aber ich habe ihn nirgends ausfindig machen können. Noch nicht.«

Der Minibus erreichte eine Weggabelung mitten im Wald. Ein kleines Schild wies den Weg nach Uppsjö. Sie bogen dorthin ab.

Es war nur ein Pfad. Seit Jahren schien hier niemand mehr entlanggefahren zu sein. Bis auf eine. Nach ein paar Kilometern waren sie am Ziel. Ein alter Käfer stand auf der Lichtung am Ufer. Hohes Gras erstreckte sich bis zum felsigen Strand einer Meeresbucht. Eine Schar Haubentaucher flog quer über den strahlend blauen Mittsommerhimmel. Ein Stück weiter landeinwärts lag ein kleiner verfallener Hof. Auf dem verrotteten Schild über der Tür war das Wort »Uppsjö« zu erkennen.

Dicht bei dem Käfer sammelte eine dunkle junge Frau Birkenlaub. Sie winkte ihnen freudig zu.

Sie hatten sich ein letztes Mal in dem Café in Gamla Stan getroffen. Und mittlerweile waren sie zu siebt gewesen. Emma hatte eine dunkle Frau in ihrem Alter dabei, eine Halbafrikanerin. Das war Hanna. Sie fragte: »Dieser Ähabäck holte also meine Mutter aus Afrika, nur um sie zu töten? Ich verstehe das nicht.«

»Niemand versteht das«, sagte Lisa. »Aber ich glaube nicht, dass er das nur getan hat, um sie zu töten. Da war noch mehr. Irgendetwas, womit er unsere Mütter locken konnte. Etwas, das wir vielleicht nie verstehen können …«

»Er heißt Bäck«, sagte Malin knapp. »Direkt nach der Katastrophe legte er den Namen Sten Ähabäck ab. Seither gibt es ihn nicht mehr. Aber ein Sven Jansson änderte zur selben Zeit seinen Namen in Sven Bäck. Nicht weit von Skärplinge wohnt ein Sven Bäck. Nur ein paar Dutzend Kilometer von Uppsjö entfernt.«

»Mein Gott!«, brach es aus Lisa heraus, und sie sprang von ihrem Stuhl auf. »Bäck. Sten Ähabäck. Das ist ja Bäckahäst. Würfelt die Buchstaben durcheinander, und es kommt Bäckahäst heraus. Bäckahäst, der Frauen und Kinder zu einem Ritt auf seinem Rücken verführte und sich mit ihnen ins Wasser stürzte. Das merkwürdigste Wesen im alten Volksglauben. Ekstase und Tod miteinander vereint.«

»Nicht nur Todesrituale.« Malin nickte. »Auch Fruchtbarkeitsrituale. Wann seid ihr geboren?«

»20. März 1978«, sagte Emma.

»24. März 1978«, sagte Elin.

»17. März 1978«, sagte Helena.
»28. März 1978«, sagte Lina.
»20. März 1978«, sagte Hanna.
»15. März 1978«, sagte Lisa.
»29. März 1978«, sagte Malin und fügte hinzu: »Dann bist du ja die Älteste, Lisa.«

Die Schiebetür des Minibusses flog auf. Sechs junge Frauen trafen die siebte. Hanna zeigte auf den ungeschmückten Maibaum. Er war fertig. Zwei Holzstämme über Kreuz. Zwei Ringe aus Stahldraht. Das Gerüst für einen Maibaum. Er musste nur noch geschmückt werden. Das taten sie. Teilweise.

Sie liefen ganz friedlich auf der kleinen Landzunge umher, die ihren felsigen Strand in die Bucht schob. Die Sonne hatte schon angefangen, das Wasser ein wenig rot zu färben.

Sie sammelten Birkenlaub und Reisig und gingen in dem alten Hof ein und aus. Nicht ein einziges Fenster war heil. In den Betten, in denen sie ihre ersten Lebensjahre verbracht hatten, hatten Tiere gehaust, Vögel, Füchse, Dachse. Überall lagen Losung und halb aufgefressene Beutetiere verstreut.

Und sie fingen an, sich wieder zurechtzufinden. Langsam erinnerten sie sich, eine nach der anderen, an ihre ersten Lebensjahre. Und sie erinnerten sich – an Mittsommer. Mit allem, was dazugehörte.

Eine andere Atmung setzte ein.

Und dann machten sie sich auf den Weg. Sieben Frauen in einem Minibus. Sieben moderne Samurai.

Sie erreichten das Haus. Es lag kurz vor Skärplinge und sah alt und verfallen aus. Auf dem Briefkasten stand »Sven Bäck«.

Lisa klingelte, sie war ja die Älteste. Die anderen standen versammelt hinter ihr.

Er öffnete. Alt und eingefallen. Aber sie erahnten den lodernden blauen Blick tief in seinem Inneren.

Dem konnte man nicht ausweichen.

»Papa«, sagten sieben Frauen im Chor.

Sten Ähabäck lächelte schwach.

Er hatte auf sie gewartet, das konnte man sehen.

Lange.

*

Es war ganz, ganz still in der alten Küche. Die Außenwelt gab es nicht.

»Ich habe sie nicht getötet«, erklärte Sten Ähabäck ruhig. »Darüber müsst ihr euch unbedingt im Klaren sein. Sie haben sich selbst umgebracht. Ich wusste nicht, dass das passieren würde. Sie haben es ohne mich geplant.«

Sten Ähabäck saß regungslos da, als ob es schon zu spät wäre.

»Kennt ihr Tiresias?«, fragte er schließlich. »Den blinden Propheten aus der griechischen Mythologie?«

Es blieb still in der Küche.

Er fuhr fort: »Wisst ihr, warum er blind wurde?«

Noch immer Stille.

»Tiresias war sowohl Mann als auch Frau. Und er enthüllte das Geheimnis der Frauen, nämlich dass sie zehnmal mehr Ekstase empfinden können als Männer. Dafür wurde er von der höchsten Göttin, Hera, mit Blindheit gestraft.«

Sie sahen ihn überrascht an.

»Erst jetzt, wo ich euch hier sehe«, fuhr er fort, »erkenne ich, wie groß der Unterschied ist. Ihr seid hier, um einen Schritt zu tun, den ich nie zu tun gewagt hätte. Genau wie eure Mütter einen Schritt getan haben, den ich nicht gewagt habe. Sie sind mir gefolgt, weil ihnen die Ekstase fehlte. Ich lockte sie mit dem, was das normale Leben nicht erlaubt. Ein einziges Mal im Jahr lebten wir unsere verborgenen Kräfte aus, im Einklang mit der Natur. Aber sie gingen einen Schritt weiter. Jenseits all dessen, was ich für möglich gehalten hätte.«

Sie sahen ihn schweigend an. Sieben Augenpaare waren auf ihn gerichtet.

»Dann versuchte ich, euch zu adoptieren«, erzählte er weiter. »Weil ihr ja meine Kinder wart. Nur deshalb. Weil ich euch geliebt habe. Ich hatte versucht auszurechnen, mit welcher Wahrscheinlichkeit ihr alle Mädchen werden würdet. Aber das ging nicht. Vielleicht zeugt die äußerste Ekstase immer Mädchen. Vielleicht war es nur ein Zufall.«

Sten Ähabäck schaute über die Schulter. Das lodernde Blau in seinem Blick war fast erloschen. Das Feuer im Ofen ebenfalls. Er stand auf. Sie sahen, dass er es noch ein letztes Mal entfachen wollte.

»Versteht ihr, was ich sage? Die Ekstase, die ich zu bieten hatte, reichte nicht weit. Eure Mütter verlangten mehr, als ich aufbringen konnte. Sie gingen selbst noch einen Schritt weiter. Sie fanden in der Natur, was sie suchten. Und sie weihten euch in ihr Geheimnis ein. Ich weiß, dass ihr deshalb hier seid. Ihr wart dabei, bis ihr drei Jahre alt wart. Der Rausch hat langsam wieder von euch Besitz ergriffen.«

Er breitete die Arme aus. Jetzt stand er da wie ein Kreuz.

»Macht, was ihr euch vorgenommen habt«, sagte er mit dröhnender Stimme. »Lasst mich an Tiresias' Erkenntnissen teilhaben. Lasst mich verstehen.«

Als sie sich erhoben und ihn in ihre Mitte nahmen, sahen sie, dass der blaue Blick wie ein Mittsommerfeuer loderte.

★

Die Erinnerung an den Rausch ist so deutlich. Auch jetzt, in der absoluten Friedfertigkeit der Nacht. Jetzt, da die Elfen davongetanzt sind und sich ihre Blicke wieder treffen. Schwesternblicke, die sich zu einem Kranz um die Stange flechten, die zu dem kleinen verfallenen Hof schweifen und am Maibaum hinaufklettern.

Die Blicke folgen dem immer dichter werdenden Grün, hoch hinauf, bis sie die Stelle erreichen, an der die laubumflochtene Querstrebe auf der Mittsommerstange liegt.

Dort, genau dort, lugt etwas aus dem Grün hervor. Es nimmt Konturen an, Form, Gestalt. Es ist ein Gesicht.

Er sieht jetzt ganz friedlich aus.

Als ob sein Werk vollendet wäre.

Und dann kommen die Elfen wieder herangetanzt. Sie hüllen sieben hübsche Mädchen in einen Nebelkreis, bis man sie nicht mehr erkennen kann.

Aus der Bucht erhebt sich eine Schar Haubentaucher in den Mittsommernachtshimmel.

Man kann sie nicht sehen, aber man hört sie.

14

Lena Lindberg sah zufrieden aus. Sie nahm einen Schluck vom Wein und wartete auf die Reaktionen. Wie nach Artos Vortrag bildete sich ein Resonanzraum, in dem die Erzählung sozusagen nachhallen konnte. Und das tat sie eine gute Weile. Dann setzte das Gemurmel ein, und schließlich kamen auch die Worte.

»Und was passiert jetzt mit dir?«, fragte Jorge Chavez.

»Wieso passiert?«, stieß Lena hervor.

»Jetzt, wo du dein Geschlecht verraten hast, indem du das Geheimnis des Tiresias ausgeplaudert hast«, sagte Jorge und nahm einen lang ersehnten Bissen von dem besonderen Brandteigkuchen.

»Ist das denn wahr?«, fragte Jon Anderson.

»Vermutlich bist du doch derjenige hier am Tisch, der das am besten weiß«, sagte Arto Söderstedt.

Jon zuckte mit den Schultern und sah nachdenklich aus.

»Ihr seid auffallend still, meine Damen«, fuhr Jorge fort. »Ein Thema, an das ihr nicht rühren wollt?«

»Wenn es wahr wäre«, sagte Sara Svenhagen mit einem grimmigen Blick auf ihren Ehegatten, »dann würde es auf jeden Fall erklären, warum ihr es zehnmal so oft braucht.«

Arto lachte laut und rief anerkennend: »Touché!«

»Warum sollte ich es am besten wissen?«, fragte Jon. »Weil ich schwul bin? Ich hatte dich für schlauer gehalten, Arto. Ich bin genauso Mann wie du.«

»Es tut mir leid«, sagte Arto und sah auch wirklich reuig aus. »Bitte entschuldige.«

»Aber du kannst trotzdem recht haben«, fügte Jon hinzu. »Ich habe mich nur gewundert, was du denkst, weil du dich selten von klassischen Vorurteilen leiten lässt.«

»Es war kein tiefer Gedanke, leider«, gab Arto zu. »Nur die Idee, dass du als Schwuler vielleicht die Empfindungen und Wahrnehmungen etwas besser kennst, die wir oft – und viel zu gedankenlos – als weiblich bezeichnen.«

»Warum nicht?«, meinte Jon und fühlte sich richtig erhaben. »Nenn mich von nun an Tiresias. Übrigens hatte mein Bett die richtige Länge. Das ist mir noch nie passiert.«

»Jetzt sprichst du aber in Rätseln«, sagte Jorge mit vollem Mund, in dem sich eine delikate Mischung aus Brandteigkuchen, eingelegtem Hering und Rotwein aus Languedoc Pays d'Oc befand.

Jon schenkte sich ein wenig Weißwein nach und fuhr fort: »Wer auch immer in diesem Zentralkomitee diese Zusammenkunft arrangiert hat, demjenigen sei herzlich gedankt dafür, dass mein Bett die richtige Länge hat. Habt ihr anderen auch lange Betten?«

Sie sahen einander an, und ihr Gesichtsausdruck ließ erkennen, dass kein Einziger von ihnen überhaupt darüber nachgedacht hatte.

»Ich glaube nicht«, sagte Gunnar Nyberg schließlich. »Ich habe zwar im Laufe meines Lebens das eine oder andere Bett zertrümmert, aber dieses hier schien sehr robust zu sein, wenn auch nicht besonders lang.«

»Toilette!«, stieß Jan-Olov Hultin hervor.

»Gesundheit«, sagte Paul Hjelm.

»Das war kein Niesen«, erklärte Hultin mit kühler Neutralität. »Es war eine Einsicht.«

»Eine Scheißeinsicht«, sagte Jorge.

»Eher eine Pisseinsicht, wenn wir uns schon auf diesem Niveau bewegen wollen. Hat einer von euch anderen eine Toilette im Zimmer?«

Wieder diese ausdruckslosen Gesichter, die erkennen ließen, dass keiner von ihnen darüber überhaupt nachgedacht hatte.

»Ich habe tatsächlich danach gesucht«, sagte Paul.

»Da war eine blinde Tür«, sagte Arto. »Eine Tür mit einer Ziegelmauer dahinter. Es war das reine Glück, dass ich nicht direkt reingerauscht bin und mir in die Hose gemacht habe.«

»Es scheint also auf jeden Fall vieles sehr gut arrangiert zu sein«, stellte Hultin fest.

»Du hast nachgedacht«, sagte Lena.

»Ich finde, wir lassen die Damen ein wenig zu leicht davonkommen«, erklärte Jorge. »Zwar fällt es uns immer etwas schwer, uns an ein einziges Thema zu halten, was selbst für einen einfachen Menschen wie mich einen gewissen Charme hat, aber nach Lenas Lesung ist das Thema glasklar.«

»Es war keine Lesung«, sagte Lena. »Es war ein Vortrag.«

»Wenn nicht sogar ein Auftritt«, ergänzte Sara.

»Damit sich jetzt keine mehr herauswindet«, fuhr Jorge sehr prononciert fort: »Stimmt es, dass die Fähigkeit der Frau zur Ekstase zehnmal größer ist als die des Mannes?«

Ein großes und kompaktes Schweigen legte sich über die immer unansehnlichere Tafel.

»Sind wir deshalb immer in der Minderzahl?«, fragte Kerstin Holm nach einer Weile.

»Sieh mal an«, sagte Jorge. »Sogar jetzt wollt ihr euch herauswinden.«

»Ich sehe nur drei Frauen hier am Tisch«, fuhr Kerstin fort. »Und sieben Männer.«

»Aber ihr seid umso weiser«, sagte Paul und wurde gnadenlos ignoriert.

»Seit der Zeit Boccaccios ist die Entwicklung zurückgegangen«, erklärte Sara.

»Boccaccio?«, fragte Viggo Norlander.

Es war gut, ihn dabeizuhaben, wenn Unverständliches vermittelt werden sollte. Alle, die nicht begriffen, was gesagt wurde, konnten sich darauf verlassen, dass er zu ihrem Sprachrohr würde.

»Übrigens, dieses Willkommensschild auf dem Tisch«, sagte Sara und zeigte darauf. »Alle diese Namen, Pampinea,

Filomena, Panfilo und so. Das sind die jungen Leute, die sich in Giovanni Boccaccios *Decamerone* treffen, um zehn Tage lang Geschichten zu erzählen. Jeder von ihnen ist an jedem Tag dran. Es werden nicht weniger als hundert Erzählungen.«

»Da können wir nicht mithalten«, meinte Gunnar Nyberg.

»Und was willst du damit sagen, meine Liebe?«, fragte Jorge zuckersüß.

»Sie waren sieben Frauen und drei Männer, während wir drei Frauen und sieben Männer sind«, erklärte Sara. »Und das war im Jahre 1348.«

»So sieht Entwicklung aus«, fasste Kerstin zusammen.

»Und so habt ihr es geschafft, euch auch diesmal herauszuwinden«, knurrte Jorge.

»Aber wenn die nächste Person, die erzählt, eine Frau ist«, sagte Gunnar Nyberg, »dann haben wir auf jeden Fall stark eröffnet. Zwei von dreien. Kerstin?«

»›Von Leiden und Vergeltung der dritte Vogel sang, / jetzt ist die Bestie, die geängstigt, eingefang'n.‹« Die Worte hallten in Kerstin Holm wider. Sie war nicht ganz zufrieden mit der Konstruktion »eingefang'n«, aber es passte beunruhigend gut zu ihrer Geschichte. Aber ihre Unruhe beabsichtigte sie nicht zu zeigen. Ruhig begann sie: »In meiner Erzählung bewegt sich nicht viel. Ein Mann und eine Frau sitzen an einem Küchentisch. Aber in ihnen geschieht umso mehr. Bitte schön, meine Freunde.«

Fu chou

Das Seltsame war, dass sie an Drachen dachte. Sie blickte hinauf zu den regenschweren Wolken und dachte an Drachen. Vielleicht war es bei näherer Betrachtung doch nicht so seltsam, denn wenn man genau hinschaute und im Besitz einer einigermaßen regen Phantasie war, sah die Wolke, die sich über die trostlosen Hochhausreihen senkte, tatsächlich wie ein Drache aus. Als sollte der ganze ostblockartige Vorstadtkomplex mit all seinen parallel ausgerichteten Hochhäusern von einer urzeitlichen Bestie verschlungen werden. Es war ein Winter, der sich hartnäckig weigerte, Frühling zu werden. Als sich der Drache auflöste und mit den aufziehenden Nebelbänken vereinte, seufzte sie schwer, hob die Einkaufstüten wieder hoch und streckte ihren knackenden Rücken.

Sie ging mit schweren Schritten zwischen den Häuserzeilen hindurch. Als ihr plötzlich ein Schauer über den Rücken lief, stellte sie sich vor, er sei grau. Matschgrau. Als ob ihr ganzes Dasein diese Farbe hätte. Ihre gesamte Existenz war gewissermaßen in etwas Graues und Matschiges getaucht.

Wie die Innenseite einer Larve.

Noch einen Blick war der Himmel wert. Kurz bevor sie durch eine der identisch aussehenden Haustüren ging, legte sie den Kopf noch einmal in den Nacken und sah für einen Moment in den grauen Himmel. Er war wie gespalten, ein kurzes, zusammengedrücktes Stück Universum zwischen zwei hohen Häusern, die viel zu dicht beieinanderstanden.

Sie betrat den Fahrstuhl. Er roch nach Urin und war von oben bis unten vollgekritzelt und beschmiert. Nichts Neues. Sie seufzte schwer und überlegte, ob sie die Einkaufstüten abstellen sollte, während sich der Fahrstuhl die elf Stockwerke nach oben arbeitete, oder ob sie sie in den Händen behalten sollte. Was kostete sie mehr Energie? Was würde mehr wehtun?

Dass sie die Einkaufstüten in den Händen behielt, lag wohl eher an ihrer Unentschlossenheit als an einer aktiven Entscheidung. Sie schnitten schon recht ordentlich in die Handflächen, als die Fahrstuhlanzeige klingelte und die Türen sich öffneten. Sie trat in den lang gezogenen Korridor mit all den absolut gleichen Türen. Es roch vermodert, eine Mischung aus Müll- und Leichengeruch. Das vermittelte einem das Gefühl, als würde immer ein Toter irgendwo im Haus liegen, der in völliger Einsamkeit gestorben war, von allen vergessen. Als wäre der Geruch seine Rache, als wollte er sagen: Jetzt vergesst ihr mich jedenfalls eine Zeit lang nicht.

Sie stellte die Tüten ab, betrachtete ihre geschundenen Handflächen, holte das Schlüsselbund hervor und fummelte eine Weile mit den Schlüsseln herum. Schließlich entdeckte sie den richtigen und sperrte die Tür auf, auf deren Briefkastenschlitz der Name Berglund stand. Stöhnend betrat sie die Wohnung, die immer nach einer Mischung aus starkem Mief und Urin roch.

Er saß wie immer am Küchentisch der kleinen Einzimmerwohnung und bastelte. Ständig dieses Basteln. Aber klar, wenn man nichts anderes zu tun hatte. Das war natürlich besser als nichts. Denn das war die einzige echte Alternative. Nichts.

Es war nicht so, dass seine Möglichkeiten unbegrenzt waren. Er war im Großen und Ganzen völlig unbeweglich, abgesehen von seinen Händen, und er konnte nicht mehr sprechen. Sein Basteln deutete an, dass sein Gehirn intakt war, obwohl er die Fähigkeit verloren hatte, mit Worten und Buchstaben umzugehen, auch schriftlich.

Er saß im Rollstuhl und konnte sich zwar zur Toilette rollen und selbstständig aufstehen und sich auf die Schüssel setzen, aber es ging selten gut. Er pinkelte daneben und brauchte täglich Unterstützung, Hilfe beim Zubettgehen und Aufstehen, Hilfe bei der Körperpflege, Hilfe beim Spülen und Waschen, beim Einkaufen und Kochen.

Sie stellte die schweren Einkaufstüten auf der Spüle ab und sagte sich, dass sie diese Hilfe war. Das war ihr Job. Aber es war nicht immer ihr Job gewesen. Früher war sie eine andere gewesen.

Sie hielt inne und sah sich selbst. Es war ein anderer Frühling als jetzt, ein richtiger Frühling. Sie sah sich einen langen

Weg entlanggehen, auf ein klassisches elegantes Haus zu, fast ein Herrenhaus, über ihr die strahlende Frühlingssonne an einem leuchtend blauen Himmel. Sie freut sich darauf, weiß, dass sie einen guten Job machen wird, weiß, dass sie erfolgreich sein wird. Sie hat das schon so viele Male geschafft: ein heruntergekommenes Unternehmen saniert, überflüssige Routineabläufe optimiert, halb toten Buchhalterseelen energischen Enthusiasmus eingehaucht, Strategien effizienter gemacht, totes Fleisch weggeschnitten. Als sie durch den prächtigen Garten geht und dem Herrenhaus entgegensieht, auf dem die Fahne mit dem wohlbekannten Logo träge im warmen Frühlingswind weht, ist sie voller Zuversicht. Genau wie in den vergangenen fünf Jahren. Ihr ganzes Berufsleben hindurch.

Aber das war damals gewesen. Sie seufzte schwer und begann, die Einkaufstüten auszupacken, während sie ihn beobachtete, wie er da am Küchentisch saß.

»Ist alles in Ordnung, Åke?«, fragte sie.

Er drehte den Kopf und sah sie an. Sie erwiderte seinen erloschenen Blick. Den, der so deutlich zeigte, dass er Überstunden machte. Dass er der Ansicht war, viel zu viel zu lange gesehen zu haben. In der runzligen Haut des Gesichts schien einmal ein deutlich umfangreicherer Kopf gesteckt zu haben. Ganz allgemein schien der ganze Körper viel größer gewesen zu sein als jetzt. Es wirkte, als ob alles, abgesehen von dem größten Organ des Körpers, der Haut, rasend schnell schrumpfte, als ob er bald nur noch aus einem völlig leeren Hautkostüm bestehen würde.

Als würde das einen großen Unterschied machen, dachte sie, während sie ein paar Milchkartons und Dosen mit Fischklößchen, Hering, Muscheln und Krebsschwänzen auspackte. Schließlich öffnete sie eine Dose Sardellen und verteilte den Fisch Filet für Filet auf einem Teller. Sie verstaute die übrigen Dosen, schenkte ein Glas Milch ein und trug die Mahlzeit zum Küchentisch. Nachdem sie das Glas und den

Teller vor ihn hingestellt hatte, setzte sie sich ihm direkt gegenüber und betrachtete seine Bastelei. Sie bestand aus klitzekleinen grünen, durchsichtigen Glasperlen, die er zu einem Muster anordnete. Mit unendlicher Geduld nahm er jeweils eine Miniperle, gab etwas Kleber aus einer kleinen Tube darauf und klebte sie auf eine durchsichtige, selbstklebende Plastikfolie. Das Muster funkelte hübsch grün und verwandelte das beigefarbene Winterfrühlingslicht in einen beinahe magischen Schein.

»Aber du bist ja fast fertig, Åke«, sagte sie und betrachtete die eigenartigen Windungen. »Es können nicht mehr als zwanzig Perlen übrig sein.«

Er sah sie mit diesem Blick an, der kein Gefühl verriet, diesem völlig neutralen Blick, in den sie so viel hineinlas. Sie sah auf das Muster hinunter. Es schien im Prinzip aus zwei unterschiedlichen Hälften zu bestehen, mit phantasievollen Strichen und Schwüngen. Sie beugte sich zu ihm vor und legte die Hand auf seinen Arm.

»Weißt du noch, wie ich gerade hier ankam, Åke? Vor ungefähr einem halben Jahr. Weißt du noch, wie du dich anstrengen musstest, damit ich verstehen konnte, dass du all das aus der Schublade dort drüben im Schrank haben wolltest?«

Er betrachtete ihre Hand auf seinem Arm, aber er ließ sie liegen. Dann begegnete er wieder ihrem Blick.

Sie fuhr fort: »Irgendwann begriff ich endlich, dass das dein Hobby war.«

Aber es war ein anderes Hobby, das seine Erinnerung dominierte. In diesem hilflos ausgelieferten Zustand wanderte sein Bewusstsein zurück zu etwas ganz anderem. Zu dem, was einmal das große Interesse seines Lebens gewesen war. Der Gang war in sein Inneres eingebrannt, der Gang vom Fahrstuhl durch den armseligen Korridor bis zu der anspruchslosen Tür. Der spezielle Rhythmus des Klopfens. Und wie sich alles verändert, der Alltag wird ein anderer, und er bewegt sich zwischen den Tischen, in dem verrauchten, roten Licht. Das Geräusch von Spielkarten, die über filzbezogene Tische verteilt werden, vermischt sich mit dem klopfenden unrhythmischen Ton von Kugeln, die sich in einem Roulettekessel drehen, und hier ist er zu Hause. Er sieht sich um, die kleinen Frauen trippeln leichtfüßig zwischen den Zimmern hin und her, und er erreicht das hinterste Zimmer, wo sein Stuhl leer an dem vollbesetzten Roulettetisch steht. Der Mann an der Spielscheibe macht eine einladende Geste in seine Richtung und dann in Richtung des leeren Stuhls, und die Volksmenge scheint sich regelrecht zu öffnen, sie teilt sich wie das Rote Meer vor Moses, und er nimmt Platz auf seinem Stuhl. Er fühlt, wie erfüllt das Leben ist, als die Jetons strategisch auf dem Tisch platziert sind und die kleine Kugel Fahrt aufnimmt.

Sie nahm ihre Hand von seinem Arm. Sein Blick schien zurückzukehren. Er klebte eine weitere Perle in sein Muster. Und noch eine. Die Zeit verstrich.

Dann schob sie ihm den Teller hin. Der Duft der symmetrisch aufgereihten Sardellenfilets stieg ihm sichtlich in die Nasenlöcher. Sie bemerkte den Blick, den er immer bekam, wenn er Essensduft wahrnahm, und stellte sich vor, dass in ihm irgendetwas entfacht wurde.

»Du musst jetzt ein wenig essen, Åke. Ich weiß ja, dass du Sardellen magst.«

Und dann fütterte sie ihn. Es ging jetzt leichter. Am Anfang war es schwer gewesen. Aber nach ein paar Wochen hatte er wohl eingesehen, dass er essen musste, wenn er überleben wollte.

Damals hatte er auch mit seiner Bastelei angefangen. Sie erinnerte sich, wie sie die Sachen aus einer Schublade hervorgeholt hatte. Wie sie seinen Blick beobachtet hatte, gesehen hatte, wie darin etwas entfacht wurde, und seinem stur zum Schrank und zur Schublade gerichteten Blick gefolgt war. Da hatten sie wirklich miteinander kommuniziert. Sie holte die kleinen grünen Perlen hervor, die Klebstofftube, die selbstklebende Plastikfolie, und er fing an. Das war seine erste Handlung. Sie erinnerte sich deutlich an die erste Perle, die einsam und grün auf der Plastikfolie gelegen hatte.

Jetzt sah das Muster völlig anders aus. Monat für Monat war es herangewachsen, mit einer Präzision, die sie sich niemals hätte vorstellen können bei einem so alten und körperlich eingeschränkten Mann. Er hatte das Sprechvermögen, die Schrift, die Bewegungsfähigkeit verloren – es war, als hätte sich alles zu der sehr speziellen Fähigkeit hin verschoben, kleine Perlen in einem präzisen Muster festzukleben. Und das Muster war jetzt im Großen und Ganzen fertig. Es waren vielleicht noch zwanzig Perlen übrig.

Sie betrachtete es, während sie ihn fütterte. Während sie das Milchglas mit dem Trinkhalm an seinen Mund hob, sah sie die linke Hälfte des Musters mit ihren eleganten, herausgearbeiteten Schwüngen und Strichen, und als sie ein weiteres Sardellenfilet zu seinem Mund führte, glitt ihr Blick hinüber zu der rechten Hälfte, etwas komplizierter, mit mehr und kleineren, intensiveren Strichen. Alles in allem war es die recht merkwürdige Schöpfung einer Phantasie, die offenbar nicht mehr im Besitz von Worten war.

Sie warf einen Blick auf ihre alte Armbanduhr, und bevor sie überhaupt erfasste, wie spät es war, blieb ihr Blick an der Uhr selbst hängen. Sie gehörte in das alte Leben. Sie erinnerte sich, wie sie während eines Meetings in dem herrenhausartigen Gebäude von der Uhr aufgeblickt hatte. Ein paar Wochen sind vergangen, sie hat angefangen, die Unternehmensstrukturen in den Griff zu bekommen, sie weiß, was getan werden muss. Und während dieses Meetings, das bereits zwei lange Stunden dauert, als sie von ihrer Uhr aufschaut, erkennt sie plötzlich, was auf sie zukommt. Nicht direkt was, genau das ist das Problem, sondern, dass es generell einen gewissen Gegenwind gibt. Natürlich hat sie das schon häufiger erlebt, den konservativen Widerstand der Mitarbeiter gegen

Veränderungen, aber das hier ist etwas anderes. Erst nach einem weiteren Meeting, das sich über mehrere Stunden hinzieht, versteht sie die Ausmaße. Sie begreift, dass sie einen Gegner hat, einen mächtigen Gegner, der nicht das kleinste bisschen verändern, sondern um jeden Preis an seiner Macht festhalten will. Aber sie weiß noch nicht, wer es ist. Nicht einmal, ob es eine Person ist. In diesem Augenblick, mitten in dem entscheidenden Meeting, weiß sie nicht, ob sie es mit einem einzelnen Menschen zu tun hat – es fühlt sich eher wie eine Macht an, eine abstrakte Übermacht, eine sogenannte Unternehmenskultur, die das Fremde wie die Pest scheut. Es dauert wieder ein paar Wochen, bis sie endlich erkennt, dass es tatsächlich eine Person ist. Eine Person ohne formalen Einfluss, aber mit einer furchtbaren, reellen Macht.

Schließlich sah sie, dass es ein Uhr war. Das Milchglas war leer. Von den Sardellenfilets waren nur noch ein paar vage braune Spuren auf dem Teller zurückgeblieben. Sie stand auf und räumte das Geschirr weg. Das musste warten. Dann ging sie in das kleine Zimmer, wie sie es so oft schon getan hatte in dem knappen halben Jahr. Sie ging zum Schrank, dem einzigen Schrank, und ließ die Hand langsam über die wenigen Bücher gleiten, hauptsächlich sehr schlechte Krimis, und dann hinunter bis zu einem Aschenbecher. Im Aschenbecher lagen ein paar kleine Metallkugeln. Sie nahm sie in die Hand und ließ sie in der Handfläche rollen, die eine über die andere in einer kreisrunden Bewegung. Dann legte sie sie zurück und nahm etwas anderes. Ein schwarzes flaches, geriffeltes Plastikplättchen, etwas größer als eine Münze. Sie warf es in die Luft, beobachtete, wie es langsam nach unten fiel, und sagte – es war wie eine Routine: »Du hast also Roulette gespielt, Åke?«

Es gab ein paar unterschiedliche Ausdrücke in seinem völlig ausdruckslosen Gesicht. Eigentlich waren es keine Ausdrücke – zu wahren Gesichtsausdrücken war er nicht mehr imstande –, sondern eher leichte, für ein untrainiertes Auge unmerkliche Veränderungen in der Intensität und Richtung des Blicks. Der eine, den sie den Willensblick nannte, drückte einen spezifischen Willen aus – den hatte sie nur ein einziges Mal gesehen, als er sie dazu brachte, das Bastelmaterial aus der Schrankschublade zu holen. Der zweite Ausdruck war allem Anschein nach ein Erinnerungsblick. Er kam umso öfter. Jetzt zum Beispiel.

Ja, er hatte Roulette gespielt. Er sah vor sich, wie sich sein Stuhl buchstäblich abnutzte, wie das Leder seines absolut privaten Stuhls an dem absolut privaten Tisch in dem verrauchten Lokal mit dem roten Licht blank gewetzt wurde. Und als er jetzt dasitzt und die Jetons in strategischen Mustern platziert, macht er das auf einem fast vollständig abgewetzten Stuhl. Dabei wird er von einer unendlichen Trauer überwältigt, während die kleinen trippelnden Frauen um ihn herumschwirren und ihm einen Drink nach dem anderen servieren. Das ist ein sehr spezieller Moment. Er beobachtet die Kugel, die sich entgegen der Rotationsrichtung der Scheibe dreht, das ist das zentralste Bewegungsmuster seines Lebens, und er erkennt, dass es vorbei ist. Es ist endgültig vorbei. Der Inhaber kommt zu ihm und legt ihm sogar den Arm um die Schultern. Gemeinsam beobachten sie die kleinen Sprünge der Kugel, bevor sie liegen bleibt. Er verliert. Er hat nur noch einen einzigen Jeton vor sich auf dem Tisch.

Der Inhaber geht neben ihm in die Hocke und fragt in seinem gebrochenen Schwedisch: »Stimmt es, dass du uns verlassen wirst, Åke?«

Er nickt schwer und antwortet: »Ich bin krank.«

Der Inhaber hebt die Augenbrauen und wiederholt: »Krank?«

Er nickt erneut und erklärt leise: »Sie sagen, ich werde mich nicht mehr bewegen können. Ich habe höchstens noch einen Monat.«

Der Inhaber sieht ihn eine Weile an. Dann sagt er: »Du warst unser bester Kunde, Åke. Behalte diesen Jeton zur Erinnerung.« Er bedankt sich, nimmt ihn und steckt ihn in die Tasche. Der Inhaber beugt sich leicht zu ihm vor und flüstert: »Und dann sollst du noch etwas bekommen.«

Etwas klackerte, und sein Erinnerungsblick verschwand. Sie beugte sich herab und hob den Jeton vom Boden auf.

»Entschuldigung«, sagte sie.

Und dann legte sie ihn zurück in den Aschenbecher im Schrank und kehrte langsam zum Küchentisch zurück. Die muffige Luft stand absolut still. Der Himmel vor dem Fenster – das, was man davon über dem riesigen Mietshaus gegenüber sehen konnte – war durch und durch grau. Als ob es niemals anderes Wetter geben würde. Als ob die Zeit stillstehen würde.

Aber nicht ganz. Als sie sich ihm gegenüber setzte, hielt er eine grüne Perle hoch, gab etwas Kleber darauf und drückte sie auf ihren Platz. Danach legte er die Hände auf den Tisch, neben die Plastikfolie mit dem sonderbaren Muster – und dann sah sie zum zweiten Mal im Leben seinen Willensblick. Er war fest in ihre Augen gerichtet. Sie hielt ihm eine Weile stand, dann schaute sie auf das Muster auf der Folie.

»Ist es fertig?«, fragte sie. »Wie schön es geworden ist.«

Sie hob den Blick wieder. Seiner war absolut fest, absolut klar. Und dann bewegte sich sein Blick zum Fenster hin. Er ging nach unten zu dem Muster, zu der fertigen Bastelei, und dann wieder zurück zum Fenster. Die Prozedur wiederholte sich ein paarmal, bevor sie nickte und sagte: »Du willst, dass wir es ins Fenster hängen? Ist es das, was du willst?«

Und da war der Blick wieder fest. Fest in ihre Augen gerichtet.

Sie nickte wieder und streckte die Hand vorsichtig nach der Plastikfolie mit all den festgeklebten, durchsichtigen grünen Perlen in diesem sonderbaren Muster aus. Dann schaute sie ihn an. Sein Blick war noch immer absolut fest. Sie nahm die Bastelei und drückte die selbstklebende Plastikfolie fest an die Fensterscheibe. Die Folie hielt.

Das bleiche Licht in der Wohnung verwandelte sich. Es drang durch die grünen Perlen und ließ das prächtige Muster fast magisch glitzern. Wie merkwürdige Zeichen in einer sonderbaren Sprache. Sie setzte sich abermals an den Küchentisch ihm gegenüber und betrachtete ihn, wie er in seinem viel zu großen Hautkostüm dasaß und mit seinem wunderschönen Muster im Fenster gleichsam um die Wette leuchtete.

Und sie ist zurück im Herrenhaus. Die Wochen vergehen. Es ist so sonderbar. Wie bei Kafka. Alles, was sie tut, alle Änderungsvorschläge, mit denen sie kommt, bleiben bei einer unbekannten Instanz hängen. Sie hat das Gefühl, als würde sie sich in Teer bewegen. Das zehrt an ihr, frisst sie mit einer Geschwindigkeit auf, die sie sich nie hätte vorstellen können. Allmählich lokalisiert sie die Ursache, den mystischen Machtfaktor, der ihre Berufsausübung effizient blockiert. Es ist ein Mann, der alteingesessen ist. Er wird »Der Dicke« genannt und ist eine der Instanzen, die sie beseitigen muss. Aber er ist wie ein Blutegel, er saugt sich fest, und er ist wie ein Seeigel, der alle Stacheln aufstellt, und er ist wie eine Molluske, formlos breitet er sich in alle Richtungen aus und vergiftet alles. Nach und nach wird ihr immer klarer, dass er es ist, der ihre Arbeit boykottiert, der sie dazu bringt, etwas zu viel zu trinken, der ihr den Schlaf raubt, der all die Anzeichen eines Burn-out-Syndroms hervorruft, an das sie früher eigentlich nie geglaubt hatte. Die Wochen vergehen, werden zu Monaten, und sie fällt immer tiefer. Sie greift nach allem, was sich bietet, sucht alle Winkel auf, die sie kennt, versucht, sich auf Schleichwegen an ihm vorbeizutricksen, aber es funktioniert nicht. Egal auf wie viel Sympathie für ihre Sache sie bei einem Mitarbeiter nach dem anderen in der Firma stößt, sie sieht sich dennoch immer irgendwann mit der Äußerung konfrontiert, die sie mittlerweile hasst: »Ich verstehe dich absolut, Sandra. Und natürlich hast du recht. Aber weißt du, Der Dicke sitzt auf dieser Materie, er ist der Einzige, der sie versteht.«

Und eines Tages kracht einfach alles zusammen. Sie bricht durch die Erdoberfläche, der Schmerz überrollt sie. Sie verlässt das Herrenhaus, ist am Boden zerstört, und ihr Chef sagt, dass sie keine Verwendung mehr für sie haben. Sie wandert durch die Stadt und ist am Ende. Dann kehrt sie in die Stammkneipe beim Herrenhaus zurück. Sie hat geahnt, dass sie dort sitzen würden. Unbemerkt schleicht sie hinein und sieht sie an einem der Tische in der Mitte des Raums sitzen. An dem einen Tischende thront er wie auf einem Ehrenplatz.

Eine Stimme sagt: »Du bist ein richtiger Mistkerl, Dicker. Aber das weißt du ja.«

Der Dicke entgegnet: »Kleine Mädchen, die sich für sonst was halten. Verdammt, denen muss man ein bisschen Dampf machen.«

Eine andere Stimme, eindeutig besoffen, sagt: »Teufel noch mal. Sitzt du schon wieder hier und isst Hamburger, Dicker. Das hier ist ein Fischlokal. Was sind denn das für verdammte Hamburger, die im Meer leben?«

Der Dicke lacht und sagt: »Ich hasse Viecher, die im Wasser leben. Ich hasse Fischklößchen, Hering, Muscheln, Krebsschwänze, Sardellen. Da muss ich kotzen. Es gibt nur eines, das ich noch mehr hasse.«

Die andere Stimme plärrt: »Haha. Und was ist das?«

»Milch«, antwortet der Dicke.

Sie streckte den Nacken ein wenig, betrachtete den Mann in dem viel zu großen Hautkostüm und sagte langsam: »Du weißt, dass das hier beliebig lange so weitergehen kann, Åke. Die Hölle ist, wenn sich nichts jemals mehr verändert.«

Dann ging sie in die Küche, um ein weiteres Glas Milch einzuschenken und eine Dose Krebsschwänze zu öffnen.

Er blieb sitzen, mit dem Blick auf das glitzernde Muster im Fenster gerichtet. Er sah sich selbst durch die Tür hinausgehen, den sogenannten Mittelhof zwischen den hohen Mietshäusern durchqueren und in das Haus gegenüber gehen. Er steigt in den Fahrstuhl und fährt ein paar Stockwerke nach oben. Er geht durch den armseligen Korridor bis zu der anspruchslosen Tür. Sein Klopfen hat einen speziellen, gut eingeübten Rhythmus. Die Tür wird geöffnet, und er tritt ein in das wohlbekannte rauchige, rote Licht. Die klingelnde, fernöstliche Musik unterlegt das Geräusch von Spielkarten, die über filzbezogene Tische verteilt werden, und den klappernden, unrhythmischen Ton von Kugeln, die sich auf Roulettescheiben drehen. Er setzt sich auf seinen blank gewetzten Stuhl und spielt, bis er nur noch einen Jeton übrig hat. Da kommt der Inhaber und setzt sich neben ihn. Sie unterhalten sich. Im Hintergrund funkeln die roten Leuchten mit den Drachen darauf.

Schließlich sagt der Inhaber: »Du warst unser bester Kunde, Åke. Behalte diesen Jeton zur Erinnerung.« Er bedankt sich, nimmt ihn und steckt ihn in die Tasche. Der Inhaber beugt sich leicht zu ihm vor und flüstert: »Und dann sollst du noch etwas bekommen. Du bekommst meinen Schutz, Åke. Du musst mich nur rufen.«

Er hebt die Augenbrauen und fragt: »Und wie mache ich das?«

Der Inhaber fingert an seiner tiefen kraterförmigen Narbe auf der rechten Wange herum, fährt sich dann mit den Fingern über seine schiefen Augenbrauen und sagt: »Benutze das chinesische Wort für Rache, für Vergeltung. Es heißt *fu chou*. Und es wird mit zwei chinesischen Zeichen geschrieben. Ich gebe dir einen Zettel. Lerne die Zeichen auswendig. Du weißt nie, wann du sie vielleicht brauchst.«

Sie kehrte zum Küchentisch zurück. Sein Blick war fest auf das Muster im Fenster gerichtet. Sie führte den Trinkhalm im Milchglas zu seinem Mund und fand tatsächlich, dass etwas Genussvolles in der Geste lag, mit der er die Milch einsaugte.

Zeit verging.

Es war wie eine ganz andere Art von Zeit.

Sie erinnerte sich nicht an den Zusammenbruch selbst.

Akutes Burn-out-Syndrom. Aber sie erinnerte sich an den Schmerz. Wie die Welt eine andere Form annahm. Wie jede kleine Handlung eine enorme Selbstüberwindung bedeutete. Als würde sie gegen eine Wand laufen oder geworfen werden. Von einem einzigen Mann. Doch es gelingt ihr tatsächlich, aus Rachegelüsten zu überleben. Jahre verstreichen zu lassen und nur wegen des Traums zu überleben, sich an demjenigen rächen zu können, der sie mit einem Achselzucken versucht hat zu töten. Der Schmerz, der darin liegt, aufzustehen. Der ständige Schlaf, das Bedürfnis, andauernd zu schlafen und nur für den Versuch aufzuwachen, sich das Leben zu nehmen. Aber es gelingt. Sie steht auf. Alles verläuft wie in einer Art extremer Zeitlupe. Die Welt dreht sich langsam. Sie kehrt ins Leben zurück, trotz allem. Steht wieder auf. Und dann beginnt sie zu suchen. Zeit vergeht, viel Zeit. Er lebt nicht mehr im Herrenhaus. Niemand weiß, wo er ist, er hat aufgehört, niemand weiß, warum. Schließlich findet sie ihn. Sie lernt ihn aus der Ferne kennen, bringt alles über sein Leben in Erfahrung. Sie findet einen Mann in seiner Nähe. Es dauert ein paar Monate, bevor sie erkennt, dass es der Mann ihres Lebens ist. Er ist so freundlich, so rücksichtsvoll. Sie versteht ihn nicht ganz – es liegt so viel zwischen ihnen, eine riesige kulturelle Kluft –, aber es gelingt ihnen dennoch, zusammenzukommen. Sie ist zurück im Leben, sie wird geliebt. Sie heiraten. Und sie bittet den Mann, der reich ist, arbeiten zu dürfen. Der Ehemann staunt, versteht ihren Wunsch nicht, akzeptiert ihn aber. Sie weiß, dass Der Dicke krank geworden ist, sie wird seine Pflegerin. Er ist in seinem enormen Hautkostüm eingesunken und kann nicht protestieren, ihm fehlen die Sprache und jegliche Bewegungsfähigkeit außer in den Händen. Und er muss von Milch, Meeresfrüchten und Fischen leben.

Sie sahen einander quer über den Küchentisch an. Sie suchten nach etwas im Blick des jeweils anderen. Sie fanden nicht sehr viel. Beide wussten, wie man sich verstellt.

Das war vor einem halben Jahr. Danach passiert etwas. Der Ehemann wird böse. Er wird gefährlich, gemein. Er zeigt sein wahres Gesicht. Es ist nicht schön. Sie sucht andere Kanäle, andere Kontakte.

Im Fenster glitzerten die zwei grünen Zeichen wie ein letzter Hilferuf.

Fu chou, dachte sie.

Da flog die Tür auf. Ein harter, kurzer Schlag, und sie waren da. Sie stürmten in die Küche. Zwei hartgesottene Chinesen mit Schusswaffen in den Händen. Der Größere stellte sich hinter den alten Mann im Rollstuhl. Der Kleinere blieb auf der Schwelle zum Flur stehen. Er sah verblüfft aus. Nachdem er die Waffe gesenkt hatte, fingerte er an der tiefen kraterförmigen Narbe an der rechten Wange herum und fuhr sich mit den Fingern über seine schiefen Augenbrauen.

Er wandte sich dem Alten mit unverblümter Verwunderung im Gesicht zu und sagte in seinem gebrochenen Schwedisch: »Aber das hier ist meine Frau.«

Da feuerte der größere Mann eine Kugel auf ihn. Der Ehemann blieb noch eine Sekunde stehen, auf seinem Gesicht zeigte sich der Ausdruck enormer Verwunderung. Dann fiel er nach vorn und blieb tot auf dem Küchenboden liegen.

Sie streckte den Nacken. Es knackte. Dann erhob sie sich und sagte: »Danke, Fai. Du weißt, was du zu tun hast.«

Der große Chinese wischte die Pistole mit einem Tuch ab, beugte sich über den Mann im Rollstuhl, drückte dessen Hand an den Kolben und platzierte die Waffe dann so, dass sie gerade außer Reichweite für den Alten war.

Sie holte tief Luft und sagte: »Es ist noch eine Patrone übrig, Åke. Du entscheidest selbst, wie du es machen willst.«

Dann sah sie ihm in die Augen. Der Blick darin war erloschen.

Sie klatschte in die Hände und erklärte: »Jetzt, Fai, haben wir ein Unternehmen auf Vordermann zu bringen.«

15

Es war noch stiller um den großen Esstisch als zuvor. Man hätte einen Brotkrümel fallen hören können. Doch es fielen keine Brotkrümel – keiner dachte im Moment daran zu essen.

»Das war's dann mit der Festfreude«, sagte Jorge Chavez.

»Hör auf«, mahnte Paul Hjelm. »Die Tragödie hat auch ihren Platz auf dem Fest. Mir hat sie sehr gut gefallen, Kerstin.«

»Ich habe ja nicht gesagt, dass sie schlecht war«, entgegnete Jorge. »Aber sie hat es in sich.«

»Ist Rache wirklich eine so starke Triebkraft?«, fragte Kerstin Holm selbst. »Ich habe viel darüber nachgedacht. Und meine Gedanken ein wenig weiterentwickelt.«

»Früher hast du immer von zwei Arten von Verbrechen gesprochen«, sagte Paul Hjelm.

»Ich habe das natürlich vereinfacht ausgedrückt«, gestand Kerstin. »Aber so, wie es eigentlich nur drei Zeitmodi gibt – Vergangenheit, Gegenwart und Zukunft –, gibt es nur drei Arten Verbrechen. Die gewöhnlichen und banalen beziehen sich auf die Gegenwart. Sie sind ein Werk des Augenblicks und zielen auf direkte Befriedigung ab: aufflammender Zorn und Begierde. Dann die alltägliche Gewalt: Körperverletzung, Totschlag, Vergewaltigung. Außerdem haben wir Verbrechen, die auf die Zukunft gerichtet sind. Es sind alle Formen von Diebstahl und Betrug, aber auch Misshandlungen und Mord, wenn sie bestimmten Zwecken dienen. In diesem Fall geht es immer um Geld oder Macht oder um beides. Die Mafia und Terroristen begehen im Prinzip die gleichen Verbrechen. Als Letztes haben wir Verbrechen, die sich darum drehen, Vergangenes zu bereinigen, etwas wieder auszugleichen, also Rache zu üben. Alle Verbrechen, die durch die Vergangenheit motiviert sind, sind Rache.«

»Aber in deiner ziemlich bösen Erzählung sind zwei und drei Arten kombiniert«, sagte Arto Söderstedt.

»Aber ist das nicht die eigentliche Pointe?«, fragte Viggo Norlander. »Erst begreift der Zuhörer, dass sie eine Rächerin ist, und dann erfährt er, dass diese Rache einem größeren Plan untergeordnet ist, der mit der Zukunft zu tun hat.«

»Schlau, Viggo«, sagte Arto.

»Schnauze«, entgegnete Viggo.

Aber nur, um nett zu sein.

»Aber überlappen sich diese Kategorien nicht?«, fragte Sara Svenhagen. »Der Rächer erreicht doch seine Befriedigung in der Gegenwart?«

»Das Ideal ist natürlich ein sadistischer Mafioso, der seinen Papa umnietet, weil der sich an ihm vergriffen hat«, schlug Jorge vor und schob endlich die fast leere Schüssel von sich. »Er rächt die Vergangenheit, er genießt die Gegenwart und verschafft sich Macht und Geld für die Zukunft. Er schlägt drei Fliegen mit einer Klappe.«

Kerstin Holm nahm von dem gekochten Hecht und sagte: »Ich behaupte dennoch, dass es nur diese drei Arten gibt und dass sie in reiner Form vorkommen. Einer der Zwecke ist total dominant, der Rest ist Zugabe. Dein Mafioso wird ausschließlich von einem dieser Zwecke geleitet. Entweder holt er seine Energie aus der Vergangenheit, oder er agiert unbedacht in der Gegenwart, oder er wird von einer Gier angetrieben, sich etwas anzueignen. Dazwischen gibt es nichts.«

In diesem Augenblick nutzte Lena Lindberg die Gelegenheit, die Gesellschaft zu verlassen, um zur Toilette zu gehen. Sie hörte das Gespräch nur noch als ein immer weniger artikuliertes Gemurmel, während sie über den Marmorboden der großen Eingangshalle schritt, um die Tür zu finden, hinter der Befreiung winkte. Es gab keine in Sichtweite, nur einen dicken Vorhang, den sie irrtümlich zunächst für eine

Tür hielt. Sie lief eilig weiter durch die Halle. Vor der nächstgelegenen Wand fand sich nur der Vorhang, an der zweiten Wand bloß eine Reihe hoher Fenster, hinter denen ein unheimlicher Regensturm tobte, von dem man in der Geborgenheit der Gemeinschaft im Speisesaal nicht einmal etwas ahnte. Regentropfen prallten wie Hagelkörner mit voller Kraft gegen die optisch leicht verzerrten Scheiben aus dem 18. Jahrhundert. Lena hielt inne und betrachtete das Schauspiel. Es war meisterhaft. Und furchterregend. Manchmal formten die Regentropfen Konturen von Figuren. Nachdem sie eine Weile still zugesehen hatte, in der ihr Bedürfnis einfach verschwand, fand sie, dass es Gestalten waren, die einen sonderbar ekstatischen Totentanz aufführten. Schmale weiße Konturen vor dem schwarzen Hintergrund, dazu war das Heulen des Sturms zu hören, das zwischendurch wie menschliches Falsett, wie schiere Panikschreie klang.

Sie schüttelte diese absonderliche Vision von sich ab und ging weiter. Auf der Stelle kehrte ihr Bedürfnis, sich zu erleichtern, zurück und ergriff völlig von ihr Besitz. Im flackernden Schein der Kandelaber hastete sie zur nächsten Wand gegenüber dem Speisezimmer, die im Schatten der linken Treppe lag. Als sie näher kam, sah sie eine Anzahl kleinerer Türen. In ihrem zunehmend prekären Zustand probierte sie sie eine nach der anderen aus, aber keine schien die richtige zu sein. Hinter jeder tat sich ein dunkler Abgrund auf. Sobald sie sah, dass dort keine Toilette war, schlug sie die Tür rasch wieder zu, ohne genauer zu untersuchen, was sich hinter diesem Dunkel eigentlich verbarg.

Tatsächlich war die letzte Tür auch ihre letzte Hoffnung, Und dort war wirklich eine Toilette, recht gut beleuchtet von einem Kandelaber, dessen Kerzen bereits ein gutes Stück heruntergebrannt waren. Ansonsten ziemlich modern. Kein bisschen 18. Jahrhundert. Und ziemlich eng. Das Einzige, was beim ersten Hinsehen historisch wirkte, war ein kleiner Badezimmerspiegel mit zierlichem Goldrahmen. Dennoch konnte sie sich nicht in Ruhe auf dem Sitz niederlassen. Die merkwürdigen Gestalten vor dem Fenster, die wütenden Regenfiguren, wirbelten mit ihrem wilden Totentanz vor ihrem inneren Auge. Sie hörte deutlich das panische menschliche Brüllen durch das Dröhnen des Sturms hindurch.

Während sie sich die Hände wusch, hob sie den Blick zu dem alten Spiegel. Die Oberfläche war stumpf. Nur vage gelang es ihr, die Konturen ihres Gesichts zu erkennen. Aber je deutlicher ihre Gesichtszüge hervortraten, desto deutlicher erkannte sie auch den Hintergrund.

Und sie gefror zu Eis.

Hinter ihrem Spiegelbild sah sie schmale weiße Konturen vor dem schwarzen Dunkel.

Einer der Totentänzer.

Ja, sie gefror zu Eis. Aber nur einen flüchtigen Augenblick lang. Dann floh sie. Sie stürzte aus der Toilette und lief einige Schritte in wilder Panik. Dann ließ der Gedanke daran, dass sie verdammt noch mal Polizistin war, sie innehalten.

In der Mitte des Marmorfußbodens blieb sie stehen und versuchte, ihre Gedanken zu ordnen. Ich habe Gespenster gesehen, dachte sie ebenso rational wie kindlich. Mein überhitztes Gehirn hat das Gespenst erschaffen. Dabei gab es gar keines.

Sie blickte zur Seite, und dort waren wieder die Fenster. Der Sturm schleuderte weiterhin Regentropfen gegen das Glas. Jetzt sah sie keine tanzenden weißen Konturen mehr, nur Wasser, das an den Scheiben hinablief. Aber es kam ihr so vor, als könnten die Umrisse jeden Augenblick wieder vor der schwarzen Dunkelheit erscheinen.

Sie ging weiter, das wollte sie nicht noch einmal erleben. Schließlich erreichte sie die gegenüberliegende Wand und landete unmittelbar neben dem großen Vorhang, den sie für eine Tür gehalten hatte. Als ihr Blick auf den Stoff fiel, sah sie, dass darauf Dinge abgebildet waren, viele Dinge, es war ein richtiges Gewimmel.

Bei genauerem Betrachten wurde ihr klar, dass dies kein einfacher Vorhang war. Es handelte sich zweifellos um einen Gobelin, ein uraltes Gewebe von vielleicht vier mal vier Metern, und was darauf abgebildet war, schien zunächst eine Art Märchenwelt mit Rittern und Drachen zu sein, doch dann änderte es vor Lena Lindbergs etwas erregtem Blick den Charakter. Und plötzlich war es eine Höllendarstellung mit brennenden Vogelkörpern, einem großen grinsenden Teufel mit einem Schürhaken, einer Meute Höllenhunde, die eine nackte Nymphe jagten, einem drachenähnlichen Wesen, das zwischen zwei großen Felsblöcken eingeklemmt war, einem auf einen Pfahl gespießten Priester, einem Schwarm lachender schwarzer Vögel, die eine Hirschkuh davontrugen, und als Lena schließlich die merkwürdigen schwarzen Formationen in der linken unteren Ecke sah, zuckte sie zurück. Während sich schmale weiße Konturen von dem schwarzen Hintergrund lösten und eine Art Totentanz aufzuführen begannen, erschauerte sie bis ins Mark und stürzte davon. Sie riss die große Tür zum Speisesaal auf und wusste, dass sie leichenblass war.

Doch niemand im Saal schien sie zu bemerken. Die freundliche, gemütliche Atmosphäre dort drinnen ließ das Blut in ihre Wangen zurückkehren, und als Gunnar Nyberg sie schließlich ansah, wusste sie, dass sie sich alles nur eingebildet hatte. Natürlich wusste sie das. Sie lächelte ihn an und sank möglichst unbemerkt auf ihren Platz zurück.

Gerade wandte sich Gunnar wieder der Festgesellschaft zu und sagte: »›Ein Tirili von Piepmatz vier der Zeit gab neue Form, / wo Lichter stets erlöschen, im ständig gleichen Sturm.‹«

»Darin finde ich mich wieder«, sagte Paul Hjelm mit einem raschen Seitenblick auf Lena, als hätte er für einen kurzen Augenblick gesehen, was sie gerade gesehen hatte. Dann fuhr er fort: »Dies hier ist eine ziemlich seltsame Geschichte über eine vielleicht nicht allzu ferne Zukunft. Eine Zeit, in der das Verbrechen Amok gelaufen ist. Und vielleicht auch die Verbrechensbekämpfung. Es sind zwei verschiedene Stimmen, also zwei unterschiedliche Icherzähler, und ihr müsst schon ein bisschen aufpassen. Aber ich weiß ja, dass ihr das tut.«

»Mit Schmeichelei kommst du weit als Erzähler«, sagte Arto Söderstedt. Paul warf ihm einen harten Blick zu und tirilierte:

Lebenslänglich

... Jedes Mal, wenn ich an diesem Ventil vorbeikomme, lässt mich irgendetwas aufleben. Es ist ein Gefühl, als kehrten die Lebensgeister zurück. Ich werde erneuert. Ich irre nicht länger umher. Das Ventil ist zu einem Fixpunkt für mich geworden bei meinen Streifzügen durch die Stadt. Es steht am Rand des Parks mit den Besoffenen. Ich weiß, wie nahe ich daran war, selbst dort zu landen, wie nahe ich daran war, einer von ihnen zu werden. Aber ich weiß nicht, wie lange es her ist, es scheint eine Ewigkeit zu sein. Ich habe das Gefühl, als hätte ich meine Lebensgeschichte viel zu oft wiedergekäut.

Ich ging bei den Großen in die Lehre, war mit Meister Baldino auf Tournee, als die ganze Branche vor die Hunde ging. Niemand wollte uns mehr. Damals landete Baldino hier, genau hier in diesem Park. Manchmal saß ich bei ihm. Wahnsinn, wie er trank. Er versoff alle seine Zaubertricks, und zurück blieb eine völlig entzauberte Version des alten Meisters. Es war zutiefst tragisch. Ich saß neben ihm, und manchmal soff ich mit ihm. Ich war nahe daran, wie er zu werden.

Aber eines Tages sah ich ihn in seiner ganzen Nacktheit, und ich sah mich selbst danebensitzen, und ich erkannte den Unterschied. Baldinos Magie war verschwunden, aber meine hatte ich noch.

Ich beschloss, sie in der Wirklichkeit auszuprobieren.

... Und ich sehe auch den anderen an, dass sie plötzlich genug haben, dass es jetzt reicht. Irgendetwas läuft ordentlich schief mit unserer Stadt. Wir müssen etwas dagegen tun. Etwa hundert Meter vom Rathaus entfernt gibt es ein paar Parkbänke, und dort setzen wir uns. Ich betrachte die Mitglieder unseres kleinen informellen Gesprächskreises und bilde mir ein, dieselbe Entschlossenheit in ihren Gesichtern zu erkennen, die ich in meinem ganzen Wesen spüre. Und wir tun das, was wir immer tun – wir diskutieren. Wenn auch nicht mehr über Philosophie und postkoloniale Theorien, sondern über die ganz konkrete Lage in unserer Stadt.

»Wir können nicht leugnen«, sagt Hugo, »dass es sehr viel ruhiger geworden ist.«

»Das ist ja ihr Argument«, meint Aurora. »Solange die Gewalt von den Straßen ferngehalten wird, sind alle zufrieden.«

Henrik fuchtelt höchst ungeduldig mit den Händen herum und wirft ein: »Aber es geht doch nicht nur um Gewalt. Es geht um alle möglichen Verbrechen. Abgesehen von denen, die von den Mächtigen begangen werden.«

»Sie werden sagen, dass alles gesetzeskonform durchgeführt wurde«, seufzt Richard. »Dass wir sie selbst gewählt haben.«

»Und das stimmt ja auch«, murmelt Jakob. »Wir haben sie gewählt, weil sie die Einzigen waren, die der Kriminalität ein Ende machen konnten.«

Dann schweigen wir eine Weile. Ich weiß, was jetzt kommt. Sie werden sich an mich wenden. Als wäre ich ihre Anführerin. Das liegt daran, dass ich am wenigsten rede. Wer am wenigsten spricht, ist der Anführer. Ein sonderbares Paradox in unserem Gesprächskreis.

Und natürlich kommt es genau so. Ihre Gesichter wenden sich langsam mir zu. Ich denke, dass es Herbst ist und dass der Herbst jetzt schon so lange dauert.

Schließlich fragt Richard: »Was sagst du, Eleonora?«

Junge Idealisten, denke ich und weiß nicht genau, woher der Gedanke kommt. Aber natürlich sind wir das. Sind wir auch naiv? Das ist meine ständige Angst – dass uns die Kluft zwischen unseren Idealen und unserer Erfahrung zu Fall bringen wird.

»Ich frage mich«, sage ich, »ob es Zufall ist, dass wir uns genau hierhin gesetzt haben.«

Und ich zeige auf den Turm des Stadshuset, dessen Pracht sich in der vom Herbst leicht gekräuselten Wasseroberfläche spiegelt.

»Aber das können wir doch nicht …?«, ruft Aurora.

»Warum nicht?«, entgegne ich und stehe auf. »Wir haben ja immerhin eine Demokratie.«

Als ich die ersten Schritte an der Statue des alten Kriegshelden vorbeigehe, höre ich, wie sie aufstehen, und je näher wir dem Stadshuset kommen, desto fester werden ihre schlurfenden Schritte. Als wir an dem metallisch glänzenden Ventil im Stadshuset-Garten vorbeikommen und den gewohnten vibrierenden Luftspalt daneben sehen, habe ich den Eindruck, dass wir fast im Gleichschritt gehen. Und als wir durch die Türen des Stadshuset treten, sind wir nahezu eine geschlossene Truppe.

Ich hatte meine Kunst nie woanders als auf der Bühne ausgeübt. Ich hatte sogar ein Gelübde abgelegt und auf die Bibel geschworen, dass ich meinen Zauber niemals woanders als auf der Bühne praktizieren würde. Aber als ich da auf der Rolltreppe stand und meine Hand in die Handtasche vor mir gleiten ließ, empfand ich überhaupt keine Schuld. Im Gegenteil: Ich war überrascht, dass es so leicht ging, so ohne alle Gewissensbisse. Ihr hattet mich von der Bühne gejagt – jetzt musstet ihr mit den Konsequenzen leben.

Bei Baldino hieß ich Ereptor, die Meisterin der Taschendiebe, und jetzt wurde ich das auch in der Realität. Ereptor, die Meisterdiebin. Überall, wo sich Leute versammelten, war ich auch, unscheinbar, anspruchslos, unsichtbar. Es kam nicht einmal zu einem Aufruhr – erst viel später bemerkten die Leute, dass sie bestohlen worden waren. Meine Perfektion und Präzision machten es zu einer sicheren Tätigkeit. So sicher, dass ich tatsächlich anfing, ernsthaft Geld zu verdienen. Ich war kein bekloppter Dieb oder hirntoter Junkie, ich fing an, mein Geld zu investieren, und da entstand die Idee, Baldino zu helfen. Ihm zu helfen, wieder auf die Füße zu kommen. Ihn wieder zu verzaubern.

Ich verlasse den Park jetzt. Die Lebensgeister sind zurückgekehrt. Ereptor ist bereit, ihre Tätigkeit wiederaufzunehmen.

Das Merkwürdige ist, dass wir hereingelassen werden. Nun gut, es gibt schon eine kleine Rangelei mit dem uniformierten Wachmann und leichten Widerstand am Empfang, aber plötzlich bekommen wir grünes Licht. Wir haben nicht länger als eine Viertelstunde gewartet, als eine Sekretärin erscheint und uns wortlos durch die Flure des traditionsreichen Stadshuset führt. Der Stadtrat sitzt natürlich hinter den schwersten Türen, und er empfängt uns allein. Er sieht genauso aus wie im Fernsehen, jugendlich, unverbraucht, mit Autorität. Ganz einfach eine Führungspersönlichkeit. Er steht auf und streckt uns die Hand entgegen. Er begrüßt uns nacheinander und sieht uns tief in die Augen, und in dem Moment ist mir klar, dass wir unseren Blick nicht schweifen lassen dürfen. Ich jedenfalls nicht.

Wahrscheinlich sieht er deshalb instinktiv mich an, als er anfängt zu sprechen.

»Wer seid ihr, und was wollt ihr?«, fragt der Stadtrat geradeheraus, und es scheint stillschweigend für alle ausgemachte Sache zu sein, dass ich diejenige bin, die antwortet.

»Wir repräsentieren die Studenten der Universität«, sage ich und hoffe, dass keiner der anderen allzu erstaunt reagiert. »Und wir wollen protestieren.«

»Das ist euer gutes Recht«, sagt er und macht eine großzügige Geste. »Obwohl es die Sache vereinfachen würde, wenn ich wüsste, wogegen ihr protestiert.«

Ohne mich von dem ironischen Tonfall beeindrucken zu lassen, erkläre ich: »Wir protestieren gegen die Strafmaße des neuen Rechtssystems.«

»Es gibt kein neues Rechtssystem«, entgegnet der Stadtrat, »und auch keine neuen Strafmaße. Wir haben lediglich die Verfahren vereinfacht.«

»Aber nicht nur, oder?«

»Doch, ich würde behaupten, schon. Die heutigen Haftstrafen sind deutlich milder als früher. Nicht kürzer, aber milder. Es ist uns gelungen, die in die Länge gezogenen Gerichtsverfahren drastisch abzukürzen. Und deshalb ist das System so phantastisch erfolgreich. Unsere Stadt hat mittlerweile internationalen Vorbildcharakter. Aber all das wisst ihr ja. Von einer Stadt mit einer der weltweit höchsten Kriminalitätsraten sind wir zur sichersten Stadt der Welt geworden.«

»Wir vermuten, dass das System willkürlich ist«, sage ich waghalsig. »Wir glauben, dass die Rechtssicherheit bedroht ist.«

Er sieht aufrichtig irritiert aus, als er antwortet: »Aber es passiert doch in aller Offenheit. Es werden doch nur deshalb keine Verbrechen mehr verübt, weil alle über die Folgen informiert sind. Früher dachte niemand wirklich an die Strafe, die lag so weit in einer ungewissen Zukunft. Aber jetzt, jetzt wissen alle, dass Verbrechen bestraft werden. Und zwar unmittelbar. Das ist nicht anders, als wenn die Polizei den Führerschein eines Verkehrssünders direkt auf der Autobahn einzieht.

»Ich finde schon, dass es da einen gewissen Unterschied gibt«, sagt Richard.

Ich betrete die Unterführung unter dem Hauptbahnhof. Dort wimmelt es fast immer vor Menschen. Es ist anonym, keiner kümmert sich um die anderen. Es ist aber auch eine Herausforderung, weil die Leute so schnell gehen. Dies sind die Lieblingsjagdgründe von Ereptor.

Ganz hinten in der Unterführung kommt ein Mann, er geht etwas schneller als die anderen, sein Blick ist weit in eine ferne Zukunft gerichtet. Das ist ideal. Er ist gewissermaßen nicht hier. Mit dem scharfen, schonungslosen Blick des Raubtiers erkenne ich das schwächste Beutetier – das außerdem wahrscheinlich das meiste Fleisch auf den Knochen hat. Er sieht aus, als wäre er gut bei Kasse. Und sein Portemonnaie in der Innentasche zeichnet sich deutlich auf seinem Jackett ab. Wir nähern uns einander schnell, sehr schnell. Das hier wird eine Herausforderung.

Als uns noch fünf Meter trennen, gebe ich einem Mädchen vor mir vorsichtig einen Schubs, sodass ihre Schulter gegen seinen Oberarm prallt. Ihre Körper drehen sich leicht. Als sein Jackett durch den Zusammenstoß auffliegt, sehe ich, dass sich ein schmaler gelber Streifen rund um den oberen Teil des Ärmels zieht, und die Innentasche liegt wunderbar bloß.

Es ist ein normaler Zusammenprall im Gedränge. Der Mann und das Mädchen wechseln kurze verärgerte Blicke und gehen schnell weiter.

Ich selbst bin schon längst außer Sichtweite.

Richard streckt den Rücken durch und sieht mich an. Ich nicke ihm aufmunternd zu, und er sagt: »Ich glaube, es fing an, als dieses neue Belüftungssystem installiert wurde.«

Der Stadtrat runzelt leicht die Augenbrauen, entgegnet aber nichts.

Richard fährt fort: »Plötzlich tauchten überall in der Stadt neue Ventile auf, glänzende Metallventile, die wie Periskope aus dem Boden schießen und die Luft in ihrer Umgebung vibrieren lassen.«

Der Stadtrat schüttelt langsam den Kopf und sagt: »Und

was soll jetzt das neue Ventilationssystem der Stadt mit dem zu tun haben, wogegen ihr auch immer protestiert?«

»Es kam gleichzeitig mit dem neuen Rechtssystem.«

»Es gibt kein neues Rechtssystem«, wiederholt der Stadtrat und klingt allmählich, als wäre das Gespräch bald beendet.

Das darf nicht passieren. Ich bin gezwungen, die Karten auf den Tisch zu legen.

»Wo sind die Kriminellen?«, frage ich und sehe dem Stadtrat fest in die Augen. »Wo ist das neue ausbruchssichere, wunderbare, milde Gefängnis, von dem Sie mit so warmen Worten sprechen und das international so bewundert wird? Wohin kommen sie?«

Ich verlasse den Hauptbahnhof, ohne in die Brieftasche zu sehen. Nur Amateure untersuchen ihre Beute in der Nähe des Tatorts. Ich biege von dem Gedränge in der Fußgängerzone in eine Gasse ab. Dort ist niemand, die Luft ist rein. Jetzt schaue ich in die Brieftasche.

Es ist kein Geld darin. Das kann doch nicht wahr sein. Zum ersten Mal in meinem Leben habe ich eine berufliche Fehleinschätzung getroffen. Verdammt.

Ich stecke die Brieftasche wieder in die Innentasche und überlege, ob ich zurück zum Hauptbahnhof gehen soll, um ein neues Opfer zu finden.

Aber ich fühle mich auf einmal so seltsam. Ich nehme an, dass es der Schock ist – angenommen, ich würde tatsächlich die Kontrolle verlieren. Angenommen, meine Karriere würde hier enden. Ich habe noch nicht genug gespart.

Ich habe nicht genügend gespart, um Baldino auf die Füße zu helfen und meine Pläne zu Ende zu bringen, unsere Kunst aufzuwerten und sie an das kommerzielle Fernsehen anzupassen. Aber ich bin nach wie vor davon überzeugt, dass die Idee phantastisch ist: »Gedankenlesen vom Meistermagier Baldino – Taschendiebstahl von der Meisterdiebin Ereptor«.

Ich fühle mich etwas zu schlecht, um zurück zum Hauptbahnhof zu gehen. Als ich die Fußgängerzone wieder betrete, scheinen die dicht gedrängten Hausfassaden über meinem Kopf hin und her zu schwanken.

Ich kann nicht am Ende sein, noch nicht.

Als der Stadtrat aufsteht, drückt er einen kleinen Knopf auf seinem Schreibtisch. Man sieht, dass er einen Entschluss gefasst hat. Er räuspert sich und setzt sich vor uns auf die Schreibtischkante. Mit ernster Miene sagt er: »Ihr wisst, dass die Kriminalität in den Jahren unmittelbar vor der Wahl drastisch zugenommen hat. Ihr wisst auch, dass meine Partei zur Wahl angetreten ist, um sie zu bekämpfen.«

Ich betrachte meine Mitstreiter. Ihre Blicke sind genauso verwundert, wie es meiner wohl auch ist. Warum diese plötzliche Vertraulichkeit? Aber wir sagen nichts, lassen ihn einfach fortfahren.

»Anfangs hatten wir keinerlei Erfolg«, erklärt er. »Man kann sicher sagen, dass wir ratlos waren. Bis wir einen Wettbewerb ausgeschrieben haben. Es war wie ein Architekturwettbewerb, wobei es hier aber nicht um die Kunst des Städtebaus, sondern um Verbrechensbekämpfung ging. Das Verfahren war selbstverständlich vertraulich.«

Wir geben uns Mühe, einander nicht anzuschauen. Der Stadtrat macht eine Pause und scheint über die Situation nachzudenken.

Dann spricht er weiter: »Neben all den langweiligen juristischen und bürokratischen Lösungen tauchte eine Idee auf, die auf den ersten Blick lachhaft erschien, so weit hergeholt war sie. Andererseits würde sie tatsächlich die Lösung all unserer Probleme darstellen, wenn sie funktionierte. Wir sahen sie uns auf jeden Fall näher an. Und bei genauerer Betrachtung schien sie tatsächlich durchführbar. Allerdings stellte sie einen derartigen wissenschaftlichen Durchbruch dar, dass sie kaum von dem merkwürdigen Mann stammen konnte, der den Anspruch erhob, ihr Erfinder zu sein. Nein, wir ahnten, dass er vorgeschoben worden und dies ein Probelauf war.«

»Ein Probelauf?«, frage ich mit einer Stimme, die ich kaum wiedererkenne.

Der Stadtrat nickt langsam und sagt: »Angeordnet von allerhöchster Instanz.«

Es geht mir tatsächlich nicht gut. Reicht mein Misserfolg wirklich als Erklärung für meinen Zustand aus? Oder ist es mein Gewissen, das mich überfällt? Das Verbrechen, das mich einholt?

Vielleicht habe ich auch einfach Migräne bekommen? Es pulsiert an den Außenrändern meines Gesichtsfelds, Konturen und Hausfassaden verhalten sich eigenartig, ungefähr so, wie wenn man Migräne hat. Als Kind hatte ich oft Migräne. Lange bevor ich die große Ereptor wurde. Habe ich meine Migräne auf meine alten Tage zurückbekommen?

Eine Frau kommt mir in der Fußgängerzone entgegen. Sie spricht in ihr Handy. Ich sehe, wie sich ihr Mund bewegt, aber was sie sagt, stimmt nicht mit ihren Lippenbewegungen überein. Die Stimme, die mir entgegenkommt, ist eigenartig verzerrt, und über ihrem Kopf, an den äußersten Rändern meines Gesichtsfeldes, oben bei dem großen Logo des großen Kaufhauses, scheinen sich Teile abzulösen, zu zerbröckeln. Aber nur an den äußersten Rändern meines Gesichtsfelds. Es muss Migräne sein.

Ich gehe weiter. Ein Bus überquert die Fußgängerzone. Er gibt keinen Ton von sich. Zwei Ausländer unterhalten sich mit lebhaften Gesten. Sie schreien einander an. Aber es ist der Bus, der schreit, als er in der Ferne verschwindet. Er brüllt verzerrte ausländische Silben. Und die Männer klingen wie ein verzerrter Bus.

Ich halte an, blinzele, verlasse die Fußgängerzone. Ein Auto fährt vollkommen lautlos an mir vorbei. Seine hintere Hälfte rollt ein paar Meter hinterher. Ich bleibe neben einem metallisch glänzenden Ventil auf dem Bürgersteig stehen. Die gibt es jetzt überall, und ich halte wie immer den Finger in den vibrierenden Luftstrom an der Öffnung. Es wabert ein wenig, aber ich spüre nichts. Nicht einmal diese warme Empfindung, die sonst immer kommt, wenn ich den Finger in den Luftstrom halte.

Ich gehe weiter. Ich weiß nicht, wohin. Mein Gesichtsfeld bricht immer weiter zur Mitte hin ein, es zerbröselt, zersplittert.

Es muss Migräne sein.

»Von allerhöchster Instanz?«, frage ich.

Der Stadtrat nickt eine Weile. Er scheint sich die Worte im Mund zurechtzulegen.

»Es handelt sich um Spitzenforschung, liebe Freunde«, sagt er schließlich mit einer Vertraulichkeit, die schmierig wirkt. »Irgendwo muss es einen Probelauf geben. Die Wahl fiel auf uns, auf die von Kriminalität am schlimmsten betroffene Stadt des Kontinents. Und wir brauchten nicht einmal unser Rechtssystem anzupassen. Jedenfalls nicht drastisch. Aber wir konnten die Mühlen der Gerechtigkeit sehr viel schneller mahlen lassen.«

»Aber die Kriminellen verschwinden«, sagt Richard. »Ich kenne mindestens drei Fälle von kleineren Vergehen, bis zu einem halben Jahr Gefängnisstrafe, bei denen die Häftlinge seit über zwei Jahren verschwunden sind, seit das System eingeführt wurde. Ich habe noch nie von jemandem gehört, der zurückgekommen ist.«

Der Stadtrat nickt wieder. »Wir hatten gewisse Anfangsschwierigkeiten«, sagt er. »Wir sprechen hier nicht direkt von gesicherter Forschung. Wir sprechen davon, die Zeit zu verschieben. Es ist ein klein wenig schwer zu steuern.«

»Wie bitte?«, bricht es aus mir heraus.

»Du hast gehört, was ich gesagt habe«, entgegnet der Stadtrat grimmig. »Man hat eine Methode gefunden, mit deren Hilfe sich die Zeit aufhängt. Es wurde uns garantiert, dass sie bei zeitlich begrenzten Strafen funktionieren würde, aber leider hat die Methode, mit der man die Zeit zurückerobert, nicht richtig funktioniert.«

»Und jetzt?«, frage ich. »Werden alle Strafen lebenslänglich?«

»Wo die Forschung kompliziert ist, ist die Praxis einfach«, sagt der Stadtrat und seufzt. »Statt langjähriger Gerichtsverfahren können wir die Zeit zwischen Verbrechen und Strafe auf ein paar Minuten verkürzen. Ein Mensch begeht eine Straftat, wird markiert und im selben Augenblick verhaftet.«

»Im selben Augenblick verhaftet?«, wiederholt Richard mit der gesamten ironischen Kraft, die er in diesem seltsamen Moment aufbringen kann.

Der Stadtrat ist völlig entspannt, als er fortfährt: »Die Polizei wurde ja in hohem Maße durch spezielle Beamte ersetzt. Diese Beamten sind in der Stadt unterwegs und gekennzeichnet durch ein – das ist selbstverständlich äußerst geheim – kaum erkennbares gelbes Band, das um den Jackenärmel verläuft. Wenn eine Straftat gegen einen Beamten begangen wird, wird eine Markierung vorgenommen. Dann wird dem Straftäter ein Aktivator in den Weg gestellt, und er wird in dem Aktivator gefangen. Das ist das, was ihr als vibrierenden Luftstrom bei dem Aktivator seht. In diesem sitzen die Menschen gefangen im Augenblick. Dieser Augenblick wiederholt sich, ohne dass der Straftäter eine Ahnung davon hat. Er erlebt dieselbe Situation wieder und wieder und wieder, bis die Strafe abgeleistet ist.«

Mit einer Mischung aus Skepsis und Grauen sehen wir einander an. Wir versuchen, Worte zu finden, die ausdrücken, was wir empfinden, aber es gelingt nicht. Wir bringen kein Wort heraus.

Der Stadtrat spricht weiter: »Leider ist die Strafe nie abgeleistet. Wie du ganz richtig bemerkt hast, sind alle Strafen lebenslänglich. Die Technik hat uns enttäuscht. Aber wir sind voller Hoffnung, das Problem in Kürze lösen zu können. Die Forschung schreitet voran.«

Ich irre durch die Stadt. Das Geräusch ist jetzt verheerend. Es stimmt irgendwie nicht. Es ist verzögert, schleppt sich voran. Und es pulsieren auch nicht mehr nur die Konturen des Gesichtsfelds, sondern es kommt mir so vor, als ob die Welt um mich herum zusammenbräche, in Farbfragmente zerbröselte, die nicht mehr zusammenhalten. Ich kann eigentlich nur noch geradeaus sehen, habe einen Tunnelblick. In der Mitte des Gesichtsfelds gibt es einen engen Tunnel, der es mir ermöglicht, mich weiterhin vorwärts zu bewegen, weiterzuirren. Die verzögerten Geräusche und die unbegreiflichen, bis zur Unkenntlichkeit verzerrten Worte meiner Umgebung vermischen sich und kommen zurück, es ist, als würden sie in einen großen Trichter eingesogen und in einem gigantischen Mahlstrom verwirbelt werden. Und je näher ich an die Ränder des Gesichtsfelds komme, desto mehr zerfällt es. Einmal kommt es mir so vor, als würde ein riesiger Zeigefinger in die Stadt gesteckt werden, gleichsam zitternd. Ich habe das Gefühl, als würde ich mich vollständig auflösen, als ich in der Ferne flüchtig den Park wahrnehme. Den Park, in dem Baldino mit seinen Saufkumpanen sitzt und sich volllaufen lässt. Ich sehe ihn nur als einen kleinen Punkt inmitten eines geräusch- und farbensprühenden Chaos, wie in einem winzigen Fernglas. Ich gehe zu ihnen, es gibt mir trotz allem ein Gefühl von Geborgenheit. Vielleicht soll ich dort sterben, zu Baldinos Füßen. Die Meisterdiebin Ereptor wurde ja auch zu Füßen des Meistermagiers Baldino geboren. Und ich taumle quer über die Straße, es ist ein Wunder, dass ich nicht überfahren werde. Aber schließlich bin ich angekommen, und jedes Mal, wenn ich an diesem Ventil vorbeikomme, lässt mich irgendetwas aufleben. Es ist ein Gefühl, als kehrten die Lebensgeister zurück. Ich werde erneuert. Ich irre nicht länger umher. Das Ventil ist zu einem Fixpunkt für mich geworden bei meinen Streifzügen durch die Stadt. Es steht am Rande des Parks mit den Besoffenen …

Der Stadtrat steht auf und betrachtet uns. Er kratzt sich am Kopf, sieht auf die Uhr und sagt: »Ich verlasse mich jetzt auf eure Diskretion, liebe Freunde. Ich hoffe, ihr versteht, dass totale Anarchie ausbrechen würde, wenn das hier allgemein bekannt würde. Ich bin ganz einfach gezwungen, mich auf euch zu verlassen.«

Dann streckt er uns die Hand entgegen, verabschiedet uns nacheinander und sieht uns tief in die Augen. Die Audienz ist offenbar vorüber.

Als wir in Begleitung der stummen Sekretärin durch die Flure des traditionsreichen Stadshuset gehen, kann noch immer keiner von uns ein Wort sagen, nicht einmal einen Ton hervorbringen. Die Welt hat ihre Form verändert.

An der Tür des Stadshuset herrscht ein gewisses Chaos, und wir drängen uns durch eine Volksmenge, bevor wir in den Stadshus-Garten kommen. Ein Arm berührt mich, als ich mich vorbeidränge. Draußen halten wir einen Augenblick inne und schauen einander an. Richard zeigt auf die Bänke am Rande des Parks. Wir nicken. Wir müssen uns hinsetzen und uns über das unterhalten, was wir gerade gehört haben, diese wahnsinnige Enthüllung, die uns den Boden unter den Füßen wegzieht.

Wir gehen an der Statue des alten Kriegshelden vorbei, und ich beachte das Ventil daneben nicht einmal. Sie sind jetzt so allgegenwärtig in der Stadt, dass man nicht mehr darüber nachdenkt, dass ständig neue auftauchen. Und genau in dem Moment, als wir an dem neuen Ventil vorbeigehen, sehe ich das Chaos in der Tür des Stadshuset wieder vor mir, und ich sehe den Arm mit einem schmalen gelben Streifen rund um den Jackenärmel, der eilig meine Schulter berührt, bevor wir durch die Tür gehen. Und ich sehe den anderen an, dass sie auch genug haben, dass es jetzt reicht. Irgendetwas läuft ernsthaft schief in unserer Stadt. Wir müssen etwas dagegen tun. Wir setzen uns auf die Parkbänke etwa hundert Meter vom Stadshuset entfernt. Ich betrachte die Mitglieder unseres kleinen informellen Gesprächskreises und bilde mir ein, dieselbe Entschlossenheit in ihren Gesichtern zu erkennen, die ich in meinem ganzen Wesen spüre. Und wir tun das, was wir immer tun – wir diskutieren. Wenn auch nicht mehr über Philosophie und postkoloniale Theorien, sondern über die ganz konkrete Lage in unserer Stadt.

16

Paul Hjelm atmete aus. Unruhig blickte er in die Runde. Er war nicht sicher, ob seine Stimme getragen hatte, und noch weniger, ob die etwas eigentümliche Erzählung auf fruchtbaren Boden gefallen war.

Arto Söderstedt sprach als Erster: »Ich hoffe wirklich, dass dies kein Einblick in die aktuelle Tätigkeit der Sicherheitspolizei war, den du uns hier gewährt hast.«

»Jedes Wort entspricht der Wahrheit«, antwortete Paul, nicht ohne ein Quäntchen Ironie.

»Wörter sind immer wahr«, sagte Jon Anderson überraschenderweise.

Sie betrachteten ihn skeptisch.

»Sie stehen da«, fuhr er fort und zuckte mit seinen hohen Schultern. »Niemand kann das abstreiten.«

Jeder für sich prüfte diese merkwürdige kleine Weisheit kurz, bevor sie sie gemeinsam ignorierten.

»Übrigens ein ungewöhnlich gelungener Kinderreim«, sagte Jorge Chavez und nahm einen Schluck Wein. »›Ein Tirili von Piepmatz vier der Zeit gab neue Form, / wo Lichter stets erlöschen, im ständig gleichen Sturm.‹ Du hast dich gut gemacht als Piepmatz Nummer vier, Paul. Gut tiriliert.«

»Dass sie *stets* im ständig gleichen Sturm erlöschen, finde ich ausgesprochen stark«, sagte Gunnar Nyberg.

»Du bist also mit deinem Werk rundum zufrieden?«, fragte Lena Lindberg.

»Über alle Maßen«, entgegnete Gunnar, nicht ohne ein Quäntchen und so weiter.

»Ich habe schon immer eine Schwäche für Alliterationen gehabt«, erklärte Jorge. »Eine Alliteration ist nie fehl am Platz.«

»Ich vermute, jetzt wird von mir erwartet, dass ich frage: Was ist eine Alliteration?«, sagte Viggo Norlander.

»Das wäre ungemein passend«, sagte Arto.

»Was ist eine Alliteration?«, fragte Viggo.

»Ich bin froh, dass du das fragst«, sagte Jorge. »Ein Buchstabenreim.«

»Barbaras Bruder badet bald in Barsebäck«, sagte Gunnar.

»Fischers Fritze fischt frische Fische«, gab Arto zum Besten.

»Was mit dem finnlandschwedischen ›sch‹ besonders gut klingt«, sagte Jorge.

»Aber das können die Leser nicht hören«, sagte Gunnar.

»›Nicht bessre Bürde bringt man auf Reisen als Wissen und Weisheit‹«, sagte Paul.

»Na, der ist aber ziemlich holperig«, sagte Viggo.

»Aus den *Hávamál*«, erklärte Paul. »Man muss ein bisschen nachsichtig sein, das stammt immerhin aus dem Norwegen des 10. Jahrhunderts.«

»Snob«, sagte Kerstin.

»›Wo Lichter stets erlöschen, im ständig gleichen Sturm‹«, sagte Jorge. »Sehr schöne ›st‹-Laute, allerdings nicht auf Finnlandschwedisch.«

»Und absolut nicht in gebrochenem Spanisch-Schwedisch«, fügte Arto hinzu.

Gegen Ende dieser anregenden Unterhaltung beugte sich Sara Svenhagen zu Lena Lindberg hinüber und flüsterte: »Was war denn da draußen los eben?«

»Was meinst du?«, flüsterte Lena zurück und fühlte, dass sie wieder blass wurde.

»Du sahst ja aus wie ein Gespenst, als du wieder hereinkamst.«

»Ich dachte, das hätte niemand gesehen.«

»Du weißt doch, dass du vor deiner alten Partnerin nichts verbergen kannst.«

»Ich hätte es wissen müssen … Also, ich habe mich nur

selbst verrückt gemacht. Ein bisschen peinlich für eine knallharte Streifenpolizistin.«

»Mir schwant schon die ganze Zeit, dass es hier spukt«, flüsterte Sara. »Ich werde jedenfalls nicht auf die Toilette gehen.«

»Aber spürst du's nicht?«, flüsterte Lena. »Du musst doch jetzt schon pinkeln.«

»Halt die Klappe.« Sara lachte und lehnte sich zurück.

»Aber beim nächsten Vers, da weiß der Kuckuck«, grölte Jorge. »›Der fünfte Vogel flüstert': Die Sekunde, in der wir sterben / schenkt höhere Visionen als unseres Lebens Scherben.‹ Was heißt denn ›höhere Visionen‹?«

»Und wieso ›unseres Lebens Scherben‹?«, ergänzte Kerstin. »Soll das heißen, wenn wir sterben, sehen wir mehr als in dem Moment, in dem wir den größten Fehler unseres Lebens gemacht haben? Etwas in der Art? *It doesn't make any sense*.«

»Warum redest du plötzlich Englisch?«, fragte Paul.

»Das hört sich etwas cooler an«, erklärte Kerstin. »Und außerdem bringt es dich auf die Palme.«

»Wenn man nicht ›unseres Lebens Scherben‹ so verstehen will, dass unser Leben aus Scherben *besteht*«, sagte Arto. »Die Scherben, die unser Leben sind. Ein Genitiv, den man ausnahmsweise benutzen kann.«

»Scheißlehrer«, schnauzte Viggo.

»Ich bleibe aber dabei, dass ›höhere Visionen‹ ganz einfach falsch ist«, sagte Jorge. »Rein sprachlich. Visionen können nicht hoch sein. Das stört den Musiker in mir.«

»Von hohen Musikern hat man auch noch nie etwas gehört«, meinte Paul.

»Und was die *Hávamál* angeht«, sagte Jon, »ich hasse anonyme Texte. Ich will wissen, wer die Sachen geschrieben hat.«

»Ich habe mich darin jedenfalls wiedererkannt«, meldete sich Gunnar zu Wort.

»Ja, weil du es geschrieben hast«, sagte Jon.

»Was vermutlich zur Folge hat, dass ich jetzt an der Reihe bin«, sagte Gunnar. »Endlich. Ich habe bis zuletzt daran gefeilt.«

»Inspiriert von der Atmosphäre in dem mystischen Herrenhaus«, bemerkte Paul, nicht ohne ein Quäntchen und so weiter.

»Absolut«, entgegnete Gunnar. »Also müsst ihr es auf Arto schieben, wenn die Geschichte komisch ist. Es dreht sich auf jeden Fall um ein dunkles Eifersuchtsdrama, und es ist auf eine einzige, vielleicht ein wenig verzerrte Perspektive beschränkt. Bitte sehr, meine Freunde.«

Irrungen

Erst jetzt, erst in dem Augenblick, als ich die Arme um dich lege und deinen warmen Körper an meinem spüre, wird mir klar, dass ich es geschafft habe. Dass wir es geschafft haben. Dass du weißt, dass ich es für uns getan habe.

Ebenso wie ich weißt du, dass es notwendig war.

Das war ganz anders, als ich in der Stadt herumirrte. Nie zuvor habe ich einen solchen Schmerz verspürt, ein solches Entsetzen. Eine derart totale und verheerende Verwirrtheit. Und nie wieder werde ich etwas Vergleichbares empfinden. Denn jetzt ist alles gut, jetzt ist alles wieder ruhig. Alle Wunden sind verheilt.

Alle Wunden, die du mir zugefügt hast.

Aber ich muss von vorn beginnen. Um meines inneren Gleichgewichts willen muss ich ganz von vorn beginnen. Aus buchhalterischen Gründen. Damit sich alle Posten ausgleichen und wir von vorn anfangen können. Ernsthaft.

Du hattest dich von mir abgewandt. Wir hatten uns immer so nahegestanden – plötzlich war das nicht mehr der Fall. So, wie der Herbst in den Winter überging, entstand eine Mauer zwischen uns. Ich versuchte mich dir auf jede erdenkliche Art zu nähern, aber du bliebst abweisend. Es gab Menschen in meinem Umfeld, die sagten, dass du wahrscheinlich fremdgingst. Aber auf dem Ohr war ich taub. Dieser Gedanke hatte in meinem Universum gewissermaßen keinen Platz.

Es war ein geschlossenes Universum, meine Geliebte. Seit damals ist es expandiert. Jetzt müssen wir das wieder beenden. Jetzt können wir das. Vor einer Weile, einer ganzen Weile, glaubte ich, damit würde man die Büchse der Pandora öffnen. Dass sich die Krankheiten, egal wie dicht wir den Deckel auch wieder verschließen, längst verbreitet haben, dass nichts ungeschehen gemacht werden kann. Aber so war es nicht. Mein Universum dehnte sich minimal aus, aber jetzt ist der Vorgang zum Erliegen gekommen. Ich habe ihn zum Erliegen gebracht.

Ich habe ihn durch mein Werk zum Erliegen gebracht.

Mit meiner Tat.

Wenn an dieser Tat irgendetwas Heroisches ist, war ihr Auslöser doch umso niederträchtiger. Ich stellte dir nach. Je länger der Winter andauerte, desto mehr Überstunden machtest du. Dennoch verließt du das Büro zur gewohnten Uhrzeit. Das sah ich nämlich. Tag für Tag stand ich in einem Hauseingang deinem Büro gegenüber und sah, wie du nach links gingst, wo du eigentlich hättest nach rechts abbiegen müssen. Ich stand da im Schneeregen und sah, wie die Weihnachtsdekorationen Tag für Tag mehr wurden, bis die ganze große Einkaufsstraße, in der du arbeitest, vor glückseliger Weihnachtsstimmung funkelte. Da hatte ich genug. Schließlich ging ich dir nach, nach links.

Du verschwandst in einem Hauseingang nur wenige Querstraßen weiter. Die Tür fiel hinter dir ins Schloss, und ich blieb im Schneegestöber zurück. Ich bekam allmählich das Gefühl, dass es mein Schicksal war, mich in Hauseingänge zu drücken, während ringsum Schnee fiel. Und wieder stand ich in einem Eingang, während die Fenster in dem Haus, in dem du warst, weihnachtlich geschmückt wurden, immer üppiger, Tag für Tag. Am Ende gab es im ganzen Haus nur noch ein Fenster, in dem kein Weihnachtsschmuck hing. Natürlich ahnte ich, dass ich dahinter einen Blick auf dich erhaschen würde. Wahrscheinlich ahnte ich sogar, dass du nackt sein würdest. Aber die Vorahnungen konnten den Schock kaum abschwächen. Mitten in dieser monströsen Anhäufung von Lichterketten und Weihnachtssternen, Hyazinthen und Weihnachtskrippen, Adventsleuchtern und Weihnachtswichteln strahlte dein nackter Leib förmlich, als würde er von innen heraus leuchten. Obwohl er nur für ein paar Sekunden zu sehen war.

Ich merkte mir die Wohnung. Schon damals war mir bewusst, dass ich dorthin zurückkehren würde. Ich wusste nur nicht, auf welche Weise.

Ich hielt weiterhin in meinem Hauseingang auf der gegenüberliegenden Straßenseite Wache. Ein paar Tage später sah ich euch zusammen. Es schneite heftig, und ich erkannte euch kaum, als ihr durch die Haustür kamt. Aber als sich eure Lippen trafen, schien der Schnee seine Richtung zu ändern, als ob die Bahn der fallenden Flocken umgelenkt würde, als ob all der Schnee nicht auf, sondern um euch herum fallen würde, wie um euch einzurahmen.

Ich blieb stehen, aus dem einfachen Grund, weil ich mich nicht zu bewegen vermochte. Und du warst nicht im Geringsten erstaunt darüber, dass ich so spät nach Hause kam. Es war dir ganz einfach egal.

Und jetzt, fest in meinen Armen, flüsterst du: »Aber was ist denn passiert? Du zitterst ja.«

Und dein ganzer Körper krampft sich heftig zusammen, als du die Antwort hörst: »Er ist tot.«

Ich habe aufgehört, dich zu verfolgen, meine Geliebte. In der ganzen darauffolgenden Zeit richtete sich meine gesamte Aufmerksamkeit stattdessen auf ihn. Wer war er? Was machte er mit dir? Unter was für einen merkwürdigen bösen Zauber hatte er dich da gesetzt?

Er war natürlich ein Kollege. Ich hätte es ahnen können. Deine Arbeit kam mir immer wie ein Feind unserer Ehe vor. Ich versuchte, so viele Informationen wie möglich über ihn zu sammeln, und je mehr ich in Erfahrung brachte, desto unheimlicher erschien er mir. Ein Spaßvogel, ein Süßholz raspelnder Verkäufertyp, der mit einem Lächeln auf den Lippen über Leichen ging und jede Frau mit seinem sprühenden Witz und seinem Sinn für Humor um den kleinen Finger wickeln konnte.

Ich selbst war immer der Meinung, dass Humor massiv überbewertet ist. Es war schon mehrere Monate her, seit ich gelacht hatte.

Eigentlich weiß ich nicht, woher die Idee kam, aber wahrscheinlich ging es um dich und den immer traurigeren Anblick, den du botest. Du, die Weihnachten immer gemocht hatte, die unsere intimen, einsamen Heiligabende immer geliebt hatte, du warst immer abwesender, erstarrtest immer mehr zur Salzsäule, je näher die Feiertage rückten. Ich war gezwungen zu handeln, um dich zu retten.

Drei Tage vor Heiligabend hatte ich genug und stieg auf den Dachboden.

Und da lag sie, genau, wie ich es in Erinnerung hatte. Es war bestimmt zwanzig Jahre her, seit ich sie dorthin gelegt hatte, aber in der untersten Schublade der verstaubtesten Kommode, die in der hintersten Ecke des Dachbodens stand – dort lag sie. Die alte Pistole. Von meinem Vater geerbt. Zuletzt in der Heimwehr eingesetzt, vermutlich bei einem Probeschießen in den frühen Sechzigerjahren. Aber ein hervorragendes Fabrikat. Und mit großer Sicherheit voll funktionstüchtig.

Bestimmt würde sie funktionieren. In einem Kästchen neben der Pistole lagen die Patronen. Ich sah mich gründlich auf dem schlecht beleuchteten Dachboden um und lud die Pistole mit zitternden Fingern. Doch, natürlich funktionierte sie. Natürlich würde es funktionieren.

Natürlich würde der erste Schuss, der seit fast einem halben Jahrhundert mit dieser Waffe abgegeben werden würde, den gewünschten Effekt erzielen.

Ich trug die Waffe fast vierundzwanzig Stunden im Hosenbund – hauptsächlich, um mich an das Gefühl zu gewöhnen und an den Gedanken daran, dass ich töten würde –, bevor ich Nägel mit Köpfen machte. Ich stand wie immer im Hauseingang. Getreu deinen Gepflogenheiten kamst du eine geraume Weile nach Einbruch der Winterdämmerung heraus. Du warst allein. Du gingst weg.

Ich erreichte die Tür im letzten Moment und schlich mich hinein.

Ich glaubte, das Gefühl, das meine Schritte die Treppe hinaufbegleitete, wäre das Schrecklichste, das ich in meinem Leben je zu ertragen hätte. Da irrte ich mich. Was nach der Tat folgte, hatte ganz andere Dimensionen. Als ich durch die Stadt irrte.

Dieses Gefühl war etwas ganz anderes.

Aber ich nehme die Ereignisse vorweg. Das darf ich nicht.

Du schreckst für einen Augenblick aus meiner Umarmung auf. Aber ich halte dich fest, obwohl die Pistole noch immer in meiner Hand liegt.

Und du kommst zurück, du bist wieder bei mir und sagst: »Tot?«

Und ich nicke langsam. »Wir sind jetzt frei«, sage ich.

Die Stufen nach oben stehen mir in diesem Moment ganz klar vor Augen. Ich konnte nur mit knapper Not einen Fuß vor den anderen setzen. Ich spürte ein großes umwälzendes Beben in mir. Es war, als würde ich auf Wattewolken gehen.

Dennoch kam ich an. Dennoch erreichte ich die Tür. Dennoch fand ich die Klingel und läutete.

Während ich wartete, entsicherte ich die Pistole.

Er öffnete im Bademantel und mit einem Lächeln auf den Lippen. Dieses Lächeln, meine Geliebte, war für dich bestimmt. Er streckte mir deine Kette entgegen, die, die ich dir vor zwanzig Jahren geschenkt hatte und die du niemals abnimmst. Er hielt sie vor sich, als ob du zurückgekommen wärst, um sie abzuholen. Sein Lächeln erstarb, und gleichzeitig sank seine Hand mit der Kette nach unten.

»Für mich?«, fragte ich. »Vielen Dank.«

Ohne den Blick von der Pistole zu wenden, ließ er die Kette in meine ausgestreckte Hand gleiten. Er ging rückwärts in das Schlafzimmer der kleinen Wohnung, dabei hatte er die Arme in einer kindischen, nutzlosen Verteidigungsgeste nach vorn ausgestreckt. Ich trieb ihn zum Bett. Es war völlig zerwühlt, die Laken bildeten ein unglaubliches Chaos, und als er rücklings auf das Bett fiel, hatte ich den Eindruck, als würde eine Wolke von Geschlechtlichkeit daraus aufsteigen.

Eine Wolke von Verrat.

In dem Moment erschoss ich ihn.

So ein Knall kann höchst unterschiedliche Folgen haben. Das Hörvermögen kann zeitweilig verschwinden, oder es kann ein Gefühl sein, als ob der ganze Gehörgang platzen und Blut aus den Ohren schießen würde. Es kann auch ein Blitz sein, ein grelles Licht, das sich scheinbar durch die Augenhöhlen frisst. Es kann der beißende Geschmack von Pulver im Mund sein, es kann sich anfühlen, als ob sich die ganze Nasenhöhle mit stechendem Gestank füllen würde. Es kann ein Krampf sein, der dazu führt, dass sich der ganze Körper in einen einzigen riesigen freigelegten Nervenknoten verwandelt. Es kann auch ein Gefühl sein, als ob weitere Sinne, über die fünf bekannten hinaus, Körper und Seele in eine Metamorphose katapultieren würden, in eine totale Verwandlung.

Es kann auch all das sein, aber mehrmals hintereinander.

Und so war es. Ein gigantischer, alles umfassender Schmerz, der sämtliche Verbindungen mit der Außenwelt kappte.

Was dann passierte, weiß ich nicht. Die Erinnerung rotiert in einer Art außerirdischem Nebel. Das Zimmer war tot, das ist alles, woran ich mich erinnere. Das Zimmer war tot, und ich musste weg.

Die nächste Erinnerung stammt von der Treppe. Die Stufen sind keine Wattewolken mehr, sie sind eher Magnete und meine Füße aus Eisen. Bis zum jetzigen Moment, in dem ich hier von deinem so warmen Körper umfangen stehe, kann ich deutlich den kalten Marmor an den Fußsohlen spüren.

Nach einigen Minuten blinden Umherlaufens kam ich auf die große Einkaufsstraße. Es schneite so heftig, dass die Flocken keine Flocken mehr waren, sondern Projektile, die horizontal in rätselhaften Mustern mal hierhin, mal dorthin geschossen wurden. Ich spürte keine Kälte, keinen Schmerz, kein Grauen, nur ein großes und unbegreifliches Bedürfnis, mich in Bewegung zu halten. Als ob ich sterben würde, wenn ich anhielte.

Ich glaube nicht, dass ich rannte. Ich glaube, dass ich geistesgegenwärtig genug war, nur schnell zu gehen, um möglichst wenig Aufmerksamkeit bei den für Weihnachten einkaufenden Horden in der Straße zu erregen. Ich nahm die nächstbeste Abzweigung und befand mich bald in einem Park. Ich kann mich nicht erinnern, dass mich jemand ansah, kann mich nicht erinnern, irgendeinen seltsamen Eindruck gemacht zu haben. Irgendwo inmitten des Chaos schien ich doch einen gewissen vernünftigen Überblick zu bewahren. Oder besser gesagt: nicht ich, es war eine Art Über-Ich, eine Art zielgerichtetes Bewusstsein, stärker als das herkömmliche, das wusste, wohin ich unterwegs war und was ich zu tun hatte.

Ich musste zu dir, meine Geliebte.

Das war ja immerhin Sinn und Zweck des Ganzen. Den Bann, der auf dir lag, zu brechen.

Den unendlich bösen Bann.

Ich musste ganz einfach nach Hause.

Aber ich schien nicht nach Hause zu finden. Als wäre ich nie zu Hause gewesen. Jetzt, da ich sehe, wie sich deine Lippen formen, um etwas zu sagen, wird mir schlagartig klar, wie irrational ich mich verhalten habe. Ich drehte ein paar

Runden im Park, und obwohl ich denke, mich unauffällig verhalten zu haben, bekam ich das Gefühl, dass die Polizeisirenen, die ich in der Ferne hörte, auf mich zukamen. Als ob ich doch auf mich aufmerksam machen würde.

Erst da wurde mir bewusst, dass ich die Pistole immer noch in der Hand hielt.

Wie viele Leute hatten sie gesehen? Ich war ja immerhin um die zwanzig Meter in großer Eile mit einer Pistole in der Hand auf der Einkaufsstraße unterwegs gewesen. Aber gleichzeitig hatte ich das Gefühl, dass ich die Pistole nicht würde fallen lassen können, als ob sie meine Hand nicht verlassen wollte. Ich steckte die Hand mit der Pistole in die Hosentasche und ging auf etwas zu, wovon ich anfangs nicht wusste, was es war. Meine Beine schienen für mich zu denken. Ich bin mir keineswegs sicher, ob mein Gehirn überhaupt dabei war. Als würde sich jemand anders für mich durch die Stadt bewegen. Als würde ich auf den Schultern eines anderen sitzen.

Jetzt sehe ich dich an, deine Lippen formen Worte, die nicht herauskommen wollen. Schließlich sagst du: »Wie kalt du bist.«

»Draußen ist es kalt«, antworte ich und umarme dich noch ein wenig fester.

Nachdem ich eine Weile durch die kleinen Seitenstraßen geirrt war, erkannte ich, wohin ich unterwegs war. Zu einer Telefonzelle. Aber ich verstand immer noch nicht, warum.

Es gibt nicht mehr so viele Telefonzellen in unserer Stadt. Ihre Zeit ist vorbei. Und als ich endlich eine gefunden hatte, sah ich mich darin um und ging weiter. Mit den gleichen schnellen, energischen Schritten, die nicht viel Aufsehen erregen sollten.

Es war ein paar Tage vor Heiligabend. Die große Einkaufsstraße war brechend voll mit Leuten, die mehr oder weniger panisch Weihnachtsgeschenke kauften, aber die Seitenstraßen waren vollkommen leer. Als ob die Peripherie verschwunden wäre und es nur noch ein Zentrum gäbe: den Weihnachtskommerz. Trotzdem hatte ich den Eindruck, dass überall Leute waren, die mich die ganze Zeit ansahen, überrascht, erschrocken, wie ich da von Telefonzelle zu Telefonzelle auf merkwürdigen Bahnen durch die Stadt zog, auf den verstecktesten und vergessenenen Nebenstrecken.

Da kamen auf einmal die Bilder. Die Bilder aus dem Todeszimmer. Erinnerungsbilder von dem Schuss. Vom Mord. Es waren ebenso viele Bilder wie Schneeflocken, die um mich herumwirbelten, ebenso funkelnd, ebenso flüchtig, und auf jedem Bild war immer ich, ich mit der Pistole in der Hand.

Jedes aufblitzende Bild, jede Schneeflocke war anders. Ich sah mich auf unsicheren Beinen die Treppe hochgehen. Ich sah mich an der Tür klingeln. Ich sah mich die Pistole entsichern. Ich sah ihn, wie er deine Kette hochhielt und sie dann sinken ließ. Ich sah ihn mit erhobenen Händen rückwärts stolpern. Ich sah ihn rücklings auf das Bett fallen.

Ich sah mich schießen.

Ich sah die Explosion.

Im selben Augenblick, in dem ich in meiner Erinnerung die richtige Telefonzelle finde, sehe ich dich an, sehe dir tief in die Augen und sage: »Du hattest deine Kette vergessen.«

Ich suche in den Taschen nach ihr. Sie ist nicht da. Ich muss sie unterwegs verloren haben. Als ich zwischen den Telefonzellen hin und her irrte.

Endlich erreichte ich eine, in der ein intaktes Telefonbuch an der Seitenwand hing, in dem ich fieberhaft blätterte, bis ich das fand, wonach ich gesucht hatte. Ich überflog die aufgeschlagene Seite, riss sie aus dem Telefonbuch und machte mich davon.

Ich fror nicht. Bei keiner einzigen Gelegenheit während des ganzen wahnsinnigen Umherirrens fiel mir auf, dass ich frieren würde. Auch jetzt, nachdem ich nicht mehr umherirrte, nachdem meine Schritte entschlossener, zielgerichteter geworden waren, fror ich nicht. Als wäre ich überhaupt nicht im Freien, am allerwenigsten in einem eiskalten pfeifenden Schneesturm, der immer weiter zunahm und zumindest den Vorteil hatte, dass mich das Schneegestöber vor den törichten, unverhältnismäßig neugierigen Blicken der anderen verbarg.

Du stehst bei mir, fest in meinen Armen, und dennoch windest du einen Arm heraus und legst ihn mir auf den Rücken, streichelst leicht darüber und sagst: »Wie konntest du so nach draußen gehen?«

Und da sehe ich es wieder. Ich sehe, wie mein rechter Zeigefinger den Abzug betätigt, Millimeter für Millimeter, und dann sehe ich die Explosion. Erneut. Dieses Mal näher. Den fürchterlichen, wahnwitzig widerhallenden Knall. Das grelle Licht, das schnell verblasste und sich dennoch bis in alle Ewigkeit auf meine Netzhaut eingebrannt hat.

Ich lasse deine Hand, deinen ganzen Arm, über meinen eiskalten Rücken streicheln, der sich für mich nicht eine einzige Sekunde lang kalt anfühlt, und sage: »Ich hatte eigentlich keine Wahl.«

Ich kam an einer Polizeiwache vorbei. Die ganze Zeit hörte ich Polizeisirenen in der Ferne, mal näher, mal weiter weg, als ob sie hinter mir her wären, als ob sie mich unerbittlich, unbarmherzig einkreisten. Für einen kurzen Moment blieb ich vor der Polizeiwache stehen. Wäre es nicht einfacher, hineinzugehen und ein Geständnis abzulegen? Wäre das nicht eine logische und kluge Entscheidung? Ein logisches und kluges Ende?

Ich verscheuchte den Gedanken und ging weiter. Ich hatte das Gefühl, als ob sich die Stadt um mich herum zuschnürte, als ob alle Hausfassaden näher kommen würden, als ob die ganze Stadt einhellig beschlossen hätte, mich einzuzwängen und vor den Polizeiwagen, die auf der Jagd nach mir, und nur mir, durch die Stadt rasten, wieder herauszuquetschen.

Dann erreichte ich die wohlbekannte Straße, ganz unversehens, ohne jede Vorwarnung, und zückte die herausgerissene Seite aus dem Telefonbuch. Als ob ich nicht wüsste, was da stand.

Als ob ich meinen eigenen Namen nicht lesen könnte.

Ich faltete sie auseinander. Die eisigen Windböen rissen daran, versuchten, sie zu zerfetzen. Schneeflocken wie messerscharfe Mikroprojektile taten ihr Bestes, um sie zu durchbohren. Aber ich hielt sie fest. Und sie hielt stand. Als ich sie auseinanderfaltete, war sie ein Bild. Ein Bild von einer Pistole, kurz davor, abgefeuert zu werden.

Ein Zeigefinger betätigt den Abzug. Es geht so unglaublich langsam. Dann überschreitet er die Schwelle. Der Schuss wird abgefeuert. Danach kommt die Explosion. Jetzt müsste ich sehen, wie ihn die Kugel trifft. Jetzt müsste ich sehen, wie sich der rote Blutfleck auf seiner Brust ausbreitet. Aber ich sehe es nicht. Was ich sehe, ist die Explosion, das Licht, das meine Augäpfel verätzt. Der Geruch, den ich wahrnehme, ist der Gestank von Pulver, der Gestank der Explosion. Was ich höre, ist der wahnsinnige Knall, der das gesamte Gehör anfüllt. Und der Geschmack, den ich wahrnehme, ist der Geschmack von Blut.

Ich las die herausgerissene Seite des Telefonbuchs. Ich verfolgte die Spalten mit den immergleichen Nachnamen nach unten, bis ich wieder auf den wohlbekannten Namen stieß. Es war mein eigener. Ich verfolgte die Zeile mit dem Zeigefinger und kam zur Adresse, 11. Elf. Hausnummer 11. Ich stand vor der Sieben. Es müsste dort drüben sein, zwei Häuser weiter links.

Und du streichelst weiter über meinen Rücken und sagst: »Aber bist du den ganzen Weg barfuß und nur im Morgenmantel gelaufen?«

Ich ging in die Elf hinein. Im Flur betrachtete ich die Tafel mit den Namen der Bewohner. Ich fand den richtigen. Zweiter Stock. Ich ging nach oben, nahm zwei Stufen auf einmal. Nun war ich dir nahe, meine Geliebte. Jetzt wären wir bald vereint. Und sehr bald, wenn ich die Arme um dich legen und deinen warmen Körper an meinem spüren würde, würde mir klar werden, dass ich es geschafft hatte. Dass wir es geschafft hatten. Dass du wissen würdest, dass ich es für uns getan hatte.

Und ich sah es wieder. Ich sah die Explosion. Ich sah, hörte, roch, schmeckte, fühlte die verdammte, wahnsinnige Explosion. Und dann sah ich nichts mehr. Bis ich mich sah, wie ich im Treppenhaus war und die Treppe hinunterlief.

Warum war die Zwischenzeit komplett ausradiert?

Warum sah ich nichts zwischen der Explosion und mir selbst im Bademantel auf dem Weg die Treppe hinunter mit der Pistole in der Hand? Stand ich so unter Schock, dass die Erinnerungen nicht in meinem Gedächtnis haften blieben?

Und ich drücke dich noch fester an meinen eiskalten Körper, der sich für mich nicht eiskalt anfühlt, und ich höre mich selbst, wie ich dir mit zitternder Stimme ins Ohr flüstere: »Es war total wahnsinnig. Total wahnsinnig.«

Und du bekommst diese überaus vernünftig klingende Stimme, die, die Dinge zurechtrücken will, die Ordnung ins Chaos bringen will. Mit dieser Stimme sagst du: »Du musst mir genau erzählen, was passiert ist. Das ist wichtig.«

Und ich versuche, dich noch ein wenig fester zu umarmen, aber obwohl ich drücke, so fest ich nur kann, windest du dich aus meinem Griff und siehst mich mit völlig klarem Blick an. Dem glasklaren abwartenden Blick. Dem herausfordernden Blick.

Und ich höre mich selbst wie aus der Ferne sagen: »Die Pistole ist in seiner Hand explodiert.«

Nein.

Ich reiße mich von dir los, aber nichts passiert.

Nein, das stimmt nicht, das kann nicht stimmen. Ich halte die Pistole ja selbst in der Hand. Ich habe die Pistole auf dem ganzen Weg durch die Stadt in der Hand gehalten. Hier ist sie ja.

Und ich nehme die Hand aus der Tasche des Bademantels, aber darin liegt keine Pistole. Es gibt nicht einmal eine Hand.

Es gibt einen blutigen Stumpf etwas unterhalb der Schulter, und das ist alles.

Und dann wieder die Explosion. Zurück im Todeszimmer. Es knallt. Ein wahnwitziger Knall, eine völlig unverhältnismäßig starke Explosion, und jetzt sehe ich sie wieder. Ich spüre, wie ich falle. Ich sehe, wie er leichenblass vom Bett aufsteht und die Hände vor den Mund hält. Ich sehe, wie er ein paar Schritte in seinem Bademantel macht, und ich sehe es von unten. Und dann bin ich oben, weit oben, unter der Decke, und als er mit den Händen vor dem Mund vorbeitaumelt, sinke ich auf ihn nieder. Dann bin ich draußen im Treppenhaus, dann gehe ich Stufe für Stufe, langsam, langsam, und es kommt mir vor, als wären die Stufen Magnete und meine Füße aus Eisen.

Dann, meine Geliebte, suche ich deine Adresse. Ich weiß nicht einmal, wo du wohnst. Ich weiß nicht, wie ich das herausfinden soll. Ich denke nach. Meine Gedanken irren umher. Ich fühle mich so schwer. Mein Gehirn ist doppelt so schwer wie gewöhnlich. Nichts bewegt sich wie sonst. Dann fällt mir ein, dass ich ein Telefonbuch finden muss. Sein Name muss darin stehen.

Ich umarme dich. Ich umarme dich, meine Geliebte, mit allem, was mir zur Verfügung steht, so fest ich kann, und du bemerkst nichts. Du beobachtest mich nur. Ich wende den Blick ab, und während ich meinen blutigen Armstumpf betrachte, wandert mein Blick nach oben, ganz langsam, und jetzt umarmst du ihn. Und er umarmt dich. Und ich sehe euch aus immer größerer Höhe.

Er sagt: »Wie viel leichter sich jetzt alles anfühlt.«

Und du lächelst, meine Geliebte, du lächelst ihn an, streichelst ihm übers Gesicht und antwortest: »Mir geht es auch so.«

Und ich lache. Ich lache mein erstes Lachen seit vielen Monaten.

Obwohl niemand da ist, der mich hört.

17

Kerstin Holm war die Erste, die sich nach Gunnar Nybergs Erzählung rührte. Sie führte die Hand zum Gesicht, und möglicherweise wischte sie sich eine Träne ab.

»Ich glaube, jetzt verstehe ich die Worte ›unseres Lebens Scherben‹ besser«, sagte sie leise.

»Mann, wie grausig«, meinte Sara Svenhagen und schüttelte sich.

»Unheimlich«, sagte Art Söderstedt.

»Sagt das nicht«, bat Gunnar Nyberg. »Das macht es noch grässlicher. Yperfysikos. Mystiriodis.«

»Das ist das reinste Griechisch für mich«, sagte Viggo Norlander.

»Das reinste verdammte Deutsch«, entgegnete Jorge Chavez. »Wieso ›unheimlich‹?«

»Freud«, erklärte Paul Hjelm. »Ich glaube, er hat in etwa gesagt, dass ›unheimlich‹ der Gegensatz sowohl von ›heimlich‹ als auch von ›heimisch‹ ist. Das ›Unheimliche‹ ist der Gegensatz des Harmlosen und Vertrauten. Wenn wir auf etwas stoßen, das wir noch nie erlebt haben, dann verspüren wir eine Art von Schwindel.«

»Das Heimlichmanöver haben wir schon früher erlebt«, sagte Arto.

»Und natürlich hat es mit dem hier nicht das Geringste zu tun«, sagte Paul brüsk.

»Warum eigentlich das Gegenteil von ›heimlich‹?«, fragte Kerstin. »Denn das ›Heimliche‹ ist doch wohlbekannt?«

»Ich glaube schon«, sagte Paul ein wenig unsicher. »›Unheimlich‹ wird es, wenn ein ganz neues Gefühl im Spiel ist, und man hat ja so selten ganz neue Gefühle, weshalb das erschreckend wird.«

»Aber wieso ›noch grässlicher‹, Gunnar?«, fragte Sara ein wenig beunruhigt.

Lena Lindberg sprang plötzlich auf und stieß hervor: »Weil das meiste von Gunnars Erzählung hier aus diesem Haus kommt.«

»Wie bleich du bist«, stellte Jon Anderson fest.

»Ich habe es gefühlt«, sagte Lena und zeigte auf die große Tür. »Da draußen, als ich auf der Toilette war.«

»Du sagtest doch, du hättest dich nur selbst verrückt gemacht«, entgegnete Sara.

Lena starrte sie eine Weile an, dachte erneut, ich bin verdammt noch mal Polizistin, und setzte sich langsam wieder.

»Wir können uns verflixt noch mal nicht selbst kirre machen wie die Kinder«, rief Jorge. »Lasst uns das Essen und die Geschichten genießen. Mit dem Rest können wir umgehen. Wartet nur, bis ihr meine Erzählung hört. Das wird eine richtige Schauerballade.«

»Wie schön, dass es deine Machobrust gibt, an die wir uns anlehnen können«, lästerte Sara.

»Weil du keine Schriftstellerin bist, Lena«, sagte Jon.

»Was?«, fragte Lena.

»Deshalb hast du das so erlebt. Wärest du Schriftstellerin, hättest du es wie Gunnar erlebt. So hast du es doch gemeint, nicht wahr, Gunnar?«

»Ja, ich glaube schon«, sagte Gunnar. »Ungefähr so. Ich habe mich noch nie so inspiriert gefühlt wie in der Stunde oben im Zimmer. Sehr merkwürdig.«

»In alten Herrenhäusern spukt es immer«, erklärte Viggo gelassen.

»Du hast ja die andere Seite schon besucht.« Arto nickte. »Du musst unser Führer durch dieses seltsame Dasein werden.«

»Kein Problem«, antwortete Viggo noch gelassener.

»Aber mach weiter, Gunnar«, sagte Paul. »Das ist richtig interessant.«

»Es wird nur bizarr«, sagte Gunnar Nyberg verdrossen.

»Schriftsteller können schreiben, aber nicht über das Schreiben reden«, warf Jon ein.

»Es gibt sicher solche, die auch über das Schreiben reden können«, sagte Gunnar. »Aber dafür muss man wahrscheinlich so viel geschrieben haben, dass einem mittlerweile klar ist, was man da eigentlich tut. Ich bin der reinste Neuling.«

»Versuch es wenigstens«, drängte Paul.

»Weil ich deinen Traum verwirklicht habe?«, fragte Gunnar mit einem schiefen Lächeln.

»Völlig unerwartet obendrein«, entgegnete Paul mit ungefähr dem gleichen schiefen Lächeln.

»Der Meinung bin ich auch«, sagte Viggo. »Du hättest Schriftsteller werden sollen, Paul, nicht dieser alte Bandagenschädel.«

»Wir haben beide eine Vergangenheit als Bandagenschädel«, sagte Gunnar. »Einer von uns ist weitergegangen, der andere ist stehen geblieben.«

»Und wer hier wer ist, dürft ihr anderen raten«, sagte Viggo.

»Nun komm schon, Gunnar«, bat Paul.

»Ihr habt beide recht«, sagte Gunnar. »Ich habe die ganze Zeit bezweifelt, dass ich wirklich ein Schriftsteller bin. Einer, der etwas aufs Papier kritzelt, das schon, aber ein Schriftsteller? Nun ja. Ich habe nie tatsächlich das Gefühl gehabt. Bis jetzt. Bis gerade eben. Und sosehr ihr es auch versucht, keiner kann mir meine gute Stimmung vermiesen. Nicht einmal Gespenster. Ich bin Schriftsteller, ihr könnt mir nichts anhaben. Dämonen sind meine Atemluft.«

»Und du bist sicher, dass du das Richtige für dich gefunden hast?«, fragte Arto.

»Ziemlich«, antwortete Gunnar. »Ich läutere die Dämonen mit meinem Text.«

»Übertreibst du jetzt nicht ein wenig?«

»Selbstverständlich. Ich bin Schriftsteller. Aber ich weiß

nicht, manchmal kommen die Worte wie von selbst. Dies hier war ein solcher Augenblick. Man kann das sicher völlig rational erklären, zum Beispiel damit, dass ich kürzlich Ludmilas und meinen Winkel der Welt verlassen habe und allen erdenklichen Stimuli ausgesetzt gewesen bin, die meine Kreise gestört haben. Und dass ihr alle aufgetaucht seid und wir alle an einem ziemlich mystischen Ort gelandet sind, der eine Menge unbekannte, wenngleich spürbare Geschichte auf dem Buckel trägt. Dadurch ist die Frage des Erzählens auf eine viel direktere Weise aktiviert worden, als ich es gewohnt bin.«

»Aber …?«, fragte Arto.

»Aber da ist noch etwas. Mein ganzes Leben lang habe ich dafür gearbeitet, dass mir das, was ich erlebe, genügen sollte. Aber das tut es nicht. Es gibt so etwas wie das Mysterium. Ich weiß, dass es verrückt ist, so etwas vor euch allen zu sagen, ihr seid rational analysierende Polizisten. Aber so ist es. Ich fühle dieses Besondere in den wenigen Momenten, in denen es mich packt. Hoffentlich kann ich etwas dafür tun, dass es in Zukunft häufiger geschieht. Ich werde aus dieser Erfahrung lernen.«

»Ich hoffe, dass wir das alle tun«, meinte Arto.

»In unserer Eigenschaft als Festveranstalter«, ergänzte Lena.

»Genau«, sagte Arto.

»Dann habt ihr dem Mysterium noch nicht wirklich ins Auge geschaut, meine Freunde«, sagte Jorge plötzlich.

»Woher hat der denn Luft bekommen?«, fragte Gunnar.

»Von dir«, entgegnete Jorge. »Denn ich weiß, wovon du redest. In meinem Fall sind es die Ahnen, die angerauscht kommen. Und da spreche ich nicht, mein Liebling, von den Azteken, wie du anzunehmen pflegst, denn die Azteken waren in Mexiko zu Hause, und meine Wurzeln finden sich – wovon du möglicherweise hast reden hören, Darling – in Chile.«

»Sollte ich an die Inkas denken?«, fragte Sara, und ihr versöhnlicher Tonfall war möglicherweise eine Spur hinterhältig.

Jorge nickte überrascht und sagte: »Tatsache ist, dass es in Chile gar nicht so viele Indianer gab. Aber – zu einem bestimmten Zeitpunkt, kurz vor der teuflischen Ankunft der europäischen Konquistadoren im Jahre 1532, erstreckte sich das Inkareich tatsächlich bis ins nördlichste Chile, in die Gegend südlich von Cusco, die Qullasuyu genannt wurde, der Nabel des Inkareichs und damit der Welt. Und dort, im nördlichen Chile, hat meine Familie ihre Wurzeln.«

»Meine Ahnen sind übrigens auch keine Walküren«, murmelte Sara. »Der Bezug kommt nur daher, dass du eine lichtscheue Vorliebe für Wagner hast.«

»Aber genau diese Erzählung«, fuhr Jorge mit einem zarten und zugleich lausbübischen Blick auf seine Ehefrau fort, »ist von den Azteken zu mir gekommen, du hattest also in gewisser Weise recht, meine Schöne. Nun kann man schon finden, dass ›Die Kunst ist grausam, trällerte der Vogel sechs aus voller Kehle, / denn ungerades Leben nimmt dem geraden jede Seele‹ nicht der gelungenste Zweizeiler ist, aber er stimmt doch auf eine gewisse, ebenso abseitige Weise. Er handelt von der Kunst als Grausamkeit, er handelt von abseitigen Formen des Lebens, die die normalen und glatt gebügelten auslöschen.«

»Herrje, wie der redet«, seufzte Viggo.

»Meine Ohren haben sich nach unseren gemeinsamen Jahren immer noch nicht wieder erholt«, sagte Jon.

»Dann kannst du dir ja vorstellen, wie es um meine bestellt ist«, bemerkte Sara.

»Es ist eine uralte Erzählung«, fuhr Jorge ungerührt fort. »Die älteste von allen, nahezu aus dem Kern des Erzählens emporgeholt. Sie lässt die Magie durch die prosaischen polizeilichen Ermittlungen wehen. Diese Geschichte, meine Freunde, ist unser aller Ursprung, denn wäre sie nicht geschrieben worden, gäbe es keinen von uns. Sie brachte die vergessenen Wurzeln wieder ans Licht und zeigte eine Zukunft, die man niemals hätte erahnen können. Willkommen, meine Freunde, in der größten Stadt der Welt.

Das dritte Auge

»Die Zeit«, schreibt er und legt den Stift beiseite.

Dann lacht er sein gurgelndes Altmännerlachen und schlägt sein stockfleckiges Notizbuch zu.

Die Zeit ist etwas anderes.

Er liebkost das große γ, das auf den Einband geprägt ist.

Notizbuch γ.

Er lacht wieder. Er schlägt es wieder auf. Mit krakeligen, behäbigen Buchstaben schreibt er: »Eine der schweren Abgasglocken hing an diesem Dezembervormittag über Mexiko-Stadt.«

Dann stockt der Stift.

Sein Blick wendet sich nach innen.

δ

Eine der schweren Abgasglocken hing an diesem Dezembervormittag über Mexiko-Stadt. Die immer unerträglicheren Luftmassen des geschlossenen Systems lagen absolut unbewegt, und die Suppe konnte unter dem Deckel jederzeit zu brodeln anfangen.

Gerade hatte die Weihnachtswoche begonnen. Der 12. Dezember mit den Pilgerfahrten zu Unserer Lieben Frau von Guadalupe, der Basilika mit dem Jungfrauenbild »la Virgen Morena«, war relativ ruhig verlaufen, trotz des Ansturms Tausender und Abertausender Pilger. Es war der Beginn der mexikanischen Weihnachtswoche, und Mexiko-Stadt, diese quirlige Metropole, zelebrierte die neun Tage währenden Feierlichkeiten, die neun »Posadas«, die die neun Monate Schwangerschaft der Jungfrau Maria symbolisieren.

Das war immer eine turbulente Zeit in der Stadt. Aber jetzt hing die schwere Abgasglocke darüber und versetzte der Stimmung einen Dämpfer. Es waren weniger Menschen als sonst auf den Straßen. Die Gescheiten blieben im Haus. Und die Reichen blieben in ihren Autos.

Für den eigentlichen Vorfall gab es nur fünf Zeugen.

Manuel Morales, dreiundfünfzig Jahre alt und kleiner Beamter in einem Nebengebäude des Landwirtschaftsministeriums, hatte soeben einen großen schwarzen Fleck auf einer Banane entdeckt und wollte gerade den Straßenverkäufer auf den Makel hinweisen, als er hörte, wie ein Auto genau hinter seinem Rücken kräftig Gas gab. Als abgebrühter Innenstadtbewohner im wimmelnden Chaos von Mexiko-Stadt drehte er sich eher träge als schockiert zur Fahrbahn um, sah einen Mantel vor einem Auto aufflattern, hörte das garstige Rumsen, von dem man genau weiß, was es bedeutet, und sah, wie das Auto um die nächste Ecke bog. Auf der Fahrbahn lag ein in sich verschlungener Sack aus Gewebe, eine verkrümmte Gestalt, bereits wie eingewickelt in ihren eigenen riesigen schmutzig grauen Mantel, und aus einer der gebrochenen Hände rollte ein kleiner Gegenstand. Obwohl Morales derjenige war, der während des Vorfalls am allernächsten gestanden hatte, war er erst als Vierter bei dem Überfahrenen. Die Obstreste, die man später im rechten Nasenloch des Toten fand, konnten in der Folge der halb verfaulten Banane zugeordnet werden, die Manuel Morales auf der Straße dabeihatte und ins übel zugerichtete Gesicht der Leiche fallen ließ.

Morales' Zeugenaussage wurde ziemlich schnell als unwichtig für die Ermittlung eingestuft. Er hatte nicht einmal auf die Automarke geachtet.

Dem Vorfall nach Morales am nächsten war Rodrigo Lara gewesen, ein achtzehnjähriger Zeitungsjunge, der auf einem

Moped unterwegs war und drei Häuserblocks lang direkt hinter dem Auto fuhr, bevor es auf einmal wahnsinnig Gas gab. Er hatte nicht die geringste Spur von dem Überfahrenen gesehen, bevor dieser genau das wurde. Das Auto hatte ihm nämlich die Sicht versperrt (was Kommissar Reyes veranlasste, säuerlich, aber uninteressiert nachzufragen, wie dicht er denn eigentlich aufgefahren war). Rodrigo erinnerte sich deutlich an das garstige Rumsen, und er hätte den zu diesem Zeitpunkt bereits Toten um ein Haar ein zweites Mal überfahren. Er war der Allererste, der sich über den Mann beugte, aber weil er immer noch auf seinem Moped saß, reichte er nicht ganz zu ihm hinunter. Rodrigo Lara konnte von allen am zuverlässigsten das Auto identifizieren, sowohl die Automarke als auch die Farbe – ein hellblauer Ford Sierra –, aber er hatte die Autonummer nicht erkennen können. Hätte Rodrigo nicht vermutet, zwei Köpfe im Auto gesehen zu haben, wäre auch seine Zeugenaussage ziemlich schnell ad acta gelegt worden.

Als Dritte vor Ort war Mercedes Pola, eine Krankenschwester, die bereits im Alter von vierunddreißig Jahren Stationsschwester in der größten Klinik für Brandverletzungen in der Stadt war. Sie stand auf derselben Straßenseite wie Manuel Morales, stöberte aber nicht zwischen frischen Bananen, um Druckstellen zu finden, sondern sah in das Schaufenster eines Schuhgeschäfts. Zwischen den Schuhen entdeckte sie einen alten Mann auf der anderen Straßenseite, weißhaarig und weißbärtig über einem flatternden grauen Mantel. Merkwürdigerweise schien er sie direkt anzustarren. Ihr Blick blieb an dem seinen hängen. Er war von reinem, unverstelltem Schreck erfüllt, wie oft hatte sie diesen Blick nicht schon in ihrem Beruf gesehen, und er schaute quer über die Straße. Señorita Pola drehte sich gerade rechtzeitig um, um den alten Mann auf die Fahrbahn stürzen zu sehen, das plötzliche Beschleunigen des Autos zu hören und das Unglück quasi aus erster Reihe zu beobachten. Sie war als Erste direkt bei dem Überfahrenen. Der unförmige Körper wurde ganz von dem grauen Mantel bedeckt. Mercedes hob einen Zipfel an und betrachtete professionell das Gesicht des alten Mannes. Der Unterkiefer war gebrochen, aber der Blick war genau derselbe, den sie im Schaufenster gesehen hatte, derselbe reine, unverstellte Schreck.

»Es war, als wäre nichts passiert, wenn Sie verstehen, was ich meine.«

Kommissar Alberto Reyes betrachtete still die hübsche Frau ihm gegenüber am Verhörtisch und biss sich ein loses Stückchen Nagelhaut ab, sodass der Finger zu bluten anfing. Er verbarg ihn vor der Krankenschwester.

»Ist das eine professionelle Beobachtung?«, fragte er und drückte mit dem Daumen auf den Ringfingernagel. Mercedes Pola zog eine kleine Grimasse und drehte den Spieß um.

»Ist es normal, dass sich ein Kommissar um einen gewöhnlichen Unfall mit Fahrerflucht kümmert?«

Er lächelte und machte mit einigen Standardfragen weiter, die mit Standardantworten quittiert wurden. Als sie ging, kramte sie in ihrer Handtasche und reichte ihm wortlos ein Pflaster. Er wickelte es verwirrt um den blutenden Ringfinger.

Auf derselben Seite wie das Opfer befand sich der Straßenkehrer Roberto Rodríguez. Er hatte gerade den Teil der Straße fertig gekehrt, auf dem sich der alte Mann aufhielt, barfuß unter seinem viel zu großen Mantel.

»Der Weihnachtsmann als Exhibitionist!« Rodríguez lachte.

»Sie haben nicht gesehen, woher er kam?«, fragte Reyes.

»Vielleicht aus dem Geschäft, ich weiß es nicht. Plötzlich stand er einfach da. Dann entdeckte er etwas auf der anderen Straßenseite und stürzte einfach in den Verkehr. Aber das Auto hätte anhalten können, verstehen Sie? Es war genug Zeit, um zu bremsen, und einer von denen im Auto zeigte noch auf den Alten, da bin ich mir sicher, der Beifahrer.«

»Zeigte? Warnte er den Fahrer?«

»Weiß nicht. Ich habe nur den Zeigefinger gesehen.«

»Und dann passierte also«, Reyes las aus dem Protokoll vor, das vor ihm auf dem Tisch lag, »dieses ›Merkwürdige‹, ›*extraordinario*‹, wie Sie den Polizisten sagten?«

»Ich kann es nicht erklären. Es kam mir so vor, als ob er, als ob er sähe, was passieren würde. Als ob er es schon vorher gesehen hätte. Ich kann es nicht anders ausdrücken. Er schaute zwar nicht zu dem Auto, sondern geradeaus, auf die andere Straßenseite, aber trotzdem ... ja ... Vielleicht bilde ich mir alles nur ein.«

Reyes überlegte einen Moment. Dann fragte er: »Was für ein Geschäft liegt da?«

»Auf der anderen Straßenseite?«

»Nein, ich meinte auf der Seite, auf der der Alte aufgetaucht ist. Aber das ist eine gute Idee: Was für ein Geschäft liegt auf der anderen Seite?«

»Auf der Seite, von der er kam, liegt ein Fischgeschäft und auf der anderen eine Bäckerei, glaube ich, zuerst der Obst- und Gemüsestand, dann die Bäckerei und dann das Schuhgeschäft, ja genau. Vielleicht liegt noch eines dazwischen ...«

Von den fünf verlässlichen Zeugen befand sich Señora Mediana Régules am weitesten vom Unfallort entfernt. Sie fuhr mit ihrem Auto in die Gegenrichtung. Ihr fiel das Auto vor allem deshalb auf, weil der halbe Kopf eines Mopedfahrers direkt dahinterhing, obwohl es noch ziemlich weit entfernt war.

»Überhol jetzt nur nicht, dachte ich, bloß kein wahnsinniges Überholmanöver.«

Reyes schaute in seine Unterlagen. »Ja, Sie haben offenbar Erfahrungen mit Mopeds, Señora ...«

»Oh ja. Deshalb fiel mir das Auto auf. Zwei Männer auf den Vordersitzen. Ein Straßenkehrer wirbelte eine kleine Staubwolke auf der anderen Straßenseite auf, und aus dieser schien der alte Mann aufzutauchen, etwas weiter hinten auf dem Bürgersteig. Ich habe gesehen, wie er die Fahrbahn betrat, und gedacht, jetzt muss ich vorsichtig sein. Moped und alter Typ gleichzeitig. Ich nehme also an, dass ich etwas genauer hingesehen habe.«

»Und …?«

»Zuerst ist da der Alte, der barfuß auf die Fahrbahn stolpert, dann der Mann neben dem Fahrer, der auf ihn zeigt, und dann gibt der Fahrer Gas. Dann habe ich gesehen, dass er stürzte.«

»Also überfahren wurde?«

»Später.«

»Später?«

»Zuerst fiel er hin, dann wurde er überfahren. Aber da lag nur ganz wenig, extrem wenig Zeit dazwischen. Vielleicht kann man sagen, dass er gleichzeitig stürzte und überfahren wurde.«

»Geht das etwas deutlicher?«

Mediana Régules zuckte mit den Schultern. »Er hörte das Auto wohl und versuchte sich zu beeilen, was weiß ich.«

»Er fiel also gerade, als ihn das Auto überfuhr?«

»Ich glaube, ja. Dann habe ich meinen Wagen auf den Bürgersteig gefahren und bin zu ihm hingerannt. Der Junge auf dem Moped hing schon über ihm, und die Krankenschwester legte ihr Ohr auf seine Brust und schüttelte den Kopf. Es war schauderhaft, ich kann das nicht vergessen. Seine Augen … Sie starrten … als ob sie immer noch lebten. Ich glaube, die Krankenschwester empfand das auch so, denn sie deckte den Mantel wieder über sein Gesicht.«

»Direkt?«

»Ja. Ich konnte ihn nur ganz kurz sehen.«

»Sie waren also die, lassen Sie mich nachsehen, die dritte Person vor Ort?«

»Ja. Aber dann kam dieser Alte, genau, er muss die Augen auch gesehen haben, denn er ließ ein Stück Banane auf das Gesicht des Toten fallen.«

»Ein Stück Banane?«

»Ja, und dann deckte die Krankenschwester den Mantel wieder über sein Gesicht. Und dann kam der Straßenkehrer, genau, und sagte, er habe die Polizei gerufen. Und das war alles.«

»Und Sie erinnern sich also an überhaupt nichts in Bezug auf das Auto oder die Männer im Auto?«

Es war Nachmittag geworden. Alberto Reyes starrte träge durch die Fenster des Hochhauses und sah, dass die Abgasglocke nach wie vor über der größten und hoffnungslosesten Stadt der Welt hing. Im Laufe des Tages waren ganze fünfzig Unfälle mit Fahrerflucht, bislang zwölf mit tödlichem Ausgang, gemeldet worden. Er war einer der Polizeibeamten mit den meisten Auszeichnungen, und ihm ging immer wieder Mercedes Polas Frage durch den Kopf: »Ist es normal, dass sich ein Kommissar um einen gewöhnlichen Unfall mit Fahrerflucht kümmert?«

Fünf Stunden waren seit dem Unfall vergangen. Ein alter Obdachloser, der wahrscheinlich sowieso jeden Moment hätte sterben können, war jedenfalls von irgendwelchen Verrückten überfahren worden. Und das in einer Stadt, in der die Leute Schlange zu stehen schienen, um umgebracht zu werden, und in der die Kinder nicht zur Schule gehen konnten, weil die Luft zu schlecht war. Ließ es sich wirklich rechtfertigen, Zeit auf diesen Fall zu vergeuden? Nur aufgrund eines ganz vagen Gefühls?

Aber auf seine Intuition hatte er sich immer verlassen können. Er wählte die Nummer der Pathologie.

»Federico«, sagte Reyes zum Rechtsmediziner am anderen Ende der Leitung. »Wie geht's?«

»Du und deine Intuition!«

»Das bedeutet ...?«

»Na ja, irgendetwas stimmt da nicht. Die Todesursache.«

»Er war schon tot?«

»Ja. Das Herz.«

»Such weiter. Irgendetwas stimmt nicht.«

»Noch weiter?«

»Such einfach weiter. Ich melde mich in ein paar Minuten.«

»Soll ich ein paar Minuten lang weitersuchen?«

»Mach, was du willst.«

Reyes erhob sich mit den Zeugenaussagen in der Hand. Er ging zum Panoramafenster und starrte über die diesige Stadt. Fast glaubte er, die Abgasglocke unter dem leuchtend blauen Himmel zittern sehen zu können. Er schüttelte den Kopf und überflog die Unterlagen. Falsch, falsch, falsch. Und gleichzeitig unproblematisch, natürlich. Selbst wenn sie den alten Mann absichtlich niedergemetzelt hätten, wäre es einfach nur ein Mord unter vielen. Zu Tode erschreckt. Das zählte zweifellos auch als Mord. Dadurch änderte sich nichts. Aber der Kommissar suchte in eine andere Richtung. Er runzelte die Augenbrauen und wählte erneut die Nummer der Pathologie.

»Alberto hier«, sagte er.

»Drei Minuten und zwölf Sekunden«, entgegnete der Rechtsmediziner. »Ich habe Reste von Banane in seiner Nase gefunden. Halb verfault.«

»Konzentrier dich stattdessen auf die Augen.«

»Die Augen?«

»Nein, warte, ich komme runter.«

Federico hielt das Messer vor sich. Ein kleines Präzisionsskalpell.

»Warum liegt die Pathologie immer im Keller?«, fragte Kommissar Alberto Reyes eher sich selbst als den Rechtsmediziner.

»Vom staatlichen Henker einmal abgesehen, sind wir der Teil der Öffentlichkeit, der am wenigsten öffentlich ist«, sagte Federico und fuhr mit seinen Chirurgenhandschuhen über den weißen Bart des Alten. Der zertrümmerte Unterkiefer war gerichtet worden und sah so gut wie unangetastet aus. Der übrige Körper lag unter einem grünen Laken. Nur der Kopf schaute hervor, ein runzliges, gleichsam zusammengezogenes Gesicht, eingerahmt von vollem weißem Haar und einem gelbweißen Vollbart. Der Weihnachtsmann als Exhibitionist. Reyes lächelte, und Federico sah, dass er lächelte.

»Ist das so witzig?«, fragte er grimmig.

Sie betrachteten die Leiche eine Weile. Es gab nichts mehr, was weitere Untersuchungen rechtfertigen würde. Die Augen waren geschlossen. Ein normaler Obdachloser. Der normale Gestank.

»Ich hoffe, du weißt, was du tust«, sagte der Rechtsmediziner. »Lies dir die Abschnitte noch einmal durch.«

Reyes blätterte in seinen Unterlagen.

»Zuerst sagte die Krankenschwester: ›Es war, als ob er mich direkt anstarrte, durch die Schaufensterscheibe‹, und dann hat sie von einem merkwürdigen Blick, erfüllt von einer Art reinem Schrecken, geredet. Lass mich mal sehen. Dann kam Rodríguez, der Straßenkehrer: ›Es kam mir so vor, als ob er, als ob er sähe, was passieren würde. Als ob er es schon vorher gesehen hätte.‹ Und dann Señora Régules: ›Es war schauderhaft, ich kann das nicht vergessen. Seine Augen … Sie starrten … als ob sie immer noch lebten.‹«

Federico zuckte mit den Schultern. »Das reicht kaum als Begründung für einen solchen Eingriff …«

»Mach schon. Es ist ja mein Kopf, der rollt, nicht deiner.«

Der Rechtsmediziner senkte das Präzisionsskalpell auf das tote Gesicht.

»Ich bilde mir ein, dass ich das hier mal im Kino gesehen habe«, sagte er und hob das Augenlid an. Eine durch und durch schwarze Iris schien sie anzublicken. Federico schauderte kaum merklich, bevor er einen Schnitt quer durch den Augapfel setzte. Er vergrößerte den Spalt. Ein wenig klare Flüssigkeit rann heraus.

»Nichts hier«, sagte er ruhig.

»Probiere es mit dem anderen«, entgegnete Reyes ebenso ruhig.

Der Rechtsmediziner setzte einen ebensolchen Schnitt durch das andere Auge. Dann legte er das Skalpell verdutzt zur Seite.

»Große Linse«, sagte er und langte nach einer Pinzette. Er pulte vorsichtig das Ding aus dem Augapfel, legte es in eine kleine Metallschale und spülte es mit Kochsalzlösung.

»*¡Dios mío!*«, rief er und wich zurück.

Reyes trat näher heran und besah sich das Objekt, das ihn ansah.

Ein kleineres Auge. Innerhalb des anderen.

Er hob es hoch und starrte in die schwarze Iris.

Wie ein Vogelauge.

Er atmete schwer. Federico näherte sich wieder. Auch er atmete schwer.

»*¡Infierno!*«, stöhnte er.

»Das schon eher«, sagte Reyes. »Leg es für mich in eine Dose.«

»Ich finde nicht, dass du wichtiges Beweismaterial unterschlagen solltest ...«

»Mit Flüssigkeit bitte.«

Reyes fuhr mit dem Bus zum Unfallort. Das machte er immer, wenn er nachdenken musste. Für einen kurzen Augenblick streiften seine Gedanken die Festlichkeiten in der Stadt. Weihnachten in Mexiko-Stadt. Eine unerhört christliche Zeit mit Pilgerfahrten, den endlosen Fiestas und den neun Posadas vom 16. bis zum 24. Dezember. Reyes dachte kurz an den Kontrast zum Totensonntag, dem *día de los muertos,* rund einen Monat zuvor, diesem eigentlich heidnischen Tag mit christlichem Deckmantel. Dieser paradoxe Feiertag mit der geballten Lebenskraft in den Gebeinen und Schädeln der Toten.

Diese paradoxe Stadt, dachte er, bevor er sich wieder konzentrierte.

In seiner Aktentasche, aus der er gerade die Zeugenaussagen genommen hatte, lag die Dose mit dem kleinen Auge. Er sah flüchtig, wie es darin herumschwappte.

Intuition, Intuition. Irgendetwas war ihm entgangen. Und eine andere Intuition sagte ihm, dass Eile geboten war. Er nahm sich eine Zeugenaussage nach der anderen vor. Zuerst die von Manuel Morales, beinahe umgehend ad acta gelegt. War da etwas? Er las sorgfältig, sehr sorgfältig. Halb verfaulte Banane, der Mantel flatterte auf. Dann hatte der Kommissar eine kleine Eingebung und sah sich die Niederschrift von Señora Régules' Worten an: »Und dann kam der Straßenkehrer, genau, und sagte, er habe die Polizei gerufen.« So schnell? Und woher? Er musste noch einmal mit Roberto Rodríguez sprechen. Reyes widmete sich wieder der Detailstudie von Manuel Morales' Zeugenaussage. Der Mantel flatterte vor dem Auto auf. Garstiges Rumsen. Das Rumsen … Wieder sah Reyes von Morales' Worten auf und ging dieses Mal zu Rodrigo Laras Zeugenaussage über. Das Rumsen. »Ein richtig garstiges Rumsen.« Garstig, dachte Reyes. Gab es heutzutage achtzehnjährige Mopedkuriere in Mexiko-Stadt, die dieses Wort benutzten? Er ging zurück zu Morales' Wortwahl: »Ein richtig garstiges Rumsen.« Gleich. Identisch. Der Moped fahrende Analphabet drückte sich absolut identisch aus wie der versierte Beamte. Hätten beide geäußert: *Ut nihil non iisdem verbis redderetur auditum*, hätte ihn das sicher stutziger gemacht, dachte Reyes, aber identische Formulierungen sind ungewöhnlicher, als man glaubt, sogar ganz einfache, alltägliche. Hatte Lara vielleicht einfach gehört, wie Morales sagte »Ein richtig garstiges Rumsen«, oder war es trotz allem Zufall oder vielleicht sogar der Moment für eine Intuition?

Eine von Reyes' berühmten Intuitionen.

Sollte er zur Sicherheit zum Revier zurückkehren? Aber was konnte schon am Unfallort passieren?

Er schenkte seiner Intuition bis auf Weiteres keine Beachtung und machte mit Morales' Zeugenaussage weiter. »Ich sah einen Mantel vor oder eher über einem Auto aufflattern, das Gas gab. Im selben Augenblick hörte ich dieses Rumsen, von dem man genau weiß, was es bedeutet, und sah, wie das Auto um die nächste Ecke bog. Ein richtig garstiges Rumsen. Auf der Straße lag ein in sich verschlungener Sack aus Gewebe, eine Gestalt, bereits wie eingewickelt in ihren eigenen riesigen schmutzig grauen Mantel.« Reyes schüttelte den Kopf. Natürlich erinnerte er sich an einen sehr wortgewandten kleinen Herrn, aber das Juwel »ein in sich verschlungener Sack aus Gewebe, eine Gestalt, bereits wie eingewickelt in ihren eigenen riesigen schmutzig grauen Mantel« war ihm im Chaos am Vormittag auf dem Revier entgangen. Eine Miniaturgroteske nicht ohne Schönheitswert. Wahrlich.

Eine neue Eingebung, eine neue Abschweifung. Vielleicht war es die Schönheit, der Gedanke an Schönheit oder ganz einfach das Wort Schönheit, das ihn zur Krankenschwester brachte. Er betrachtete die dunkel gefärbten Fäden, die sich bereits aus dem Pflaster um den Ringfinger gelöst hatten. Schönheit. Irgendetwas war da mit ihrer Aussage, davon war er überzeugt und blätterte in dem Papierstapel weiter nach vorn. Der Blick des toten Alten. Hier. »Aber der Blick war genau derselbe, den ich im Schaufenster gesehen hatte, derselbe reine, unverstellte Schreck. Es war, als wäre nichts passiert, wenn Sie verstehen, was ich meine.« Er hatte das Gefühl, sich in einer ganzen Fülle von Abschweifungen zu verstricken. Erneut richtete er seinen durchdringenden Blick auf die Zeugenaussagen.

Es war, als wäre nichts passiert.

Er kehrte wieder zu Morales zurück. Es müsste ihm doch möglich sein, die Protokolle von Anfang bis Ende zu lesen, ohne ständig von Intuitionen unterbrochen zu werden. Aber Reyes wusste sehr genau, dass es keineswegs eine Frage von Unterbrechungen war. Im Gegenteil. Er wiederholte einige Worte, um den Inhalt der Aussage wiederaufzugreifen, wie er es nannte: »... wie eingewickelt in ihren eigenen riesigen schmutzig grauen Mantel, und aus einer der gebrochenen Hände rollte ein kleiner Gegenstand.« Reyes schüttelte erneut den Kopf. Keine Anschlussfrage. Das konnte doch nicht wahr sein. Nicht genug, dass ihm Morales' spezieller Sprachgebrauch entgangen war, was vielleicht doch von untergeordneter Bedeutung war, und außerdem Laras identische Wiederholung von Morales' Worten: Zu allem Überfluss hatte er keine Anschlussfrage zu diesem rollenden Gegenstand gestellt. Jetzt saß er im Bus und verfluchte seine Nachlässigkeit im Verhör. Reine Inkompetenz. Er kochte. Aber dann fiel ihm etwas anderes auf.

Es musste einen weiteren Zeugen gegeben haben. Und dieser Zeuge musste von allen am günstigsten gestanden haben.

Er ging zum Anfang von Morales' Zeugenaussage zurück. Die Banane. Der Obstverkäufer. Herrgott, was für ein Tag! Super Einsatz.

Er las den Bericht der Polizisten vom Unfallort. Kein einziges Wort über einen gefundenen Gegenstand und kein einziges Wort über den Obstverkäufer. Und, was ihm in derselben Sekunde auffiel, keine Untersuchung des Autos von Señora Mediana Régules.

Der Bus bog gerade in die Straße ein. Reyes sah den Obststand weit vorn auf der rechten Seite. Er konnte immer noch abwarten, sich in sein Büro setzen und nachdenken und dann mit einem ganzen Stab von Ermittlern zurückkommen. Seine Intuition ließ ihn zwischen Vorsicht und Neugier schwanken. Ein paar Sekunden lang kämpften diese beiden gegeneinander.

Er stieg aus dem Bus. Am Obststand war niemand. Er würde etwas später wiederkommen müssen. Auf der Straße herrschte jetzt starker Verkehr. Feierabendstau. Er verharrte vor dem Obststand, ungefähr dort, wo Manuel Morales gestanden haben musste, und blickte über die Straße. Er fixierte den Punkt, an dem der alte Mann überfahren worden war. Von dem Vorfall war keine Spur mehr zu sehen. Eine normale, stark befahrene Querstraße. Es gelang ihm, auf die andere Straßenseite zu kommen. Er ging den Bürgersteig entlang, zuerst hinauf, ohne Resultat, dann hinunter. Vor einem Geschäft mit herabgelassenen Holzjalousien gab es einen Gully, der mit einem Gitter abgedeckt war. Er schaute in ihn hinein. Dunkelheit. Vor dem Geschäft stand ein Kehrbesen, dessen Stiel er benutzte, um den Gullydeckel aufzustemmen. Leute, die auf der Straße an ihm vorbeigingen, blickten ihn müde an, und er hielt ihnen seinen Dienstausweis entgegen, um eventuelle Fragen zu vermeiden.

Es ging zwei Meter tief hinab auf den Grund. Er zwängte sich durch das Loch und hoffte, dass kein Fußgänger hineinstolperte. Es war absolut trocken da unten. Dezember war ein trockener Monat, es hatte seit Langem nicht mehr geregnet. Jetzt stand er auf einem kleinen Absatz oberhalb trockener Wasserkanäle. Er nahm seine Stiftlampe aus der Brusttasche und suchte mit dem kleinen Lichtkegel systematisch den Boden des Absatzes ab. Nichts. Da sah er einen kleinen fleischigen Fetzen halb vertrocknet auf dem Betonboden liegen. Er hob ihn auf und roch daran. Dann kniete er sich hin und roch am Boden. Ein schwacher, aber deutlicher Geruch.

Er hievte seinen Körper nicht ohne Anstrengung durch den Gullyschacht wieder nach oben und legte den Deckel zurück. Neben dem Kehrbesen, den er vor das scheinbar verrammelte Geschäft zurückgestellt hatte, lehnte eine kleine Leiter an der Wand. Er drückte die Türklinke zu dem Laden. Offen. Er ging hinein und stand mitten in einer schweren Wolke von betäubendem Fischgestank. Der Laden war winzig, vollgestopft mit Kisten und Kartons und Fisch, Fisch, Fisch.

Ein alter Mann tauchte hinter der Theke auf. »Die Austern sind gut heute«, sagte er heiser. »Und der Thunfisch ist absolut frisch.«

Ein riesiger Thunfisch lag auf schmelzendem Eis hinter Glas. Die Austern lagen in einer Holzkiste, und mehrere solcher Kisten waren hinter dem Alten gestapelt.

»Lagern Sie die Austern über Nacht im Gullyschacht?«,

fragte Reyes und zeigte seinen Ausweis. Der Alte wich zurück. Reyes fuhr ruhig fort: »Keine Angst, ich interessiere mich nicht für Ihre Lagerplätze, egal wie illegal sie sind.«

»Der wird ja nicht mehr benutzt«, sagte der Alte ängstlich. »Das stört doch niemanden. Wenn der Regen einsetzt, kann ich ihn sowieso nicht mehr benutzen.«

»Wann haben Sie die Kisten heute nach oben geholt?«

»Ich hole sie immer um die Mittagszeit.«

»Sind das die hinter Ihnen?«

»Ja.«

»Und die hier in der Theke? Sind das alle?«

»Ja, abends läuft das Geschäft am besten.«

»Ich muss sie durchsuchen.«

Es gab keinen zweiten Raum in dem kleinen Laden, deshalb musste Reyes mitten auf dem Boden sitzen und die fünfzehn Kisten mit nicht ganz fangfrischen Austern durchsuchen. Die Damen aus dem Viertel tauchten eine nach der anderen auf und warfen ihm immer säuerlichere Blicke zu. Nach einer guten Stunde Scheißjob schien er fast eine Attraktion geworden zu sein. Die elf ersten Kisten ergaben nichts. Jetzt saß er an der zwölften. Zuerst untersuchte er die Kisten, dann die Austern selbst, er wollte gründlich sein. Eine Auster nach der anderen brach er auf. Messer rein zwischen die manchmal ganz geschlossenen, manchmal halb offenen Schalenhälften. Noch fünf in der zwölften Kiste, und seine Hoffnungslosigkeit nahm zu. Er schob das Messer in eine halb geöffnete Auster, hob das glitschige Fleisch an und sah in das Innere.

Wie eine Perle, dachte er.

Wie eine Perle lag das Ding da, inmitten von Steinchen und Sand, aber intakt.

Das klitzekleine Auge lag inmitten der Auster und starrte ihn an.

Auf den ersten Blick sah es aus wie das kleine Auge eines Vögelchens, aber bei näherem Hinsehen glich es einer Mikroversion eines Menschenauges, kleiner als das, das sie aus dem Auge des weißbärtigen Alten geholt hatten, aber mit der gleichen, fast schwarzen Iris.

Er spülte das Auge ab, nahm die Dose aus der Aktentasche und ließ das kleine Auge neben dem größeren eintauchen. Er dankte dem Fischhändler und ging zurück auf die Straße. Der Obststand war wieder geöffnet. Eine junge Frau stand daneben. Er ging hin und inspizierte kurz darauf die Bananen.

»Haben Sie heute Morgen auch hier gearbeitet?«, fragte er die junge Frau. »Als der Unfall passierte?«

»Nein, da war der Besitzer hier.«

»Hat er etwas davon erzählt?«

»Ich habe ihn nicht getroffen. Nachmittags ist er nicht da.«

»Wo ist er dann?«

»Er ist mit seiner eigentlichen Arbeit beschäftigt. Aber von der kann er wohl nicht leben.«

»Ist er Dichter?«

»Tätowierer.«

»Und wo ist er jetzt?«

»Nur wenige Schritte von hier. Ihm gehört der Laden zwischen der Bäckerei und dem Schuhgeschäft. Man sieht ihn fast nicht von der Straße aus.«

Reyes dankte der jungen Frau und ging die Straße hoch. Ein Duft von Backwaren drang aus der Bäckerei, und Sekunden später traten Damenschuhe in sein Blickfeld. Er ging ein paar Schritte zurück und sah eine kleine unscheinbare Tür zwischen der Bäckerei und dem Schuhgeschäft. Dort hinein ging er. Das Ladeninnere war in Dunkelheit gehüllt.

Hinter der winzigen Theke stand ein hagerer Mann, dessen Arme mit verschnörkelten Tätowierungen bedeckt waren. Er blickte Reyes mit neutralem Blick an.

»Was wünschen Sie?«, fragte er.

Reyes folgte einer Eingebung: »Eine Tätowierung«, sagte

er und ging zur linken Wand, die mit Aushängen unterschiedlicher Tätowierungen tapeziert war. Schlangen wanden sich um haarige Herzen, nackte zweiköpfige Frauen aalten sich um Kentauren, bei einem wilden Tanz mit Qaholom fielen Quetzalcoatl die Federn aus, Einhörner rammten ihr Horn in zerfetzte Minotauren, Sterne explodierten und wurden in schwarze Löcher gesogen, Superman kopulierte mit der Jungfrau Maria, ein Kruzifix sprengte durch das Himmelszelt und hinterließ Raketenstufen in Form von Barabbas, Orpheus kletterte singend durch Dantes Höllensphären, Nebelflecken wurden geboren und starben, Hunde öffneten ihre Brustkörbe, Ahasverus drückte sich an Wänden entlang, Walrösser spielten neben Wasserbomben, Vitzliputzli wurde schwer bewaffnet aus Coatlicues Bauch geboren, Athene entstieg schwer bewaffnet Zeus' gespaltenem Schädel, Herzen kollidierten und explodierten. Mythologien vertrugen sich mit Volkssagen, Popkultur mit Hochkultur, Katholisches mit Indianischem, Kriegerisches mit Friedlichem, Leben mit Tod.

Reyes betrachtete verblüfft den überbordenden Reichtum. Der hagere Mann kam zu ihm und fragte: »Woran haben Sie denn gedacht?«

Reyes antwortete nicht, und der Mann streckte seinen volltätowierten Arm aus und zeigte auf ein sitzendes Skelett mit angezogenen Beinen und den verschränkten Armen auf den Knien. Auf dem Kopf trug die Gestalt etwas, das einer Mitra ähnelte. Und die Augen waren wie große Halbkugeln, die aus dem Totenschädelgesicht quollen.

»Das hier vielleicht«, sagte der Hagere. »Mictlantecuhtli, der Totengott der Tolteken. Er herrschte im Reich der Toten, und zum Anbeginn der Zeit schenkte er Quetzalcoatl die magischen Knochen, aus denen die Menschen erschaffen wurden. Bei den Tolteken wurde der Mensch nämlich vom Totengott erschaffen. Könnte das etwas für Sie sein?«

Reyes' Blick traf den des Tätowierten, und er dachte, dass

er immer noch gehen und mit dem gesamten Polizeiapparat im Schlepptau zurückkehren konnte. Die Vorsicht kämpfte eine Weile gegen die übermächtige Neugier, bevor sie verlor und Reyes sagte: »Ich will ein Auge.«

Der Mann musterte ihn eine Weile.

»Haben Sie die Vorlage dabei?«

»Ja«, sagte Reyes und atmete tief ein.

»Wie viele?«, fragte der Mann völlig neutral.

»Zwei.«

Der Mann ließ den Blick ein paar Sekunden lang über Kommissar Reyes schweifen. Dann sagte er: »Sind Sie Reyes?«

Sämtliche Intuitionen brachen über Reyes herein. Die allerletzte Chance. Nein. Nein, ich bin nicht Reyes. Ich will nur eine Tätowierung. Ich gehe jetzt. Ich komme wieder.

»Ja. Ich bin Reyes.«

Was bringt einem eine Intuition, wenn man nicht danach handelt?

Der Mann machte eine einladende Handbewegung in Richtung eines mit Perlen bestickten Vorhangs hinter der Theke. »Bitte«, sagte er.

Reyes trat durch den Vorhang. Die Perlen klimperten gegeneinander.

Er verschwand in einer pulsierenden Flutwelle von Sternen.

In derselben Flutwelle kam er wieder zurück, wie in einem Film, der rückwärts abgespielt wird. Er lag auf einem Tisch. Die Hände waren an den Tisch gefesselt. Auf einem kleinen Tablett vor seinen Augen lag seine kleine, mit Flüssigkeit gefüllte Dose mit den beiden kleinen Augäpfeln, der eine kleiner als der andere, beide kleiner als normal. Sie betrachteten ihn mit einem asymmetrischen Blick.

Um den Tisch herum standen sechs Personen, am weitesten entfernt der Mann mit den Tätowierungen. Er war völlig still. Der Mann neben ihm sprach als Erster.

»Also dass Sie das selbst wollten …«, sagte Manuel Morales. »Das hätte ich nicht von Ihnen gedacht. So phantasievoll kamen Sie mir heute Morgen gar nicht vor.«

»Eigentlich brauchten wir Sie nur, um das dritte Auge zu finden«, erklärte Rodrigo Lara. »Den besten Polizisten der Stadt.«

»Sie haben sich Ihre zweite Funktion absolut selbst geschaffen«, ergänzte Mercedes Pola. »Sie haben sie selbst gesucht und selbst gefunden. Wir brauchten nur abzuwarten.«

»Ihr Talent ist größer, als wir es je vermutet hätten«, sagte Roberto Rodríguez. »Sie kamen auf direktem Weg hierher. Wie auf Bestellung: das zweite Auge, das dritte und Sie selbst. Im Paket.«

»Er war viel zu alt geworden«, erklärte Mediana Régules. »Als er endlich auftauchte und beschlossen hatte, den Schritt zu wagen, den zweiten Schritt, war er schon zu alt. Jetzt können wir eine jüngere Versuchsperson beobachten.«

Der Mann mit den Tätowierungen machte eine kleine Handbewegung in die Runde. »So«, sagte er völlig ruhig. »Habt ihr etwas dagegen, wenn wir jetzt anfangen? Es ist schon spät.«

Er holte eine kleine Tasche und öffnete sie, während er sich entlang der Tischkante auf Reyes' Kopf zubewegte. Dort angekommen zückte er ein kleines Präzisionsskalpell und hielt es in das fahle Licht.

»Halt!«, schrie Reyes. »Die Polizei ist schon unterwegs! Sie kommen jeden Moment!«

Heiterkeit breitete sich um den Tisch herum aus.

»Aber Herr Kommissar«, sagte Mercedes Pola belustigt. »Sie wissen doch, dass wir Sie wegen Ihrer Intuition ausgewählt haben, weil Sie immer alleine arbeiten.«

Reyes sackte in sich zusammen. Es war vorbei. Er hörte auf, gegen den Wust seiner verzweifelten Gefühle zu kämpfen. »Lassen Sie mich nur die losen Enden zusammenfügen«, bat er. »Es gab keinen hellblauen Ford Sierra, keinen zeigenden Finger und keine Gas gebenden Männer?«

Der Tätowierte hob das Skalpell in die Luft und antwortete leise: »Wie der Herr Kommissar sehr gut weiß, sind Ihre eigentlichen Fragen auf einem ganz anderen Niveau.«

Er beugte sich über Reyes. Die Augen quollen aus seinem hageren Gesicht wie Halbkugeln.

δ

An einem frühen Dezembervormittag, als eine der schweren Abgasglocken über Mexiko-Stadt lag, fand man Kommissar Alberto Reyes tot in einer Nebenstraße in den südlichen Vororten. Die Todesursache konnte recht schnell festgestellt werden. Er war an einem Herzinfarkt gestorben.

Da nichts auf ein Verbrechen hindeutete, kam nie die Frage nach einer Untersuchung auf. Im Nachlass, der in Ermangelung von Erben später aufgelöst wurde, fand man zwei Notizbücher. Niemand las mehr als die Schlussworte.

Das erste, mit einem α gekennzeichnet, schloss mit den Worten: »Die Augen quollen aus seinem hageren Gesicht wie Halbkugeln.«

Das zweite, mit einem β gekennzeichnet, schloss mit den Worten: »Man vermutete, dass er sein Leben in ihrem Geiste beendet hatte.« Merkwürdigerweise stammte Reyes' Datierung aus den Tagen, nachdem man ihn gefunden hatte. Man nahm jedoch an, dass er in einem Zustand der geistigen Verwirrung geschrieben hatte – den man lange erwartet hatte – und dass er wie Hölderlin oder Nietzsche absichtlich falsch datiert hatte. Man vermutete, dass er sein Leben in ihrem Geiste beendet hatte.

18

»Mist«, sagte Arto Söderstedt. »Und das hier waren nicht einmal deine Ahnen?«

»Es sind keinerlei Ahnen beteiligt«, antwortete Jorge. »Möglicherweise jedoch eine gewisse schwer zu beherrschende Kraft.«

»Erzähl uns davon«, sagte Gunnar Nyberg.

»Ich dachte, das hätte ich gerade getan. Aber ich erinnere mich nicht. Es ist alles sehr diffus.«

»Für uns auch«, sagte Sara Svenhagen.

Es wurde eine Weile still. Alle Blicke richteten sich auf sie. Die kannte sie.

»Allerdings auf eine gute Art und Weise«, beeilte sie sich hinzuzufügen. »Auch wenn man nicht alles von einer Erzählung begreift, kann sie gut sein. Wenn sie nur ein Gewicht von irgendeiner Art hat.«

»Das finde ich auch«, sagte Paul Hjelm. »Es gibt verschiedene Arten von Gewicht. Eines ist das, was das Unbegreifliche tangiert. Wenn man es ausschließt, schließt man einen großen Teil des Lebens aus.«

»Vor allem wird man kein besonders guter Polizist, wenn man es ignoriert«, ergänzte Kerstin Holm.

»Aber was hat das alles mit den verschiedenen Notizbüchern zu tun?«, fragte Viggo Norlander.

»Ja, Jorge«, sagte Arto. »Was war das?«

»Ich weiß es nicht genau«, entgegnete Jorge. »Es scheint sich um mehrere Erzählungen zu handeln, die ineinander verflochten sind.«

»Warte mal.« Arto starrte ihn an. »Du weißt es nicht?«

»Genauso geht es mir oft, wenn ich schreibe«, erklärte Gunnar.

»Aber hast du das so gemeint, Jorge?«

»Nicht ganz. Es ist eher so, wie wenn man versucht, einen Jazzstandard hinzubekommen. Man hat alles vor sich, Noten, Taktarten, Akkordfolgen, Tonarten. Man hat eigentlich alles vollständig klar vor Augen. Dennoch ist da etwas, das nicht ganz genau da sitzt, wo es sitzen soll.«

»Ich fand, dass alles mit einer verdammten Präzision saß«, sagte Jon. »Ich war erschrocken.«

»Danke«, sagte Jorge. »Du bist viel zu freundlich.«

»Vermutlich«, entgegnete Jon. »Aber so bin ich nun mal.«

»Aber der Vergleich mit einem Jazzstandard?«, warf Arto ein. »Was du da vorgelesen hast, war ja nicht direkt ein Standard ...«

»An und für sich nicht.« Jorge lachte.

»Ein Jazzstandard ist doch etwas, was ein anderer geschrieben hat, nicht wahr?«, hakte Arto nach.

»Das ist ein Klassiker, ja.«

»Das würde also heißen, dass der Text, den du gelesen hast, nicht von dir geschrieben worden ist?«

Jorge sah sich um. Die Blicke der anderen flackerten ein bisschen. Keiner sah ihn auf die übliche, selbstverständliche Art an. »Wieso?«, meinte er. »Habe ich jetzt etwas Falsches gesagt?«

»Antworte nur auf die Frage«, sagte Arto mit einem Tonfall, den die anderen nicht wirklich wiedererkannten. Es musste sich um einen Tonfall aus seinem Lehrerdasein handeln.

»Das ist schwer zu sagen«, erklärte Jorge. »Ich weiß es eben nicht genau. Es ist diffus. Es fühlt sich so an, als sei es meine Erzählung. Es muss meine Erzählung sein. Gleichzeitig ist alles ein wenig verworren. Es ist eine sehr alte Erzählung. Sie kommt mir wie eine Art altes Erbstück vor. Aber ehrlich gesagt, ich weiß es nicht. Jedenfalls habe ich sie zu meiner Erzählung gemacht.«

»Und das hat man wirklich gemerkt«, sagte Jon.

»Bist du es nicht, der anonyme Texte nicht leiden kann?«, fragte Arto.

»An und für sich schon«, bestätigte Jon.

»Aber warum ist die Frage so wichtig für dich, Arto?«, wollte Paul wissen.

Arto stocherte ein wenig in den Resten auf seinem Teller. Nun kann man ja auf verschiedene Weise in seinen Essensresten stochern. Man kann es zerstreut tun, ohne darüber nachzudenken, während das Gehirn anderweitig beschäftigt ist. Oder man tut es mit einer zwielichtigen Zielstrebigkeit, damit das Stochern einen davon abhält, genau das zu sagen, was man wirklich denkt. Es war schwer zu entscheiden, welche Art von Stochern Arto gewählt hatte.

»Erkennst du die Geschichte wieder?«, fragte Paul.

»Vage«, räumte Arto ein. »Es war überhaupt nicht als Vorwurf gemeint, Jorge. Im Gegenteil.«

»So hat es aber geklungen«, sagte Jorge. »Obwohl er in gewisser Weise begründet war.«

»Das tut mir leid«, entgegnete Arto. »Das war nicht meine Absicht. Etwas ist mit mir passiert, seit ich angefangen habe zu unterrichten.«

»Kennst du denn die Geschichte, Paul?«, fragte Sara Svenhagen.

»Das ist ja wie im Quiz«, sagte Lena Lindberg. »Dann kennst du sie wohl, Sara.«

»Und du, Lena?«, fragte Jan-Olov Hultin.

»Ich dachte, du wärst eingeschlafen«, sagte Jorge.

»Man soll mich nie unterschätzen«, erklärte Hultin mit einer Neutralität, dass es ihnen kalt über den Rücken lief.

»Das tue ich nicht«, beteuerte Jorge. »Ich war nur gezwungen, die Kette zu unterbrechen.«

»Schlau«, meinte Paul. »Also zurück zu Arto.«

»Oder eher zu Jorge«, sagte Arto.

»Worauf willst du hinaus?«, fragte Paul.

»Was es auch ist«, sagte Sara energisch, »ich verzichte

gerne für den Moment auf weitere Erklärungen. Lasst mich meine Geschichte erzählen, ohne dass ich verrückt werde. Denn jetzt fange ich verdammt noch mal an zu glauben, dass es hier ernstlich spukt.«

»So habe ich das überhaupt nicht gemeint«, erklärte Arto. »Ich glaube nicht an Gespenster. Ich glaube an Viggo Ghostbuster.«

»Ich verspreche euch, dass ich euch alle rette, wenn hier Gespenster auftauchen«, sagte Viggo und trank noch ein bisschen Wein.

»Wenn du in dem Tempo weitertrinkst, wirst du bald gegen Gespenster kämpfen, die nur du allein siehst«, mahnte Paul.

»Es steht dir außerordentlich schlecht zu Gesicht, den Moralisten zu geben«, murmelte Viggo.

»Scheißegal, ich fange jetzt an«, sagte Sara. »›Das siebte Federvieh pries lautstark Lebenskraft, / den Liebesschatz, den all' wir einst gehabt.‹ Aber weiß der Teufel, ob es eine gewöhnliche oder eine ungewöhnliche Liebesgeschichte ist. Handelt sie wirklich von gewöhnlicher Liebe? Ich weiß es nicht. Und ich weiß ebenso wenig, ob ich sie wirklich selbst geschrieben habe – aber nicht einmal im *Decamerone* haben die Protagonisten ihre Geschichten wirklich geschrieben. Eigentlich ist es überhaupt nicht wichtig. Wichtig ist, dass die Geschichte packend ist, und ich glaube, diese ist es, da könnt ihr sagen, was ihr wollt. Man kann sie ein bisschen schräg finden, aber ich selbst glaube, genau das zeichnet sie aus. Hier ist sie.«

Postkarte aus Vilnius

Als sie das Bild an die Wand hängt und es ein bisschen schief gerät, hat sie plötzlich den Eindruck, dass es leer ist. Natürlich hat es einen Rahmen, einen schmalen schwarzen Rahmen, aber für einen kurzen Augenblick kommt es ihr so vor, als gäbe es das Bild selbst nicht. Es gibt nur einen Rahmen um das Nichts. Was gerade eben noch recht dichtes Laubwerk war, deutlich voneinander unterscheidbare Baumstämme, sogar eine Parkbank, lässt sich für einen Moment nicht von der grünen Tapete dahinter unterscheiden. Das Komische daran ist: Als sie das Bild gerade rückt, als es völlig gerade über dem Sofa hängt, wird das Motiv wieder sichtbar. Da ist wieder alles an seinem Platz, auch der halbe Körper, der von rechts in das Bild hineintritt. Es passiert so schnell, dass sie kaum darüber nachdenken kann. Der Augenblick ist vorüber, das Bild hängt, wie es soll. Sie betrachtet es und denkt, dass sie normalerweise sehr zufrieden damit gewesen wäre. Aber alles, was sie normalerweise schätzt, das Licht, die Ausgewogenheit der Farben, die sorgfältig gewählte Körnung, die Komposition als Ganzes, all das ist jetzt zweitrangig. Jetzt geht es um etwas ganz anderes als um Kunst.

Sie setzt sich auf das Sofa und kaut an einem Nagel. Es ist viele Jahre her, seit ich Nägel gekaut habe, denkt sie und kaut weiter.

Im Moment ist alles Warten.

Sie wirft einen Blick über die Schulter, hinauf zu dem Bild, nickt kurz und denkt: Ja, im Moment ist alles Warten.

Warten und Denken.

*

Nur äußerst selten haben Geschichten einen Anfang. Aber bei dieser Geschichte glaubt sie tatsächlich einen erkennen zu können. Natürlich war es bei einer ganz anderen Gelegenheit, dass überhaupt eine Geschichte daraus wurde – damals, als die Postkarte aus Vilnius kam –, aber da hat die Geschichte nicht begonnen.

Nein, sie fing mit einem Buch an. Einem leeren Buch. Einem Buch mit völlig weißen Seiten.

Sie weiß, dass es müßig ist, dennoch kann sie nicht aufhören, sich Vorwürfe zu machen. Vielleicht ist es einfach so, dass man niemals, unter keinen Umständen, einem Schriftsteller ein Buch mit leeren Seiten unter seine verschlafenen Augen halten darf. Vielleicht erzeugt das die schlimmste Angst, die sich ein Mensch vorstellen kann.

Aber nein, denkt sie und lacht in sich hinein, es ging ja um etwas ganz anderes. Es ging um Träume.

Sie war lange solo gewesen, nicht zuletzt, weil sie wählerisch war. Sie wartete auf eine fast altmodische Weise auf den Richtigen. In dieser mehr oder minder selbst gewählten Einsamkeit beschäftigte sie sich ausgiebig mit sich selbst, analysierte sich und versuchte, sich ein absolut klares Bild davon zu machen, wer sie eigentlich war. Das einzig Rätselhafte, was sie noch nicht entschlüsselt hatte, waren ihre Träume. Also fing sie an, ein Traumtagebuch zu führen. Jeden Morgen nach dem Aufwachen griff sie sich ihr Tagebuch und schrieb die Träume der vergangenen Nacht auf.

Sie tat das bereits seit längerer Zeit, als sie sich begegneten, und das geschah durch einen merkwürdigen Zufall. Sie war Fotografin und hatte viel Zeit auf den Versuch verwandt, Bilder aus ihrem Traumtagebuch in Szene zu setzen, aus dem nicht vorhersagbaren Sammelsurium, das ihre Träume ihr boten. Schließlich gelang es ihr, vielleicht nicht ganz so, wie sie es erhofft hatte, aber hinreichend für eine Ausstellung in einer kleinen Galerie zu Hause in Stockholm. Der Galerist überzeugte sie davon, dass die Vernissage spät am Abend stattfinden sollte, das sei total angesagt, meinte er.

Es war also fast Mitternacht, und sie saß allein in der Galerie. Der Galerist hatte sich gründlich geirrt – je später der Abend, desto weniger Besucher, und sie blieb vollkommen allein zurück. Es war ein wenig unheimlich, sie hörte das Gegröle auf den Straßen vor der Tür und versuchte, sich in einen Roman zu vertiefen, den der Galerist liegen gelassen hatte. Anfangs war es schwer, sich zu konzentrieren, aber nach einer Weile war sie so gefesselt, dass alles um sie herum verschwand.

»Du hast einen guten Geschmack«, sagte eine Stimme, die sie vor Schreck zusammenzucken ließ.

Sie sah auf und fing sich wieder. Es war ein sehr gut aussehender Mann, energisch, vital, kraftvoll. Außerdem hatte sie das Gefühl, ihn zu kennen, ihn gerade erst gesehen zu haben. Sie drehte das Buch um, und da prangte sein Porträt.

Sie hob das Buch in die Höhe, schwenkte es ein wenig, lächelte und sagte: »Ja.«

»Ich dachte an die Fotografien«, sagte er und zeigte auf die Wände.

Ja, sie gingen in dieser Nacht gemeinsam aus, sie tranken etwas, unterhielten sich, lange, angeregt, über alles, was das Leben zu bieten hatte. Sie kam unerwartet schnell zu dem Ergebnis, dass dieser Mann tatsächlich sehr gut der Richtige sein konnte.

Selbstverständlich sprachen sie auch über das Schöpferische, die Kreativität. Sie arbeiteten mit verschiedenen Medien, sie war Bildmensch, er war Wortmensch, die kleinen Scharmützel, die sich ergaben, waren sehr spannend. Er sprach sehr viel über kreative Krisen, darüber, keine Worte zu finden, und sie erfuhr, dass er seit mehreren Jahren kein Buch mehr herausgebracht hatte.

»Ich beneide dich, weil du mitten in einer schöpferischen Phase steckst«, sagte er. »Im Moment läuft es bei mir sehr zäh, ich finde nichts, worüber ich schreiben könnte. Nicht wirklich.«

»Ich weiß eigentlich auch nicht, was ich als Nächstes mache«, bekannte sie.

Dann gingen sie zu ihm nach Hause. Er wohnte in Södermalm, und es wurde eine wunderbare Nacht, der viele weitere folgten. Nach ein paar Tagen packte sie ihr Traumtagebuch aus. Als er es entdeckte, wollte er auch eines. Also kauften sie eines für ihn. Ein völlig leeres Buch. Das war am Tag, bevor die Geschichte ihren Anfang nahm, und die Geschichte fing damit an, dass sie ihm das leere Buch hinhielt. Er nahm es, total verschlafen, stopfte sich das Kissen in den Rücken, griff sich einen Stift und setzte ihn auf das Papier.

Und nichts passierte.

»Man braucht Übung, um sich an seine Träume zu erinnern.« Sie weiß noch, dass sie ihn mit diesen Worten tröstete. »Man muss sie in genau dem richtigen Moment einfangen, unmittelbar nachdem man aufgewacht ist, wenn das Gehirn noch halb in der rätselhaften Welt des Traums steckt und noch alles kocht und brodelt.«

Sie versuchten es wieder. Und wieder. Aber nicht ein Buchstabe schaffte es auf die völlig weißen Seiten.

Nach einer Woche sagte er: »Es ist nicht so, dass ich mich nicht erinnere.«

»Wie meinst du das?«, fragte sie und streichelte über seine versteinerte Hand.

Er blickte sie traurig an und sagte: »Ich habe keine Träume.«

⋆

In diesem Moment hatte sie das Gefühl, dass er sich veränderte. Buchstäblich, vor ihren Augen. Zum ersten Mal gelang es ihr, aus der Blindheit des Frischverliebtseins herauszutreten und den vitalen kreativen Mann, den sie vor ein paar Wochen kennengelernt hatte, mit dem etwas ausgebrannten Mann zu vergleichen, der jetzt vor ihr saß und bekannte, dass er keine Träume hatte. Er erschien ihr wie zwei verschiedene Menschen.

Warum sollte ein Mensch keine Träume haben? Sie versuchten beide, der Frage auf den Grund zu gehen. Wie konnte man mit Sicherheit sagen, dass man keine Träume hatte, vielleicht hatte man sie nur vergessen? Aber er beharrte darauf und sagte, er hätte nicht die geringsten Nachwirkungen, nicht das geringste Gefühl davon, sich an einem anderen Ort befunden zu haben, nicht die geringsten Traumspuren.

Er wirkte aufrichtig traurig über diese Erkenntnis. Er war Schriftsteller, wie konnte er etwas erschaffen, ohne auf einer Traumwelt aufzubauen? Er habe immer geglaubt, das zu tun, sagte er. Er habe wirklich geglaubt, ein reiches Traumleben zu haben, das sich in seinem Schreiben niedergeschlagen habe, aus dem er Kraft und Phantasie geschöpft habe. Stattdessen, sagte er, habe er das Gefühl, als gäbe es keine Verbindung mehr zwischen seinem Schreiben und seinem Leben. Als ob alles, was er schreibe, plötzlich künstlich werde. Er glaubte, eine Erklärung für seine Schreibblockade gefunden zu haben.

Sie versuchte, ihn zu trösten, natürlich. Niemand weiß, warum wir träumen oder ob Träume eine wesentliche Rolle in unserem Leben spielen. Es gibt keine offensichtliche Verbindung zwischen Phantasie und Träumen. All das sagte sie, wie es von der tröstenden Partnerin erwartet wird.

Es verging ein wenig Zeit, und die konnte wohl die Wunde ein Stück weit heilen. Oder sie zumindest aus dem Fokus rücken. Aber irgendetwas hatte sich in ihr festgekrallt, ein Verdacht, den sie nicht einmal für sich selbst zu formulieren wagte. Oder auch nicht in der Lage war, zu formulieren.

Aber der Verdacht formulierte sich von selbst, als die Postkarte aus Vilnius kam.

*

Sie ist Fotografin und hat ein gutes und ausgeprägtes Gespür für Bilder. Die Postkarte aus Vilnius war insofern bemerkenswert, als sie sich mit keiner Standardpostkarte vergleichen ließ. Sie war eher ein Schnappschuss, ein Foto, das in aller Eile gemacht worden war, und bei näherem Hinsehen waren die Linien auf der Rückseite der Karte, wo der Text stand, mit dem Lineal von Hand gezogen. Die Karte zeigte den Rand eines leeren Platzes in einer Art Sommernachtslicht. Es war kaum ein professionelles Bild, eher ein Glückstreffer, denn es lag doch etwas Suggestives in der eigentlichen Leere, als ob gerade in der Abwesenheit eine diffuse Anwesenheit stecken würde. Und dann der Text, dieser Text, der so lange in ihr nachwirken sollte, in ihrem Inneren rumoren und es aufwühlen sollte.

»Amamorfia. Früchte wurden von der Rückseite des Mondes hervorgebracht.«

Und die Postkarte war an ihn adressiert.

Sie zeigte sie ihm, sobald er nach Hause kam. Er drehte und wendete sie, schüttelte den Kopf und sagte: »Das hier verstehe ich überhaupt nicht.«

Und mehr kam nicht.

Aber sie inspizierte die Postkarte und versuchte, etwas Rationales zu finden, an dem sie sich festhalten konnte. Das war nicht ganz leicht. Sowohl das Bild als auch der Text waren durch und durch rätselhaft. Es gab eigentlich nur zwei Dinge, die irgendwie handfest wirkten: die Briefmarke, ein konventionelles Naturmotiv mit dem Wort »Lietuva« darunter, sowie der Poststempel, der »Vilnius« besagte und eine knappe Woche alt war.

»Warst du in Vilnius?«, fragte sie ihn ein paar Tage später.

Er schüttelte nur den Kopf und schlürfte abwesend seinen ewigen Latte macchiato.

Und sein Blick sah so leer und abwesend aus wie damals, als er entdeckt hatte, dass er nicht träumte.

Auch jetzt konnte sie nicht anders, als sein Aussehen mit seiner Erscheinung in jener magischen Nacht in der Galerie zu vergleichen, als sie sich das erste Mal getroffen hatten. Es war ungerecht, das wusste sie. Ein Mensch, Mann wie Frau, der einen möglichen Partner beeindrucken will, strengt sich natürlich über alle Maßen an, um vital und zukunftstauglich zu wirken. Das ist Teil der Verführungsrituale. Auch sie selbst war keineswegs unschuldig. Dennoch war der Unterschied in seinem Fall eine Spur größer. Sagte sie sich. Oder sagte sie sich nicht. Vermied sie, sich zu sagen …

Sie schlief normalerweise hervorragend – das war wohl eine der Voraussetzungen für ihr reichhaltiges Traumleben. Sie schlief immer vor ihm ein und die ganze Nacht durch, ohne ihre Position zu verändern. Mit Ankunft der Postkarte änderte sich das. Sie sah zum ersten Mal, wie er sich einrollte, und hörte, wie seine Atemzüge gleichmäßiger wurden. Leise schaltete sie die Lampe an und inspizierte die Postkarte, den rätselhaften Text auf der einen Seite, das rätselhafte Bild auf der anderen. Und sie realisierte – so wie man immer und immer wieder genau dasselbe realisieren muss –, dass es eine Weile dauert, bis sich zwei Menschen kennengelernt hatten.

Bis auf Weiteres begnügte sie sich damit.

*

Aber dann schlenderte sie einmal über ein Rondell in Stockholm, in einem Stadtteil, in den sie nur sehr selten kam. Die schmale Straße in Östermalm öffnete sich recht unvermittelt zu einem Platz, und als sie den Platz überquerte, erkannte sie ihn wieder. Sie hielt an und versuchte, das Wiedererkennen einzuordnen – es gibt ja so viele verschiedene Formen. War sie schon früher einmal hier gewesen? Oder war es ein diffuses Déjà-vu? Oder bloß eine Ähnlichkeit? Oder etwas, das sie auf einem Bild gesehen hatte?

Glücklicherweise war Sommer, und es gab ein Straßencafé am Rand des Platzes. Sie konnte sich also setzen, ehe sie die Postkarte aus Vilnius hervorholte, die sie in ihrer Tasche hatte. Es gab nicht viel zu rätseln. Auf der Postkarte war in der Tat dieser Ort, dieser Platz, abgebildet, wenn auch menschenleer und bei Nacht. Gerade als die Kellnerin kam, um ihre Bestellung aufzunehmen, stand sie auf und fing an herumzulaufen, um die Stelle zu finden, von der aus das Foto aufgenommen worden war. Schließlich fand sie sie und betrachtete die Postkarte erneut. Alles stimmte. Bis auf ein paar merkwürdige verstreute Farbpigmente hier und da auf der Karte, die keinerlei Zusammenhang bildeten. Sie drehte die Karte um.

»Früchte wurden von der Rückseite des Mondes hervorgebracht.« Und dann dieses merkwürdige Wort, Amamorfia.

Die Rückseite des Mondes war ein kalter, unbeleuchteter Ort, der gerne metaphorisch verwendet wurde. Das Abgewandte, *where the sun doesn't shine. The dark side of the moon.* Et cetera. War das hier nicht auch ein Paradox? Früchte wurden von diesem unfruchtbaren Ort hervorgebracht. Was bedeutete das?

Und was hatte das mit ihm zu tun? Und mit Litauen, mit Vilnius?

Wieder sah sie seine zwei verschiedenen Gesichter vor sich und dachte: Ich sollte die Finger davon lassen.

*

Natürlich wusste sie, dass das unmöglich war. Sie war nicht der Typ, der es schaffte, auf halbem Weg die Finger von etwas zu lassen. Leider war sie auch nicht der Typ, der seine Umwelt unverblümt mit etwas konfrontierte. Sie bemerkte, wie sie ihn immer öfter beobachtete, wie um zu ergründen, welche Geheimnisse er verbarg. Als ob sie durch reines Beobachten eine Lösung finden könnte. Aber klar, sie wusste, dass mehr vonnöten war.

Was war mit diesem Platz, der Rückseite des Mondes, den Früchten? Und was bedeutete Amamorfia?

Sie suchte das Wort, in Wörterbüchern und im Internet. Logisch wäre es natürlich gewesen, ihn zu fragen – er war ja immerhin Schriftsteller, er kannte ausgefallene Wörter –, aber sie rückte davon ab. Doch sie fand das Wort nirgends.

Eines Nachts mahlte es in ihrem Kopf. Amamorfia. Als sie das Wort innerlich in seine Einzelteile zerlegte und mit Bildern von ihm vermengte, war sie sicher, dass sie im Begriff war einzuschlafen. Sie erkannte all das Diffuse, Gleitende – sie befand sich auf dem Weg in das Reich der Träume. Die Bilder von ihm handelten weniger von seiner Person als von ihren eigenen Gefühlen. Was fühlte sie eigentlich? Wie sah die Liebe aus? Sein Gesicht, scin Körper, seine Haut, das alles waren nur Materialisationen ihrer eigenen Gefühle. Gab es einen Ort, an dem sie sich je getroffen hatten? Wenn sie von irgendwelchen Dämonen besessen waren, versteckten sie sie gut voreinander. Der gemeinsame Alltag war hell, erleuchtet, wohlgeordnet, ruhig – und auf Dauer ziemlich leidenschaftslos.

Gibt es Leidenschaft ohne Dämonen?

Der einzige Schatten eines Dämons, der sich gezeigt hatte, bevor die Postkarte aus Vilnius kam, war seine leere, niedergeschlagene Miene gewesen, als er erkannt hatte, dass er nicht träumte. Sie erschien vor ihrem inneren Auge und befreite sich aus dem gurgelnden Morast ständig wechselnder Bilder. Ein Geräusch – oder eher die Abwesenheit eines Geräuschs, die Abwesenheit des gleichmäßigen Atmens auf der anderen Seite des Bettes – ließ sie die Augen öffnen. Sie starrte direkt in sein anderes Gesicht.

Sie hatte es seit dem Beginn ihrer Beziehung nicht mehr gesehen, fast gar nicht seit dieser überwältigenden Harmonie in der Galerie, die zu einer Leidenschaft geführt hatte, in deren Nähe sie seither nicht einmal entfernt wieder gelangt waren. Aber da war es, zehn Zentimeter vor ihren verschlafenen Augen. Seine Augen waren weit aufgerissen, und sie erkannte den scharfen Blick sofort wieder.

Sie wollte schreien. Sie wollte es direkt hinausbrüllen.

Irgendwie hielt sie es zurück. Es lag etwas in dem Blick, in genau dem Blick, der sie vor allzu langer Zeit verhext hatte, das ihren Schrei zurückhielt. Eine beruhigende und gleichzeitig aufreizende und etwas gefährliche Sicherheit. Eine, die eine Zukunft versprach. Eine Welle ging durch ihren Körper, die zu stark war für eine rationale Analyse.

Sie erwartete, dass er sich zu ihr hinunterbeugen, sie küssen und all das Verlorene in ihr zurückgewinnen würde.

Doch das geschah nie.

Sein Blick drang tief in ihre Augen. Dennoch war er nicht wirklich fokussiert.

Langsam hob er den Kopf und verschwand.

Als sie die Decke über den Kopf zog, war sie sich nicht sicher, ob sie die Wohnungstür zuschlagen hörte.

Oder ob es nur die Badezimmertür war.

*

Die Zeit ihres tiefen Schlafs und ihrer schönen Träume war vorbei. Und nicht einmal das Tageslicht konnte ihre scharfe Rationalität zurückholen, derer sie sich sonst rühmte. Die losen Fäden flatterten über dem Frühstückstisch, den er gerade verlassen hatte, um in seine Schreibhöhle am anderen Ende von Södermalm zu gehen. Sie blieb sitzen und versuchte, das alles zu verstehen. Sie legte die Postkarte aus Vilnius auf den Küchentisch und sah sich den verlassenen Platz mit den verstreuten verschwommenen Farbpigmenten an. Sie drehte die Karte um und las. Dieses verdammte, unmögliche Wort Amamorfia. Kein einziger Treffer im Internet. Und dann: »Früchte wurden von der Rückseite des Mondes hervorgebracht.«

War Vilnius die Rückseite des Mondes? Eine ihnen beiden unbekannte Stadt. Warum wurden dann Früchte von dort hervorgebracht? Und wohin gelangten sie? Hierher?

Da kam ihr eine Idee. Sie stand auf und eilte zu einer Kommode, in der, wie sie wusste, sein Pass lag. Er würde bald ablaufen, das hatte er gesagt, aber er scheute sich davor, sich in die endlos langen Warteschlangen in der Behörde zu stellen. Sie fand das Dokument, einen alten auseinanderfallenden Pass.

Mit vielen Stempeln.

Er hatte von seinen zahlreichen Reisen in der Vergangenheit erzählt, mit unterschiedlichen Freundinnen. Aber sie hatte nie den Eindruck gehabt, dass er etwas vor ihr verbarg. Sie ging die Stempel und Visa durch. Estland gab es, Bulgarien, sogar Weißrussland.

Aber Litauen gab es nicht.

Eine falsche Spur. Verdammt. Sie knallte die Schublade der Kommode wieder zu, und eine kleine Statuette, die darauf stand, fiel zu Boden. »Ein altes Geschenk«, hatte er gesagt, als sie danach gefragt hatte, und ein wenig nonchalant mit den Schultern gezuckt. Sie sah aus wie eine überarbeitete Figur aus der Steinzeit, eine dicke Frauengestalt. Und nun war sie zersprungen, in der Mitte auseinandergebrochen, quer über dem dicken Bauch.

Und innen, in dem halbierten Leib, lag eine Minizitrone.

Eine Frucht.

Sie drehte die untere Hälfte der zerbrochenen Statuette um und schaute unter die Füße der Steinzeitfrau. In klitzekleinen Buchstaben stand dort: »Made in Lithuania«.

Sie ließ sie liegen und kehrte zum Küchentisch zurück. Dort untersuchte sie die Postkarte auf jedes Detail.

In diesem Moment beschloss sie, den lichtempfindlichsten Film zu kaufen, der für Geld zu haben war.

*

Es dauerte eine ganze Weile, bis das gleichmäßige Atmen auf der anderen Seite des Bettes verstummte. Aber als das endlich der Fall war, konnte sie ihren eigenen Atem kaum unter Kontrolle halten. Es war schwer, ein gleichmäßiges schlafähnliches Atmen vorzutäuschen. Aber sie bemühte sich, obwohl sie spürte, wie sich die Wärme seines Gesichts über ihr eigenes eiskaltes ausbreitete.

Dann verschwand die Wärme, und nach einigen eisigen Minuten hörte sie das leichte Klicken einer Tür. Und dieses Mal war es ohne den geringsten Zweifel die Wohnungstür.

Sie sprang auf, zog sich rasch etwas über, riss die Kamera an sich und eilte zur Tür. Als sie auf die leere, aber helle Sommernachtsstraße trat, sah sie ihn gerade um die Ecke biegen. Sie folgte ihm.

Er trug dieselben Kleider wie an dem Tag, als sie sich kennenlernten. Sie folgte ihm durch die Stadt, seine Schritte waren so selbstsicher, so selbstverständlich. Sie wusste nicht, ob sie ihn jemals so hatte gehen sehen.

Als er in einem Stadtteil, in dem sie sehr selten waren, in Richtung eines kleinen Parks ging, machte sie einen Umweg, rannte an ihm vorbei, versteckte sich zwischen ein paar Bäumen und hielt sich bereit. Er kam gerade mit seinen übermütigen Schritten an, als sie ihr Bild schoss. Er kam von rechts ins Bild, vor ziemlich dichtem Laubwerk, sich deutlich abzeichnenden Baumstämmen und einer Parkbank. Sie war sich ziemlich sicher, dass es ein gutes Bild würde.

Als sie ihm aus dem kleinen Park hinaus folgte, verschwand er. Das war sehr merkwürdig.

Als ob er sich in Luft auflöste.

*

Es wurde tatsächlich ein gutes Bild. Bei konzentrierter Betrachtung war es möglich, ihn in der halben Gestalt rechts im Bild zu erkennen. Sie ließ die Fotografie mit einem schmalen schwarzen Rahmen versehen. Dann hängte sie das Bild über das Sofa und wartete auf ihn. Obwohl ihre Gedanken galoppierten, in alle Richtungen gleichzeitig jagten, breitete sich Leere in ihr aus, als ob es das Bild schräg über ihr eigentlich nicht gäbe. Sie konnte das Gefühl nicht genau benennen, es war sehr diffus.

Sie setzte sich auf das Sofa und kaute an einem Nagel. Es ist viele Jahre her, seit ich Nägel gekaut habe, dachte sie und kaute weiter.

Es dauerte ein paar Stunden, bis er kam. Sie würde nie sagen können, was sie in diesen Stunden eigentlich gemacht hatte, aber sie hatte sich nicht vom Fleck gerührt. Als die Wohnungstür geöffnet wurde, saß sie in exakt derselben Stellung, in der sie sich auf das Sofa gesetzt hatte.

Er trat zu ihr und umarmte sie. Dann entdeckte er das Bild. Er ging näher heran, betrachtete es im Detail, drehte den Kopf ein wenig, nickte und sagte: »Wie schön, dass der Knoten geplatzt ist.«

Sie musterte ihn und fragte: »Wie meinst du das?«

Er runzelte leicht die Augenbrauen und sah sie an. »Es ist schon eine Weile her, seit du etwas aufgenommen hast, oder?«

Sie antwortete nicht, sondern wartete nur ab.

Er fuhr nachdenklich fort, als ob er zu sich selbst spräche: »Es gibt nichts Schlimmeres als einen kreativen Krampf.«

Dann machte er auf dem Absatz kehrt und ging.

*

Wie schnell doch alles zu Routine wird, dachte sie eine Woche später plötzlich. Die Kamera leicht gegen ihre Nasenwurzel gestützt, war sie bereit für das siebte Bild in ihrer neuen Serie. Gewiss, er hatte angefangen, sich die Reihe gerahmter Fotografien über dem Sofa genauer anzusehen, als würde er sie mittlerweile tatsächlich schätzen, aber sich selbst erkannte er offenbar nicht. Er zeigte keinerlei Anzeichen dafür, dass die Bilder auch nur im Geringsten etwas mit ihm zu tun haben könnten.

Dieses Mal entwischst du mir nicht, dachte sie und machte

ihr Foto. Aber er hatte gerade den Rand der zukünftigen Fotografie verlassen, als das unverkennbare Klickgeräusch der Kamera die helle Sommernacht erfüllte. Alles, was sie einfing, war ein Straßenabschnitt mit gelblichen Holzhäusern.

Sie rannte hinter ihm her. Sie hatte keine Angst mehr davor, entdeckt zu werden, denn sie hatte schon lange erkannt, dass er in einer anderen Welt lebte. Dennoch gelang es ihm, jedes Mal zu entwischen, und nachdem das Ganze zu einer gewissen Routine geworden war, wusste sie, dass er jetzt verschwinden würde. Unmittelbar nachdem das Bild aufgenommen worden war.

Die ersten Male glaubte sie, es wäre ihre Schuld. Dass sie einfach unkonzentriert war, nachdem sie das Foto geschossen hatte, dass ihre Aufmerksamkeit sich auf den falschen Ort richtete. Dass er deshalb immer genau dann verschwand.

Aber das stimmte nicht. Die letzten Male hatte sie ihn nicht aus den Augen gelassen. Dennoch passierte es. Dennoch gelang es ihm zu entwischen, sobald das Bild aufgenommen war. Es war sehr rätselhaft.

Dieses Mal nicht. Es durfte nicht passieren. Sie holte ihn ein, ging ein paar Meter hinter ihm her. Sie würde ihn nicht aus den Augen verlieren. Er lief wie in Trance, genau wie sonst auch in diesen Nächten, und jetzt, in genau diesem Augenblick, verschwand er normalerweise.

Und es passierte wieder. Er bog um eine Ecke und war weg.

Alles, was sie hatte, war das nicht entwickelte Bild.

*

Sie weiß, dass an diesem Tag etwas passieren muss. Sie sitzt auf dem Sofa und sieht zu den sieben Bildern hinauf und verflucht ihre Persönlichkeit, die es weder schafft, auf halbem

Weg die Finger von etwas zu lassen, noch die Umwelt unverblümt mit etwas zu konfrontieren.

Das ist eine fürchterliche Verschwendung, denkt sie in einem der mittlerweile seltenen alltäglichen Momente. Ein einziges Bild auf jedem teuren Film. Fünfunddreißig leere.

Sie lacht auf. Vielleicht ist es das wert. Es ist doch eine schöne Serie.

Richtig gute Kunst. Ein zündender Funke, eine neue, wichtige Richtung.

Sie nimmt die Postkarte aus Vilnius und küsst sie.

Dann denkt sie, dass er irre ist, dass er vielleicht ein Serienmörder ist und nicht träumt, weil er stattdessen ein Parallelleben in einem Paralleluniversum lebt, dass er völlig schizophren ist und sie seiner Nachtseite auf den Leim gegangen, aber gezwungen ist, mit seiner Tagseite zu leben. Vermutlich verführt er Frauen nachts am laufenden Band, und sie ist die Einzige auf der ganzen Welt, der es gelungen ist, in Kontakt mit seiner Tag- und seiner Nachtseite zu kommen. Damit ist sie selbst die Anomalie, die er auslöschen muss, um sein Doppelleben fortsetzen zu können.

Und genau das ist es wohl, was die Postkarte aus Vilnius besagt: »Früchte wurden von der Rückseite des Mondes hervorgebracht.« Er hat in seinem nächtlichen Zustand eine litauische Frau geschwängert. Als die litauische Frau erkannte, dass sie schwanger war, schenkte sie ihm zum Abschied eine Statuette mit einer versteckten Frucht im Inneren, und jetzt ist das Kind zur Welt gekommen. Als es geboren wurde, schickte sie die Postkarte aus Vilnius.

Dass es immer Dämonen sein müssen, die Kunst hervorbringen, denkt sie. Dass der Kunst immer Gefahr zugrunde liegen muss. Schrecken. Angst.

Aber sie denkt es froh. Sie schafft wieder Kunst.

*

In dem Moment kommt er nach Hause. Viel zu früh. Normalerweise arbeitet er sehr diszipliniert, mit festen und genauen Zeiten. Er dürfte jetzt noch nicht nach Hause kommen.

Aber er tut es. Er stößt die Tür mit einer ganz anderen Kraft als normalerweise auf, und als sie sein Gesicht sieht, ist es das andere, das nächtliche, übermütige, vitale, lebendige. Und er hält ein Buch über dem Kopf, und sie erkennt es.

»Ich bin fertig«, sagt er und schwenkt das Buch. »Endlich.«

Sie sieht ihn und das Buch an und fragt: »Träumst du wieder?«

»Träumen?«, sagt er und bleibt mit dem Traumtagebuch über dem Kopf stehen. »Es geht nicht ums Träumen.«

Sie sieht, dass ein paar ihrer Bilder jetzt leicht schief hängen. Wenn sie schief hängen, sieht es so aus, als ob das Motiv verschwände und eins mit der Wand dahinter würde. Sie rückt sie wieder gerade. Die Motive treten wieder hervor, die leeren Motive. Aber sie dürfen jetzt nicht in Schieflage geraten.

»Ich fürchte, ich habe dich ein wenig ausgenutzt«, sagt er und lässt das Traumtagebuch sinken.

»Wie meinst du das?«, fragt sie und hat das Gefühl, als würde ein Windstoß durch die Wohnung wehen, die Bilder bekommen wieder Schlagseite und verlieren ihre Motive. Sie richtet sie wieder aus, immer aufs Neue. Sie sind sichtbar, sie sind unsichtbar, sichtbar, unsichtbar.

»Verzeih mir«, sagt er. »Als du mir das Traumtagebuch unter die Nase hieltst, wurde ich mit meiner kreativen Lähmung konfrontiert. Ich war gezwungen, sie zu überwinden.«

»Und wie hast du mich ausgenutzt?«, fragt sie und dreht die Postkarte aus Vilnius auf dem Tisch. Sie liegt so komisch da, das Bild verschwindet in dem merkwürdig einfallenden Licht.

»Ich war gezwungen, mich meinen Dämonen zu stellen«, erklärt er. »Erst dann konnte ich schreiben. Mir kam die Idee zu einer Postkarte aus Vilnius, die Fragen bei einer Fotografin aufwirft, die mit einem Schriftsteller zusammenlebt. Ich habe nur versucht herauszufinden, warum ich nicht träume.«

Die Bilder an der Wand hängen jetzt sehr schief. Die ganze Zeit versucht sie, sie wieder gerade zu rücken. Manchmal erscheinen die Motive wieder, aber immer seltener. Sie sind dabei, sich ihr zu entziehen.

»Das akzeptiere ich nicht«, sagt sie plötzlich mit fester Stimme, reißt das Traumtagebuch an sich und wirft es auf das Sofa. Es klappt auf und zeigt die Überschrift »Postkarte aus Vilnius«. Darunter steht dicht geschriebener Text in langen Zeilen.

»Das kann ich verstehen«, sagt er mit einem unerträglich mitfühlenden Gesichtsausdruck.

Sie nimmt die Postkarte und schreit: »Was bedeutet ›Amamorfia‹?«

Er sieht auf die Karte und antwortet: »Da steht doch Anamorfia, mit ›n‹. Wie in Anamorphose.«

Sie reißt die Augen auf, rennt in die Küche, holt eine Rolle Alufolie und stellt sie mitten auf die Postkarte, auf der das Motiv wieder sehr deutlich zu sehen ist.

»Ich weiß genau, was Anamorphose ist«, sagt sie und beobachtet das Bild, das langsam auf der zylinderförmigen Oberfläche der Alufolienrolle entsteht. »Es ist ein deformiertes Bild, das erst in einem zylinderförmigen Spiegel sichtbar wird. Ich hätte das wissen müssen.«

Er zuckt leicht mit den Schultern und sagt: »Das ist vielleicht nicht die allerbeste Idee in dieser Erzählung …«

Da erscheint sein Gesicht auf dem Zylinder. Die verstreuten Farbpigmente auf dem leeren Platz sammeln sich zu einem zusammenhängenden Bild, und das Bild stellt sein Gesicht dar. Sein übermütiges, nächtliches Gesicht.

»Du bist verrückt«, ruft sie, reißt ihre Bilder von der Wand, eines nach dem anderen, und stellt die Alufolienrolle der Reihe nach in deren Mitte. Die verstreuten Pigmente auf jedem einzelnen Bild sammeln sich zu seinem nächtlichen Gesicht.

Dem Gesicht des Schöpferischen.

»Da siehst du es«, sagt sie triumphierend. »Ich habe deine wahnsinnige Seele auf jedem einzelnen Bild eingefangen. Deshalb sind sie so gut.«

»Obwohl es meine Idee war«, entgegnet er ebenso triumphierend. »Ich habe sie mir ausgedacht und niedergeschrieben.«

Und die Ansichten auf den Fotos, die auf dem Sofa und dem Couchtisch verteilt liegen, bewegen sich wie durch einen inneren Sturm, und die Motive auf allen verblassen langsam, aber sie ist zur Stelle und dreht sie wieder zurecht, wieder und wieder, und die Motive kehren zurück, und sie sagt: »Ich bin diejenige, die dich ausgenutzt hat, um etwas erschaffen zu können, verstehst du das nicht? Du hast nur niedergeschrieben, was ich erlebt habe, aus zweiter Hand. Wie eine blasse Kopie dessen, was ich erlebt habe. Das hier sind Bilder der Wirklichkeit, und du schreibst nur. Das Bild ist stärker als der Text.«

Und da bleiben die Bilder völlig ruhig liegen, und stattdessen scheint nun ein innerer Orkan durch das Traumtagebuch zu fahren. Es zittert und bebt, und der Text zieht sich gewissermaßen zurück, radiert sich aus, Wort für Wort.

»Du imitierst nur etwas, das ich, wie du dir einbildest, erlebt habe«, sagt sie scharf, und der Text ist jetzt fast vollständig von den Seiten verschwunden. Sie sind wieder beinahe ganz weiß.

»Das kannst du nur sagen, weil ich es geschrieben habe«, erklärt er schließlich, und die Bilder fangen wieder an zu zittern, die Motive verschwinden langsam in dem Maß, wie der Text, Wort für Wort, in sein Traumtagebuch zurückkehrt.

Sie nähert sich ihm. Ihr Gesicht ist nur zehn Zentimeter von seinem entfernt.

»Du wirkst jetzt vollkommen verändert«, sagt er und legt seine Hände in ihren Nacken.

»Bilder sind stärker als Worte«, beharrt sie.

»Worte sind stärker als Bilder«, beharrt er.

Und während sie sich in einer Vermengung merkwürdiger Kräfte auf dem Boden vereinigen, gleitet hinter ihnen der Text auf den Buchseiten vor und zurück, verschwindet und tritt hervor, und die Bilder treten hervor und verschwinden, wieder und immer wieder.

Vielleicht kann man das Leben nennen.

*

Sie liegen im Bett, nackt, verschlungen, und sehen durch die Tür ins Wohnzimmer. Dort ist es ganz still. Auf dem Sofa liegt das zugeklappte Traumtagebuch. An der Wand hängt eine Serie von sieben Fotografien.

Sie schauen einander in die Augen und lächeln schwach.

»Wären wir ohne unsere Dämonen nicht ziemlich platt?«, fragt er.

»Wir müssten uns jedenfalls etwas ganz anderem widmen«, antwortet sie und küsst ihn.

Er küsst sie zurück.

Nein, das stimmt nicht. Sie küssen einander.

19

Es war ein merkwürdiger Zustand. Als wäre tatsächlich die Zeit stehen geblieben. Keiner sah einen der anderen an. Alle waren noch eine Weile eins mit der Erzählung und still in sich versunken in dem seltsamen Speisesaal des seltsamen Herrenhauses. Es gab hier im Raum keine Fenster, keiner wusste, was draußen geschah. Sie waren praktisch eine Zeit lang aus der Wirklichkeit herausgetreten. Oder möglicherweise auch ein wenig tiefer in sie eingetreten, als der Alltag es normalerweise erlaubte.

Schließlich sagte Arto: »›Das siebte Federvieh pries lautstark Lebenskraft, / den Liebesschatz, den all' wir einst gehabt.‹«

»Aber genau so haben wir ihn wohl nicht gehabt«, meinte Gunnar Nyberg.

»Oder vielleicht gerade doch«, entgegnete Sara Svenhagen. »Jedenfalls sagt das mein Gefühl.«

»Nach deiner eigenen Erzählung?«, fragte Arto.

»Warum nicht?«, sagte Sara.

»Weil es nicht deine ist?«

»Willst du mir meine ›Postkarte aus Vilnius‹ streitig machen, du böser Mensch?«

»Jetzt muss ich doch einschreiten und meine Ehefrau verteidigen, glaube ich, du Bandit«, sagte Jorge Chavez.

»Glaubst du, ich könnte mich nicht selbst verteidigen?«, fragte Sara.

»Es geht nicht um deine Ehefrau«, erklärte Arto. »Es dreht sich nicht um dich, Sara. Ich fand deine Erzählung phantastisch, falls ich das noch nicht gesagt habe. Das bezeugen vielleicht die Tränen, die mir über die Wangen gekullert sind. Aber davon rede ich nicht. Sondern hiervon: ›Das siebte

Federvieh pries lautstark Lebenskraft, / den Liebesschatz, den all' wir einst gehabt.‹«

»Du bist wirklich verliebt in deine eigenen Worte«, sagte Lena Lindberg.

»Es sind nicht meine Worte, Lena. Worte gehören niemandem.«

»Klasse, neuer schwedischer Rekord im Sichherauswinden.«

»Ich dachte an die einfache Tatsache, dass wir alle ein Kinderlied in unserem Zimmer gefunden haben, von dem je ein Verspaar so gut mit unseren Erzählungen übereinstimmt, dass wir uns alle sogleich darin erkennen konnten.«

»Jetzt versuchst du nur, uns Angst einzujagen«, schimpfte Sara. »Ich habe doch gesagt, dass das keine gute Idee ist.«

»Arto und Paul sind hier die Spaßvögel«, sagte Jorge. »Wo ist jetzt die Feststimmung hin? Wir sind Polizisten, verflixt noch mal. Wir haben es in der Realität mit den schlimmsten Verbrechern zu tun gehabt. Sollte uns etwas, das es in diesem Herrenhaus gibt, wirklich bedrohen oder erschrecken können? Macht euch nicht lächerlich. Keiner von uns glaubt an Gespenster, und keiner glaubt, dass die Hells Angels dieses verdammte Herrenhaus besitzen –, und selbst wenn wir es glauben würden, wären wir nicht besonders ängstlich. Macht es stattdessen wie Gunnar. Lasst euch von der Stimmung anregen.«

»Ich finde es wunderbar«, sagte Gunnar einfach.

»Ich auch«, bestätigte Arto. »Aber der Detektiv in mir wird langsam wahnsinnig.«

Jorge Chavez lachte laut. »Dir geht es nur darum, dass jemand von uns all dies geschrieben und arrangiert hat und es dich wahnsinnig macht, dass nicht du derjenige bist.«

»Gar kein dummer Gedanke.« Arto lachte ebenfalls.

»Bist du es etwa nicht, Arto?«, stieß Lena hervor.

»Ich habe das alles wirklich nicht erfunden. Ich bin Lehrer, verflixt noch mal. Da drüben sitzt jedoch ein so gut wie verheiratetes Paar und hält sich bedeckt, bis sie beide blau anlaufen. Jene beiden, die dieses Treffen vor gut einem Jahr vorgeschlagen haben.«

Kerstin und Paul sahen einander an und lächelten.

»Aber darauf hast du dich doch gar nicht bezogen«, sagte Kerstin. »Oder wie, Arto?«

»Wie was?«

»Als du von Leuten geredet hast, die Kinderreime in ihren Zimmern finden.«

»Aha«, sagte Arto. »Danke.«

»Nun?«

»Vielleicht ist der *Decamerone* gar nicht das Vorbild für das Ganze hier. Vielleicht sind es die *Zehn kleinen Negerlein* …«

»Aber die sind doch gestorben, zum Kuckuck«, sagte Jorge.

»Wer weiß, was uns erwartet?«, meinte Arto geheimnisvoll.

»Wer hat denn gesagt ›Wir sind alle tot‹, als wir durch das Tor fuhren?«, fragte Jon Anderson. »Ich erinnere mich nicht genau …«

»Und noch etwas«, sagte Sara.

»Was?«, fragte Jon.

»Ich habe schon mehrmals versucht, unserem Babysitter eine SMS zu schicken, aber wir scheinen hier kein Netz zu haben. Wie ist es denn bei euch?«

Sie holten ihre Handys hervor und betrachteten die auffallend stillen kleinen Geräte.

»Mindestens ein Anbieter hat immer ein Netz«, sagte Sara. »Hat einer von euch ein paar kleine Balken?«

Keiner konnte mit einigen kleinen Balken aufwarten.

»Nur Notrufe, sagt meines«, vermeldete Viggo.

»Vielleicht ist die Zeit für einen Notruf gekommen?«, schlug Sara vor.

»Läufst du jetzt auch zu den Untergangspropheten über?«,

platzte es aus ihrem Mann heraus. »Notruf weswegen? Weil wir ein paar Polizisten sind, die sich vor Gespenstern fürchten und für immer das Gesicht verlieren wollen?«

»Das ist ja richtig spannend hier«, bemerkte Jan-Olov Hultin. »Als Pensionär erlebt man nicht so viel, was den Puls schneller schlagen lässt.«

»Also bist doch du es, der hinter alldem steckt!«, rief Lena. »Nur ein untätiger Pensionär hat die Zeit, sich so ein Ding hier auszudenken.«

»Hör mal, ich spiele Schach«, sagte Hultin. »Im Kulturhaus.«

Jon Anderson stand auf. »Der Notruf funktioniert auch nicht.«

Das Handy nahezu drei Meter hoch in die Luft haltend, ging er zu einer der kleineren Türen und öffnete sie. Sie führte auf einen Flur hinaus. Draußen im Flur stand ein großer Servierwagen mit Kaffee, Tee und allerlei Desserts. Ohne viel Federlesens öffnete Jon eine der fünf Thermoskannen. Eine Dampfwolke stieg zu ihm auf. Er stutzte.

Kerstin deklamierte: »›Von zerplatzter Illusion sang Piepmatz Nummer acht, / und der Schlüssel in des Löwen Pranke lacht'.‹«

»Zieh den Wagen rein, du komischer Vogel«, rief Jorge, »und zwitschere uns dein Lied. Damit wir endlich Kaffee bekommen.«

»Du hast doch schon den Nachtisch verdrückt«, sagte Sara. »Passenderweise zum Lachs.«

»Aber ich brauche Kaffee. Und ich ahne ein paar Flaschen dort auf dem unteren Brett des Wagens. Wenn der Herr in der Lage sein sollte, sich so tief hinunterzubeugen.«

Jon stand einen Moment unschlüssig in der Türöffnung, er hielt noch immer sein Handy in die Höhe. Hinter ihm wies ein Fenster in die dunkle Nacht hinaus. Der Regen prasselte heftig an die Scheiben. Mit einem tiefen Seufzer zog Jon den Servierwagen herein, schloss die Tür und begann, Thermoskannen, Nachspeisen, Teeservice, Tassen, Becher, Teller, Löffel und Gabeln sowie ein paar Flaschen Calvados und Cognac von nicht unerheblichem Alter abzuladen.

Gemeinsam sammelten sie die Reste von Kalbsbraten und Rübenmus, geräucherter Lammkeule, Hering, falschem Sauerkohl, Brandteigkuchen und all dem anderen zusammen. Sie platzierten alles in einem wüsten Durcheinander auf dem Servierwagen, und Jon schob ihn durch die Tür nach draußen. Dann schlug er die Tür zu, und bevor er sich auch nur gesetzt hatte, erhob er seine Stimme, und sie klang viel stärker als noch vor wenigen Sekunden: »Ich habe ziemlich viel über die Stelle mit dem Schlüssel und der Löwenpranke nachgedacht, weiß der Kuckuck, was das eigentlich bedeutet. Ihr müsst schauen, ob ihr es irgendwo in dieser Geschichte findet. Aber zerplatzte Illusionen sind in gewisser Weise der eigentliche Kern. Nur was es damit ganz genau auf sich hat, ist auch für mich, den Verfasser, ein kleines Rätsel.«

Die Flamme des Lebens

Es ist schwer zu entscheiden, wann das Licht zu schwach wird.

Normalerweise liebt Mathias die Dämmerung. Er setzt sich dann immer in den Leopoldpark, in den Schatten des imposanten Gebäudes des Europaparlaments in der Rue Wiertz, und sieht zu, wie das Licht langsam aus der Hauptstadt des wachsenden Kontinents verschwindet. Er wohnt jetzt in Brüssel, das ist sein Zuhause geworden, und es kommt immer noch vor, dass er sich allein fühlt, mitten im Herzen Europas. Wo er ein Blutkörperchen unter sechshundertfünfundzwanzig anderen ist. Manchmal glaubt er, dass er die Dämmerung aufsucht, um sich allein zu fühlen, um für einen kurzen, immer vorübergehenden Moment das System zu verlassen, das ständig pumpende Herz und alle anderen Blutkörperchen, gegen und auf die er unablässig stößt.

Aber genauso oft glaubt er, dass er einfach müde ist. Dass er die Trägheit des Systems leid ist und die viel zu langsam mahlenden Mühlen der Gerechtigkeit. All die Opfer dieser vielleicht notwendigen Langsamkeit.

Die gegenwärtige Dämmerung liebt er nicht. Es ist nur schwer vorstellbar, dass dieselbe Sonne, die jetzt am gewölbten Horizont des weiten Meeres untergeht, gleichzeitig hinter der gezackten Silhouette Brüssels untergeht. Es scheint eine ganz andere zu sein.

Mathias schaut in den Winterhimmel hinauf, der leicht im selben Rhythmus wie das Boot schaukelt. Und es ist immer noch ziemlich hell.

Dennoch wagt er es nicht, länger zu warten. Es ist schwer zu entscheiden, wann das Licht zu schwach wird. Er mustert das Feuerzeug in seiner Hand. Dann richtet er den Blick auf den Mechanismus auf dem Schiffsboden, der dieses Auge hat, das ihn mit durchdringender Gleichgültigkeit anzustarren scheint. Er betätigt das Feuerzeug und führt die Flamme an das sonderbare Auge.

Das Komische ist, dass seine Hand nicht zittert.

Die Flamme ist ganz ruhig.

*

Aus der gestrigen Zeitung:

»Laut Informationen aus dem Internet ist eine Aktion von einer Gruppe EU-Abgeordneter geplant, die seit Langem vergeblich Anträge zu großzügigeren Einwanderungsregelungen im Parlament gestellt und sich dagegen ausgesprochen haben, dass sich die EU in Richtung einer ›Festung Europa‹ entwickelt. Vorrangig konzentriert sich die Gruppe auf organisierte Schlepperbanden aus Osteuropa. Gerüchten zufolge will die Gruppe während der Weihnachtsfeiertage in

Rostock auf ein Schiff gehen, um sich irgendwo in der Ostsee einem Flüchtlingsboot in den Weg zu stellen, das von der russischen Mafia kontrolliert wird. Keiner der Abgeordneten aus der Gruppe will sich indessen zu den Angaben äußern.«

*

Wäre er nicht so seekrank gewesen, hätte er die Luke im Steuerhaus natürlich geschlossen gehalten. Jetzt, da es zu spät ist, bereut er das. Die auffrischende Winterluft dringt durch den Spalt und lässt die Flamme beängstigend zittern. Lieber seekrank, denkt er, und bei dem Gedanken breitet sich eine kranke Blässe auf seinem Gesicht aus.

Da sieht er im schwachen Licht des Feuerzeugs einen kleinen Zettel, der an dem sonderbaren Auge des Mechanismus hängt. Nur mit Mühe kann er die Worte entziffern: »Optoswitch (lichtempfindlicher Sensor). Explodiert bei Beleuchtung unter zweihundert Lux.«

Ja, denkt er mit einem schiefen Lächeln und hält die Hand schützend über die Flamme des Feuerzeugs. Es ist wirklich schwer zu entscheiden, wann das Licht zu schwach wird.

*

Ein Plastikweihnachtsbaum in Miniaturformat schaukelte über der Koje im Inneren des Motorbootes. Als ob er um sich selbst tanzen würde. Mathias beobachtete ihn eine Weile, bevor er sich an Deck begab.

Sie versammelten sich auf dem Vorderdeck. Leichte Schneeflocken wirbelten um sie herum.

Jemand sagte: »Rostock.«

Was Anlass zu allgemeinem Gelächter auf dem Vorderdeck des großen Motorbootes gab. Die Gruppe kam gar nicht darüber hinweg, wie elegant sie das große Medienaufgebot zur deutschen Ostseeküste geschickt hatte. Gleichzeitig hatte ihr Motorboot völlig unbehelligt den Hafen von Tallinn verlassen. Estland war ja mittlerweile Mitglied in der EU.

Die Presse hatte das sicher nicht mitbekommen.

Es war nicht so leicht, nicht mehr, den Verlauf von Europas Grenzen zu kennen. Ganz zu schweigen von den Grenzen der EU. Eine der längsten verläuft zum Beispiel zwischen Schweden und Norwegen. Finnland, Estland und Lettland haben eine lange und komplizierte Grenze zu Russland. Die russische Enklave, in der Kaliningrad liegt, reißt ein Loch in die neue Grenze der neuen EU, Litauen grenzt ebenso an Weißrussland wie an Polen, das außerdem, so wie die Slowakei und Ungarn, an die Ukraine grenzt. Und dann die Grenzen zu den Beitrittskandidaten, denen, die unbedingt hineinwollen, die die neuen Pufferstaaten des immer eingebetteter liegenden Westeuropa werden wollen, Rumänien, Bulgarien und die ständig heiß diskutierte Türkei. Die Schweiz bildet ein eigenes inneres Grenzgebiet zu vier EU-Ländern, das frühere Jugoslawien zu drei anderen – und dann die Meere. Die Meere, die Woche um Woche Menschenleben fordern, Opfer der harten kargen Mauern der »Festung Europa«.

Mathias wusste, dass er nicht daran denken sollte. Als er sich der Gruppe auf dem Vorderdeck anschloss, versuchte er, alle bösen Gedanken abzuschütteln und sich von der Fröhlichkeit der anderen anstecken zu lassen. Das gelang ihm – nicht zuletzt, weil er wusste, dass er dieses recht unschuldige Doppelspiel nicht alleine spielte.

Und da standen sie, auf dem Vorderdeck des ziemlich luxuriösen Motorboots, als letzte gute Gewissen des neuen Europa, bereit, sich dem Bösen entgegenzustellen, statt wie alle anderen Weihnachten zu feiern. Sie kamen aus allen Ecken der EU, eine bunte Truppe Volksvertreter, die beschlossen hatten, sich ihre Seele nicht durch ihr zugegebenermaßen hohes Gehalt verhärten zu lassen. Zufrieden mit sich selbst standen sie da und sonnten sich ein wenig in ihrem eigenen Glanz.

Der Zufall – oder das Schicksal, je nach Standpunkt – hatte ihnen in seinem Wohlwollen außerdem strahlendes Winterwetter beschert. Die Sonne schien, wenn auch bleich, durch vereinzelte dünne Wolkenfetzen, einzelne Schneeflocken rieselten leise herab, und das Meer war im Großen und Ganzen völlig ruhig. Nur die lange Dünung ließ erkennen, dass sie sich weit draußen auf dem Meer befanden.

Weit entfernt von der Geborgenheit Europas.

⋆

Es geht schnell, wenn die Dunkelheit erst einmal einsetzt. Die Dämmerung selbst mag sich in die Länge ziehen, aber dann wird sie abrupt von der Dunkelheit abgelöst, die sich wie eine Kapuze über den Kopf legt. Das einzige Licht kommt von Mathias' kleiner Flamme, und als die ihre eigene Quelle beleuchtet, sieht er, dass das Feuerzeug nur noch halb voll ist. Ein eisiger nächtlicher Windstoß weht durch die Fensterluke herein, die Flamme neigt sich zur Seite und flackert. Er schützt die Flamme mit der hohlen linken Hand und hält sie näher an das unheimlich starrende Auge, sodass der ganze Mechanismus erleuchtet wird und einen zitternden Schatten auf den Boden des Steuerhauses wirft.

Es ist ein komplizierter Mechanismus, so viel kann er erkennen. Ganz oben in einer Halterung der starrende lichtempfindliche Sensor mit ein paar Kabeln, die nach unten zu einigen Platinen verlaufen, von denen wiederum mehrere Kabel zu vier Röhren führen, die in Wachspapier mit kyrillischen Buchstaben eingewickelt sind.

Die Flamme zittert wieder, und dieses Mal ist es nicht nur der etwas stärkere Windstoß durch die Fensterluke, der sie in Bewegung versetzt. Jetzt ist er es auch selbst. Er selbst wird jetzt endlich von der Situation eingeholt. Er hat das

Licht fest in seiner Hand, das einzige kleine schwache Licht, und sein Daumen, der bald einen Krampf bekommt, hält nicht nur die Flamme am Leben, sondern auch viel zu viele Menschen.

Nicht ausgehen, denkt er.

Nicht ausgehen, kleine Flamme.

*

Der Skipper war ein alter estnischer Fischer, der die Ostsee eines Tages leer gefischt vorfand. Im Unterschied zu allzu vielen seiner Kollegen besaß er einen gewissen Unternehmergeist. Er tauschte das Fischerboot gegen ein modernes Motorboot, sattelte um und begann, neureiche Europäer in den exotischen estnischen Schären herumzuschippern. Er kannte die Gewässer besser als jeder andere, und niemand in der Gruppe bezweifelte, dass er das Schlepperboot finden würde.

Als er das erste Mal auf seinem unförmigen Beinpaar auf das Vorderdeck watschelte, sagte er: »Wir haben es auf dem Radar.« Als er das zweite Mal herauskam, sagte er, in exakt demselben Tonfall: »Richten Sie die Augen geradeaus auf den Horizont.«

Sie richteten die Augen geradeaus auf den Horizont. Der gewölbte Erdball ließ langsam eine Dieselwolke sichtbar werden, wie Rauchsignale, altertümliche Schriftzeichen vor dem fast leuchtend blauen Himmel, ein Vorbote des Bootes, das sich langsam über die Krümmung des Erdballs schob.

Es war ein rostiger alter Lastkahn, und den geballten Vorurteilen fiel es nicht sonderlich schwer, ihn mit Osteuropa in Verbindung zu bringen. Als er endlich von der Rückseite des Erdballs heraufgeglitten war, näherte er sich unerwartet schnell. Schon bald waren einzelne Rostflecken sichtbar.

Plötzlich ging eine kleine Welle der Nervosität durch die Gruppe auf dem Vorderdeck.

»Und wenn sie jetzt gewalttätig werden?«, fragte Marcella.

»Das werden sie schon nicht«, meinte Chris beruhigend.

»Das sind alte Fischer«, sagte Jacques, »genau wie unser Skipper.«

»Die Mafia hält einen Sicherheitsabstand«, bemerkte Tineke.

»Menschenschmuggler«, sagte Mathias.

»Halt die Kamera bereit«, riet Maria.

An dem kleinen Lastkahn festzumachen war kein Problem für den alten Skipper. Eine Laufplanke wurde vom Motorboot ausgelegt, und ein EU-Abgeordneter nach dem anderen ging auf den Kahn. Zuerst sahen sie nichts, keine Menschenseele. Einen kurzen Moment lang waren sie ratlos. Dann entdeckten sie einen Skipper, einen Seemann mit Kapitänsmütze, der mit dem Rücken zu ihnen direkt vor dem Steuerhaus stand.

Die Gruppe schob den Russisch sprechenden Mathias vor und bereitete sich auf ein von sämtlichen Enttäuschungen des Lebens verhärmtes slawisches Gesicht vor.

Aber als sich der Skipper umwandte, sah sein Gesicht ganz anders aus. Niemand war darauf vorbereitet. Es war dunkelhäutig und verriet deutlich seine Herkunft aus dem Nahen Osten.

Und plötzlich schien es um sie herum zu wimmeln. Schatten, schwarze Konturen tauchten hinter ihren Rücken auf. Mathias sah gerade noch das traurige Lächeln des Skippers, bevor der Schmerz kam und alles verschwand.

*

Als er aufwachte, war er allein. Das dachte er jedenfalls, obwohl um ihn herum lauter Menschen waren. Dunkle Gesichter bildeten einen Kreis vor der tristen Decke, auf die er blickte. Schließlich machte der Mann mit der Schiffermütze eine kleine Handbewegung, und die Gesichter verschwanden. Er streckte Mathias die Hand entgegen und zog ihn ins Sitzen hoch. Die eine Hand auf dem großen hölzernen Steuerrad, ging er in die Hocke und schob die andere Hand in Mathias' Haare. Ein kurzer Schmerz durchfuhr ihn.

»Das wird eine Beule«, sagte der Mann in gebrochenem Englisch. »Mehr aber auch nicht. Du wirst es locker überleben. Solange du das Licht nicht ausgehen lässt.«

Mathias starrte ihn an, bekam aber kein Wort heraus.

»Du brauchst nichts zu sagen«, fuhr der Mann fort. »Ich höre deine Fragen trotzdem. Ja, deinen Freunden geht es gut, auch wenn sie unter Deck mit beiden Besatzungen eingesperrt sind. Deine zweite Frage ist, wer wir sind. Die Antwort lautet: Wir sind die Flüchtlinge.«

Der Mann stand auf. Als er sprach, zeichnete sich eine zickzackförmige Narbe hell in seinem Mundwinkel ab. Als er verstummte, nahm sie wieder die olive Tönung seines Gesichts an.

Er drehte sich zum Fenster um, legte die Hände auf den Rücken und sagte: »Sie wollten uns umbringen, ist dir das klar? Und das ist eure Schuld. Sie wollten uns ins Meer werfen und in den Hafen zurückkehren, bevor ihr in die Nähe gekommen wärt. Eure idealistische Naivität hätte uns umgebracht, wenn wir nicht aufgepasst und sie überwältigt hätten. Wir wussten nämlich auch, dass ihr kommen würdet, wir lesen ebenfalls Zeitung. Wir wussten Bescheid, auch wenn ihr versucht habt, Tallinn mit Rostock zu verschleiern. Außerdem konnten wir das hier vorbereiten.«

Der als Skipper Gekleidete zeigte auf einen Mechanismus, der am Boden festgeschweißt war. Ein paar Dynamitstangen, ein paar Platinen und eine Art Auge, das gewissermaßen in die Luft starrte.

Der Mann fuhr fort, und seine Zickzacknarbe leuchtete: »Für einen kurzen Moment, Auge in Auge mit dem Tod, kann es vorkommen, dass man wächst. Man wächst weit über seine Grenzen hinaus. Das ist uns passiert, mir. Die

Wirklichkeit wird sicher nach und nach die Ordnung wiederherstellen, aber für eine Weile darf ich jenseits aller Realität leben. Das ist nicht allen vergönnt.« Er hockte sich wieder neben Mathias. »Ausgebranntes Boot mit dreizehn verkohlten Leichen. Alle an Bord starben bei einem tragischen Unglück. So etwas passiert ständig. Verbrannte und aufgeschwemmte Flüchtlingsleichen werden andauernd an den Stränden Europas angespült.«

Er stand auf, kramte in der Hosentasche und nahm etwas heraus, das er in seiner Hand verborgen hielt. Er drehte sich um und sah in den Ostseehimmel.

»Ist das nicht einfach demokratische Praxis? Alle sind gleich viel wert? Warum solltet ihr dreizehn mehr wert sein als wir dreizehn? Demokratie ist die unmittelbare Austauschbarkeit aller.«

Er warf den Gegenstand aus seiner Hand Mathias zu, der ihn auffing und betrachtete. Es war ein billiges Feuerzeug aus weißem Plastik.

Der Mann öffnete die Tür des Steuerhauses. »Und trotzdem sollst du die Chance bekommen, alle am Leben zu erhalten. Bald setzt die Dämmerung ein. Sieh zu, dass es bei dem Auge da nicht zu dunkel wird. Sonst explodiert die Bombe.« Er blieb in der offenen Tür stehen, drehte sich um und ging noch einmal neben Mathias in die Hocke. »Eine ungewöhnliche Geste für einen Terroristen, oder?«, sagte er und zeigte auf sein Gesicht. »Denn ihr habt doch gelernt, dass Terroristen so aussehen, nicht wahr?«

Dann war er verschwunden. Mathias erhob sich auf zittrigen Beinen und schaute durch das Fenster. Das Motorboot schaukelte noch immer neben dem Lastkahn. Er erkannte den wippenden Weihnachtsbaum, der um sich selbst zu tanzen schien. Dann schaukelte das Boot wieder, einige Taue wurden losgeworfen, und es nahm Fahrt auf. Er verfolgte es mit den Augen, bis es hinter der Krümmung des Erdballs verschwand.

Ihm drehte sich der Magen um. Er torkelte zum Fenster, öffnete es einen Spaltbreit und atmete eine Weile die frische Luft ein. Dann wandte er den Blick zum Himmel.

Es ist schwer zu entscheiden, wann das Licht zu schwach wird.

*

Die Nacht kann nicht dunkler werden. Es kann überhaupt auf der ganzen Welt nicht dunkler werden. Er hat immer wieder die Finger abgewechselt, um keinen Krampf zu bekommen. Die Flamme brennt immer noch. Aber immer öfter flackert sie. Und wenn er das weiße Plastikgehäuse des Feuerzeugs ein klein wenig zur Seite neigt, kann er die Füllhöhe erkennen. Langsam wird sie beängstigend niedrig, ein paar Millimeter, vielleicht ein halber Zentimeter sind noch übrig. Er versucht auszurechnen, wie lange das noch für die Flamme reicht. Alles Brennbare wurde entfernt, nirgends Papier, nichts Entzündbares in Reichweite.

Er braucht Licht. Was soll er verbrennen? Seine Kleidung? Dann erfriert er. Und das Steuerhaus ist leer. Das große hölzerne Steuerrad verhöhnt ihn mit seiner Unerreichbarkeit.

Am Vorderdeck gibt es einen Rettungsring. Das ist der einzige Gegenstand in der Nähe. Selbst wenn er ihn in Brand setzen und so weiterhin für Licht sorgen könnte, kann er ihn nicht erreichen.

Er blickt in die Dunkelheit. Als ob es etwas zu sehen gäbe.

Die Zeit verstreicht. Er weiß nicht, wie viel. Er kann Zeit nicht mehr abschätzen.

Er sieht sich die Füllhöhe im Feuerzeug an.

Es ist leer.

In dem Moment reagiert er.

*

Aus der heutigen Zeitung:

»Nach einem Notruf fand man heute Nacht kurz nach halb drei Uhr einen kleinen Lastkahn, der steuerlos in der Ostsee trieb. An Bord befanden sich dreizehn Personen, davon acht EU-Abgeordnete. Auf einem Bett aus seiner eigenen Kleidung und einer Reihe verbrannter Euroscheine entdeckte man den EU-Abgeordneten Mathias Werner, der die Arme um eine Bombenattrappe gelegt hatte, wie um seine Mitmenschen mit seinem nackten Körper zu schützen. Aus der Bombenattrappe ragte ein Schildchen, auf dem zu lesen war: ›Was hättest du getan?‹ Die Polizei hat noch keine Spur von den Tätern.«

*

Zwei Jahre später ist Mathias immer noch EU-Abgeordneter. Es ist allgemein bekannt, dass sich seine Ansichten zur Einwanderungspolitik der EU um hundertachtzig Grad gedreht haben und verhärtet sind. Er wird nach wie vor mit sehr großem Respekt im Parlament behandelt, aber seine Parteikollegen haben sich von ihm abgewandt. Gemäß seinem neuen Profil setzt er sich für noch dickere Mauern um die Festung Europa ein.

Er hat jetzt mehr Macht. Sein Ruf als Held und sein allgemeiner Prominentenstatus haben ihn zu einem der wichtigsten Akteure in Brüssel gemacht. Die mächtigsten Lobbyisten wenden sich direkt an Mathias, und er hält sich oft zu Studienzwecken in unmittelbarer Nähe der Korruption auf.

Dort ist er auch, als es passiert, bei einem Finanzunternehmen in der Nachbarschaft. Das ausgiebige Mittagessen ist überstanden, leicht berauscht von dem Völlegefühl lässt er den Blick durch den eleganten Saal schweifen. Die Tür zum Korridor ist nur angelehnt. Er sieht, wie sich zwei Putzleute davor unterhalten. Der eine steht mit dem Rücken zu ihm, der andere ist ihm zugewandt und trägt einen großen schwarzen Bart. Wenn er spricht, leuchtet ein weißes Zickzackmuster durch das schwarze Gestrüpp.

Mathias reagiert sofort, instinktiv. Er steht so abrupt auf, dass er Teller und ein paar Gläser vom Tisch reißt. Der bärtige Putzmann sucht das Weite. Mathias rennt ihm durch den langen Korridor hinterher.

Erst im Freien holt er ihn ein. Der Blick des Mannes ist ein anderer. Das Kräfteverhältnis ist wiederhergestellt. Die Wirklichkeit hat ihn eingeholt. Die Realität ist mit fürchterlicher Vorhersagbarkeit zurückgekehrt. Der Mann ist nichts anderes als ein Putzmann mit Angst vor Schlägen, der mit zitternder Stimme sagt: »Was hättest du getan?«

Und Mathias hält inne, bleibt stehen, kneift die Augen zusammen und wird in das Boot zurückgeworfen. Er sieht sich die Füllhöhe im Feuerzeug an. Es ist leer. In dem Moment reagiert er. Die ganze Zeit hält er die kleine flackernde Flamme an den lichtempfindlichen Sensor, zerrt sich währenddessen die Kleider vom Leib und holt seine Brieftasche hervor. Er fingert ein dickes Bündel Scheine heraus, und mit dem letzten Flackern der Flamme entzündet er einen fest zusammengerollten Schein. Das Feuerzeug verlischt. Er wirft es weg. Während er zusieht, dass der Geldschein weiterbrennnt, klaubt er seine Kleidung zu einem Haufen zusammen, der bis zu dem gleichgültigen Auge hinaufreicht. Er knüllt die Euroscheine zusammen und legt sie auf den Haufen, direkt vor das Auge. Dann zündet er sie an und rennt hinaus zu dem Rettungsring. Er reißt ihn aus seiner Halterung und macht sich bereit, die eingesperrten Kollegen zu verlassen und sich ins Wasser zu werfen.

Da sieht er, wie die brennenden Scheine von dem Kleiderhaufen auf den Boden fallen. Die Flammen segeln langsam durch die Dunkelheit.

Er hört ein Klicken des Mechanismus.

Und er weiß, dass er sterben wird. Genau in diesem Augenblick.

Die Zeit, die vergeht, bevor er das ausgeklappte Schildchen mit dem Text »Was hättest du getan?« entdeckt, wird er nie beschreiben können, nicht einmal verstehen.

Dann hängt er den Rettungsring zurück, geht wieder in das Steuerhaus, schlingt die Arme um den Mechanismus und erinnert sich an nichts mehr.

An nichts, bevor er als Held gefeiert wird.

Er öffnet die Augen. Der Mann mit dem Bart steht ihm direkt gegenüber, in nutzloser Verteidigungshaltung. Mathias lässt seine Arme sinken. Sie hängen seitlich an seinem Körper herab. Der Mann beobachtet ihn. Auch seine Arme sinken. Dann stehen sie eine Weile da und sehen einander an.

Langsam kehrt der Mann in das elegante Gebäude des Finanzunternehmens zurück. Und putzt weiter.

Mathias lässt den Blick an dem nächsten großen Haus nach oben wandern, das seinen Schatten auf ihn wirft. Es dauert eine Weile, bevor er erkennt, dass es das Europaparlament ist und er sich im Leopoldpark befindet. Er setzt sich auf eine Bank und wartet auf die Dämmerung.

Was wir nicht alles machen, um zu überleben, denkt er. Und dann: Es ist schwer zu entscheiden, wann das Licht zu schwach wird.

20

»War das nicht eine herrliche Geschichte?«, meinte Jorge und streckte die Beine unter dem Tisch aus, so weit sie nur reichten. »Verdammt, hört mal, uns geht es richtig gut hier. Und der Calvados ist auch nicht von schlechten Eltern. Eine wirklich gute Geschichte, Jon. Danke dafür.«

»Du hörst dich an wie ein kichernder alter Onkel«, sagte Sara Svenhagen. »Für mich sind die Erzählungen wichtiger. Mit dieser Altmännereinstellung, was das Geschichtenerzählen angeht, kann ich nichts anfangen.«

»Bist du jetzt nicht ein bisschen ungerecht?«

»Vielleicht ein bisschen. Aber hier ging es schließlich um die europäische Identität, um die Menschen, die außen vor bleiben, und um ein extremes existenzielles Ausgeliefertsein. Nicht um eine herrliche Geschichte, zu der man genüsslich einen Calvados süffelt.«

»Warum muss das eine das andere ausschließen?«, fragte Jorge mit erhabener Ruhe. »Ich bin ein Hausmann, der selten die Chance bekommt, gute Geschichten, gutes Essen und Trinken sowie gute Gesellschaft zu genießen, und all das zur selben Zeit. Warum nicht auch eine Geschichte, die mich dazu bringt, über mein Leben nachzudenken und es aus einer unerwarteten Perspektive zu betrachten? Warum sollte der Umstand, dass sich Spion Paul, oder wer es nun auch sein mag, einen Spaß erlaubt und eine Cateringfirma mit uns Tischleindeckdich spielen lässt, meinen Seelenfrieden stören?«

»Wenn es nicht du selbst bist, natürlich«, sagte Arto.

Jorge lachte laut. »Jetzt machst du dir tatsächlich vollkommen unbegründete Sorgen, hellhäutiger Mann. Darf ich dann etwas vorschlagen?«

»Wenn es beinhaltet, dass man dir eins auswischen kann, von mir aus gern«, antwortete Arto gut gelaunt.

»Natürlich, dieses Haus gehört der Sicherheitspolizei«, platzte Lena Lindberg heraus. »Genau so ist es. Paul Hjelm hat ein unbekanntes Herrenhaus gemietet, das deshalb unbekannt ist, weil die Sicherheitspolizei es in Beschlag genommen hat, und dann hat er eine Cateringfirma angeheuert und sie beauftragt, uns Essen aus dem 18. Jahrhundert zu servieren, ohne sich uns zu zeigen.«

»Und wer könnte dieses Kinderlied besser als Paul Hjelm schreiben?«, ergänzte Viggo Norlander. »Ich habe ihn schon immer für den Smartesten von uns gehalten.«

»Die Eitelkeit«, sagte Arto.

»Wieso?«, fragte Viggo.

»Nichts. Was sagt Paul selbst?«

»Ich schweige wie die Wand«, antwortete Paul Hjelm und warf einen Blick auf seine hochverehrte Lebensgefährtin. Kerstin Holm betrachtete ihn ihrerseits. Es war ein sehr zweideutiger Blick.

»Was ist denn dein Vorschlag, Jorge?«, fragte Kerstin.

»Ein Glück, dass sich jemand erinnert«, sagte Arto.

»Kontrolliert das Auto«, sagte Jorge.

»Was?«

»Seht nach, ob der Wagen anspringt. Ganz einfach.«

»Du meinst ...?«

»Dass die Handys nicht funktionieren, kann rein geografische Ursachen haben«, erklärte Jorge und nippte an seinem Calvados. »Aber wenn der Wagen nicht startet, ist die letzte Verbindung zur Außenwelt abgeschnitten. Wie bei den *Zehn kleinen Negerlein*. Das Boot, das nicht kommt.«

»Bist du es, der das alles hier ausgeheckt hat?«, fragte Lena jetzt. »Auf dich hätte ich am allerwenigsten getippt.«

»Ich betrachte das als reines Vorurteil«, sagte Jorge fröhlich.

»Ich weiß nicht ...«, meinte Arto nachdenklich.

»Etwas sagt mir, dass du es tun solltest«, meldete sich Gunnar Nyberg zu Wort, der lange geschwiegen hatte. »Es kommt mir richtig vor.«

»Du bist eine Art kryptisches Orakel geworden«, stellte Arto fest. »Wird man so in Griechenland?«

»Das hier ist richtig hart für dich, nicht wahr, Arto?«, vermutete Paul. »Wir zeigen dir plötzlich die Grenzen deiner Intelligenz auf. Keiner von uns bezweifelt, dass du der Smarteste von uns bist, aber du spürst die ganze Zeit, wie wir uns dennoch ein bisschen weiter strecken. Nicht jeder für sich, sondern wir zusammen.«

»Du dagegen«, entgegnete Arto, »bist ein verdammt geschwätziges Orakel.«

»Und da erkennst du auch, wie eitel du trotz allem bist.«

»Und das musst du sagen, Spion-Teufel.«

»Ich bin eitler als du«, sagte Paul. »Aber ich stehe dazu.«

»Das war ein etwas distinkterer Orakeleinzeiler. *Consider me convinced.*«

Arto stand auf und fühlte in der Hosentasche nach. Ja, der Schlüssel lag darin.

»Spart euch die Mühe, einen Notruf abzusetzen, wenn ich nicht zurückkomme«, sagte er und verließ die Gesellschaft.

Die anderen sahen sich an.

»Erkläre dich auf der Stelle«, forderte Jorge, den Blick starr auf Gunnar gerichtet.

»Jetzt bist du äußerst schwer zu deuten«, sagte Gunnar ruhig.

»Warum kam es dir richtig vor, dass Arto den Wagen kontrollieren sollte?«

»Ich kann nur im selben Sinn antworten wie schon zuvor«, sagte Gunnar. »Etwas hier spricht mich an. Bittet mich nicht, es zu erläutern, denn das kann ich nicht.«

»Was hat dich dazu veranlasst, es vorzuschlagen?«, fragte Paul Jorge.

»Du hast überhaupt nicht das Recht, dich zu äußern«, antwortete Jorge freiheraus. »Du, der hinter diesem ganzen Mist steckt.«

»Skål, mein bester Freund«, sagte Paul und hob sein Calvadosglas.

»Selbst skål, alter Saufkopp«, sagte Jorge und lachte breit.

»Ja, verdammt«, sagte Viggo und hob seinen Cognacschwenker. »Skål, alle miteinander. Euch zu treffen ist ganz anders, als ich es mir vorgestellt hatte, aber es ist wahnsinnig unterhaltsam. Danke euch allen, und skål.«

»Pass auf, dass du nicht zu Boden gehst, bevor du deine Geschichte erzählt hast«, mahnte Paul.

»Dann wäre dein ganzes Arrangement im Eimer«, ergänzte Lena.

»Und besonders dankbar«, Viggo behielt seine Festrednerstimme bei, »bin ich Paul Hjelm für seine nie versiegende Sorge um mein Wohlbefinden.«

»Warum ich vorgeschlagen habe, Arto solle den Wagen kontrollieren?«, sagte Jorge. »Tja, was haltet ihr von ein bisschen guter alter Detektivlogik? Erinnert sich einer von euch daran?«

Gemurmel breitete sich um den Tisch herum aus.

»Nun kommt schon«, drängte Jorge. »Keiner von uns ist mehr Detektiv. Keiner lebt davon. Unser abwesender Freund ist Lehrer, Jon und ich wechseln uns auf einem Posten in der Computerabteilung ab, Lena schlägt sich mit Junkies herum, Gunnar hat einen direkten Draht zum Orakel von Delphi, Kerstin hat einen hohen Verwaltungsposten, Paul gibt einen reichlich zwielichtigen Spion ab, Viggo ist in Pension, Jan-Olov ist Erzpensionär – und meine verehrte Gattin, die immerhin unserer ehemaligen Tätigkeit noch am nächsten steht, stellt eine ›freie Ressource‹ bei der Reichskriminalpolizei dar. Wir sind verflucht noch mal keine Kriminaler mehr. Es ist ein Skandal.«

»Aber du hast es doch frei gewählt«, sagte Sara. »Du wolltest doch Vollzeitpapa sein.«

»Absolut«, entgegnete Jorge. »Aber dass die A-Gruppe aufgelöst wurde, war nicht meine Entscheidung.«

Da wurden die großen Türen wieder weit aufgestoßen, und ein klitschnasser weißer Mann betrat den Raum und hinterließ bei jedem Schritt große Pfützen auf dem erlesenen Speisesaalfußboden.

»Ich habe keinen Motor gehört«, stellte Jorge fest.

»Und dafür gibt es eine einfache Erklärung«, sagte Arto mürrisch.

»Einfach, aber ach so kompliziert.«

»Die Scheißkarre springt nicht an.«

»Hast du den Motor untersucht?«

»Wo denkst du hin. Es stürmt draußen. Außerdem verstehe ich nichts von Motoren.«

»Dann sitzen wir also hier fest?«, fragte Sara. »Wunderbar.«

»Ja«, sagte Viggo mit einer plötzlichen Kraft. »Ja, das ist verdammt noch mal wunderbar. Denn dann können wir uns auf das konzentrieren, weswegen wir hergekommen sind. Nämlich, es uns gut gehen zu lassen. Zum ersten Mal im Leben stehe ich voll und ganz auf Jorges Seite. Seid nicht albern. Es gibt keine Bedrohung. Ich verspreche euch, ich weiß, was eine Bedrohung ist, eine Lebensbedrohung, wenn ihr so wollt, und dies hier ist keine. Dagegen ist es eine goldene Gelegenheit, sich selbst in Angst und Schrecken zu versetzen, und Menschen, die das tun, sind dem Tod nicht so nahe gewesen wie wir im Allgemeinen und ich im Besonderen. Jetzt bitte ich euch also, die Klappe zu halten und euch eine erbauliche Geschichte darüber anzuhören, wie eine aussichtslose Scheißsituation gegen alle Wahrscheinlichkeit in etwas Positives verkehrt werden kann. Hört zu und lernt etwas.«

»›Der neunte Matz von Heilung sang und Buß'‹«, zitierte Arto, »›denn frei die Wahrheit ist von Schmutz und Ruß.‹«

»Schnauze«, sagte Viggo, »und hört zu.«

Frohe Ostern

Unten auf der Straße schlägt die Haustür zu, und sie schafft es, sowohl das Schnapsglas zu erheben als auch tief in diese braunen Augen zu schauen, bevor ihr auffällt, dass etwas nicht stimmt. Sie kommt nicht mehr dazu, »Frohe Ostern!« zu sagen, das Ritual wird abrupt unterbrochen. Die dunklen Augen mit dem etwas helleren herzförmigen Muster neben der Pupille lösen sich in Luft auf und verschwinden. Mit dem erhobenen Schnapsglas sitzt sie wie versteinert vor dem leeren Platz ihr gegenüber am Tisch.

Die Haustür dürfte nicht zuschlagen.

Es ist Ostersamstag. Alle im Haus sind verreist, alle außer Lotter-Arne, und der geht weder aus, noch bekommt er Besuch.

Sie selbst bekommt auch keinen Besuch.

Endlich ist sie in der Lage, das Schnapsglas auf dem knallgelben Tischtuch abzustellen. Sie heißt Augusta, und wenn man Augusta heißt, ist man entweder ein gutes Stück über siebzig oder unter zehn. Sie ist nicht unter zehn.

Mühsam steht Augusta auf und tastet nach dem Stock. Sie stößt dagegen, und er fällt auf den Boden. Jetzt flucht sie, wie man es von sechsundsiebzigjährigen Damen nicht erwartet. Sie beugt sich nach unten und angelt nach dem Stock. Es dauert sechzig lange, beschwerliche Sekunden. Dann steht sie auf und lauscht angestrengt. Das Hörgerät funktioniert ausgezeichnet.

Doch, ja, es sind mehrere. Augusta hört ihre schlurfenden Schritte im Treppenhaus drei Stockwerke tiefer. Sie hofft, dass es Einbrecher sind, keine Räuber oder Vergewaltiger. Sie schämt sich ein bisschen dafür, dass sie hofft, sie würden in eine der leeren Wohnungen unter ihr gehen. Sie selbst wohnt ganz oben in dem kleinen dreistöckigen Haus mitten in der wegen der Feiertage entvölkerten Stadt. Allein.

Sehr allein. Augusta wirft einen Blick über den gedeckten Ostertisch. Da steht der bunte Osterstrauß, der braune Hahn mit dem krummen Schnabel und dem langen dürren Hals ist mit Ostereiern gespickt, die Schnapsgläser sind randvoll mit Aquavit gefüllt, und auf jedem Teller, neben den lila gesprenkelten Stoffservietten, thront ein kleiner gelber Osterhase aus Marzipan. Sechs Gedecke. Wie eine nie aufgegebene Hoffnung.

Dann lauscht sie wieder. Sie gehen zum ersten Treppenabsatz hoch, einer nach dem anderen. Nicht ein Wort hört sie, nur diese schlurfenden bedrohlichen Schritte. Ein eiskalter Schauer durchfährt sie, und sie wendet den Blick wieder dem Tisch zu. Als ob sie nicht viel Zeit hätte.

Das letzte Osterfest war eine Prüfung gewesen. Ob sie die Rituale ohne Leonard würde durchführen können? Ohne von seinem traurigen, kritischen, aber nachsichtigen Blick überwacht zu werden. Ohne ihn murmeln zu hören: »Musst du wirklich Essen für alle kochen, wir müssen es ja doch wegwerfen?«

Es war am Ostersamstag vor drei Jahren gewesen, als sie die ersten Anzeichen entdeckte. Sie saßen wie immer, jeder an seinem Tischende, und zwischen ihnen standen die vier leeren Teller. Sie prostete ihm mit ihrem Schnapsglas zu und schaute tief in seine braunen Augen, aber sie sagte nicht »Frohe Ostern«, sie sah, dass etwas nicht stimmte, sie sah den Schmerz tief in seinen Augen brennen, es sah aus, als ob das kleine helle Herz neben der linken Pupille gebrochen wäre. Leonard erhob sein Glas und versuchte zu lächeln. Er konnte nicht.

Nach den Osterfeiertagen fuhren sie ins Krankenhaus. Der Prostatakrebs war weit fortgeschritten. Er kämpfte ein ganzes Jahr, mit Chemotherapie und Bestrahlung.

Zu Ostern sollte er nach Hause kommen, Ostern vor zwei Jahren. Sie kaufte das teuerste Geschenk, das sie jemals gekauft hatte: eine goldene Armbanduhr der Schweizer

Nobelmarke Patek Philippe. Sie deckte den Ostertisch schon am Abend des Karfreitags – den Osterstrauß, den Hahn, die Schnapsgläser, die Servietten, die sechs Marzipanosterhasen –, und dann wickelte sie die Armbanduhr in Geschenkpapier und legte das Päckchen auf Leonards Teller, neben den Osterhasen. In dem Moment klingelte das Telefon. Das Krankenhaus teilte kurz und bündig mit, dass Leonard in aller Stille am Abend eingeschlafen war. Und sie war nicht bei ihm gewesen.

Augusta geht ein paar Schritte zur Wohnungstür und lauscht angespannt. Sie sind jetzt im ersten Stock. Wollen sie bei den Nilssons einbrechen? Sie hofft es und schämt sich dafür. Die Nilssons mit ihrer Angeberei.

»Also, weißt du, liebe Augusta. Wir werden Ostern auf Teneriffa verbringen. Bei Hans. Unserem Sohn. Er hat dort eine Firma. Autovermietung. Es wird wunderbar werden.«

Aber nein, die Schritte gehen an der Wohnung der Nilssons vorbei. Märta? Die Wohnung daneben? Märta Gutherz, wie Augusta sie nennt. Ihre einzige Freundin. Märta, die sie mit der schlechten Angewohnheit angesteckt hat, einen Abendwhisky zu trinken, um einschlafen zu können. Die ihr mit Gesprächen über den schlimmsten Schmerz hinweggeholfen hatte, als sie Leonard am heftigsten vermisste. Märta, die zu Ostern immer mit den Bridgepensionären eine Busreise zum Nordkap machte.

»In dieser Zeit ist die Einsamkeit am schlimmsten. Willst du wirklich nicht mitkommen, Augusta?«

»Nein, Märta, mein Sohn kommt mit seiner Familie. Wir feiern Ostern gemeinsam. Wie immer.«

Nein, auch nicht bei Märta. Die Schritte schlurfen weiter, erreichen den nächsten Treppenabsatz, schlurfen bedrohlich nach oben. Wortlos. Sie merkt, wie ihr Herz immer schneller schlägt.

Augusta fuhr ins Krankenhaus und saß eine Stunde bei ihrem toten Mann. Diese Stunde würde sie nie vergessen. Sie wurde von Erinnerungen durchströmt. Wie er ihr in ihrer Einsamkeit entgegengekommen war, wie sein stilles Feuer ihrem Leben Licht und Wärme geschenkt hatte. Der ungezwungene Umgang auf Augenhöhe, die Fähigkeit, die Gedanken des anderen zu lesen. Sie saß einfach da und ließ sich durchströmen.

Dann fuhr sie nach Hause. Am Ostersamstag stand der fertig gedeckte Ostertisch da und verhöhnte sie. Sie setzte sich auf ihren Platz, ohne jeden Gedanken, und prostete dem gegenüberliegenden Tischende zu. Es kam ihr so vor, als träte sein Gesicht aus der Leere hervor. Würde sich materialisieren. Sie sah tief in seine braunen Augen, und das helle Herz neben der Pupille war vollkommen intakt.

Sie erhob das Glas und sagte: »Frohe Ostern, Leonard.«

Und das Feuer brannte weiter.

Der Sohn kam zur Beerdigung. Seine Familie war dabei. Die beiden Enkelinnen waren wunderbar. Junge Damen. Zehn und zwölf Jahre alt. Zwölf und vierzehn jetzt. Seit der Beerdigung hat sie die Mädchen nicht mehr gesehen. Wie oft sie darüber gesprochen hatten, Leonard und Augusta, warum ihr Sohn sie nicht besuchen wollte. Ihr Erik. Es gab kein böses Blut zwischen ihnen. Sie konnten es nicht verstehen. Was hatten sie falsch gemacht? Und doch wusste sie es. Die Eltern hatten seinen Abstieg miterlebt. Wie er Stina kennengelernt hatte, als er ganz oben war, als er an der Spitze eines der erfolgreichsten Versicherungsunternehmen des Landes gestanden hatte, wie man ihm die Schuld am wirtschaftlichen Zusammenbruch Ende der Achtzigerjahre gab, wie er langsam in der Hierarchie abstieg. Und Stina merkte nichts – oder wollte es nicht bemerken. Sie hatte sich an einen gewissen finanziellen Standard gewöhnt, und Erik riss sich ein Bein aus, um ihn halten zu können. Es fing klein an. Er belieh das Haus, immer weiter, und er belieh die Autos, das Boot, das Sommerhaus, bis alles beliehen war. Und er wusste, dass die Eltern es mitbekamen. Er konnte ihnen nicht mehr unter die Augen treten. Und jetzt muss er Leonard nie mehr unter die Augen treten.

Nach der Beerdigung kamen sie mit in die Wohnung. Erik ging in den Zimmern seiner Kindheit umher und litt. Sie sah, wie sich die Härchen auf seinen Armen aufstellten. Seine Töchter begrüßten verlegen die Großmutter, die sie kaum kannten, und sie wollte sie einfach nur in die Arme nehmen und sich an ihren Schultern ausweinen, aber das war nicht möglich. Sie begrüßte sie ebenso verlegen. Und Stina lächelte entschuldigend, als ob sie sagen wollte, dass es nicht ihre Schuld sei.

Schließlich schlich sich Augusta in Eriks früheres Kinderzimmer. Er starrte aus dem Fenster, stocksteif. Sie drückte ihm das Päckchen mit der Armbanduhr von Patek Philippe in die Hand.

»Die hätte Papa bekommen sollen«, sagte sie, »aber dann ist er gestorben.«

Erik konnte ihr nicht in die Augen sehen. Er nahm nur das Päckchen und nickte kaum merklich. Seither hatte sie ihn nicht mehr gesehen. Aber sie hatte angerufen. Nach Monaten, Jahren. Vor einem Monat brachte sie den Mut auf.

»Was macht ihr denn an Ostern, Erik?«, hatte sie gefragt.

»Wir fahren nach Thailand«, antwortete er forsch. »Eine hübsche kleine Insel, die Ko Chang heißt. Willst du nicht auch irgendwohin fahren? Mal ein bisschen rauskommen?«

Und da log sie, instinktiv: »Doch, ich mache mit Märta eine Busreise zum Nordkap.«

Augusta gestand ihre Lüge der Witwe Strand, von der sie nicht einmal den Vornamen kannte. Das war nötig, eine Beichte vor einer Unbekannten. Sie stand im Treppenhaus im zweiten Stock, wo die reservierte Witwe Strand nach ihren Schlüsseln suchte und versuchte nicht hinzuhören. Altweibergeschwätz. Augusta sah, dass sie das dachte. Die durch und durch korrekte Witwe Strand war prinzipiell der Ansicht, dass alle Zivilisten Viecher waren, denn ihr ebenso vergötterter wie verstorbener Ehemann war kriegsdekorierter General gewesen.

Wie auch immer man in Schweden kriegsdekoriert werden konnte, dachte Augusta eine Spur boshaft, während sie ihre Beichte zu Ende brachte: »Ich habe meinem Sohn gesagt, dass ich über Ostern verreise, aber ich bleibe wohl zu Hause.«

Die Witwe Strand starrte sie an, als ob sie einen Popel gegessen hätte, und sagte: »Also ich fahre ja wie immer zur Offiziersverwandtschaft meines Mannes in Boden. Und glücklicherweise habe ich keine Kinder, vor denen ich mich erniedrigen muss.«

Wie Augusta jetzt hofft, dass die Schritte vor der Wohnung der Witwe Strand halten. Wie sehr sie hofft, schwere Brecheisen zu hören, die ihr militärisches Türschloss aufbrechen. Aber nichts. Die Schritte gehen vorbei, schlurfend, ohne ein Wort.

Da fängt sie an, logisch zu denken. Jetzt sind die Einbrecher an den leeren Wohnungen vorüber. Die Nilssons auf Teneriffa, Märta am Nordkap, die Witwe Strand in Boden. Also sind die Einbrecher auf dem Weg zu einer Wohnung, in der jemand zu Hause ist. Bleiben noch zwei Wohnungen. Die von Lotter-Arne unten im zweiten Stock und ihre als einzige hier oben im dritten. Es sind mindestens drei Leute, und sie sprechen nicht miteinander. Nicht ein einziges Wort. Das ist keine Festgesellschaft, so viel ist klar. Es müssen Verbrecher sein.

Und in dem Moment denkt sie zum ersten Mal ernsthaft an Lotter-Arne. Er zog drei Tage nach Leonards Tod ein und war immer allein. Niemand scheint zu wissen, warum er Lotter-Arne heißt. Richtig verlottert ist er nicht, nur ein bisschen, ein schüchterner, schäbiger Mann von unbestimmbarem Alter, der immer eine Sonnenbrille trägt. Ein Einzelgänger mit festen Gewohnheiten. Jeden Werktag verlässt er die Wohnung um 08.35 Uhr, um zu seiner Arbeit in einem

Pfandleihhaus zu gehen, und kommt um 18.25 Uhr zurück. Das ganze Wochenende bleibt er zu Hause. Augusta hat ihn nie mit einem anderen Menschen sprechen sehen, aber ihr gegenüber ist er immer höflich. Höflich, aber seltsam. Sie grüßen sich immer im Treppenhaus, nur ein einziges Mal haben sie sich ernsthaft unterhalten.

»Ich habe gehört, dass Sie in einem Pfandhaus arbeiten«, sagte Augusta damals, hauptsächlich, um überhaupt etwas zu sagen.

»Pfandleihhaus heißt das«, antwortete Lotter-Arne mit großem Ernst.

Eine wenig geistreiche Unterhaltung.

Aber jetzt, da die Schritte an Lotter-Arnes Wohnung vorbeischlurfen und in den dritten Stock hinaufsteigen, sieht sie ihn in einem anderen Licht. Die schwarze Sonnenbrille, die Verbindung zwischen Pfandleihe und Hehlerei, die merkwürdigen scheuen Blicke. Plötzlich steht für sie absolut fest: Das sind Lotter-Arnes Komplizen. Sie kommen, um das Haus leer zu räumen. Sie fangen hier oben an, und niemand – außer Lotter-Arne – wird ihre Schreie hören. Dann arbeiten sie sich nach unten durch das Haus, Wohnung für Wohnung, und danach verkauft Lotter-Arne alles zu einem Spottpreis. Auf diese Gelegenheit hat er nur gewartet.

Augusta hinkt ein paar Schritte näher zur Wohnungstür, sie bildet sich ein, dass der Stock hart auf den Boden schlägt. Normalerweise hört man ihn gar nicht. Sie wirft einen Blick in die Küche, wo die Töpfe auf dem Herd köcheln, und einen weiteren Blick ins Wohnzimmer auf den gedeckten knallgelben Ostertisch mit den sechs überoptimistischen Gedecken. Und sie hört, wie die Schritte da draußen nach oben schlurfen, und sie schleicht näher heran, und ihr Herz überschlägt sich, und sie sieht Leonard ein wenig nachsichtig lächeln. Jetzt sind die Schritte oben angelangt, und die Banditen stehen direkt vor der Tür, und als die Schritte verstummen und sie nur wenige Zentimeter entfernt fast den Atem der Verbrecher hören kann, wird sie von einer kurzen verzweifelten Hoffnung gepackt: Stell dir vor, wenn das mit Thailand nichts geworden wäre. Wenn sie jetzt doch hier wären.

Sie wartet auf das Klingeln.

Aber da wird ein Brecheisen in den Türbeschlag gesteckt, und jemand rüttelt und reißt an der Tür, und da wird ihr klar, absolut glasklar, dass sie sterben wird. Sie hebt den Stock über den Kopf und denkt »Leonard« und denkt »Erik«, und dann wird die Tür aufgebrochen, und sie schlägt wie in einer letzten vergeblichen Handlung im Leben mit dem Stock zu.

»Au!«, schreit Erik und springt mit den Händen im Nacken im Flur herum. Die Töchter, zwölf und vierzehn Jahre, starren mit weit aufgerissenen Augen in die Wohnung. Und Stina, die Schwiegertochter, schaut hinter dem Türpfosten hervor.

»Aber du bist doch verreist, Augusta!«, bricht es aus Stina hervor.

»Ihr seid doch verreist!«, ruft Augusta.

Sie treten durch die gesplitterte Tür und sehen sich verwirrt um. Erik reibt sich den Nacken und jammert.

»Wir haben Thailand auf nächste Woche verschoben«, sagt Stina verwirrt. »Erik hat einen Geschäftstermin hier in der Stadt. Wir wollten uns deine Wohnung leihen, aber wir hatten keine Schlüssel. Wir haben versucht, einen Schlüsseldienst zu erreichen, aber alle feiern Ostern.«

Augusta bemerkt, wie sich ihr Herz ein wenig beruhigt und dann von Gefühlen durchströmt wird, die sie nicht mehr kannte, seit sie bei ihrem toten Mann gesessen hatte. Sie beugt sich zu den verstummten Enkelinnen vor und umarmt sie, fest und lange. Dann umarmt sie Stina und sagt: »Das Essen ist fertig. Setzt euch einfach.«

Sie nehmen leicht verwirrt Platz, und Augusta zieht Erik mit sich in die Küche. Er massiert unablässig seinen Nacken.

Sie sieht den Sohn durchdringend an und sagt scharf: »Was ist denn los, Erik?«

Dann fängt die Mutter den Blick des Sohnes ein, und es ist der Blick eines am Boden zerstörten Mannes.

»Ich habe versucht, etwas zu verkaufen, aber es ging nicht.«

»Jetzt erzähl mal alles.«

Erik blinzelt resigniert. Jeder Glanz weicht aus seinen Augen. Es gibt keinen Schein mehr zu wahren.

»Die Uhr«, sagt er. »Die du Papa schenken wolltest, als er starb. Patek Philippe. Die sollte uns nach Thailand bringen. Ich habe zahllose Pfandleiher angerufen, und einer bot fast doppelt so viel wie die anderen. Einer hier aus der Stadt. Er nahm die Uhr für eine genauere Bewertung an sich, konnte aber erst jetzt an Ostern bezahlen. Deshalb musste ich die Thailandreise verschieben. Er hat gesagt, dass wir uns am frühen Ostersonntag hier in der Stadt treffen sollen. Also wollten wir hier wohnen. Und wir haben ja geglaubt, dass du verreist bist.«

Augusta ist plötzlich völlig ruhig. Sie nickt und führt Erik zum Ostertisch. Gleichzeitig sieht sie sich, wie sie der Witwe Strand beichtet: »Ich habe meinem Sohn gesagt, dass ich über Ostern verreise, aber ich bleibe wohl zu Hause.«

In dem Moment fällt ihr ein, dass sie im Augenwinkel gesehen hatte, wie die Tür gegenüber im zweiten Stock leise geschlossen wurde. Erst jetzt fällt ihr das ein, sie sieht es vor ihrem inneren Auge. Und dann lächelt sie.

Die Enkelinnen sitzen auf der einen Seite des Tisches, Sohn und Schwiegertochter auf der anderen. Es ist ein gutes Gefühl. Leicht zitternd trägt sie Töpfe und Schüsseln herein und steht eine Weile an ihrem Tischende.

»Einer fehlt noch«, sagt sie und stolpert durch die kaputte Tür, wackelt die Treppe hinunter und erreicht eine Tür im zweiten Stock. Sie klingelt.

Lotter-Arne öffnet. Er trägt seinen guten Anzug. Das

strubbelige Haar liegt glatt gekämmt über der ewigen Sonnenbrille.

»Hallo«, sagt Augusta. »Wollen Sie ausgehen?«

»Ich gehe zum Osteressen«, antwortet Lotter-Arne.

»Und das, wo ich Sie gerade einladen wollte«, sagt Augusta.

»Danke«, sagt Lotter-Arne. »Dann gehen wir mal.«

Er hakt sie unter und führt sie die Treppe hinauf.

»Warum wollten Sie uns zusammenführen?«, fragt sie.

»Ich habe es nicht ertragen, noch ein Osterfest alleine zu verbringen«, antwortet Lotter-Arne und lächelt.

Sie kommen in ihre Wohnung. Erik starrt Lotter-Arne verdutzt an, der alle fröhlich begrüßt und sich auf Leonards Platz setzt. Augusta nimmt die Deckel von den Töpfen, und das Osteressen kann beginnen. Sie zeigt auf den bis zum Rand gefüllten Aquavit in den Schnapsgläsern. Schließlich setzt sie sich. Ihr schwirrt der Kopf vor einem merkwürdigen Glück.

Lotter-Arne schiebt die Jackettärmel ein klein wenig hoch. Am linken Handgelenk sitzt eine goldene Armbanduhr der Schweizer Nobelmarke Patek Philippe. Er nimmt die schwarze Sonnenbrille ab und greift nach dem Glas. Erik und Stina nehmen ihre Gläsern und erheben sie.

Und Augusta prostet mit ihrem Schnapsglas erst den Kindern zu, dann Stina, dann Erik und schließlich Lotter-Arne. Sie sieht ihm tief in seine braunen Augen. Das kleine Herz neben der Pupille ist völlig intakt.

»Frohe Ostern«, sagt sie und leert das Schnapsglas.

Und dabei hatte sie geglaubt zu wissen, was Glück sei.

21

Viggo Norlander saß am Tisch und lächelte in sich gekehrt. Seine ganze Gestalt machte einen abwesenden Eindruck. Wenn er spürte, dass zahlreiche Augen auf ihn gerichtet waren, so zeigte er es auf jeden Fall nicht. Er saß nur da wie ein Bild stillen, vollkommen selbstverständlichen Lebensgenusses. Er war ins Leben zurückgekehrt, und er hatte seine Geschichte erzählt – bei der vermutlich die Gefühle, die er selbst durchlebt hatte, auch eine Rolle spielten –, und er wirkte vollständig zufrieden mit dem Leben. Aber auch vollständig allein mit seiner Erfahrung.

Sie ließen ihn eine Weile unbehelligt. Bis er wieder eine Art Kontakt mit den anderen herstellte.

Da erhob sich der immer noch ziemlich nasse Arto Söderstedt und schlug die Hände zusammen. Einmal. Dann ein zweites Mal. Und noch einmal, jedes Mal ein wenig schneller. Als er schließlich applaudierte, war er nicht mehr allein. Sie waren alle aufgestanden und klatschten.

Viggo sah sie an, anfangs immer noch ziemlich geistesabwesend, doch dann immer präsenter, immer beteiligter – und immer verlegener.

Schließlich verebbte der Beifall, und Arto hob sein Cognacglas. Und es war ganz und gar nicht seine Lehrerstimme, die sagte: »Willkommen zurück, Viggo. Du hast uns gefehlt.«

Und Viggo entgegnete nichts. Aber er hob sein Glas. Und wischte sich mit der anderen Hand rasch über die Augenwinkel.

Arto setzte sich und tat das Gleiche. Während sie noch einmal anstießen, Arto und Viggo, diskreter, privater, stand auch Kerstin Holm auf und blieb vor ihrem zurückgeschobenen Stuhl stehen.

»Vielleicht ist dies auch für mich die Gelegenheit, ein paar Worte zu sagen«, sagte sie schließlich.

»Du?«, entfuhr es Lena Lindberg.

Kerstin Holm lächelte ihr kurz zu und fuhr fort: »Ich will etwas gestehen. Seit wir vor über einem Jahr diese Zusammenkunft verabredet haben, habe ich mich danach gesehnt. Und jetzt sind endlich alle Teile dieses komplizierten Puzzles an ihrem Platz. Ich möchte nun gern, da nur noch Jan-Olovs Erzählung aussteht, euch allen dafür danken, dass ihr gekommen seid. Und dass ihr mit euren Erzählungen in dieser schönen Weise zum Gelingen beigetragen habt. Skål, meine Freunde. Und vielen Dank.«

Sie hoben alle die Gläser und betrachteten ihre ehemalige Chefin, die stehen blieb und in die Runde prostete. Sie sah nicht nach einem geheimnisvollen Unbekannten aus, aber es war keiner unter ihnen, der nicht in diesem Augenblick dachte, dass sie Kerstin Holm immer unterschätzt hatten. Wie sie auch in den schwersten Stürmen, beruflich wie privat, immer geraden Kurs gehalten hatte. Wie ihr milder Führungsstil die Gruppe zu einem großartigen Kollektiv zusammengeschweißt hatte. Ebenso wie ihr Vorgänger hatte auch sie gezeigt – wenngleich auf andere Art und Weise –, wie überbewertet äußerliche Disziplin war, wie unnötig und selbstzerstörerisch Strenge sein konnte.

Paul Hjelms Blick spiegelte deutlich seine Verliebtheit, und das sahen alle, als er schließlich das Wort ergriff: »Was ich nicht verstehe, ist, wann du dies alles hast arrangieren können. Du hast im Verlauf des vergangenen Jahres doch anderweitig ziemlich hart gearbeitet.«

Kerstin war im Begriff, sich wieder zu setzen, hielt aber mitten in der Bewegung inne. Sie verharrte in einer eigentümlich gekrümmten Stellung, während sie antwortete: »Aber was redest du denn da? Das ist doch dein Werk.«

»Oh, eheliche Geheimnisse«, sagte Sara mit einem Blick auf Jorge. Er blinzelte zurück.

»Mein Werk?«, sagte Paul. »Es war doch deine Idee. Du hast sie vor einem guten Jahr ausgeheckt, das ist dokumentiert. Wenn ich mich richtig erinnere, hast du gesagt: ›Eines können wir festlegen. Wir sammeln gute, spannende Geschichten, treffen uns im nächsten Jahr ungefähr um die gleiche Zeit und erzählen uns ganz einfach die Geschichten. Was haltet ihr davon? Das elfte Jahr von zehn.‹«

Kerstin sank endlich auf ihren Stuhl, nickte langsam und entgegnete: »Und da hast du gesagt: ›Das beschließen wir schon jetzt. Eine Elf.‹«

»Aber verflucht noch mal«, meinte Paul. »Haben wir anderthalb Jahre darauf gewartet, dass jemand anders den Arsch hochkriegt?«

»Es gibt Leute, die noch länger warten«, tröstete Jorge mit schlecht verhohlener Schadenfreude.

»Aber dann wird das hier ja wirklich rätselhaft«, sagte Sara, und eine gewisse Beunruhigung schwang in ihrer Stimme mit.

»Stimmt«, sagte Lena Lindberg. »Das finde ich ja schon die ganze Zeit.«

»Und woran du geglaubt hast, haben wir ja Schritt für Schritt mitbekommen«, erklärte Jon Anderson. »Es war, gelinde gesagt, wechselhaft.«

»Aber im Grunde habe ich an Arto geglaubt«, sagte Lena. »Den Festorganisator der Festorganisatoren.«

»Dann schlage ich vor, wir gehen einmal die Runde durch«, sagte Jon. »Ich mache mich zum Sprachrohr dieses Vorschlags, weil ich zu dem Trio gehöre, an das niemand glaubt. Möglicherweise hätten Lena und ich gemeinsam ein solches Arrangement auf die Beine stellen können, aber wir haben uns seit über einem Jahr nicht gesehen. Jorge und ich hätten uns vermutlich in die Wolle gekriegt, aber es am Ende doch geschafft, wie wir es immer getan haben. Dennoch kann ich mir nicht vorstellen, dass einer von euch an mich denkt. Und an Lena auch nicht. Dafür sind wir in der Gruppe doch eher

Randfiguren. Und Viggo hat den Kopf anderswo gehabt. Zwei Herrschaften halten sich noch verdächtig bedeckt, und das sind Jan-Olov und Gunnar. Wenn nicht Arto, Kerstin und Paul – die sämtlich eine Beteiligung abstreiten – lügen, dann sind die beiden keine üblen Kandidaten. Schachspieler Jan-Olov Hultin, der mit dem alten Erik Bruun im Kulturhaus sitzt und sich über uns auslässt, spielt Zug um Zug seine ausgeklügelte Schachpartie. Oder das Orakel von Chios, Gunnar Nyberg, schreibt in aller Seelenruhe seinen spitzfindigen Roman auf der sonnenüberstrahlten Terrasse und blickt hinüber zur fabelhaften türkischen Küste. Dennoch glaube ich nicht, dass es einer von ihnen war, wenn ich den Anfang machen soll. Ich glaube, es ist das Werk der Smartesten von uns allen, mit einer gewissen Unterstützung durch ihren terriergleichen Gatten, der während seines langen Vaterschaftsurlaubs frei hat schalten und walten können. Dies hier, meine Freunde, ist das Werk von Sara und Jorge. Haben sie sich heute Abend bei Tisch nicht ziemlich seltsam verhalten?«

»Sie haben auf jeden Fall eine Menge vielsagender Blicke ausgetauscht«, stimmte Paul zu.

»Das habt ihr aber auch«, entgegnete Sara. »Doch ich bin dir sehr dankbar, Jon, ja ich bin fast schon gerührt wegen deines Vertrauens in meine strategische Kompetenz. Ich wünschte, so wäre es.«

»Unsere vielsagenden Blicke haben wohl hauptsächlich Walküren und Azteken beinhaltet«, sagte Jorge. »So gesehen ist dies ein sehr stimulierender Ort. Aber ich habe ihn nicht ausgewählt. Wie Sara würde auch ich gerne die Verantwortung auf mich nehmen, aber so unverschämt zu lügen, das wage ich dann doch nicht.«

»Sehr interessant«, sagte Jon, ohne seine Enttäuschung verbergen zu können. »Damit haben wir Arto, Kerstin, Paul, Sara und Jorge abgehakt. Alle sehr starken Kandidaten. Bleiben noch ich, Lena, Viggo, Gunnar und Jan-Olov. Und jetzt dürft ihr alle sagen, was ihr vermutet. Wer hat dieses Fest heute Abend arrangiert? Wer hat die Einladung geschrieben, zwei verschiedene Willkommensbriefe und ein ›Kinderlied über eine kleine Schar Singvögelchen‹? Und wer hat dieses mystische Herrenhaus angemietet und extra dafür bezahlt, dass die Cateringfirma uns heimlich, still und leise und ohne sich zu zeigen ein köstliches Festmahl ganz im Stil des 18. Jahrhunderts serviert? Wir gehen im Uhrzeigersinn vor, ich fange an. Ich habe geglaubt, es wären Sara und Jorge, und ich habe mich geirrt. Kerstin?«

»Ich dachte wirklich, es sei Paul«, sagte Kerstin.

»Und ich habe vermutet, es wäre Arto«, sagte Lena. »Der Festorganisator.«

»Und Herr Söderstedt selbst?«, fragte Jon.

»Ja«, meldete sich Arto zu Wort. »Ich bin genauso ratlos wie ihr. Ich war überzeugt, dass es sich um eine kreative Zusammenarbeit von Kerstin und Paul handelte. Möglicherweise unter ein wenig Mithilfe des Oberkuckucks Jan-Olov Hultin.«

»Unsere kreative Zusammenarbeit sieht anders aus«, warf Paul ein und erntete einen bösen Blick von Kerstin.

»Sara?«, sagte Jon auffordernd.

»Ich habe Kerstins Esprit hinter alldem vermutet«, antwortete Sara. »Jetzt bin ich *lost in space*.«

»Wer ist das nicht?«, meinte Paul. »Wir haben den Glauben an meine teure Lebensgefährtin geteilt, Sara, aber sie hält nicht, was wir uns von ihr versprochen haben. Jetzt weiß der Kuckuck, wer es war.«

»Ich habe gedacht, es wäre Paul«, sagte Viggo. »Es kam mir wie eine typische Paul-Hjelm-Inszenierung vor.«

»Und Jorge, was hast du eigentlich geglaubt?«, fragte Jon.

»Ich bin nicht sicher, ob die Vergangenheitsform angebracht ist«, sagte Jorge. »Ich glaube nämlich immer noch. Ich glaube mittlerweile an einen Mann, der in seinem ersten Jahr in einem neuen Beruf gewisse kreative Krisen gehabt hat. In diesen – vermutlich ziemlich lang andauernden – Phasen von Schreibblockade hatte er alle Zeit der Welt, dieses Ambiente zu erschaffen. Ich glaube mit anderen Worten an den Schriftsteller.«

»Ein nicht gänzlich abwegiger Gedanke.« Gunnar nickte. »Und natürlich schmeichelhaft. Aber ich bin es nicht. Tut mir leid. Ich wurde von der Einladung total überrascht.«

»Und was glaubst du selbst?«, fragte Jon enttäuscht.

»In Ermangelung anderer Schriftsteller glaube ich an Jan-Olov Hultin«, sagte Gunnar. »Er ist und war immer das Hirn hinter uns. Außerdem schweigt er fast die ganze Zeit.«

Alle Blicke wandten sich jetzt dem Letztgenannten zu. Er saß tatsächlich schweigend da. Dann zog er einen Stapel Papiere hervor, faltete ihn sorgfältig auseinander, setzte sich die Eulenbrille auf seine große Nase und schob sie hinunter bis zur äußersten Nasenspitze. Da blieb sie hängen wie eine Flagge auf dem Gipfel des Mount Everest.

»Ich will jetzt Klartext reden«, sagte Jan-Olov Hultin.

»Endlich«, riefen mehrere Stimmen.

»›Vogel Nummer zehn kann den Schmerz kaum ertragen, / dass Gesetz sich verkehrt in Treten und Schlagen‹«, las er und verstummte. Nach einem Augenblick der Spannung fuhr er fort: »Also Klartext darüber, was wir tun sollten. Es geht um Polizeiarbeit. Was es rein faktisch bedeutet, Verbrechen zu verhindern und dafür zu sorgen, dass Verbrecher gefasst werden. Ich meine nicht Klartext darüber, was wir mangels anderer Programmpunkte heute Abend hier für wichtig halten. Es ist schön, dass wir uns hier treffen, es gefällt mir außerordentlich, aber wer das Ganze arrangiert hat, interessiert mich nicht die Bohne. Wir haben den Fokus aus den Augen verloren, meine Freunde, wir sind sozusagen in alle Winde verstreut. Wir sind entwurzelt. Ich will versuchen, mit dieser letzten Erzählung zumindest ansatzweise Bodenhaftung wiederherzustellen. Ich hoffe, dass ihr, wenigstens vorübergehend, die Scheinfragen links liegen lasst und euch

Zeit nehmt für die wirklichen Probleme. Denn die habe ich vor euch jetzt zu präsentieren.«

Gnadenloser Übergriff

Als der Kriminalpsychiater in den Lesesessel in seinem Büro sank, den weichen Sessel in der Ecke bei den Bücherregalen, war es keine Nacht wie jede andere – es war die ultimative Nacht. Dieser Dezembertag kurz vor Weihnachten hatte ihn, ausgerechnet ihn, zu einem anderen gemacht. Er hatte das Gefühl, als ob alles, was er im Laufe der Jahre gelernt hatte, sein gesammeltes Wissen und seine Erfahrung, wie weggeweht wären. Zunichtegemacht von einem Flegel.

Denn wie sollte man ihn sonst nennen?

Der Kriminalpsychiater drehte den Kopf, bis der Nacken knackte, und ließ den vergangenen Morgen Revue passieren. Er bewegte sich rückwärts durch den Tag, durch die Verwandlung, wie durch einen Tunnel gegen den Strom der Zeit.

Anfangs hatte er hier gesessen, auf genau demselben Platz, in diesem weichen Sessel in der Ecke bei den Bücherregalen. Aber da war er noch ein anderer gewesen. Da war er ein Zuschauer, ein Beobachter, bestenfalls ein Analytiker gewesen.

Jetzt war er ein Akteur. Dem noch eine Viertelstunde blieb, um zu handeln.

Der Kriminalpsychiater vom Morgen, der andere, überflog den Fall auf dem Laptop, den er auf seinem Schoß hatte. Er behielt den Computer stur auf dem Schoß, trotz aller alarmierenden Berichte über Hodenkrebs, Unfruchtbarkeit und Impotenz. Da mussten schon schwerere Geschütze aufgefahren werden, um einen Mann wie den Kriminalpsychiater dazu zu bringen, seine Gewohnheiten zu ändern.

Es war Vorweihnachtszeit, und wie immer, wenn ein Jahr zu Ende ging, war Eile geboten, um alle losen Enden noch zu verknüpfen. Es hatte geschneit, was die Welt deutlich heller machte, und dieses schneehelle Dezemberlicht fiel im Prinzip waagerecht durch die alten staubigen Jalousien des Büros. Der Kriminalpsychiater musste den Computer ein wenig drehen, damit nicht überall auf dem Bildschirm Streifen erschienen und er nur jede zweite Zeile lesen konnte.

Der Text schilderte einen ziemlich einfachen Fall, ähnlich einer Vielzahl von Gewalttaten Jugendlicher, die psychisch ausreichend instabil waren, um eine Geisteskrankheit zumindest zu streifen. Aber auch ausreichend klar im Kopf waren, um zu erkennen, dass ihr Dasein nach dem Verbrechen deutlich reibungsloser verlaufen würde, wenn sie eine Geisteskrankheit vortäuschen könnten.

Und genau darum ging es. Wie immer. Um die Frage, wo die Grenze zur Geisteskrankheit verläuft.

Oberflächlich betrachtet gab es keine Abweichungen oder gar etwas Originelles an dem Fall. Der Junge hatte seinen Vater mit einer von dessen zerbrochenen Wodkaflaschen ermordet. Drehbuchszenario: Sohn ist groß genug, um sich endlich gegen seinen betrunkenen Vater zu wehren, und die während der gesamten Kindheit erlebten, ja aufgestauten Gefühle nehmen überhand und entladen sich in einem gnadenlosen Übergriff.

Was soll man da sagen?, dachte der Kriminalpsychiater und seufzte. In seinem verschlossenen, ja aufgestauten Inneren gestand er sich ein, dass es ihm schwerfiel, diese explosiven Söhne zu verurteilen, die endlich die Chance bekamen, sich für lebenslang erlittene Kränkungen zu rächen. Kränkungen, die sie bis ins Grab verfolgen würden – und oft darüber hinaus. Generationenübergreifende männliche Frustration, die zu gnadenlosen Übergriffen führte.

Vergewaltigung der Töchter, brutale Gewalt gegen die Söhne …

Nichts Neues unter der Sonne.

Eigentlich ein phantastischer Begriff, dachte der Kriminalpsychiater und lehnte sich mit im Nacken verschränkten Händen zurück. Gnadenloser Übergriff. Ein Überbleibsel aus einer anderen Zeit, aus dem 15. Jahrhundert. Das altschwedische *ivirvald,* das eine Gesellschaft erahnen ließ, in der Gewalt Normalität war. Aber dann gab es auch eine seltene Form von Gewalt, die sich tatsächlich in gnadenlosen Übergriffen äußerte, in einer Art »Übergewalt«.

Aber was hatte der Begriff in unserer Zeit verloren? War es nur ein lächerlicher historischer Zufall, dass genau dieser Begriff überlebt hatte?

Seine etwas unerwarteten linguistischen Überlegungen wurden nicht wirklich beendet. Denn plötzlich saß er einfach da, auf dem Stuhl dem Schreibtisch gegenüber, und er sah recht klein aus.

Ja, das war der erste Eindruck. Obwohl auch der muskulöse Wärter seinen Platz neben der Tür eingenommen hatte, in seiner gewohnten abgebrühten Haltung, mit den Händen auf dem Rücken und herausgestrecktem Brustkorb, war es der Junge, der seine Aufmerksamkeit auf sich zog. Gerade, weil er klein war.

Er müsste den Wärter eigentlich zurechtweisen, aber er wusste, dass das sinnlos war. Der Mann machte das mit Absicht und absolut zielbewusst. Wahrscheinlich war es seine Art, einen der schwersten Jobs der heutigen Zeit zu ertragen – indem er immer unangemeldet und ohne anzuklopfen auftauchte. Wahrscheinlich stoppte er die Zeit und führte Buch über seinen Rekord in der Kunst, sich unbemerkt im Arbeitszimmer des Geistesabwesenden aufzuhalten.

Doch heute konnte der Wärter wohl kaum einen persönlichen Rekord aufstellen. Der Junge hatte etwas, das ziemlich schnell die Aufmerksamkeit auf ihn zog.

»Danke«, sagte der Kriminalpsychiater zum Wärter. »Sie können draußen warten.«

Mit finsterer Miene verließ der Wärter den Raum.

Psychiatrisches Gutachten. Wieder einmal. Der Kriminalpsychiater versuchte nicht einmal, seinen Seufzer zu unterdrücken, als er sich dem Jungen zuwandte, wie immer auf Wiederholungen eingestellt. Darauf, alles, was er bereits über die Welt wusste, ein weiteres Mal bestätigt zu bekommen.

»War es wegen Weihnachten?«, fragte er.

Der Junge sah ihn an und blinzelte erstaunt. Das war immer ein guter Anfang.

»Feiertage, mein Junge«, fuhr der Kriminalpsychiater fort. »Es ist immer schlimmer, wenn die Feiertage näher rücken. Und am schlimmsten ist Weihnachten. Habe ich nicht recht?«

Und der Junge lachte. Alles, was man als Erstaunen interpretieren konnte, war wie weggeblasen. Er war vierzehn Jahre alt, klein, schmächtig, und er lachte.

»Wir wohnen in derselben Stadt«, sagte der Junge. »Das ist verdammt noch mal nicht wahr.«

»Meinst du nicht, dass ich so etwas schon einmal erlebt habe?«, fragte der Kriminalpsychiater ruhig. »Schließlich warst du groß genug, um zurückzuschlagen. Ich muss beurteilen, ob du bestraft wirst oder in die Psychiatrie kommst, weil du deinen Vater umgebracht hast. Das verstehst du, oder?«

»Strafe oder Psychiatrie«, sagte der Junge. »Von wem?«

»Von der Gesellschaft. Das verstehst du doch?«

»Die Gesellschaft«, sagte der Junge. »So etwas gab es, als Sie klein waren.«

»Du hast auch eine Schwester, oder? Eine kleine Schwester?«

Der amüsierte Blick des Jungen wurde starr. Er sah dem Kriminalpsychiater direkt ins Gesicht. »Sie hat nichts damit zu tun. Sie hat geschlafen.«

»Und sie schlief weiter. Sie lag im Zimmer nebenan, als du deinen besoffenen Vater während einer, wie es scheint, massiven Schlägerei mit einer kaputten Flasche getötet hast. Sie ist nicht aufgewacht. Das ist das einzig Komische daran.

Alles andere ist glasklar. Wie konnte sie weiterschlafen? Hattest du sie unter Drogen gesetzt?«

Der Junge war still und schüttelte den Kopf. Der Kriminalpsychiater betrachtete ihn und suchte nach Anhaltspunkten. Erkannte er das Reaktionsmuster? Gab es irgendetwas Wohlbekanntes? Einen Heldenmut, der nicht erkannt werden wollte?

»Du magst deine Schwester sehr, oder?«, fragte er. »Du würdest alles für sie tun?«

Der Junge schüttelte wieder den Kopf.

Der Kriminalpsychiater fuhr fort: »Eure Mutter ist vor zwei Jahren abgehauen. Ihr lebt allein, ihr zwei, bei eurem alkoholkranken Vater. Wie soll deine Schwester jetzt zurechtkommen? Hast du darüber mal nachgedacht?«

Der Junge lächelte schwach. Der Kriminalpsychiater wollte das Lächeln interpretieren, wollte es verstehen. Ja, es gab hier einen Heldenmut, aber er wusste nicht, wie der beschaffen war.

»Dein Vater hat sie belästigt, oder? Du hast sie gerettet. Es gibt bei dieser Tat nicht die Spur einer geistigen Verwirrung. Du hast eine regelrechte Hinrichtung deines Vaters geplant und ausgeführt. Wie soll ich dir helfen können?«

Der Junge lächelte unverändert. In dieser Situation dürfte er das nicht tun. Der Kriminalpsychiater blätterte eifrig in seiner inneren Referenzbibliothek. Was war das für eine Reaktion? Er kam nicht dahinter.

»Sie sind ein alter Mann«, sagte der Junge nur.

Jetzt war der Kriminalpsychiater tatsächlich leicht irritiert.

»Was hast du an meinem Alter auszusetzen? Was verstehe ich denn nicht?«

»Was verstehen Sie denn?«, rief der Junge und zeigte zum ersten Mal zumindest ansatzweise ein Gefühl.

Eine Weile war es ruhig. Sie beobachteten einander, wie aus zwei fremden Welten. Dann sagte der Junge, und es lag hörbare Enttäuschung in seiner Stimme: »Sie sind genau wie die Polizisten. Das Wichtige haben Sie verpasst. Sie haben für sich entschieden, wie es zu sein hat.«

Der Kriminalpsychiater beobachtete den Jungen. Jetzt zeigte er eine Art Stolz, einen leichten Hochmut. Dieser Junge wollte etwas erzählen. Aber er wollte es nicht selbst tun. Er wollte verstanden werden, von innen heraus. Der Kriminalpsychiater wandte sich wieder dem Polizeibericht in seinem Laptop zu, der immer noch gefährlich in seinem Schoß ruhte. Das stets gleiche Gefasel, das digitale Gekrakel von Polizisten, die kaum schreiben konnten. Er wurde jedes Mal zum Sprachpolizisten, wenn er auf Polizeisprache stieß. Würde er es ertragen, das Ganze noch einmal durchzugehen? Bat ihn der Junge nicht darum?

Und dann fand er es.

Es stand ja da, völlig offen. Wie konnte ein so routinierter Profi wie er das übersehen haben?

»Überall in der Küche zerbrochene Flaschen«, sagte er. »Überall Schnaps. Das Bad voll mit Schwarzgebranntem. Klassisches Alkoholdrama. Aber: Dein Vater hatte 0,0 Promille Alkohol im Blut, als du ihm den Hals durchgeschnitten hast.«

»Sie können es ja doch«, sagte der Junge mürrisch.

Der Kriminalpsychiater war still. Er beobachtete den Jungen und dachte nach. Es war ein merkwürdiges Gefühl. Nicht das Denken an sich, natürlich nicht, sondern das Denken außerhalb der alten, gewohnten Bahnen. Einen Augenblick lang glaubte er förmlich sehen zu können, wie sich ein paar verwirrte Hirnzellen in bislang unberührte Hirnwindungen vortasteten. Er glaubte, ihre Verwirrung sehen zu können.

»Es sah aus wie eine Schlägerei in der Küche«, sagte er schließlich. »Das Durcheinander, der verschüttete Alkohol, das ganze Blut. Zu diesem Ergebnis kam die Polizei. Aber bei näherem Hinsehen war es das nicht. Dein Vater leistete keinen Widerstand. Also kann man annehmen, dass er schlief, dass er im Schlaf getötet wurde und dass du das Chaos im Nachhinein arrangiert hast. Aber es war erst neun Uhr, und er war stocknüchtern. Warum sollte er dann auf dem Küchenboden liegen und sich umbringen lassen?«

Der Junge schüttelte nur den Kopf. Aber etwas in seinem Blick hatte sich verändert. Der Kriminalpsychiater hätte es niemals Hoffnung genannt, aber irgendetwas war es.

Er tastete sich weiter durch die unbekannten Hirnwindungen. Es schmerzte beinahe.

»Aber damit nicht genug. Dein Vater lag auch auf einer Menge Glasscherben. Das bedeutet, dass das Chaos schon angerichtet war, bevor er sich hingelegt hat. Habt ihr das Chaos gemeinsam arrangiert?«

Der Junge betrachtete ihn jetzt. Interessiert. Mit einem Blick, der viel zu erwachsen war. Aber er sagte nichts. Schaute nur. Wie um etwas zu entdecken, das er noch nie gesehen hatte.

Und damit war er nicht allein. Der Kriminalpsychiater machte einen Schritt zurück und fing von vorn an.

»Das Bad voll mit Schwarzgebranntem. Nein, dein Vater war kein Alkoholiker. Er verkaufte Schnaps, schwarzgebrannten, illegal importierten Schnaps aus Osteuropa. An wen verkaufte er? An Kneipen?«

Der Blick des Jungen war genauso intensiv wie zuvor. Was wollte er? Eine Kehrtwende erreichen? Eine Erkenntnis? In seinem Blick lag ein Wille, ein Verlangen. Der Junge schüttelte den Kopf. Eine Art von Kommunikation.

»Nicht?«, fragte der Kriminalpsychiater. »Also an Jugendliche? Schwarzgebrannten an Jugendliche? Dieses Auto, das bei Schulfesten diskret vor der Schule geparkt wird?«

Derselbe Blick. Kein Kopfschütteln mehr. Der Kriminalpsychiater drückte die Finger gegen die Stirn und versuchte, die verwirrten Zellen dazu zu bringen, den richtigen Weg zu finden.

»Aber wo ist die Verbindung?«, fragte er. »Ich verstehe das nicht.«

Der Blick des Jungen brach. Nicht vollkommen, aber ein wenig. Als würde er einsehen, dass der Kriminalpsychiater nicht ohne Hilfe den ganzen Weg bis ins Ziel schaffte. Sehr widerstrebend sagte er schließlich: »Abzocke.«

Der Kriminalpsychiater hörte das Wort. Er hörte es, und es sagte ihm nichts. Es ließ sich nicht greifen, rief nicht den geringsten Anklang in seiner inneren Referenzbibliothek hervor. Der Sprachpolizist in ihm zuckte ein wenig zusammen, zog sich aber schnell wieder zurück. Es standen deutlich wichtigere Dinge auf dem Spiel.

Jetzt war er es, der mit dem Kopf schüttelte. »Abzocke?«, wiederholte er.

»Wenn du abgezockt wirst, bist du am Arsch«, sagte der Junge leise. »Es geht nur darum, nicht abgezockt zu werden.«

»Tut mir leid«, sagte der Kriminalpsychiater. »Ich habe keine Ahnung, wovon du sprichst.«

Der Junge seufzte. Der Kriminalpsychiater arbeitete sich durch die rudimentären Informationen mit der Intensität eines sehr viel jüngeren Kriminalpsychiaters, eines, der dreißig Jahre zuvor, lange bevor die Leute an das Ende ihrer Kräfte kamen, mit seinem Versuch, die Irrwege der menschlichen Psyche zu verstehen, direkt gegen die Wand gelaufen war. Er sagte: »Das ist also eine Strafe. Eine Drohung?«

Der Junge war still und beobachtete ihn. Er sah so aus, als wollte er quasi allein mit seinem Blick die zähe Herleitung forcieren. Der Kriminalpsychiater rang sich die Worte ab, eines nach dem anderen: »Es sind Konkurrenten deines Vaters aufgetaucht. Sie spielten nicht nach denselben Regeln, den alten Regeln. Sie kamen nicht nur mit Schwarzgebranntem, sondern auch mit einem völlig neuen Regelsystem, einem völlig neuen Gesellschaftsklima. Sie nahmen dich eines Tages in der Schule beiseite. Sie sagten, dein Vater müsse seine Aktivitäten einstellen, auf der Stelle, und ihnen seinen Schnaps überlassen. Die russische Mafia?«

Der Junge schien aufzugeben. Er seufzte und antwortete: »Es ist keine Mafia. Es sind wir selbst.«

»Wie meinst du das jetzt?«

»Klassenkameraden. Es kann jeder sein und egal was. Plötzlich kommt einfach einer in der Schule und sagt, dass er dich abzieht. Er will bis Freitag dreitausend Kronen, sonst bringt er deine Mutter um. Das ist eine gute Möglichkeit, um einfach an Geld zu kommen.«

»Ich verstehe das trotzdem nicht. Nimmt man die Drohung denn ernst?«

Der Junge zuckte mit den Schultern. »Ich verstehe das Wort Drohung nicht.«

Der Kriminalpsychiater atmete tief ein und lehnte sich im Sessel zurück. Er schloss die Augen und sagte: »Kannst du näher erklären, was du gerade gesagt hast?«

»Drohungen gibt es nicht mehr. Das ist altmodisch.«

»Wie ich«, sagte der Kriminalpsychiater und versuchte ein Lächeln. Er merkte schnell, wie schief es geriet, und ließ es verschwinden.

»Ja«, sagte der Junge, ohne die Miene zu verziehen. »Genau wie Sie.«

»Soll ich das so interpretieren, dass es hier nicht um Drohungen geht, sondern um Tatsachen?«

»Wenn man sagt, dass man jemanden töten wird, dann macht man das. Wenn man nicht vorher das Geld bekommt. Drohungen können leer sein. Abzocke wird immer durchgezogen.«

»Und das passiert also in der Schule?«

»In jeder Schule, die ich kenne.«

Der Kriminalpsychiater ließ den Blick zur Tür schweifen. Im Türrahmen hing ein Mistelzweig. Der Kriminalpsychiater hatte ihn selbst dort aufgehängt. Möglicherweise hoffte er auf einen Kuss der Büroangestellten. Er hatte auch ein paar

Weihnachtskugeln an die Wand gehängt. Sie glitzerten müde im Dezemberlicht, das vom Schnee reflektiert wurde. Wie ein Zwinkern aus einer anderen Zeit.

Weihnachten, dachte er und lächelte leicht. Weihnachten ist auch altmodisch.

Es war lange her, dass seine Seele geschmerzt hatte. Jetzt tat sie es.

Die Welt sah anders aus. Alles hatte sich verändert. Was war los in Schweden? Was war das für eine Welt, in der seine Enkelkinder aufwachsen würden?

Normalerweise war er nicht sonderlich pessimistisch. Normalerweise kam die Welt immer wieder ins Gleichgewicht. Er war auch nicht der nostalgische Typ. Früher war es nicht besser gewesen. Es hatte keine paradiesischen Zustände gegeben, nach denen man sich zurücksehnen konnte.

Aber hier ging es doch um eine andere Dimension der Veränderung. Die Mechanisierung des Menschen, die totale Instrumentalisierung. Andere Menschen waren nur dafür da, um einem zu nutzen. Sie hatten keinen Wert als Mensch an sich. Irgendetwas war abgestorben, davon war er überzeugt. Etwas war dabei, im Menschen abzusterben.

Als er sprach, erkannte er seine eigene Stimme kaum wieder: »Jemand hat dich erpresst, damit du deinen eigenen Vater tötest.«

Die Miene des Jungen blieb völlig neutral. Seine Neutralität war beängstigend. Er sagte kein Wort.

»Deine Schwester.« Der Kriminalpsychiater nickte. »Du musstest deinen Vater töten, sonst hätten sie deine Schwester getötet. Du musstest zwischen deinem Papa und deiner Schwester wählen.«

Er begegnete dem Blick des Jungen. So saßen sie eine Weile. Sie sahen einander tief in die Augen – und dennoch gab es nicht einmal ansatzweise Kontakt. Sie saßen beide an ihrem jeweiligen Ende eines unaufhaltsam expandierenden Universums.

Und bald war Weihnachten. Bald würden wir wieder einmal für unsere Abwesenheit und Abgewandtheit mit einem ständig wachsenden Berg von Weihnachtsgeschenken bezahlen.

Was haben wir mit euch gemacht?, dachte der Kriminalpsychiater und hatte das Gefühl, auseinanderzubrechen, als ob sein Körper Risse bekäme und der Staub in das bis auf den Grund gefrorene, unendlich expandierende Universum gesaugt würde.

Schließlich sagte er: »Nein. Das stimmt nicht.«

Der Junge sah ihn an, und jetzt war sein Blick fast nachsichtig.

Der Kriminalpsychiater fuhr fort: »Du hast deinem Vater von der Abzocke erzählt. Er hatte sich lange genug in deiner Welt bewegt, um zu wissen, dass das Spiel vorbei war. Ich glaube, er war ein supertoller Vater. Vielleicht zu toll ...«

Der Kriminalpsychiater beobachtete den Jungen, um zu sehen, ob überhaupt irgendeine Reaktion kam. Es kam keine. Derselbe neutrale und doch zielgerichtete Blick.

»Er hat sich sorgfältig vorbereitet, oder? Es war wichtig, dass es so aussah, als hättest du ihn getötet. Darum ging es bei der Erpressung. Als ihr beide, du und deine Schwester, nach Hause kamt, war er schon tot. Er hat euch gerettet, indem er sich das Leben nahm und es so aussehen ließ, als ob du es gewesen wärst.«

Der Kriminalpsychiater wusste nicht mehr, wie viel er von seiner eigenen Welt in den Blick des Jungen hineininterpretierte. Er merkte, dass er auf etwas stieß, das ihm noch nie zuvor begegnet war, etwas, wofür es auf der ganzen Welt kein Lehrbuch gab. Und doch schien es, als ob sich etwas in dem Jungen veränderte. Er setzte sich anders hin und lehnte sich zurück. Sah er möglicherweise ein wenig zufrieden aus? Aber mit wem? Mit sich selbst?

»Ich schreibe jetzt, dass du unschuldig bist, und sorge dafür, dass du umgehend entlassen wirst«, sagte der Kriminalpsychiater.

Da entgegnete der Junge, ohne dass auch nur ein einziges Gefühl in seiner Stimme mitschwang: »Nein.«

»Nein?«, wiederholte der Kriminalpsychiater.

»Ja«, sagte der Junge. »Nein.«

»Willst du nicht entlassen werden?«

»Doch. Aber Sie dürfen nicht schreiben, dass ich unschuldig bin. Ich muss aus einem anderen Grund entlassen werden.«

»Aber ich kann nicht lügen.«

»Natürlich können Sie das. Ich ziehe Sie ab.«

Der Kriminalpsychiater merkte, wie er die Augen aufriss. Er ließ seinen Blick über den Jungen schweifen und blinzelte. Hatte er richtig gehört?

»Drohst du mir?«, fragte er. »Ich bin ein äußerst routinierter Kriminalpsychiater. Ist dir klar, wie oft mir Leute im Laufe der Jahre gedroht haben? Ist dir klar, dass das noch nie funktioniert hat?«

»Ich drohe Ihnen nicht«, sagte der Junge. »Ich ziehe Sie ab.«

Und dann nannte er, völlig ruhig und ohne die Stimme im Geringsten zu erheben, die Namen aller vier Enkelkinder des Kriminalpsychiaters. Er nannte ihre Adressen, sagte, wo sie zur Schule gingen, und ratterte ihre Personennummern herunter. Dann schloss er: »Bis sechs Uhr heute Abend haben Sie die Entlassungspapiere unterschrieben. Aus denen wird hervorgehen, dass ich schuldig bin, aber aufgrund eines – wie heißt das – Formfehlers entlassen werde.«

»Du willst also bescheinigt haben, dass du deinen eigenen Vater umgebracht hast?«

»Nur so kommt man durch's Leben«, sagte der Junge und stand auf.

Der andere Kriminalpsychiater, die veränderte Abendversion, ließ sich durch Äonen zurückfallen. Er flog durch ein verlöschendes Universum und landete in demselben Sessel, von dem er gestartet war, dem weichen in der Ecke bei den Bücherregalen.

Er ließ den Blick durch das Zimmer schweifen. Die Dezemberdämmerung hatte schon lange eingesetzt. Der Raum lag in einem schwachen, gleichsam glitzernden Weihnachtsdunkel. Und die Uhr an der Wand, direkt neben den lächerlichen Weihnachtskugeln, zeigte zehn vor sechs.

Noch zehn Minuten, um eine lebenswichtige Entscheidung zu treffen.

Ihm war schon häufiger gedroht worden, als er es aufzählen konnte, er war verfolgt worden, schikaniert. Er hatte zwanzigmal seine Telefonnummer geändert und war sogar einmal gezwungen gewesen, umzuziehen. Die Welt, in der er sich bewegte, war immer bedrohlich gewesen. War das jetzt wirklich anders?

Er streckte sich, drehte seinen Kopf, bis der Nacken knackte, und dachte darüber nach, wie verletzlich alles war. Sobald man etwas Menschliches aufbaut, wird man verletzbar.

Der Kriminalpsychiater liebte seine Enkelkinder über alles. Er liebte natürlich auch seine Kinder, seine zwei Söhne, aber die Enkelkinder waren eher Geschenke, späte Beweise dafür, dass man zumindest irgendetwas im Leben richtig gemacht hat.

Er hatte nie nachgegeben. Niemals in seinem ganzen Berufsleben hatte er nachgegeben. Es musste doch noch Menschen geben, die – ja, was? – das System verteidigten? Vielleicht nicht direkt, er hatte kein großes Vertrauen in ein Rechtssystem, das Pädophile nach höchstens einem Jahr umstandslos wieder auf die Straße entließ. Und die Demokratie? Gleiches Recht für alle, unabhängig von ihrer Stärke? Schon eher. Aber ihm war sehr bewusst, dass auch die Demokratie relativ war. Die Starken gewannen.

Nein, es war etwas anderes, das er verteidigen musste. Er saß in seinem alten Lesesessel in der Weihnachtsdämmerung und versuchte dahinterzukommen, was es war. Ihm blieben nicht mehr viele Minuten, um es herauszufinden.

Bilder von seinen Enkelkindern huschten vorbei. Sie würden Weihnachten bei ihm zu Hause feiern, er würde sie alle vier mit viel zu vielen und viel zu teuren Weihnachtsgeschenken verwöhnen. Wären es dieselben weichen Wangen, über die er streicheln würde, wenn er nachgäbe? Wären sie verändert? Blickten sie alle in eine Zukunft, die jegliche Empathie verloren hatte? Das konnte doch nicht sein.

In dem Moment kam er darauf. Empathie.

Ein ziemlich hässliches Wort. Und doch so wertvoll. Mitgefühl.

Er schloss die Augen und betrachtete, was er während der letzten fünf Minuten geschrieben hatte. Natürlich hatte er ein Schlupfloch gefunden, es könnte funktionieren. Er kannte sämtliche Schwächen der Polizei, er kannte sie in- und auswendig, und natürlich hatten sie bei der Verhaftung Fehler gemacht. Er hatte alles perfekt zusammengefasst. Jetzt musste er die E-Mail nur noch abschicken. Dann würde der Junge als Mörder entlassen. Genau wie er es wollte. Genau wie der Junge es wollte, damit ihr System, das neue System, funktionierte. Dessen Opfer er natürlich war.

Aber wenn der Kriminalpsychiater das tat – und es blieben noch fünf Minuten –, wäre der Weg frei. Dann hätte die rechtsstaatliche Gesellschaft einen Eckpfeiler verloren. Es wäre der erste richtig große Riss durch das ganze Gesellschaftssystem.

Er wartete eine Minute. Eine stille Minute.

Und trauerte.

Dann schickte er das Dokument ab.

Er schaute auf die Misteln, auf die armseligen Weihnachtskugeln, die das Dezemberdunkel reflektierten, und er dachte: Die Zukunft hat begonnen.

Zum ersten Mal in diesem Jahr sehnte er sich nach Heiligabend.

22

Jan-Olov Hultins Erzählung verhallte langsam im Raum. Der Schlussakkord stieg zu der hohen Decke auf und zerfiel in Disharmonie, was ihrer aller Blicke dazu brachte, dasselbe Objekt zu fixieren. Das man möglicherweise einen Kern nennen konnte. Den allzu häufig vergessenen Kern ihrer beruflichen Tätigkeit.

»Danke«, sagte Arto Söderstedt und fasste damit zusammen, was sie alle dachten.

Das genügte.

»Aber wir sind noch nicht ganz fertig, stimmt's?«, sagte Paul Hjelm.

Kerstin Holm zitierte: »›Zehnstimmigen Gesang der elfte Vogel feiert, / den verbreiterten Gang, der den engen erneuert.‹«

»Oder«, sagte Jon Anderson, »wer ist es, der weiß, was wir erzählen?«

»Keine *Zehn kleine Negerlein*«, sagte Jorge Chavez.

»Kein *Decamerone*«, fügte Sara Svenhagen hinzu.

»Eher *Sechs Personen suchen einen Autor*«, erklang eine Stimme hinter einer der Türen. Sie öffnete sich, und ein Mann trat ein. Er schloss die Tür hinter sich und kam ohne Umschweife an den Tisch. Dort fuhr er fort: »Obwohl es mit sechs mickrigen Personen numerisch langweilig ist. Elf ist eine schönere Zahl. Und jetzt sind wir in Kapitel zweiundzwanzig, zwei mal elf. Die Elf, die die geradeste aller Zahlen ist und die Zehn überschreitet. Die erste Zahl, die der Mensch nicht mit den Fingern zeigen kann. Das Wort kommt vom urgermanischen *ainlif,* das ›eins darüber‹ bedeutet. Und so ist es ja eigentlich auch.«

»Ein Mann mit Gefühl für Dramatik«, murmelte Paul

Hjelm und betrachtete den Ankömmling. Er hatte zerzaustes braunes Haar und einen etwas albernen Bart, war ziemlich schlank und trug Jeans und ein T-Shirt mit dem Aufdruck *»Don't believe in the hype«*.

»Ihr seid meine lebende Bibliothek, meine Freunde«, sagte er.

»Darf man vermuten, dass Sie die ›Reichspolizeiführung repräsentieren‹, wie es immer heißt?«, fragte Arto Söderstedt.

»Nicht direkt«, gab der Mann zurück. »Aber ich habe eine gewisse Macht über euch.«

»Machen Sie sich nicht die Mühe, sich vorzustellen, ich bitte Sie«, sagte Jorge Chavez.

»Ich erlaube mir, damit noch ein wenig zu warten«, entgegnete der Mann. »Aber ich will wirklich betonen, welches Vergnügen es mir bereitet, euch alle zu treffen. Mir war nicht ganz klar, wie ihr alle ausseht. Zum Beispiel verstehe ich erst jetzt, was es mit dem Schräg-nach-hinten-rückwärts-Riecher auf sich hat, Viggo.«

»Ich habe es noch immer nicht verstanden«, sagte Viggo Norlander. »Und Sie wollen Macht über uns haben?«

Er wollte aufstehen. Aber er kam nicht hoch. Er versuchte es dreimal, aber er saß fest, wie an den Stuhl geleimt. Oder wie in einer Art elektromagnetischem Feld gefangen. Er blickte sich um und sah, dass einige der anderen am Tisch mit dem gleichen Problem kämpften.

»Sollen wir jetzt Angst bekommen, oder was?«, fragte Kerstin Holm zurückhaltend.

»Das würde ich mir wirklich nicht wünschen«, sagte der Mann. »Ihr habt schon phantastische Arbeit geleistet. Ich hoffe, ihr habt auch das Festmahl genießen können. Ihr habt wunderbare Geschichten erzählt. Eure Vorträge waren faszinierend. Aber einer fehlt noch, und zwar meiner. ›Zehnstimmigen Gesang der elfte Vogel feiert, / den verbreiterten Gang, der den engen erneuert‹.«

»Das Kinderlied ist von Ihnen?«, fragte Lena Lindberg.

»Ich habe im Laufe des Abends dein Interesse an dieser Frage bemerkt, Lena. In diesem Fall beschränkte sich meine Rolle darauf, den Text, sagen wir einmal, zu modernisieren. Ich habe ja geschrieben, dass es sich um ein Kinderlied mit uralten Wurzeln handelt.«

Er zog ein kleines vergilbtes, ziemlich oft gefaltetes Papier hervor, das an etwas befestigt war, das wie ein Stück Pappe aussah.

»Ich lasse dies mal herumgehen«, sagte er und streckte sich, um Jan-Olov Hultin, der ihm am nächsten saß, das Papier zu reichen.

»Erlauben Sie, dass wir die Hände bewegen?«

»Fragte Jan-Olov mit einer Neutralität, die stark an Antimaterie erinnerte«, sagte der Mann.

»Ich würde es vorziehen, wenn Sie mich nicht mit meinem Vornamen anredeten«, entgegnete Hultin und schnappte nach dem Zettel.

»Auf jeden Fall besser als J-O, nicht wahr?« Der Mann lächelte. Dann fuhr er fort: »Ihr wart ja an der Geschichte des Landguts interessiert, nicht wahr? Und an der Frage, warum dieses Herrenhaus am selben Tag, an dem es eingeweiht wurde, unbewohnt wurde? Tatsache ist, dass alles, was ihr an diesem turbulenten Tag erlebt habt, hiermit zu tun hat. Es dreht sich um ein Stück schwedischer Geschichte, das keinen rechten Platz in den Geschichtsbüchern gefunden hat. Oder eher bewusst ausgelassen wurde. Und das Einzige, wonach ich mich am Anfang richten konnte, war dieser Zettel. Ihr seht, was es ist?«

»Die Handschrift kommt mir auf jeden Fall sehr bekannt vor«, sagte Gunnar Nyberg und reichte den Zettel weiter.

»Es ist ein Erbstück«, erklärte der Mann. »Außerdem muss ich zugeben, dass ich versucht habe, seine verschnörkelte Handschrift, so gut es ging, zu kopieren. Es dauert einige Zeit, in diesen computerisierten Zeiten eine Handschrift zurückzuerobern.«

»Sollen wir auf ein Kinderlied aus dem 18. Jahrhundert tippen?«, fragte Jorge und untersuchte den Zettel. »Ich erkenne Wörter wie ›Wendung‹, ›Schar‹, ›Bestie‹, ›gleichen Sturm‹, ›Scherben‹ und ›des Löwen Pranke‹. Aber die Schreibweise ist anders. «

»Ich gebe zu, dass das, was ihr gelesen habt, nicht das Original ist«, sagte der Mann. »Schriftexperten haben die Aufzeichnung des Textes dem Jahr 1737 zugeordnet. Und ich weiß, dass der Text an einem späten Novembersonntag in jenem Jahr geschrieben wurde. Vor ziemlich genau zweihundertsiebzig Jahren. Er wurde vor einigen Jahren draußen auf dem Besitz nicht weit vom Hauptgebäude gefunden. Er war gut erhalten, weil er sich in einem fest verschlossenen kleinen Lederbeutel aus feinstem gegerbtem Seehundleder befand. Anfangs war das meine einzige Spur.«

»Deine einzige Spur wovon?«, fragte Paul.

»Von einem Stück verschwundener schwedischer Geschichte, wie gesagt.«

»Von einem ›verbreiterten Gang, der den engen erneuert‹?«, fragte Sara Svenhagen.

»Sehr aufmerksam«, sagte der Mann und lächelte einnehmend. »Aber du bist ja auch das Ass in meinem Spiel.«

»Ich bin ganz und gar nicht angetan von deiner besitzergreifenden Metaphorik«, sagte Jorge. »Zumindest nicht, was Sara angeht.«

»Das ist keine Metaphorik, Jorge. Aber ich hatte nicht erwartet, dass du davon angetan sein würdest. Deshalb bist du so stur. Wenn Meinungsunterschiede aufeinanderprallen, wird es meiner Meinung nach erst lebendig.«

»Warte mal«, sagte Sara. »Du bist der elfte verflixte Singvogel, und du sollst von unserem zehnstimmigen Gesang singen?«

»Das stimmt«, sagte der Mann.

»Und dadurch, dass du von unseren Erzählungen berichtest, soll ein Gang in die Vergangenheit verbreitert werden?«

»Auch das ist völlig korrekt, Sara.«

»Und dies wurde also 1737 geschrieben?«

»Ja, sogar am Totensonntag. Obwohl diese Bezeichnung erst hundertdreißig Jahre später aufkam.«

»Also hat der Verfasser des Kinderlieds nicht nur vor zweihundertsiebzig Jahren vorhergesehen, was wir heute erzählen würden, er hat außerdem seine eigene Wiederentdeckung in den Liedtext eingebaut?«

»Ich vermute, dass er trotz allem ziemlich intuitiv gehandelt hat«, meinte der Mann. »Aber im Großen und Ganzen hast du recht. Wollt ihr jetzt die elfte Erzählung hören?«

Sie blickten einander an.

»Zieh Leine«, sagte Lena Lindberg.

Der Mann lächelte sanft und fragte: »Und ihr anderen?«

Gunnar Nyberg kicherte. »Du bist ein Filou«, meinte er. »Du hast mich neugierig gemacht. Ich will sie gern hören.«

»Ich auch«, sagte Paul Hjelm.

Und seiner Stimme folgte mit zunehmender Frequenz die Zustimmung der anderen, bis auch Lena am Ende sagte: »Jaja, ich will sie auch hören. Aber zieh trotzdem Leine.«

»Es ist sehr gut möglich, dass ich das verdiene«, sagte der Mann mit einem kleinen schiefen Lächeln, zog den letzten freien Stuhl an der Tafel hervor und setzte sich. Er goss sich ein Glas Wein ein und hob an: »Lasst mich nur kurz den historischen Hintergrund darstellen. Es sind die ersten Jahrzehnte des 18. Jahrhunderts. Das wissenschaftliche Zeitalter hat begonnen. Der Boden ist bereitet für die wenig später aufgehende Saat der Aufklärung. Aber unmittelbar neben den zartesten Wurzeln der Aufklärung keimt etwas anderes als der schiere Rationalismus. Mit dem Freiheits- und Mündigkeitsgedanken wächst eine utopische Kraft heran, die die immer strikteren Gesetze der Wissenschaft überschreitet, aber auch die mittelalterliche Religiosität. Es ist eine Kraft, die aus einer Gesprächskultur, einer Erzählkultur geboren wird, die aus dem aristokratischen Libertinismus des 17. Jahrhunderts erwächst und ihren literarischen Ausdruck eigentlich erst nach der Französischen Revolution erreicht, ein Seitensprung des aufklärerischen Geistes. Es ist das Gesamtkunstwerk der Romantik in literarischer Form, die Erzählorgien in Ludwig Tiecks pompösem *Phantasus* und in E.T.A. Hoffmanns noch pompöseren *Serapionsbrüdern*. Ganz zu schweigen von dem Werk, das ein Hauptwerk der internationalen Romantik hätte werden sollen, *Törnrosens bok* von unserem schwedischen Landsmann Carl Jonas Love Almqvist.«

»Aber hallo«, motzte Lena Lindberg. »Vergiss die Vorlesung und fang endlich an zu erzählen.«

»Indem du das sagst, bist du auch ein Stück Literaturgeschichte«, entgegnete der Mann.

»Leck mich«, sagte Lena.

»Aber du hast natürlich recht.« Der Mann nickte. »Schluss mit der Vorlesung. Gut hundert Jahre vor *Törnrosens bok* war nicht viel los in Schweden. Wir entwickeln uns von einer kriegerischen Großmacht zu einem friedlichen Miniland im Norden. Mit dem Tod Karls XII. geht die Großmachtzeit in die sogenannte Freiheitszeit über. Das Land bewegt sich von einer starken und nahezu absolutistischen Königsmacht zu einer im ersten Ansatz parlamentarischen Regierungsform. Als wir in die Handlung eintreten, hat Karl XII. noch fünf Jahre zu leben.«

Elf

Es ist nicht ganz sicher, ob sie weiß, dass es das Jahr 1713 ist. Bevor die Hebamme ihn aus der Wohnkate wirft und er seine Mutter zum allerletzten Mal lebend sieht, kann er noch denken, dass sie wohl nicht einmal weiß, wann ihr Erstgeborener zur Welt gekommen ist. Und er möchte schreien, dass es der 11. Januar 1693 war. Doch er tut es nicht. Denn im Innersten ist ihm klar, warum sie es nicht weiß. Es liegt daran, dass sie zehn Kindern das Leben geschenkt hat. Und sie ist im Begriff, ihr elftes zur Welt zu bringen. Außerdem hat sie den großen und anstrengenden Haushalt immer ganz allein bewältigen müssen. Denn der rekrutierte Soldat war immer draußen im Feld.

Auf jeden Fall weiß sie, dass der Erstgeborene Jakob Andreas heißt. Den Namen hat sie über die Jahre hinweg oft genug geschrien, und der Widerwille durchfährt ihn wie ein Blitz, wenn er an die schrille Stimme denkt, die immer Forderungen stellt.

Doch das weiß er nicht, als er jetzt auf den Hof hinausgejagt wird. Jetzt ist er noch wütend auf sie. Diese Wut wird er sehr lange bereuen. Auch in einem anderen Leben, auf einem ganz anderen Kontinent, auch auf einer bis dahin unentdeckten Insel im Pazifik werden ihn die kleinen Stiche von Reue begleiten. Reue darüber, dass seine letzten Gedanken an die Mutter, als diese noch lebte, geringschätzig waren. Und darüber, dass die Künstlichkeit der vergoldenden Erinnerung immer so schonungslos deutlich wird.

Er taumelt hinaus auf den Hof. Es ist schlammig. Erstaunlich, dass er sich nicht an den Lehm gewöhnen kann. Er ist immerhin zwanzig Jahre alt. Er hätte sich daran gewöhnen müssen. Er sollte inzwischen eins sein mit dem Lehm. Tatsache ist, dass er irgendwo am Rande Asiens auf einem lehmigen Acker liegen sollte. Dort ist der König.

Und dort ist sein Vater gestorben.

Vor Kurzem kam die Nachricht. Es kann nicht länger als einen Monat her sein. Tod auf dem Schlachtfeld in Bender am 1. Februar. Dabei hat Jakob Andreas gehört, das Osmanische Reich sei ein Rückzugsgebiet. Ein Ort, wo sich der König nach den Widrigkeiten von Poltawa ausruhte. Wie konnte das passieren? Es sollte viele Jahre dauern, bis er die Wahrheit über das Handgemenge von Bender erfahren sollte. Ein wenig heroischer Tod. Genau wie das Leben des Vaters.

Nun kann man sich fragen, wie der junge Jakob Andreas auch nur die geringste Ahnung haben konnte von dem, was während dieser eigenartigen Jahre, als das kleine Schweden eine europäische Großmacht war, in der Weltpolitik geschah. Außerdem kann man sich fragen, warum er nicht einberufen wurde in dieser Zeit, da der Einberufungsbehörde des Königreichs Schweden das Kunststück gelang, einen größeren Teil seiner Bevölkerung für das Militär aufzubieten als irgendein anderes Land in Europa. Es war ein Land, das im Großen und Ganzen seiner gesamten arbeitsfähigen männlichen Bevölkerung beraubt war.

Jakob Andreas war der Sohn eines rekrutierten Soldaten, und nichts sprach dafür, dass er etwas anderes werden würde als Soldat, genau wie sein Vater. Er hätte bereits einige Jahre im Feld sein sollen. Beziehungsweise tot, gefallen, begraben und vergessen. Mit einem schäbigen, schon halb verwitterten Grabstein.

Doch das gleiche Empfinden, das ihn, während er jetzt aus der Wohnkate nach draußen taumelt, den Abstand zwischen sich und dem Lehm spüren lässt, hat ihn schon als Kind spüren lassen, dass er nicht in dieses Zuhause gehört, in dieses Heim mit einer ständig wachsenden Kinderschar. Jedes Mal, wenn der Vater von einem der Feldzüge nach Hause kommt, wird sie neun Monate später rund. Aber er gehört auch nicht in diese Gegend, zwischen all diese Soldatenfamilien, nicht aufs Feld zwischen die Kleinbauern, nicht einmal in die Kirche, wo alles, was heilig ist, herabgezogen wurde und im Lehm landete wie alles andere in seinem Leben. Natürlich weiß er, während er jetzt innehält und im Lehm stehen bleibt, dass er so nicht denken darf. Denn ihm ist genauso klar, dass es für einen Mann der niedrigsten Schicht in dieser erst vor Kurzem ernsthaft herausgebildeten Gesellschaft keinen anderen Ort gibt, von dem er träumen könnte. Dass seine Träume nie verwirklicht werden. Nie einen Boden finden, auf dem sie Fuß fassen können.

Aber irgendwie tun sie es dennoch. Und wenn es einen greifbaren Grund dafür gibt, dann bietet den der Pfarrer.

Der Pfarrer hieß Anton und betrachtete sich selbst im Nachhinein lediglich als Werkzeug eines Plans, der auf einem Niveau angesiedelt war, das er selbst nie auch nur annähernd erreichen sollte. Der Anlass für Jakob Andreas' berechtigten Hochmut war für Anton eines der großen Rätsel seines Gottes. Er selbst war ein zur Vorzeit vertrockneter Greis von fünfunddreißig Jahren, der einst ganz andere Träume gehabt hatte, als Landpfarrer in Roslagen zu werden. Vermutlich war es ein Rest jener Träume, der es ihm ermöglichte, eine entsprechende Begabung bei anderen zu erkennen, wenn er sie sah.

Es war nicht beabsichtigt, dass Jakob Andreas überhaupt eine Ausbildung erhalten sollte. Aber der Pfarrer erbarmte sich des kleinen Kätnerjungen, der fließend aus dem Katechismus lesen konnte, obwohl ihm keiner das Lesen beigebracht hatte. Pfarrer Anton öffnete ihm seine äußerst anspruchslose Bibliothek, und je weiter der Unterricht voranschritt, desto klarer wurde ihm, dass er es wirklich mit Intelligenz zu tun hatte. Dieser Junge war begabt.

Als Jakob Andreas ein englisches Buch aufschlug und zu lesen begann, fasste Anton einen Beschluss. Aus diesem Jungen musste etwas werden. Er erzählte ihm von dem englischen Buch, zeigte ihm die magischen Zeichnungen von einer Stadt mit Namen Philadelphia, erzählte, wie es mit der Post von der anderen Seite des Erdballs gekommen war, geschickt von Antons Verwandten, die vor einigen Jahrzehnten nach Amerika ausgewandert waren und sich dort in einer Region niedergelassen hatten, die den Namen – und Anton buchstabierte sich mühsam hindurch – Pennsylvania trug. Wo sie sich niedergelassen hatten, wuchs später eine Stadt heran.

Jakob Andreas lauschte andächtig Antons Erzählung. Die Bilder jener magischen Stadt Philadelphia lebten in ihm wie eine Luftspiegelung, die ihm in Momenten erschien, da seine Sehnsucht am größten war.

Pfarrer Anton beschloss also, all seine Kraft für Jakob Andreas' Fortkommen einzusetzen. Er lebte auf, wurde jünger. Doch dann setzten die Rückschläge ein. Antons Einfluss bei der mächtigen Geistlichkeit des Landes war nicht groß. Er erwies sich sogar als geringer, als er selbst geglaubt hatte. All seine Anstrengungen, um Jakob eine formale Ausbildung der einen oder anderen Art zu verschaffen, schlugen gründlich fehl. Ihm gelang es lediglich, den Jungen zu seinem Gehilfen zu machen, sodass er der Einberufungsbehörde entging. Es blieb ihm mit anderen Worten erspart, schon in jungen Jahren als Soldat rekrutiert zu werden. Stattdessen versorgte Pfarrer Anton, soweit es ihm möglich war, seinen jungen Adepten mit Büchern. Doch er konnte kaum anderes als religiöse Erbauungsliteratur beschaffen. Und natürlich erkannte Anton, dass der Wissensdurst des Jungen weit darüber hinausstrebte.

Solange es mit dem ständig abwesenden Soldaten zumindest formell noch ein Familienoberhaupt gab, das unter der Bezeichnung »Vater« lief, konnte Jakob Andreas sein Leben unter den schützenden Fittichen des Pfarrers fortsetzen. Doch diese Zeit endete ungeahnt schnell. Vielleicht ahnte er es schon, als er sah, wie sich die Gebärmutter seiner gekrümmten Mutter aufs Neue füllte. Vielleicht verstand er mit seinem wissensdurstigen Kopf, dass es diesmal nicht gut ausgehen würde. Aber er zog es vor, die Augen zu verschließen. Um der Bücher willen. Um der armseligen Bücher in Pfarrer Antons schäbiger Bibliothek in dem kleinen Pfarrhaus direkt neben der Kirche willen.

So steht es also um diesen Jakob Andreas, der aus der Kate gejagt wird, als die elfte Niederkunft seiner Mutter herannaht. Die die Mutter am Ende, vielleicht nicht völlig gegen ihren Willen, aus jenem Jammertal fortreißt, als das ein derartiges Leben um das Jahr 1700 gelten muss.

Ganz so klar ist ihm dies alles natürlich nicht. Doch er ahnt es, er spürt es. Ein Gefühl sagt ihm, dass die Welt anderswo stattfindet. Nicht zuletzt in diesem Augenblick, da er zehn Zentimeter in den Schlamm eingesunken ist, nur weil er still steht. Etwas in ihm weiß, dass die Mutter tot ist, obwohl es noch vierzig Minuten sind bis zu ihrem Tod. Etwas in ihm hat bereits eine Ahnung davon, dass seine Zukunft, seine gesamte Zukunft, gerade ihren Charakter geändert hat. Er ist jetzt das Familienoberhaupt. Seine Möglichkeiten sich davonzustehlen, hinüber zu Pfarrer Anton, und in der anspruchslosen Bibliothek zu lesen, sind gerade drastisch eingeschränkt worden. Er ist jetzt Mutter und Vater für seine Geschwister.

Er weiß nur noch nichts davon.

Er tut ein paar Schritte. Die Geräusche des Lehms kennt er nur allzu gut. Sie haben mit den Jahreszeiten und Temperaturen zu tun und sind äußerst unterschiedlich, je nach Situation. Dieses Geräusch ist ein Frühlingsgeräusch. Gerade im April hat der Lehm einen spezifischen Ton. Die Welt bekommt einen neuen Klang. Und der Lehm scheint es auch zu wissen.

Jakob Andreas blickt zum grauen Himmel auf. Ein Schwarm Krähen zieht in seltsamen Formationen vorbei, und ein kalter Schauer fährt durch ihn hindurch. Eine Erkenntnis lässt ihn zu Eis gefrieren. Er bleibt stehen. Bis alles vorüber ist.

In den Schreien, die seine jüngste Schwester wie zur Probe von sich gibt, hört er den Ton des Todes seiner Mutter. Mit der ersten Luft, die aus den Lungen der kleinen Maria ausgestoßen wird, entflieht die Mutter zu ihrer lang ersehnten Ruhe.

Dann ist er Familienoberhaupt.

Solange die Mutter noch lebte und die Kriegstaler des Vaters kamen, hatte es noch die Möglichkeit zu lesen gegeben. Nicht nur für ihn selbst, er versuchte, das Licht auch den jüngeren Geschwistern leuchten zu lassen. Und sie saßen wirklich genauso da, wie Kerzenlichter, wenn er sie zum Lesen um den Tisch versammelte. Sie verstanden zwar nicht ganz, was sie da erlebten, aber sie liebten es. Es war ihre einzige Festlichkeit.

Er schuftet jetzt schwer. Ist gezwungen, rasch alles über Tierhaltung und Landwirtschaft zu lernen. Die Zeit nimmt eine neue Form an. Er schafft es, den großen fordernden Haushalt in Gang zu halten. Sie kommen zurecht. Keiner hungert. Aber noch hat der Winter nicht begonnen.

Während die Familie Monat um Monat dem Winter entgegentreibt, keimt etwas in ihm. Es ist wie ein Loch, das immer größer wird. Ein immer akuterer Mangel. Eine Sehnsucht, größer als die nach dem Vater und sogar größer als die Sehnsucht nach der Mutter. Es ist die Sehnsucht nach den Büchern. Um seiner selbst willen, sicherlich, aber vor allem sehnt er sich nach den Lesefestlichkeiten am Tisch in der Kate.

Es wird kälter. Herbst. Der Wind pfeift immer frostiger durch seine innere Leere. Eines Tages überlässt er das Vieh dem nächstälteren Bruder Abel, um zum Pfarrhof zu gehen. Er kann sich kaum an den Weg dorthin erinnern. Bei seiner Ankunft verlässt gerade eine Pferdekutsche den Hof. Sie gehört dort nicht hin, und der Anblick bietet einen lautstarken Kontrast: All das übliche Grau, der Lehm, der Morast – und dann diese Kutsche, wie ein Traum, der die karge Wirklichkeit besucht.

Die Kutsche hält neben ihm an. Zwei stolze Rösser kommen schnaubend zum Stillstand. Und aus dem geschlossenen Wagen schaut Pfarrer Anton heraus, in voller Montur. Er winkt ihn herein.

Schweigend fahren sie durch die herbe Herbstlandschaft Roslagens. Alle Fragen, die Jakob Andreas stellen möchte, bleiben ihm im Hals stecken, und Pfarrer Anton betrachtet ihn nur mit einem kleinen Lächeln. Erst als die Kutsche langsamer wird, legt Anton die Hand auf seine und sagt: »Du bist als mein Gehilfe dabei, Jakob Andreas. Wie in den guten alten Zeiten.«

Verblüffend geschmeidig steigt Anton aus dem Wagen, bevor Jakob Andreas ihn fragen kann, wo sie sind. Als er selbst aussteigt, sieht er, dass sich die Frage erübrigt. Mit seiner kargen Wirklichkeit ist er zu Besuch in einem Traum.

Denn natürlich ist es ein Traum. Der gepflegte Schlossgarten. Das phantastisch schimmernde helle Schloss. Die mächtige Marmortreppe, die stattliche Balustrade der Veranda, der noch stattlichere Eingang, der aus zwei prächtigen Türflügeln aus dunkler Eiche besteht. Jakob Andreas weiß nicht, wohin er den Blick richten soll. Wohin schaut man in einem Traum? Sein Blick bleibt an den kupfernen Türgriffen hängen, großen Ringen, auf denen eifrig klitzekleine Engel herumklettern. Er hat das Gefühl, dass sie ihm die Zunge herausstrecken.

Lausbuben.

Das Portal wird geöffnet. Ein überaus hochnäsiger Diener weist sie in einen großen Raum. Dort bleiben sie stehen, allein gelassen.

Als Erstes sieht Jakob Andreas den offenen Kamin. Nie hat Feuer so einladend gewirkt, so schön. Als stiege kein Rauch von ihm auf, kein Ruß, kein Schmutz. Dann sieht er, worauf das Licht des Kamins fällt.

Und er ist nicht mehr nur in einem Traum, er ist im Himmel. Überall stehen Bücher. Richtige Bücher. Gedruckte Bücher. Und mitnichten nur religiöse Erbauungsliteratur, sondern alte Meisterwerke, von denen er höchstens einmal hat reden hören. Aber die meisten kennt er überhaupt nicht. Zum ersten Mal in seinem Leben ist er in einer echten Bibliothek. Und er wird es nie vergessen.

Aber erst als er Antons einleitende Worte hört, wird ihm klar, wo sie sind: »Verehrter Herr Kanzleipräsident Horn. Eure Hoheit haben nach mir gerufen?«

Horn? Jakob Andreas kann kaum glauben, dass dieser Mann wirklich existiert, dass er ein gewöhnlicher Mensch unter den Lebenden ist, auch wenn ihm natürlich zu Ohren gekommen ist, dass der mächtigste Mann des Landes in der Nähe wohnt. Der Kanzleipräsident, Kriegsheld und Graf von Ekebyholm, Arvid Horn, der dem Reichsrat vorsteht und das Land regiert, während Karl XII. auf dem Kontinent Krieg führt. Oder in türkischer Gefangenschaft sitzt, was gerade im Moment der Fall zu sein scheint. Das lange graue Haar seiner Perücke fällt in wunderschönen Locken rechts und links seines langnasigen Granitgesichts herab, und Jakob Andreas sieht in aller Deutlichkeit, wie Arvid Horn kurz die Nase hebt und schnüffelt. Als nehme er Viehgestank von der verschlissenen Lodenkleidung des sich tief verneigenden Jakob Andreas wahr. Arvid Horn geht zu einem der Fenster der Bibliothek und öffnet es einen Spalt.

»Die Luft in der Bibliothek wird leicht ein wenig muffig«, erklärt er, legt den Arm um Pfarrer Anton, was diesen noch kleiner aussehen lässt, als er tatsächlich ist, und beginnt mit gedämpfter Stimme ein Gespräch mit ihm.

Jakob Andreas hätte natürlich am Boden zerstört sein müssen, doch das ist sonderbarerweise nicht der Fall. Etwas anderes nimmt ganz einfach seine Aufmerksamkeit gefangen.

Die Bibliothek.

Er sieht dort einen unendlichen Reichtum an Büchern. Allein die Titel, die meisten davon in Sprachen, die Jakob Andreas fremd sind, versetzen ihn in eine andere Welt. Er ist wie verhext.

Bis sich das Gespräch zwischen Horn und dem Pastor aus der Sphäre des diskreten Murmelns löst und wieder Worte zu formen beginnt, die auch für den höchst unfreien Soldatensohn beabsichtigt sind. Es ist Pfarrer Anton, der untertänig sagt: »… deshalb, Euer Hochwohlgeboren, haben mein Gehilfe Jakob Andreas und ich darüber zu diskutieren begonnen, ob nicht eine anspruchslose Bibliothek für die Landbevölkerung im Anschluss an die Dorfkirche …«

»Eine Bibliothek für die Landbevölkerung?«, stößt Horn aus und starrt Anton an.

Dem es gelingt es dennoch, eine Fortsetzung zu formulieren: »Höchst anspruchslos, Eure Hoheit. Und deshalb dachten wir uns, ob Euer Gnaden sich vorstellen könnte, ein paar alte Bücher aus Eurer großen Bibliothek zu spenden.«

Zuerst ist Arvid Horns Blick streng. Doch er wird milder. Nein, er verschiebt sich. Die Mundwinkel zeigen jetzt zwar aufwärts, doch was dem Mund entweicht, ist kein fröhlicher Laut. Das polternde Lachen hat sehr wenig mit Freude zu tun. »Aber Herrgott, Anton«, sagt er zwischen den Lachern. »Du versteht doch wohl selbst, was passieren würde, wenn das Landvolk in die Lage versetzt würde, zu träumen anzufangen.«

Dann lässt er sie durch seinen Diener hinausgeleiten, und bevor sie sich's versehen, sitzen sie schon wieder in der Kutsche und sind auf dem Heimweg.

»Eine Bibliothek für die Landbevölkerung?«, sagt Jakob Andreas schließlich.

Anton lächelt traurig und erklärt: »Eine Eingebung des Augenblicks, mein Sohn. Aber sie hat nicht ausgereicht.«

Als sie sich beim Pfarrhof trennen und die Kutsche wie die letzte Spur eines Traums aus ihrem Blickfeld verschwindet, hört er Anton hinter seinem Rücken murmeln: »Es hat nicht ausgereicht.«

Jakob Andreas kehrt zur Kate zurück. Zum Abendessen sitzen sie alle um den großen Tisch versammelt. Er betrachtet seine kleinen Geschwister, eines nach dem anderen, und er sieht, dass etwas mit ihnen geschehen ist. Etwas in ihren Blicken ist erloschen. Sie sind im Begriff, eins zu werden mit dem Lehm, alle zusammen. Er denkt: Ja, was würde passieren, wenn ihr alle die Möglichkeit bekämt zu träumen? Wenn die Erzählungen weitergehen könnten? Er hat nicht die

Kraft, nicht die Energie, eigene Erzählungen zu erfinden. Er braucht die Erzählungen anderer.

Während Jakob Andreas in den folgenden Tagen das kleine Feld um die Kate pflügt und eggt, rumort ein Gedanke in ihm. Er nimmt Form an, als Jakob Andreas die Pflanzenreste des abgeernteten Feldes unterpflügt, um das Krankheitsrisiko für die Früchte des nächsten Jahres zu mindern. Als das Feld bestellt ist, macht er sich auf. Jetzt kennt er den Weg. Er trägt einen alten Jutesack über der Schulter und weiß, was er tun muss. Er nimmt einen ordentlichen Umweg und nähert sich dem Schloss von hinten, vom Wald her.

Das Fenster ist noch angelehnt. Die Luft in der Bibliothek wird leicht ein wenig muffig …

Er sieht sich nach allen Seiten um. Niemand ist in der Nähe. Auch in der Bibliothek ist keine Menschenseele. Vorsichtig schiebt er das Fenster auf und zieht sich hoch. Er streift seine plumpen Bauernschuhe ab und lässt sie auf die Erde fallen. Dann klettert er durch das Fenster.

Lautlos bewegt er sich von Bücherschrank zu Bücherschrank. Er wählt nur schwedische Bücher aus. Gerne Übersetzungen. Alte Meisterwerke. Nicht so gern religiöse Erbauungsliteratur. Alles verschwindet in dem Jutesack. Schließlich hat er so viel, wie er durch den Wald nach Hause tragen kann. Er stellt die Bücher in den Regalen so zurecht, dass man das Fehlen einiger nicht sieht. Es gibt so viele hier, dass es kein Problem ist. Dann springt er hinaus, drückt das Fenster zu, schlüpft in seine alten Schuhe und verschwindet im Wald.

Ein paar Tage später nimmt ihn ein alter Bauer, der auf dem Markt in Stockholm Eier verkaufen will, auf seinem Wagen mit in die Stadt. Mit dem Jutesack über der Schulter macht er sich auf in die Gassen der Stadt und findet schließlich einen Buchhändler. Dieser betrachtet lüstern die großartigen Bände in Jakob Andreas' Sack.

Aber Jakob Andreas sagt: »Ich will diese Bücher bei dir

deponieren.« Er ist sehr stolz auf dieses Wort. Vom lateinischen *deponere,* platzieren, hinlegen. Er verdeutlicht: »Also nicht verkaufen. Noch nicht.«

»Dann wird eine Depositionsgebühr fällig«, erklärt der Buchhändler und blättert in einem erlesenen Exemplar von Platons *Dialogen*.

»Nimm irgendeins von den Büchern«, sagt Jakob Andreas.

Als er wieder zu Hause anlangt, hat die Dämmerung schon eingesetzt. Die Geschwister sind um den großen Tisch versammelt. Die älteste Schwester Anna hat das Abendbrot bereits gerichtet. Aber als sie anfangen wollen zu essen, hält Jakob Andreas sie zurück. Sie sitzen mit dem Suppenlöffel in der Hand da, alle neun, und sehen ihn mit großen Augen an, wie er aufsteht, ein paar Töpfe auf einem Regal zur Seite schiebt und ein dickes Buch dahinter hervorholt. Er legt das Buch auf den Tisch und sieht sie an, einen nach dem anderen, vom ältesten Bruder Abel am Kopfende des Tisches bis zur kleinen Maria in der Wiege daneben.

Dann sagt er: »Wir werden wieder anfangen, Geschichten zu erzählen. Nach dem Tod von Vater und Mutter haben wir es vergessen. Für den Anfang lese ich euch vor, danach können wir alle erzählen, alle elf. Die Zeit wird kommen.« Sie schauen ihn verwundert an. Er fährt fort: »Dies hier ist das erste Buch. Es heißt *Decamerone* und ist vor mehreren Hundert Jahren von einem Mann mit Namen Boccaccio geschrieben worden. Es ist eine Sammlung von Novellen und handelt von einer Anzahl junger Menschen, die einander Geschichten erzählen.« Als Jakob Andreas zu Ende gesprochen hat, hebt Abel den Zeigefinger und deutet zum Fenster und nach draußen aufs Feld. Jakob Andreas folgt der Richtung des Fingers, und da sieht auch er die Schatten, die sich am Feldrand entlangbewegen. Er sieht sie größer werden. Und schließlich sieht er auch, wer da kommt. Es sind Soldaten des Hofregiments. Und sie sind auf dem Weg hierher.

Einen kurzen Augenblick schließt Jakob Andreas die Augen. Er begreift, dass sein Leben gerade ein anderes geworden ist. Dann beugt er sich hastig zu Abel vor und flüstert ihm ein paar Worte ins Ohr. Er nimmt das Buch, umarmt rasch so viele von den kleinen Geschwistern, wie er kann, und verschwindet durch die Hintertür.

In dieser Nacht schläft er tief im Wald. Es ist furchtbar kalt, aber er hat nur Gedanken für seine kleinen Geschwister übrig. Er hofft, dass sie nicht seine Strafe auf sich nehmen müssen.

Am folgenden Morgen macht er sich auf die Wanderung nach Stockholm. Die meiste Zeit bleibt er im Wald, um nicht gesehen zu werden. Er hat Angst vor den Soldaten. Sie können überall sein. Schließlich darf er auf der langsam zockelnden Ochsenkarre eines Bauern mitfahren. Als die Karre bei Kattrumpstullen über die Stadtgrenze von Stockholm rollt, bricht die Dämmerung schon herein.

Er begibt sich unmittelbar ins Gewimmel der Gassen. Sie sind dunkel und stinken. Von allen Seiten hört man Schreie und Lärm aus den Wandlöchern geheimer Schankstuben. Er erreicht die Buchhandlung. Der Buchhändler ist da. Er korrigiert seine staubige Perücke, als Jakob Andreas in seinen dunklen Laden tritt.

»Ich habe geahnt, dass du bald kommen würdest«, sagt der Buchhändler und blickt von einem Buch auf.

Jakob Andreas erstarrt zu Eis. Er sieht die Soldaten aus dem Hinterzimmer der Buchhandlung herausquellen.

Doch nur vor seinem inneren Auge. In Wahrheit bleibt in der kleinen Buchhandlung alles still und friedlich.

»Warum habt Ihr das geahnt, Meister?«, fragt Jakob Andreas, als er endlich wieder Luft bekommt.

Der Buchhändler lächelt und sagt: »Du scheinst ein ruheloser Bursche zu sein.«

»Ich möchte, dass Ihr meine Bücher jetzt kauft, Meister«, sagt Jakob Andreas.

»Auch das habe ich geahnt«, entgegnet der Buchhändler. »Aber ich ahne auch, dass du dir später neue Bücher anschaffen wirst.«

»In einem anderen Leben«, sagt Jakob Andreas.

Der Buchhändler reicht ihm einen gut verschlossenen kleinen Lederbeutel aus feinstem gegerbtem Seehundleder. Er ist prall gefüllt, und als Jakob Andreas ihn öffnet, sieht er, dass er bis zum Rand mit Silbermünzen gefüllt ist.

Das Geld in der Tasche, macht er sich auf den Weg hinunter zum Wasser. Dort liegen die Segelschuten in einer langen Reihe. Am Kai Skeppsbron herrscht reges Treiben, und der Gestank der Gassen wird von den frischen Herbstwinden, die vom Meer heranziehen, abgemildert. Jakob Andreas drängelt sich durch die Scharen von Fischverkäufern, Fellhändlern, Salzfleischimporteuren, Huren und Seeleuten. Er klappert alle Schiffe ab, Schute um Schute, und schließlich findet er eines, auf dem er anmustern kann. Es sticht in zwei Tagen in See, und sein Bestimmungshafen ist Cádiz in Spanien. Er mustert unter falschem Namen an und hält sich zwei Tage lang versteckt, hauptsächlich in zwielichtigen Kneipen. Schon dort lernt er viel von der neuen Wirklichkeit, in die er nun eintreten wird.

Ein paar Stunden bevor die Schute die Segel setzt, findet er endlich Abel, der lange durch die Gassen geirrt ist. Zum ersten Mal im Leben umarmen sie sich. Jakob Andreas verspricht sich selbst, dass es nicht das letzte Mal gewesen sein soll. Er gibt Abel den prall gefüllten Lederbeutel mit Silbertalern. Abel schaut starr hinein und weiß nicht, was er damit machen soll.

»Dies sollte reichen, damit keiner hungern muss«, sagt Jakob Andreas. »Du bist jetzt das Familienoberhaupt, Abel. Sorge gut für die kleinen Geschwister. Und noch eines.«

Er holt ein in Papier eingeschlagenes Paket hervor und glättet den Umschlag ein wenig. Ein Buchrücken wird sichtbar. Abel buchstabiert stumm das Wort *Decamerone*.

»Lies ihnen vor, Abel«, bittet Jakob Andreas. »Hör nie auf, ihnen vorzulesen. Und bring ihnen das Lesen bei, wie ich es dir beigebracht habe.«

Abel nickt. Dann sagt er: »Ich soll dich von Pfarrer Anton grüßen. Und dir bestellen: ›Es hat doch ausgereicht!‹«

Jakob Andreas lächelt sanft und nickt. »Ja, Abel. Es hat doch ausgereicht.«

Am Tag darauf ist er unterwegs nach Cádiz. Zum ersten Mal sieht er das offene Meer. Es ist phantastisch. Nichts in dem ununterbrochenen Leiden, als welches das Seemannsleben sich herausstellt, hindert ihn daran, die Großartigkeit des Meers zu genießen. Manchmal ist es göttlich, manchmal diabolisch, aber es ist immer der direkte Gegensatz zu Lehm. Zu dem Lehm, dem es nie gelang, ihn zu verschlingen.

Als Seemann muss er klein anfangen. Er beginnt als Schiffsjunge, der Niedrigste der Niedrigsten, er verrichtet vollen Dienst an Deck und in den Masten, gleichzeitig ist er Diener der Offiziere. Das ist gut. Sie kommen nicht umhin, sein Talent zu erkennen, zu sehen, wie schnell er lernt. Nach der Jungfernfahrt nach Cádiz, auf der er nahezu ununterbrochen seekrank ist, legt er sich rasch Seemannsbeine und einen Seemannsmagen zu. Er fährt immer seltener unter schwedischer Flagge. Seine Geschmeidigkeit in den Masten wird bemerkt, und er lernt schnell Sprachen. Außerdem gilt sein Interesse See- und Landkarten und der Navigation, es gilt der Geografie einer Welt, die mit jedem Tag größer wird. Er wird bald Matrose, Rudergänger, klettert weiter und wird trotz des Fehlens einer formellen Ausbildung ein großartiger Navigator, den die Steuerleute immer häufiger zurate ziehen.

Gleichzeitig liest er alles, was ihm in die Finger kommt. Häufig widerfährt ihm die Ehre, an den Tisch der Offiziere eingeladen zu werden, um an Diskussionen über Politik und Moral teilzunehmen. Er wird immer weniger schwedisch, immer internationaler. Seine Fähigkeiten in der Navigation sprechen sich allmählich herum. Er nimmt sich gern schlechte

Seekarten vor und verbessert sie. Das Meer ist wie ein großer weißer Bogen, es schenkt ihm Schaffenskraft. Wenn er die Krümmung des Meers am Horizont sieht, kommt es ihm so vor, als riefe ihn der Erdball, Gaia in höchsteigener Person, zu sich und bäte ihn, ihr Bild zu zeichnen. Sie bis ins kleinste Detail abzubilden.

Er hat einen großen Vorteil: Er braucht wenig Schlaf. Wenn die anderen nach einem harten Arbeitstag sofort einschlafen, liegt er wach in seiner Koje und liest im flackernden Schein eines Talglichts, zeichnet Weltkarten oder schreibt.

Natürlich vermisst er zuweilen seine Geschwister, fragt sich, wie es Abel und den Kleinen ergeht, wagt es jedoch nicht, ihnen zu schreiben. Außerdem ist er ständig in Bewegung. Er gehört nicht zu jenen Matrosen, die in wochenlangen Sauforgien versacken, wenn sie den Hafen erreicht haben. Er mag Frauen, und sie mögen ihn, und bald hat er in fast jedem Hafen in Europa eine Frau. Er liebt Frauen, aber nicht nur ihre Körper, nicht nur ihre großartige Erscheinung, sondern auch ihre Art zu argumentieren. Er will genauso viel mit ihnen reden, wie er sie liebkosen will. Und vielleicht ist das der Grund dafür, dass er es darf. Sein Zuhause ist der Erdball, vor allem das Meer, und er wird sich nie zur Ruhe setzen.

Und seine Welt wächst. Eine Weile ist er inoffizieller Chefnavigator bei dem Kaperer Lars Gathenhielm, dem von der Krone sanktionierten Piraten Lasse i Gatan, einem Gleichaltrigen, der ihn die Kriegführung zur See lehrt, auch wenn die Legende über ihn nicht ganz stimmt. Lasse i Gatan ist vor allem ein Geschäftsmann, der an seinem Schreibtisch sitzt. Doch wenn dänische Kriegsschiffe aufgebracht und die norwegischen Häfen blockiert werden sollen, gibt es keinen Besseren als Jakob Andreas, immer noch unter seinem falschen Namen, und das dazu erforderliche Wissen hat er von Lasse gelernt. Aber als Lasse an Knochentuberkulose dahinsiecht, zieht Jakob Andreas wieder hinaus in die Welt.

Als er auf einem Sklavenschiff von Conakry am Golf von Guinea nach Matanzas, dem wichtigsten Sklavenhafen Kubas, unterwegs ist, fängt er an, sich zu fragen, in was für einer Welt er eigentlich lebt. Nachdem die Leiche eines weiteren schwarzen Menschen über Bord geworfen wurde, wechselt er einige Worte mit dem Kapitän des Schiffes, einem bärbeißigen Schotten mit Namen MacDonald, der ihm ganz nüchtern erklärt: »Sie bezahlen für hundert Sklaven. Wir nehmen zweihundert mit. Damit wir sicher sein können, dass bei unserer Ankunft noch hundert übrig sind.«

Jakob Andreas, dem zu diesem Zeitpunkt äußerst selten der Mund vor Verwunderung offen stehen bleibt, bekommt ihn erst wieder zu, als der Schiffsarzt, ein Franzose namens Arouet, sagt: »Einmal müssen alle Menschen frei werden.«

»Frei?«, wiederholt Jakob Andreas.

Arouet lächelt ein wenig schief und antwortet: »Das Wort hast du wohl noch nicht gehört, was? *Libre*.«

»Frei von was?«

»Unterdrückung«, flüstert Arouet und blickt sich um. »Frei von der Kirche und der Obrigkeit, der Krone und dem Geld. Es ist nicht gesagt, dass wir dann glücklicher sind, aber dann können wir wenigstens unser Unglück frei wählen.«

»Ich verstehe, was du meinst.«

»Ich weiß, dass du ein ausgezeichneter Navigator und Kartograf bist, Jean André, und dich nur dein Status als Unfreier daran hindert, an die Spitze zu kommen. Aber in gewisser Weise bist du noch immer eine sehr einfache Seele. Du glaubst nicht, dass die Menschen dir Böses wollen. Aber sie möchten nicht, dass du selbst denkst. Du musst jedoch anfangen, selbst zu denken. Es ist unglaublich schwer, ich weiß, aber es sind Menschen wie du, die es tun müssen. Es bewegt sich allmählich etwas in der Welt. So etwas wie hier darf es nicht mehr lange geben.«

»Du könntest hingerichtet werden für das, was du da sagst, Arouet.«

»Hast du vor, mich anzuzeigen, Jean André?«

»Il n'y a pas moyen!«

Sie reden viel miteinander. Arouet hat Texte auf Englisch und Französisch, die Jakob Andreas lesen darf. Sie handeln von der Freiheit des Menschen. Und Jakob Andreas fasst den Entschluss, nie wieder auf einem Sklavenschiff anzuheuern.

Irgendwann landet er in Amsterdam. Er nimmt sich zur Abwechslung ein paar Tage frei und bleibt in der Stadt, die er liebt. Nicht zuletzt, weil Neeltje dort lebt. Er spricht mit ihr über das, worüber er sich mit Arouet unterhalten hat. Arouet, der mit dem Vorsatz, so vielen schwarzen Menschen wie möglich das Leben zu retten, weiter als Schiffsarzt auf Sklavenschiffen fährt. Jakob Andreas wird nie einen größeren Helden treffen.

Neeltje ist eine kluge Frau, einer der klügsten Menschen, die er kennt. Während sie sich lieben, führen sie philosophische Gespräche. Das ist sehr merkwürdig. Und Stück für Stück gelingt es ihr, ihm die Lage der Frauen im frühen 18. Jahrhundert in Europa zu erklären, und er fühlt sich wie seine Mutter. Er spürt, dass er kaum weiß, welches Jahr man schreibt. Er hat wahrlich nicht viel von der Welt verstanden. Zum ersten Mal begreift er ernsthaft, dass er von Unterdrückung umgeben ist. Dass Menschen aus irgendeinem Grund darauf angewiesen sind, andere zu unterdrücken. Um sich selbst überlegen zu fühlen.

»Aber du darfst deshalb kein Zyniker werden, Jakob Andreas«, mahnt Neeltje, während sich ihre Hand um seinen Hodensack schließt.

»Das liegt mir gar nicht«, murmelt er, während er mit Hingabe ihre Brustwarze küsst.

»Ich weiß«, sagt Neeltje mit einem kleinen Stöhnen. »Die Kunst besteht darin, ganz klar zu sehen und dennoch weiter an den Menschen zu glauben.«

»Denn woran sollen wir sonst glauben?«, fragt Jakob Andreas mit ungefähr dem gleichen Stöhnen.

In diesem Moment wird die Tür zu Neeltjes kleiner Wohnung in De Baarsjes geöffnet. Ein Mann in Matrosenkleidung erstarrt unmittelbar auf der Türschwelle zu Eis. »Es tut mir leid«, stammelt er auf Holländisch. »Ich habe geklopft.«

»Wir waren gerade beschäftigt«, entgegnet Neeltje, ohne Jakob Andreas' Glied loszulassen.

»Ich lege den Brief hierhin«, sagt der Matrose und verschwindet.

Als Jakob Andreas eine gute Stunde später den Brief liest, ist ein Kind gezeugt worden. Weil sich erweisen wird, dass dies die allerletzte Begegnung von Jakob Andreas und Neeltje ist, wird er nie erfahren, dass er einen Sohn gezeugt hat, geschweige denn ihn je treffen. Er wird sterben, ohne zu wissen, dass ein kleiner Zweig des großen Geschlechts, das von diesem niederländischen Sohn abstammen wird, dem Neeltje Jakob Andreas' Nachnamen gibt, ein paar Generationen später auf mysteriöse Weise in Schweden auftauchen wird wie auf der Suche nach einem verlorenen Ahnherrn.

Von alldem weiß er nichts. Das Einzige, was er fühlt, als er den Brief liest, ist die unsäglich friedliche Entspannung nach dem Beischlaf. Doch der Brief reißt ihn aus diesem Frieden. Er erkennt sofort die Unterschrift. Seit einigen Jahren ist der Mann, dem diese Unterschrift gehört, ein Mythos in der holländischen West-Indische Compagnie, von der Jakob Andreas bei verschiedenen Gelegenheiten angeheuert worden ist.

Die Theorien des Mathematikers und Kartenzeichners Arent Roggeveen über die Terra Australis Incognita sind unter Seefahrern gut bekannt. Jakob Andreas weiß, dass es kein Geringerer als Aristoteles war, der die Theorie von einer Terra Australis Incognita, »dem unbekannten Land im Süden«, eingeführt hat, ein Kontinent, der sich zwar seit Jahrhunderten auf europäischen Karten findet, jedoch von niemandem bislang gesehen wurde. Und laut Arent Roggeveen müsse es als Gegengewicht zu den bereits bekannten Landmassen auf der nördlichen Halbkugel auch auf der südlichen

Halbkugel eine große Landmasse geben, damit sich der Erdball gleichmäßig drehen könne.

Arents dritter Sohn, Jakob Roggeveen, hat seit Jahren mit großem Eifer bei der West-Indische Compagnie und allen anderen denkbaren Instanzen Geld aufzutreiben versucht, um die Theorie seines Vaters über die Terra Australis zu verifizieren.

Und jetzt, im Sommer 1721, ist es ihm offenbar gelungen.

Der von Jakob Roggeveen unterzeichnete Brief hat folgenden Wortlaut: »Große Expedition nach Terra Australis steht unmittelbar bevor. Wünscht der Herr als leitender Navigator daran teilzunehmen?«

Jakob Andreas stockt der Atem. Er selbst glaubt keine Sekunde an die Existenz einer Terra Australis. Der Erdball gehört den Meeren, ein wenig Land hier oder da wird die Umdrehung der Erde kaum beeinflussen. Doch Jakob beschließt schnell, seine Ansichten für sich zu behalten. Dies hier ist eine historische Gelegenheit, die Weltkarte neu zu zeichnen. Er sucht auf der Stelle Jakob Roggeveen auf. Dann geht alles sehr schnell. Am 1. August verlässt ein Verband von drei Schiffen mit zweihundertsechzig Mann Besatzung Amsterdam.

Roggeveen und Jakob Andreas umrunden das Kap Hoorn an Bord der *Arend*. Jakob Andreas möchte weiter nach Süden segeln, aber Roggeveen wartet ab. Er will sich der Terra Australis von der anderen Seite her nähern, von Neuseeland aus. Also folgt er der Küste des südamerikanischen Kontinents nach Norden und erreicht die Juan-Fernández-Inseln vor der Küste Chiles. Von dort schlägt Jakob Andreas einen ziemlich geraden westlichen Kurs über den Pazifik vor. Diesmal hört Roggeveen auf ihn. Es geht auf Ostern zu, man schreibt das Jahr 1722, und am Osterfeiertag scheint es der Besatzung, als steige am Horizont etwas aus der glatten, wenn auch gekrümmten Meeresoberfläche herauf. Eine zuvor unbekannte Landmasse.

Die Atmosphäre an Bord der *Arend* knistert. Ist es wirklich die Terra Australis? So weit nördlich? Jakob Andreas ist skeptisch. Und es zeigt sich, dass es sich um eine Insel handelt. Roggeveen ruft sie glückselig zur Osterinsel aus.

Sie gehen an Land. Die sonderbaren riesigen Statuen, die auf der ganzen Insel stehen oder umgestürzt daliegen, machen einen überaus bizarren Eindruck. Jakob Andreas, der immerhin fast zehn Jahre lang in der Welt umhergereist ist, hat noch nie etwas Ähnliches gesehen. Die Größe dieser Statuen, die seltsam runden Münder der Steingesichter, die Frage, wie sie aufgerichtet wurden – all das ist ein Mysterium. Nicht zuletzt, wie Jakob Andreas zugeben muss, weil die Einwohner, und es sind sicher einige Tausend, so primitiv erscheinen. Aber offenbar steht die Tatsache, dass sie über keinerlei Technologie verfügen, nicht im Widerspruch zu ihrer Fähigkeit, Hindernisse zu überwinden. Und aus diesem Grund beginnt Jakob Andreas an dem Gegensatz von Primitiven und Zivilisierten zu zweifeln.

Sie segeln weiter, glücklich und enttäuscht zugleich, sie durchqueren Polynesien, und bei den Tuamotuinseln geht bei schwerer See die *Africaansche Galey* unter. Sie stehen an der Reling der *Arend* und sehen zu, können aber nichts unternehmen. Es ist schrecklich.

Jakob Andreas betrachtet das wütende Meer und denkt, dass er es versteht.

Die beiden verbliebenen Schiffe nehmen Kurs auf die Gesellschaftsinseln, dann weiter in Richtung Neuguinea, sie entdecken Tutuila und Upolu zwischen den Samoainseln und erreichen Batavia am 10. Dezember. Dort wollen sie nur neuen Proviant an Bord nehmen, um anschließend mit dem Ziel Terra Australis wieder in See zu stechen. Doch in Batavia werden die Schiffe beschlagnahmt. Wegen Vergehens gegen das Handelsmonopol der Vereenigde Oost-Indische Compagnie.

Während der Zeit im Gefängnis von Batavia, dem späteren

Djakarta, zeichnet Jakob Andreas eine auf den neuesten Stand gebrachte Weltkarte. Er ist froh darüber, in einer Einzelzelle zu sitzen, denn auf der neuen Karte hat er die Terra Australis ausgelöscht. Und die Osterinsel eingezeichnet. Afrika und Australien sind zum ersten Mal getrennte Kontinente, und Neuseeland muss eine Insel sein.

Es kommt zum Prozess. Der ehemalige Richter Jakob Roggeveen schlägt sich großartig vor Gericht und wird nicht nur freigesprochen, sondern erhält auch eine Entschädigung. Roggeveen will mit seinen Männern nach Amsterdam zurückkehren, Jakob Andreas beschließt hingegen, auf einem Schiff nach Nordamerika anzuheuern. Nordamerika ist der einzige Kontinent, den er noch nicht kennt. Außerdem hallt etwas aus der Vergangenheit in ihm nach. Und er hat, erstaunlicherweise, genug vom Meer.

Als er sich von Roggeveen verabschiedet, gibt er freimütig zu, dass er nicht an die Terra Australis glaubt. Das sei ungefähr so, wie anzunehmen, der Kern der Erde sei kalt, nicht heiß, wie er es natürlich sein müsse. Roggeveen sagt lächelnd, er glaube, dass der Erdkern eiskalt sei. Sie gehen als Freunde auseinander.

Im Spätsommer 1723 kommt Jakob Andreas im Hafen von Boston an. Hundert Jahre zuvor sind einige Puritaner aus England geflohen und haben hier eine Kolonie gegründet, die ständig wächst. Er hat seine neu gezeichnete Weltkarte bei sich, aber er weiß nicht, wem er sie zeigen soll. Die Jagd nach der Terra Australis hat ihm praktisch das Meer verleidet, das erkennt er jetzt. Er ist dreißig Jahre alt, und zum ersten Mal, seit ihn vor Gott weiß wie vielen Jahren der Lehm in Roslagen zu verschlingen drohte, braucht er festen Boden unter den Füßen. Aber an den Herrn glaubt er nicht mehr. Nur das Heilige kann er akzeptieren. Dafür hat er zu viel gesehen. Einen Gott hält er für möglich, der sein Werk erschaffen, sich aber dann aus dem Staub gemacht hat.

Während der Überfahrt ist er endlich darauf gekommen,

was es mit Nordamerika auf sich hat. Warum er diesen Sog hierhin verspürte. Der Name »Philadelphia« hat für ihn immer noch einen mythischen Klang. Jakob Andreas erinnert sich noch genau an jene Zeichnungen von Orten in Philadelphia in dem englischen Buch in Pfarrer Antons dürftiger Bibliohek im Pfarrhaus in Roslagen. Er erinnert sich daran, dass Anton von seinen Verwandten erzählte, die früh nach Pennsylvania gekommen waren.

Als er die Angelegenheit in Boston ein wenig genauer untersucht, stellt sich heraus, dass tatsächlich Holländer, Engländer und Schweden die ersten Siedler in dem Ort waren, der zu Philadelphia werden sollte. Er sucht die Stadt auf. Das englische Buch, das die Verwandten an Anton geschickt hatten, war ja in Philadelphia gedruckt worden. Offenbar gibt es dort Druckereien, und die braucht Jakob Andreas, um seine neue Weltkarte zu vervielfältigen.

Im Oktober 1723 trifft er dort ein. Seine Zeit zur See ist vorüber. Jetzt muss etwas Neues passieren.

Jakob Andreas druckt seine Weltkarte. Sie wird eine große Sensation. Nicht ganz unumstritten zwar, die Terra-Australis-Theorie hat immer noch viele starke Fürsprecher, doch die Kontroverse kurbelt auch den Verkauf der Karte an. Jakob Andreas gibt eine neue, noch detailliertere Karte heraus, dann zwei Atlanten. Als die Druckerei seinen Ansprüchen nicht mehr genügt, hat er Geld genug, um sie aufzukaufen. Er modernisiert sie. Er wird Unternehmer. Es ist leicht, alles scheint möglich. Er gibt ständig neue Versionen seiner Karten und Atlanten heraus. Mit der Zeit gehört er zu Philadelphias wirtschaftlicher Elite. Seine Geschichten von den sieben Weltmeeren sind in der Gesellschaft willkommen.

Und er findet das Buch. Er findet eine Ausgabe des englischen Buchs, das in Pfarrer Antons Bibliothek stand. Wieder sieht er die Bilder aus Philadelphia. Er sucht die Orte auf. Sie sind mehr Kindheitslandschaft für ihn als Roslagen.

Allmählich wird er ein großer und bedeutender Mann in

Philadelphia. Fast wagt er es hier und da, seine Ansichten über die Freiheit des Menschen, die Unmenschlichkeit der Sklaverei, die Relativität der Zivilisation und die Rechte der Frau zu äußern.

Und so wird er in einen Kreis hineingesogen.

In Philadelphia gibt es eine Zeitung, *The Pennsylvania Gazette,* die Jakob Andreas gern liest, obwohl sie nicht in seiner Druckerei gedruckt wird. Sie wurde in dem Jahr gegründet, als er selbst in die Stadt kam, aber wirklich interessant wird sie erst, als sie 1729 den Besitzer wechselt. Der Drucker und Besitzer schreibt nämlich selbst in der Zeitung, und auch wenn die Texte oft anonym sind, erkennt Jakob Andreas sofort, wenn sie aus der Feder von Benjamin Franklin stammen.

Sie sind Druckerkollegen. Es ist logisch, dass Jakob Andreas Benjamin Franklin in dessen Druckerei besucht. Als er ihm gegenübersteht, ist er verblüfft darüber, wie jung Franklin ist. Er scheint keinen Tag älter zu sein als zwanzig. Ungefähr so alt, wie Jakob Andreas selbst war, als er Arvid Horns Bücher stahl. Aber Franklin ist bei Weitem nicht so naiv. Im Gegenteil, der junge Franklin, der halb in einer Druckerpresse steht, als Jakob Andreas eintritt, macht einen äußerst energischen und zielbewussten Eindruck.

Aber vielleicht hatte Jakob Andreas den auch vermittelt, ohne es zu ahnen.

Benjamin Franklin schaut aus dem Inneren der Druckerpresse heraus, und sein Gesicht hellt sich auf. Er kommt ihm entgegen und sagt freundlich: »Sie sind mir zuvorgekommen, Jack Andrew. Aber nur um ein paar Tage.«

Jakob Andreas schüttelt Franklins ausgestreckte Hand, aber ihm fällt nichts zu sagen ein.

Benjamin Franklin fährt fort: »Ich wäre an einem der nächsten Tage gekommen, um den großen Kartografen kennenzulernen. Der außerdem ein Konkurrent ist.«

Sie lachen beide, kurz.

»Ich erkenne sofort, welche Texte Sie in der *Gazette* geschrieben haben, Mr Franklin«, sagt Jakob Andreas. »Man kann mich einen Ihrer Bewunderer nennen.«

»Ich selbst finde Ihre Weltkarte nahezu genial«, entgegnet Franklin und wischt sich, ein wenig verspätet, an seiner sonderbaren kleinen Schürze die Druckerschwärze von den Händen. »Ich möchte Sie gern zu den Treffen eines kleinen Diskussionsklubs einladen. Und nennen Sie mich bitte Benjamin.«

»Ein Diskussionsklub?«

»Wir nennen ihn The Junto, nach dem griechischen Wort für ›Treffen‹. Wir sind eine Handvoll Männer, die sich jeden Freitagabend versammeln, um aktuelle politische und intellektuelle Fragen zu diskutieren und Geschichten zu erzählen. Haben Sie Lust, jetzt am Freitag dazuzukommen?«

Ob er Lust hat zu kommen? Jakob Andreas jubelt innerlich. Ist er jetzt angekommen?

Er ist inzwischen ein gut etablierter Geschäftsmann, auch mit wissenschaftlichem Renommee, er ist als Weltumsegler begehrt, nicht zuletzt bei den Frauen, ein Erschaffer des Erdballs, aber als er zu dem Gasthaus geht, wo das Treffen von The Junto stattfinden soll, ist er zum ersten Mal seit Langem wirklich nervös.

Doch Benjamin Franklin empfängt ihn mit offenen Armen und stellt ihm den Rest des Kreises vor: »Meredith, Potts, Webb, Breintnall, Godfrey, Scull, Parsons, Maugridge, Coleman, Grace.«

»What?«, fragt Jack Andrew. *»No women?«*

Das Lachen, das ihm entgegenschlägt, lässt ihn verstehen, dass er willkommen ist. Ja, dass er sich zu den Eingeweihten zählen kann.

»Das ist der nächste Schritt«, erklärt Franklin, den Arm um seine Schulter gelegt. »Ganz so weit sind wir noch nicht gekommen.«

Der Abend vergeht mit Gesprächen und Erzählungen. Die

Diskussionen schlagen hohe Wellen und erstrecken sich über die verschiedenen Tätigkeitsfelder aller Anwesenden. Und auf die ein oder andere Weise geht es bei praktisch allen Diskussionen um den Versuch, die Welt ein wenig besser zu machen.

Als sich der Abend dem Ende zuneigt und Jakob Andreas alias Jack Andrew mehr beigetragen hat als je zu einer anderen Diskussion – nicht zuletzt ging es um die Terra Australis, um die neuen Tendenzen in England und Frankreich, um die aufkeimende Frauenfrage, sogar um die Sklaverei –, wendet sich Benjamin Franklin ihm zu und sagt: »Wenn Sie, Jack Andrew, eine philanthropische Maßnahme für die Stadt Philadelphia und für diese Kolonie vorschlagen dürften, die sich bald selbstständig machen wird, was wäre das?«

Die Antwort kommt ihm so spontan über die Lippen, dass er sich fragt, wie lange er sie eigentlich schon mit sich herumträgt. Er sagt: »Eine Volksbibliothek.«

Ein schärfer werdender Blick schweift über die unter Tabakschwaden sitzende Runde. *»A public library?«*, sagt Benjamin Franklin schließlich. »Der Gedanke ist mir tatsächlich auch schon einmal gekommen. Sie meinen direkt in der Stadt?«

»Ja, und mit freiem Zugang zu sämtlichen Büchern für jedermann, hoch oder niedrig im Rang. Nichts kann für die Entwicklung einer im Werden begriffenen Nation besser sein als Bücher.«

»Ich glaube, Sie haben sehr, sehr recht«, meint Benjamin Franklin nachdenklich.

Zwei Jahre später, 1732, eröffnet Benjamin Franklin mit Unterstützung von The Junto die erste öffentliche Bibliothek in Philadelphia. Die Idee verbreitet sich wie ein Lauffeuer in den größeren Städten der Kolonie. Die öffentlichen Bibliotheken schießen wie Pilze aus dem Boden.

Zu diesem Zeitpunkt hat sich etwas bei dem inzwischen neununddreißigjährigen Jack Andrew getan. In dem Maße, wie Philadelphia – und damit sein Einkommen – wächst und der Kampf ums tägliche Brot in den Hintergrund getreten ist, schweifen seine Gedanken immer mehr in die Vergangenheit. Er hat zum Entstehen einer öffentlichen Bibliothek in Philadelphia beigetragen, aber wie sieht es eigentlich in seiner Heimat aus? Was machen all seine Geschwister? Was macht Pfarrer Anton? Gibt es überhaupt eine einzige öffentliche Bibliothek in ganz Schweden? Nicht ein einziges Mal, seit er so schmählich aus der Kate, aus seiner Heimat, aus dem Land floh, hat er versucht, Kontakt aufzunehmen.

Jetzt tut er es. Er schreibt einen Brief. Gleichzeitig beginnt eine andere Idee Gestalt anzunehmen. Eine Idee in größerem Maßstab. Eine Idee, die auf all dem aufbaut, was er im Laufe der Jahre gelernt hat, vor allem im Kreis von The Junto.

Die Verwirklichung eines Traums.

Er muss sich auf die Erinnerung verlassen. Er beginnt, Skizzen anzufertigen. Dabei sieht er das gleichsam von innen heraus leuchtende Schloss vor sich. Und sein Erinnerungsbild wird zu einer professionellen Zeichnung. Da kommt der Brief von zu Hause. Er ist von Abel.

»Lieber Bruder. Wie wunderbar, nach so vielen Jahren wieder von dir zu hören. Ich habe immer geglaubt, du seist tot. Leider ist die Pest über uns hinweggegangen, danach kam noch ein kurzer Pestausbruch und raffte sechs von uns dahin und dazu Pfarrer Anton. Später starben auch Anna und Lars. Nur Maria und ich leben noch. Wir wohnen weiterhin in der Kate und leben von dem, was der Acker hergibt, und daneben unterrichte ich die Nachbarskinder ein wenig in der Kunst des Lesens. Maria führt den Haushalt und liest besser als ich. Glaubst du, dass wir uns in diesem Leben noch einmal sehen? Die innigsten Grüße von Abel und Maria.«

Jakob Andreas kann die Tränen nicht zurückhalten. Acht seiner Geschwister sind tot. Gegen die Pest bietet Lesen keinen Schutz. Eine Träne rinnt ihm durch die Finger, als er sich die Augen wischt. Sie fällt hinunter auf die Zeichnung, mitten in den geplanten Speisesaal. Sie breitet sich aus und formt ein Oval. Wie ein Esstisch.

An dem Geschichten erzählt werden sollen.

Elf Geschichten.

Wenn sich einmal elf Menschen um diesen Tisch versammeln, um ihre Geschichten zu erzählen, beginnt das neue Zeitalter.

Dies ist der Augenblick, in dem er sich entscheidet. Ernsthaft. Er nimmt Kontakt zu Rechtsverdrehern und Bauherren auf, er erteilt Abel die Vollmacht, in seinem Namen zu agieren, er kauft das Land um die alte Kate herum auf, er setzt sich mit den besten Gehirnen des alten Landes auf allen Gebieten in Verbindung, schafft sich einen nahezu vollständigen Überblick über das geistige und politische Klima in dem kleinen Land im Norden, das sich unter der Führung Arvid Horns seit fünfzehn Jahren aus Kriegen heraushält. Und er sucht so engen Kontakt wie möglich zu jenen Menschen, Männern wie Frauen, die seine Grundideen über das gute Leben und die menschliche Gesellschaft zu teilen scheinen.

Der König heißt jetzt Fredrik, Fredrik I., ein ziemlich lascher Deutscher, der sich nicht einmal die Mühe gemacht hat, Schwedisch zu lernen. Die Macht liegt noch immer in den Händen des anscheinend unsterblichen Arvid Horn. Er fiel zwar bei der Rückkehr Karls XII. in Ungnade, doch als sich der König auf einen neuen Feldzug begab und unter mystischen Umständen bei Fredrikshald erschossen wurde, kehrte Arvid Horn zurück. Zum gegenwärtigen Zeitpunkt scheint Horns Macht von allen erdenklichen Seiten bedroht zu sein, nicht zuletzt von einer neuen Partei, die sich Hattpartiet, die »Partei der Hüte«, nennt und bedeutend kriegerischer eingestellt zu sein scheint als Horn. Überhaupt findet Jakob Andreas, dass Arvid Horn ziemlich gute Arbeit geleistet hat, indem er das kleine Land trotz all der Aderlässe auf den Beinen gehalten hat. Jakob Andreas hat es nicht auf Arvid Horn abgesehen. Das Problem scheint zu sein, dass sich Horn von vielen verschiedenen Seiten bedrängt fühlt. Und Machtmenschen, die sich bedrängt fühlen, sind oft die Gefährlichsten.

Während Jakob Andreas seine Zeichnung über den Atlantik schickt und dafür sorgt, dass Abel mit dem Bau beginnt, macht er sich selbst daran, seine Unternehmen in Amerika abzuwickeln. Er verkauft die Druckerei, veräußert all seinen Besitz und kehrt als sehr reicher Mann nach Schweden zurück. Als Letztes, bevor er sich auf den Weg zu dem Vollmaster begibt, der ihn zurückbringen soll in seine Heimat, packt er sehr behutsam die wertvolle Tischuhr ein und zieht ganz langsam die stets so zuverlässigen Lederschuhe an, die kein Geringerer als Adam Slythe hergestellt hat. Dann ist er auf dem Weg.

Das Meer. Eine erste Rückkehr. Er steht an Deck und blickt über den weißen Bogen Papier, den er einst so dringlich mit seinen Zeichnungen versehen wollte. Er hat es getan. Der Erdball hat fast keine weißen Flecken mehr. Und jetzt? In diesem neuen Zustand? Nein, auch das Meer ist nicht sein Zuhause.

Nicht einmal das Meer.

Als er nach Schweden zurückkehrt, schreibt man bereits das Jahr 1737. Im September legt der Vollmaster an der Skeppsbron an. Als er an Land geht, kommt es ihm vor, als rieche es nach Lehm.

Er macht sich auf in die heimatlichen Gefilde. Vor den Fenstern der geschlossenen Pferdekutsche bricht die Dunkelheit herein. Die Bäume neigen sich schwer über den Wagen und bilden einen belaubten Tunnel, der ihm das Gefühl vermittelt, dass die Dunkelheit draußen immer endgültiger wird. Da ändert sich der Weg plötzlich. Der Wald öffnet sich, und als der Wagen aus dem dunklen Tunnel herauskommt, sieht Jakob Andreas, dass noch ein wenig Tageslicht vorhanden ist. Der Weg zieht sich weiter durch eine offenere Landschaft, und jenseits eines in einer Senke liegenden Wäldchens gewahrt er ein schimmerndes Licht. Jetzt macht der Weg eine

Biegung nach rechts und wird zu einer Allee. Und am Ende der Allee wartet das schimmernde Licht. Je weiter die Pferdekutsche in die Allee eindringt, desto deutlicher wird das Licht an ihrem Ende. Aber es ist nicht stark oder aufdringlich, sondern nur ein Schimmern.

Jetzt erkennt er es. Es ist das Herrenhaus, sein Werk wurde verwirklicht. Es leuchtet wie von einem inneren Licht. Die Fassade ist, genau wie auf seiner Zeichnung, kreideweiß. Aber das Dach ist nicht ganz fertig.

Die Kate liegt noch da, unmittelbar daneben, und aus der Kate tritt ein Mann. Er trägt eine uralte Jacke mit einer Kapuze, die das ganze Gesicht verdunkelt. Erst als der Mann die Kapuze zurückschlägt, erkennt Jakob Andreas ihn. Trotz allem – all der Falten, der Spuren des Grauens und der Entbehrungen – erkennt er ihn. Natürlich ist es Abel. Sein Bruder.

Sie umarmen einander lange.

Aus der Kate tritt nun eine junge Frau. Sie sieht aus wie seine Mutter, als sie jung war. So sah die Frau aus, auf die seine allerersten Blicke fielen. Und natürlich ist dies Maria. Seine jüngste Schwester. Die geboren wurde, als seine Mutter starb. Und sie sieht wunderbar aus.

Sie gehen in die Kate. Abel erzählt, dass der Bau des Hauses fast fertig sei. Es sollte möglich sein, in ein paar Monaten einzuziehen. Als Maria schließlich spricht, sagt sie, dass sie ihn erkenne. Jakob Andreas sieht sie lange an und erklärt ihr, dass sie bei seiner Abreise nur wenige Monate alt gewesen sei.

»Ich weiß«, sagt Maria. »Es ist mystisch.«

Er nickt und versteht sie.

Dann sieht er sich in der Kate um. Alles ist merkwürdig unverändert, einschließlich der alten Talglichter, die so viel Ruß im Raum verbreiten. Vielleicht muss Abel deshalb so stark husten, als er zu einem Regal geht und ein paar alte Töpfe beiseiteräumt. Er holt Boccaccios *Decamerone* dahinter hervor und bläst ein wenig Staub von dem Buch. Dann legt er es auf den alten großen Küchentisch und sagt: »Ich habe jeden Abend darin gelesen. Jeden Abend, bis die Pest kam.« Dann senkt er den Blick.

»Wir werden es Wirklichkeit werden lassen«, erklärt Jakob Andreas.

»Ich habe es gelesen«, sagt Abel. »Wir haben gelernt, es zu lieben, die Erzählungen zu lieben. Aber wir hatten immer das Gefühl, dass einer am Tisch gefehlt hat. Wir waren zehn, doch wir hätten elf sein sollen.«

»Wir werden elf sein«, sagt Jakob Andreas.

Abel reicht ihm einen kleinen Lederbeutel aus feinstem gegerbtem Seehundfell. Jakob Andreas betrachtet ihn einen Augenblick. Dann erkennt er ihn. Und er fühlt auch, dass am Boden des Beutels noch ein paar Taler liegen. Er ist tief gerührt. Soll er dies so verstehen, dass das Geld, welches ihm der Buchhändler gegeben hatte, gereicht hat? So lange? Zu fragen hieße, Abel zu kränken, also nimmt er den Beutel nur, steckt ihn in die Tasche und sagt: »Er wird meinen Körper nie mehr verlassen.«

Abel und Maria begleiten ihn zum Herrenhaus hinauf. Als sein Blick aus der Nähe auf die wunderschöne kreideweiße Fassade fällt, die in einem ganz eigenen inneren Licht erstrahlt, muss er innehalten. Es ist ein Stück Traum inmitten der rauen Wirklichkeit.

»Wie kommt es, dass es so leuchtet?«, fragt er.

»Wir zünden jeden Abend Kerzen darin an«, sagt Maria.

»Bienenwachskerzen«, ergänzt Abel. »Ich hoffe, du bist nicht der Meinung, dass wir dein Geld vergeuden.«

Jakob Andreas lächelt. Ja, er lächelt. Das sollt ihr, meine Geschwister, denkt er. Genau das sollt ihr.

»Aber unten in der Kate benutzt ihr immer noch Talg?«, fragt er.

»Wir sind daran gewöhnt«, sagt Abel und geht weiter.

Sie treten in eine phantastische große Halle ein. Der Boden besteht aus grün schimmerndem Marmor, genauso, wie Jakob Andreas es sich vorgestellt hat. Auf zwei Seiten führen Treppen ein Stockwerk höher, und ganz oben fehlt noch die Decke. Rechts ist eine große Doppeltür. Er geht weiter durch seinen Traum – alles ist sehr seltsam – und gelangt in den Speisesaal. Er ist höher, als er lang ist, und in der Mitte steht ein großer ovaler Esstisch. Er tritt an den Tisch und streicht mit der Hand langsam über die polierte Eichenplatte. Sie fühlt sich an wie eine gefrorene Träne.

»Hier gibt es doch bereits ein Dach«, sagt er. »Warum wohnt ihr nicht hier?«

»Wir sind an die Kate gewöhnt«, sagt Abel.

Jakob Andreas wählt eine der vielen Türen, an die er sich von seiner Zeichnung erinnern kann. Tatsächlich erinnert er sich an alles. An jedes kleine Detail. Er hat dies hier geplant, und jetzt ist es Wirklichkeit. Und ist wirklich magisch. Er öffnet die Tür und betritt die Bibliothek. Es gibt einen Kamin und zahlreiche Bücherschränke. Jakob Andreas nickt langsam.

Ja, denkt er. Ja, so ist es richtig.

»Und hier ist auch schon ein Dach«, sagt er. »Und ein Kamin. Und bald kommen all meine Bücher aus Amerika.«

Er geht in dem kahlen Raum umher. Er streicht mit der Hand über die Regalbretter.

Dann sagt er: »Wir schlafen noch eine Nacht in der Kate. Dann reißen wir sie ab und ziehen hier ein. Ich sorge dafür, dass drei Betten aufgestellt werden, bis die Bauarbeiten abgeschlossen sind.«

Und so wird es gemacht. Inzwischen ist das so: Was er sagt, geschieht. Sein Leben erscheint ihm immer sonderbarer. Mit der Nähe von Traum und Wirklichkeit ist schwer umzugehen. Seine Worte werden Materie, seine Träume beeilen sich, einen Platz in der Wirklichkeit einzunehmen. Es ist ein armes Land, sein Geld ist willkommen, sein Wort ist Gesetz.

Er ist der erste Rückkehrer aus Amerika.

Dann beginnt er alle seine Briefkontakte persönlich aufzusuchen. Genau wie in The Junto gehören sie allen möglichen Ständen und Berufssparten an, aber sie sind alle von dem Willen getrieben, sich selbst und das Land weiterzuentwickeln. Es sind Adlige und Adelsdamen, Buchdrucker und Geistliche, Bauern und Lehrer, Universitätsdozenten und Näherinnen. Er braucht acht, drei Plätze sind bereits besetzt. Abel versteht sich von selbst, und je öfter er sich mit Maria unterhält, umso deutlicher wird, dass sie wirklich sehr intelligent ist. Und er selbst, ja, er selbst ist – Benjamin Franklin.

Die ganze Zeit über erwartet er den Besuch von Arvid Horn, doch der lässt sich nicht blicken, obwohl Jakob Andreas weiß, dass Ekebyholm so nahe liegt und dass sich Horn inzwischen stets in der Nähe seiner Güter aufhält. Aber er ist auch ein Mann, der sich stets bedroht fühlt.

Jakob Andreas sieht sich selbst nicht als eine Bedrohung der Macht. Er ist auf etwas ganz anderes aus, die Erzählung, das Gespräch, die Literatur, die Diskussion, den Lebensgenuss. Davon kann sich doch wohl niemand bedroht fühlen.

Dennoch bereitet er sich auf alle Eventualitäten vor. Sein inzwischen gut eingeübtes Misstrauen sagt ihm, dass er einen Reserveplan braucht. Auch der gehörte zu seinem Traum, auch der befand sich auf seiner Zeichnung – und es ist zu hoffen, dass er auch den Weg in die Wirklichkeit gefunden hat.

Es wird November, bevor das Dach fertiggestellt und die Einrichtung vollständig ist. Am Tag der Einweihung wandert Jakob Andreas durch sein Herrenhaus. Gegen Nachmittag sollen die geladenen Gäste eintreffen. Die Dienerschaft hat draußen in der Halle, die auch als Festsaal fungiert, gedeckt. Die Bibliothek ist gefüllt mit seinen amerikanischen Büchern, einer ganzen Reihe neu eingekaufter schwedischer Bände – und dem *Decamerone*. Überall leuchten Abels und Marias Bienenwachskerzen. Im Speisesaal hat eine Anzahl von Kleinodien Platz gefunden: eine ausgestopfte Ente vom Lake Michigan, ein alter Spiegel, den Neeltje ihm zum Abschied von Amsterdam geschenkt hat, ein paar Elfenbeinstatuetten aus verschiedenen afrikanischen Häfen, eine pompöse Bronzebüste des großen Voltaire und natürlich die goldene Tischuhr. Alles ist wohlausgewogen und aufeinander abgestimmt. Es wird sehr interessant werden, Hessisch mit dem König sprechen zu können.

Acht sorgsam ausgewählte Gäste werden bleiben, wenn die Einweihung vorüber ist, und sich zu den drei Geschwistern gesellen. So ist der Plan. Dann werden sie die Nacht damit verbringen, Geschichten zu erzählen, alle elf. Wenn sich elf Menschen um diesen Tisch versammelt haben, um ihre Geschichten zu erzählen, beginnt das neue Zeitalter.

An dem Tränentisch.

Er ist bereit.

Abel und Maria haben neue, nach der jüngsten Mode maßgeschneiderte Kleider bekommen, auch wenn Abel sich nur äußerst ungern von seiner alten Kapuzenjacke trennte. Jakob Andreas hat die Geschwister, so gut es ging, darin unterwiesen, wie man sich in einem Salon angemessen benimmt. Ihre Geschichten sind vorbereitet. Er weiß, wie unermüdlich Abel geübt hat. Marias Geschichte kennt er noch nicht. Es wird sehr spannend werden.

Die Einweihungsfeier beginnt. Der Adel trifft ein. Eine Droschke nach der anderen hält auf dem Vorplatz und wird auf dem Gelände abgestellt, wo einst die Kate stand. Von der ist keine Spur mehr zu sehen. Jakob Andreas steht im Eingang und begrüßt die Gäste. Es ist ein wunderbares funkelndes Schauspiel von luxuriös leuchtender Farbigkeit. Und er ist der perfekte Gastgeber, seiner nichtadligen Herkunft zum Trotz. Er versucht zu deuten, wie der Adel auf ihn reagiert. Sehen sie in ihm ein niedriger stehendes Geschöpf oder einen Ebenbürtigen? Ein sehr interessantes Studium, bei dem sich herausstellt, dass beide Haltungen vorhanden sind. Es gibt die älteren Adelsgeschlechter, denen das Blut alles bedeutet, und es gibt die jüngeren, die mehr im Praktischen verwurzelt sind. Unter ihnen finden sich außerdem unterschiedliche

Einstellungen zu der bürgerlichen Kaufmannsklasse, die heranzuwachsen beginnt. Auch in diesem eine Spur zurückgebliebenen Reich.

Während er dort an der großen Eichentür steht und die Adelsfamilien willkommen heißt, die Svinhufvud, Rosenstråle, Banér, Tavast, Bongenhielm, Sparre, Trolle, Lilliehöök, Bielke, Posse, Anckarström, Bonde, Grip, Wijnbladh, Leijonhufvud, Rålamb und Stake, fragt er sich, ob die Aristokratie im Begriff ist, durch etwas Meritokratie aufgelockert zu werden. Während er weiter Gyldenstolpe und Stenbock, Ehrenstéen und Törnflycht begrüßt, denkt er, dass ihm dieses Wort gefällt. Vielleicht ist er derjenige, der es gerade in diesem Augenblick erfindet.

Meritokratie mit Gewissen.

Er hat schon fast seinen Posten an der Tür verlassen, als der letzte geschlossene Wagen heranrollt. Bereits in dem Moment, als ein Bein auf das Trittbrett herausgestreckt wird, weiß er, wer da gekommen ist. Dennoch dauert es, bis die im Novemberwind schwer kämpfenden Bienenwachsleuchter das Gesicht erhellen und Jakob Andreas wirklich den Kanzleipräsidenten Arvid Horn erkennt. Trotz seines hohen Alters macht er noch einen vitalen Eindruck. So vital, wie es ein Stück Granit nun einmal zu sein vermag.

Jakob Andreas verneigt sich tief und empfängt den Kanzleipräsidenten. Horn vollführt eine gezierte Geste und sagt: »Jakob Andreas Dahl. Es hat eine ganze Weile gedauert, bis ich den Namen erkannte. Ich habe natürlich von Ihrem Bau gehört, aber erst heute Morgen den Zusammenhang begriffen. Es waren viele mir sehr teure Bücher unter jenen, die Sie gestohlen haben.«

»Ich war jung und dumm«, entgegnet Jakob Andreas und fühlt sich gut vorbereitet. »Ich bin selbstverständlich bereit, Sie für Ihre Verluste vollauf zu entschädigen, Herr Kanzleipräsident.«

Arvid Horn lacht kurz auf. Mit einer Geste von Großzügigkeit erklärt er: »In Zeiten wie diesen handelt es sich um einen sehr geringen Verlust.«

»Ich bin nur ein unwissender Seemann und Kaufmann aus Amerika«, sagt Jakob Andreas. »Aber ich habe von Euer Gnaden Sorgen gehört und möchte Euch meiner Sympathie versichern.«

»Es ist nicht leicht, ein Reich zu führen«, sagt Horn einfach. »Man will Krieg, ich versuche, Krieg zu verhindern. Man schmiedet Ränke gegen mich, ich versuche, zu parieren.«

»Meine Hoffnung ist«, Jakob Andreas macht eine formvollendete Verbeugung, »dass Graf Horn wenigstens für einige Stunden die Probleme des Reiches vergessen und sich am Kalbsbraten des Hauses, an geräucherter Lammkeule und eingelegtem Hering erfreuen sowie unseren Rotwein aus dem Languedoc Pays d'Oc genießen möge. Ein Ehrenplatz ist für den Grafen reserviert.«

»Wenngleich nicht so ehrenvoll wie für den König, vermute ich«, antwortet Horn und schreitet weiter ins Innere des belebten Festsaals.

Der König trifft erst ein paar Stunden später ein. Fredrik I. ist bei seiner Ankunft merklich betrunken, verleibt sich zwei ganze Lammkeulen ein und verlässt das Herrenhaus eine Stunde später, ohne mehr als zehn Silben von sich gegeben zu haben, die waren jedoch unverständlich.

Die Einweihungsfeier geht ihrem Ende entgegen. Die Adligen brechen nacheinander auf. Eine Zeit lang reißt das Geräusch sich entfernenden Pferdegetrappels nicht ab. Bald sind nicht mehr viele Gäste da. Genauer gesagt acht. Männer und Frauen, alte und junge. Sowie Abel und Maria. Und Jakob Andreas selbst.

Als ganz sicher ist, dass sich kein anderer mehr im Haus aufhält und sich auch keine Liebespaare höchst zufällig in die Schlafgemächer verirrt haben, geht Jakob Andreas zu den größten Türen des Festsaals hinüber. Er öffnet sie und macht eine einladende Geste. Während die Verschworenen an ihm vorbeigleiten, zählt er sie. Als Maria vorbeigeht, lächelt sie so sanft, dass seine Knie fast nachgeben.

Sieben, acht, neun, denkt er. Zehn mit mir.

Er wirft einen Blick in den von Wachskerzen erleuchteten Festsaal zurück. Auf den verlassenen Tischen türmen sich Essensreste, schmutzige Schüsseln und Gläser. Erst morgen früh wird die Dienerschaft sich darum kümmern. Er lässt die Tür offen stehen, geht zu seinem Platz an dem ovalen Tisch und setzt sich.

Er betrachtet seine Gesinnungsgenossen und nickt einem nach dem anderen zu. Einige von ihnen holen handgeschriebene Bogen Papier hervor und breiten sie vor sich auf der glatten Eichenplatte aus. Sie nicken zurück. Sie sind bereit.

Einen kurzen Augenblick fragt er sich, wer fehlt. Als er darauf kommt, reagiert er mit äußerst gemischten Gefühlen. Einerseits überkommt ihn das schlimmste schlechte Gewissen – weshalb hat er nicht gleich gesehen, dass sein Bruder nicht mit am Tisch sitzt –, andererseits befällt ihn abgrundtiefe Sorge.

Wo ist Abel geblieben? Doch da kommt er herein. Er ist anscheinend draußen gewesen, denn er hat die alte Jacke mit der Kapuze an. Abel schließt die Tür hinter sich und lässt sich auf dem Ehrenplatz nieder. Dann schlägt er die Kapuze zurück, und Jakob Andreas sieht sein Gesicht.

Und es ist aus Granit. Aus reinstem Granit.

Auf Arvid Horns Gesicht zeigt sich ein bedauerndes Lächeln, als er sagt: »Ihr Bruder ist festgenommen, mein Herr. Und das Gleiche gilt für den Rest Ihrer kleinen Verschwörergemeinschaft. Es gibt gegenwärtig viel zu viel Ränke und Intrigen im Reich. Die Nation muss sich schützen. Ich bin überzeugt davon, dass Sie mein Dilemma verstehen.«

Jakob Andreas lehnt sich auf dem Stuhl zurück. Er schließt die Augen. Ihm ist unbegreiflich, was ihn so bedrohlich macht. Er spürt, wie ihm das Blut in den Schläfen pocht.

Schließlich sagt er: »Wir haben uns hier nur versammelt, um einander Geschichten zu erzählen. Ich bezweifle sehr, dass wir damit gegen das Gesetz verstoßen.«

Arvid Horn beugt sich vor, fixiert ihn und entgegnet: »Das Gesetz bin ich.«

Dann macht er eine kleine Geste mit der Hand.

Als die Soldaten des Hofregiments hereinstürmen und Jakob Andreas' Traum zunichtemachen, sind es noch elf Minuten bis Mitternacht.

23

In dem Moment, da der elfte Gast seine Erzählung beendete, zog ein Windhauch durch den Speisesaal. Aber es war kein eisiger Hauch, der die Menschen erschauern ließ, sondern ein langsamer Luftstrom, der die elf Personen am Tisch gleichsam in einen Augenblick der Wärme hüllte. Dann streifte er mit einem schwachen, ächzenden Geräusch an den Wänden des Speisesaals entlang und entwich durch eine der Türen, die nur angelehnt war, nach draußen. Zurück blieb eine absolute Stille. Dann erklang in der Stille ein neues Geräusch. Es dauerte einige Sekunden, bis sie es zu identifizieren vermochten. Es war ein Ticken. Und es kam von der Uhr, der Tischuhr aus purem Gold, die auf einem der kleinen Tische an der Wand stand. Das Pendel darin hatte angefangen zu schwingen, und die Uhr zeigte elf Minuten vor Mitternacht an.

»Mist«, sagte Jorge Chavez und blickte auf seine Armbanduhr, die ebenfalls elf Minuten vor zwölf anzeigte. »Jetzt wird das hier ein bisschen gruselig.«

»Elf Minuten bleiben noch vom Totensonntag«, sagte der Mann, der inzwischen ein wenig heiser zu werden begann. »Dies ist eine kleine Lieblingsstelle von mir aus der Tagespredigt: ›Der Tod wird nicht mehr sein, und es werden keine Trauer und kein Klagen mehr sein, und es wird kein Schmerz mehr sein. Denn was einmal war, ist vergangen.‹ Und der auf dem Thron saß, sagte: ›Sehet, ich mache alles neu.‹«

Sie betrachteten einander reihum über den Tisch hinweg.

»Was willst du uns sagen?«, fragte Kerstin Holm schließlich. »Dass wir eine Art historischer Aufgabe vollbracht haben? Dass wir endlich den Geist von Jakob Andreas freigesetzt haben?«

»Die elf Erzählungen sind erzählt«, sagte Paul Hjelm.

»Aber es gibt eine Coda«, erklärte der elfte Gast und strich sich langsam über seinen kleinen Bart. »Jetzt wende ich mich an euch als Detektive.«

»Ist sein Geist denn jetzt frei?«, fragte Viggo Norlander. »War das nicht der, der uns eben an der Nase vorbeigestrichen ist?«

»Der die alte Tischuhr in Gang gesetzt hat?«, ergänzte Lena Lindberg.

»Ich weiß es nicht«, entgegnete der Mann. »Meint ihr also, dass hier Schluss ist?«

»Da ist noch eine Sache«, sagte Arto Söderstedt nachdenklich.

»Arto natürlich«, seufzte Jon Anderson.

»Der Lederbeutel«, sagte Sara Svenhagen.

»Was?«, fragte Jorge Chavez.

»Hast du daran gedacht, Arto?« Sara hatte sich ihm zugewandt.

»Jetzt bist du dran, Sara«, gab Arto kryptisch zurück.

Sara sammelte sich, ehe sie begann: »Jakob Andreas bekam von dem Buchhändler einen Lederbeutel mit Silbertalern. Bevor er selbst zur See ging, gab er ihn Abel. Das Geld rettete die Familie und reichte möglicherweise bis zu seiner Rückkehr fünfundzwanzig Jahre später. Da gibt ihm Abel den Beutel zurück. Jakob Andreas nimmt ihn und sagt ungefähr: ›Er soll meinen Körper nie wieder verlassen.‹«

»Und was hat der Lederbeutel hier mit unserer Runde zu tun?«, fragte Jan-Olov Hultin weniger neutral, sondern wirklich interessiert.

Sara streckte sich nach dem vergilbten, gefalteten Papier, das immer noch vor Hultin lag, und wedelte ein wenig damit. »War es nicht so, dass dieses Blatt vor einigen Jahren in einem gut verschlossenen Beutel von feinstem gegerbtem Seehundleder hier draußen im Garten gefunden wurde?«

»Und er sollte seinen Körper nie mehr verlassen«, sagte Arto.

»Jetzt einmal langsam«, warf Gunnar Nyberg ein. »Meint ihr, dass dieser Jakob Andreas, also, den Lederbeutel auf den Boden fallen ließ, bevor ihn Arvid Horn verhaften ließ?«

»Wenn er denn wirklich verhaftet wurde«, sagte der Mann still.

»Er war ja misstrauisch«, stieß Paul hervor. »Und er hatte doch einen Plan B.«

»Aber wie soll er denn davongekommen sein?«, fragte Kerstin Holm. »Die Soldaten strömten doch herein.«

»Aber da endete die Erzählung«, entgegnete Paul energisch. »Er hatte vielleicht amerikanische Söldner, die auf der Lauer lagen. Oder er stand ganz einfach auf und lief davon.«

»Wenn es Amerika nicht gab, gab es wahrscheinlich auch keine amerikanischen Söldner«, sagte Arto.

»Und wann hätte Amerika aufhören sollen zu existieren?«, fragte Paul spitzfindig.

»Ich glaube, das Wichtige ist, was in dem kleinen Lederbeutel war«, sagte Sara. »Darin steckte also – wenn wir diesem Mann, der es ablehnt, sich vorzustellen, glauben wollen – das verflixte ›Kinderlied‹ über unsere Erzählungen. Und wir sind die Singvögelchen. Zweihundertsiebzig Jahre später. Damit wird es richtig unheimlich.«

»Aber wenn er floh«, gab Paul zu bedenken, »ließ er dann den Lederbeutel fallen, als er durch den Wald lief? Einfach so, auf den Boden? Klingt das plausibel?«

»Es muss doch historische Quellen geben«, meinte Gunnar. »Wenn wirklich der ganze verdammte Adel anwesend war und sogar der König, wenn auch in bedenklicher Verfassung, dann muss es irgendwelche Belege dafür geben, dass dies tatsächlich passiert ist.«

»Ich dachte, du bist Schriftsteller«, sagte Viggo. »Historische Quellen sind etwas für Weichlinge.«

»Wie Krebs«, gab Gunnar zurück.

»Wir haben keine historischen Quellen«, sagte der Mann. »Aber es gibt Hinweise.«

»Aber von Jakob Andreas Dahl hat man nie wieder etwas gehört?«, fragte Sara.

»Nein«, sagte der Mann. »Aber dieses Liedchen stammt definitiv aus seiner Hand.«

»Und wurde also zu dem Zeitpunkt geschrieben, als er verhaftet wurde beziehungsweise verschwand?«

»Ja.«

»Er saß hier?«, fragte Jan-Olov Hultin plötzlich und zeigte auf seinen Platz.

Der elfte Gast erwiderte: »Wenn ich es richtig verstehe, war der Hochsitz, auf dem der Herr Kommissar Hultin sitzt, Abels Platz. Auf den setzte sich Horn.«

»Und wer sitzt auf Jakob Andreas' Platz?«, fragte Hultin weiter.

»Meiner Einschätzung nach«, antwortete der Mann, »ist das Viggo.«

Alle Blicke wandten sich Viggo zu, der eine eigenartige Grimasse schnitt.

»Die Soldaten müssen von der anderen Seite gekommen sein, von draußen«, sagte Sara und zeigte auf die Tür. »Durch die große Tür neben Arto und durch die Türen, die auf den Gang zur Vorderseite des Hauses führen, also hinter Jon, Lena, Kerstin und Arto liegen. Wenn Jakob Andreas dort saß, wo Viggo jetzt sitzt, muss er durch die nächstgelegene Tür hinausgestürzt sein. Und es gibt ja eine Tür direkt hinter dir, Viggo.«

Viggo drehte sich um, und die Blicke im Speisesaal folgten dem seinen. Er stand abrupt auf und öffnete die Tür. Im selben Augenblick begann die kleine Tischuhr zu schlagen, zwölf klare Schläge.

»Die elfte Stunde ist vorüber«, sagte Viggo und trat durch die Tür in den dahinterliegenden Raum.

Es war eine Bibliothek. Im Kamin brannte ein schön flackerndes Feuer, das sein Licht über uralte Bücherschränke an den Wänden warf, die mit ebenso uralten Büchern gefüllt waren.

»Er kann hier einen Geheimgang gehabt haben«, schlug Gunnar vor und begann die Bücherschränke abzutasten.

»Warte mal«, sagte Jon. »Wenn er einen Geheimgang hatte, woher sollte dann der Lederbeutel mit dem Kinderlied kommen?«

»Entweder führte der Geheimgang zu einem Ausgang ein Stück entfernt«, meinte Gunnar, »oder aber …«

»Das glaube ich nicht«, unterbrach ihn Jon. »Er wollte wirklich, dass jemand dieses Kinderlied findet. Ich frage mich, ob es möglicherweise eine Art Doppelfunktion hatte.«

»Also, jetzt hörst du dich aber wirklich richtig rätselhaft an«, sagte Viggo.

»Ja«, gab Jon zu. »Aber es ist auch eine rätselhafte Formulierung, die mich stutzig macht. Mein Singvogel. ›Von zerplatzter Illusion sang Piepmatz Nummer acht, / und der Schlüssel in des Löwen Pranke lacht'.‹ Was für ein Schlüssel? In meiner Erzählung kam kein Schlüssel vor.«

»Und dennoch hast du dich darin erkannt?«, fragte der elfte Gast mit einem Lächeln.

»Zerplatzte Illusion war ziemlich klar«, entgegnete Jon. »Aber der Schlüssel scheint auf etwas anderes abzuzielen.«

»Jesses«, sagte Jorge. »Ist das mit dem ganzen Kinderlied so?«

»Dann fangen wir ganz vorn an«, schlug Paul vor. »›Von Mut der erste Piepmatz sang laut und klar, / von Wendung dort, wo früher Stillstand war.‹ Auf der einen Ebene geht es also um Mut. Darum, etwas zu verändern, wo man früher nur stillstand. Genau wie in Artos Erzählung. Aber ob es auch ein geografischer Hinweis ist?«

Schweigen breitete sich in der Bibliothek aus.

»Wendung dort, wo früher Stillstand war«, sagte Sara. »Und wenn das nun von uns handelt?«

»Von uns?«, fragte Viggo.

»Stell es dir einfach vor«, sagte Sara und schien genau das zu tun.

»Aber hallo«, stieß Lena Lindberg aus.

»Bist du sicher, dass du in den Siebzigerjahren geboren bist?«, fragte Jan-Olov Hultin.

»Ich habe es doch gesehen«, rief Lena.

Sie stürzte zurück in den Speisesaal und durch die großen Türen hinaus in den Festsaal. Dort blieb sie stehen, wie auf glühenden Kohlen, bis sich alle um sie versammelt hatten.

»Hier standen wir«, sagte Lena aufgeregt. »Hier standen wir und haben geredet und gewartet, bis einer auf die Idee kam, endlich die Tür zum Speisesaal aufzumachen. Wir standen also nur da. Jetzt wenden wir uns.« Dann drehte sie sich energisch zur Seite und blickte in den Festsaal. »Dann kommt das, womit Gunnar vollkommen recht hatte. ›Vergangnes zu verwandeln hieß des Zweiten Litanei, / die ganze Vogelschar änderte ihr Niveau dabei.‹ Das handelt nicht nur von meinen sieben hübschen Mädchen im Kreis, sondern buchstäblich von der ganzen Schar, also von uns, und wir finden ein neues Niveau. Es gibt wirklich einen Geheimgang, Gunnar, aber nicht von der Bibliothek aus, sondern von hier draußen.«

Lena lief weiter an der Wand entlang, an der Treppe vorbei und bis zu etwas, das beim ersten Hinsehen wie ein Vorhang aussah. Bei genauerer Betrachtung war es ein Gobelin mit einem sehr ungewöhnlichen Muster.

»Sieht nach einem Hieronymus-Bosch-Bild aus«, sagte Paul.

»Genau«, sagte Lena, ohne sich klarzumachen, was er meinte. »Guckt euch genau die ziemlich dunklen Figuren an. Sie traten vorhin ganz scharf hervor, als ich sie angesehen habe, ehrlich. Hier unten in der Ecke zum Beispiel. Ein schwarzer Klumpen mehr oder weniger, und dann darum herum diese schmalen weißen Konturen. Das hat meine

Phantasie hier draußen Amok laufen lassen. Ich sah überall diese verdammten weißen Konturen einen Totentanz tanzen. Aber es sind auch brennende Vogelkörper dabei, ein großer grinsender Teufel mit einem Schürhaken, eine Meute Höllenhunde, die eine nackte Nymphe jagen, ein auf einen Pfahl gespießter Priester, ein Schwarm lachender schwarzer Vögel, die eine Hindin davontragen. Und dann gibt es noch das da«, sagte sie und zeigte darauf.

Die anderen schauten ebenso sehr auf ihre etwas übertrieben aufgeregte Gestalt wie auf das, worauf ihr Zeigefinger zeigte.

»Ihr erkennt es, wenn ihr überlegt«, fuhr Lena völlig atemlos fort. »Dieses drachenähnliche Wesen, das zwischen zwei großen Steinblöcken eingeklemmt ist.«

Kerstin Holm gab einen gutturalen Laut von sich, dem sich dieses Verspaar anschloss: »›Von Leiden und Vergeltung der dritte Vogel sang, / jetzt ist die Bestie, die geängstigt, eingefang'n.‹ Es handelt sich nicht nur um den bösen *Fuchou*-Mann.«

»Nein«, sagte Gunnar und reckte seinen beträchtlichen Körper in die Höhe, sodass seine großen Hände an den eingeklemmten Drachen heranreichten. »Was meint ihr? Soll ich daraufdrücken?«

»Auf jeden Fall«, sagte Lena.

Gunnar Nyberg drückte mit aller Kraft auf den Körper des eingeklemmten Drachen.

Etwas bewegte sich nach innen. Sie warteten.

Nahezu lautlos tat sich eine Lücke in der Kiefernholzwand neben ihnen auf. Bis dahin war sie vollkommen unsichtbar gewesen. Sie starrten darauf.

Schließlich sagte Paul Hjelm: »Wenn wir uns immer noch im 18. Jahrhundert befinden und nicht tief in einem Traum, dann ist dies eine sehr imposante Mechanik.«

»Ein kleines architektonisches Wunder«, sagte der elfte Mann, der ihnen folgte.

Sie blieben einen Moment stehen und sahen einander an. Schnitten diverse Grimassen und hoben die Hände.

»Na gut«, meinte Jan-Olov Hultin. »Es sieht wirklich so aus, als hätten wir es mit einem schönen alten Geheimgang zu tun.«

»Das habe ich doch gesagt«, rief Gunnar.

»Aber du bist Schriftsteller«, entgegnete Viggo. »Du kannst ja im Großen und Ganzen sagen, was du willst.«

Sara Svenhagen beugte sich vorsichtig vor und starrte in den Gang. »Das ist ja stockdunkel da drinnen«, sagte sie.

Wieder standen sie schweigend da. Schließlich drängte sich Viggo Norlander vor, holte sein Schlüsselbund heraus und ließ den Schein einer Taschenlampe über den eingeklemmten Drachen und seine zweifelhaften Kumpane gleiten.

Binnen kürzester Zeit fuhren drei Lichtkegel über den Gobelin. Auch Lena Lindberg und Paul Hjelm hatten ihre Taschenlampen bei sich.

»Hightechbullen, was?«, lästerte Viggo und trat an die dunkle Öffnung in der Wand. Er holte einmal tief Luft und sagte dann: »Ich habe es ja versprochen, also zur Hölle, ich werde euer Führer durch dieses seltsame Dasein sein.«

Mit diesen Worten ging er in den Gang hinein.

Seine Taschenlampe erhellte den Raum dort drinnen. Ein alter Leuchter mit einer halb niedergebrannten Wachskerze stand unmittelbar neben der Türöffnung. Und als sich der Lichtkegel von Lenas Lampe mit dem seinen vereinte, erkannte er eine Treppe, die nach unten führte, und bewegte sich darauf zu. Für einen kurzen Augenblick überkam ihn das Gefühl, ins Inferno hinabzusteigen.

Am Fuß der Treppe setzte sich der Gang geradeaus fort. Viggo rief über die Schulter: »Sind alle da?« Und er meinte tatsächlich, zehn Antworten unterscheiden zu können.

Alle elf waren sie dabei.

Der Gang wurde immer enger. Viggo spürte, wie sich

etwas, das vielleicht Angst sein konnte, in seinem Inneren ausbreitete. Vielleicht kam es aber auch von außen. Doch es war keine Angst, ihn konnte nichts mehr erschrecken. Zumindest nichts, das ihn selbst betraf. Wenn es um seine Töchter ginge, wäre es etwas ganz anderes. Nein, er verspürte Erwartung.

Nach einer erstaunlich langen Strecke, auf der sie nur die kleinen Lichtkegel durch das Dunkel geleiteten, kamen sie plötzlich an eine Gabelung. Vier Gänge führten in verschiedene Richtungen. Viggo hielt an und leuchtete hinter sich. Ein Chor von Protesten schlug ihm entgegen, und er schwenkte die Taschenlampe wieder zurück auf die Gabelung.

»Gut«, rief er. »Hier sind vier verschiedene Gänge. Was tun wir?«

Eine Weile war es still. Dann sagte Sara: »Das vierte Verspaar, los, los. Paul?«

»Aber hallo«, sagte Paul.

»Du nicht auch noch«, moserte Lena.

Das Echo eines markanten Räusperns pflanzte sich durch die verschiedenen Gänge fort, dann rezitierte Paul: »›Ein Tirili von Piepmatz vier der Zeit gab neue Form, / wo Lichter stets erlöschen, im ständig gleichen Sturm.‹«

»Die Lichter, die stets erlöschen, sind nicht einfach Lichter, die stets erlöschen«, schlug Sara vor. »Die vier ersten gehen in je einen Gang und fühlen nach, ob irgendwo ein Luftstrom ist.«

»Ah«, sagte Viggo. »Sehr schlau, Sara. Von links nach rechts. Ich fange links an.«

»Ich nehme den zweiten«, bot Lena an.

»Ich den dritten«, sagte Jorge, »aber ich habe verflixt noch mal keine Taschenlampe.«

»Rein mit dir, Meckerpott.« Sara schubste ihren Gatten, wenn auch recht liebevoll, in den dritten Gang. Und begab sich selbst in den vierten.

Pauls Taschenlampe war die einzige, die bei den Wartenden zurückblieb. Aus ebendiesem Grund hatte er sich in weiser Voraussicht als Letzter in die Reihe eingeordnet und leuchtete auf die sechs vor ihm Stehenden. Sie sahen mehr oder weniger erschrocken aus, selbst der elfte Mann. Paul fasste Kerstin, die sich vor ihm befand, an der Hand. Sie ergriff sie und drückte sie. Fest.

Da erklang Jorges Stimme tief irgendwo aus der Finsternis: »Ich glaube, hier weht es.«

»Wir hätten eine Kerze mitnehmen sollen, zum Testen«, sagte Kerstin.

Die anderen drei kamen aus ihren Gängen heraus, und dann auch Jorge. Er war kreidebleich, zeigte in den Gang, aus dem er gekommen war, und sagte: »Da drinnen ist es verflixt dunkel und verflixt eng, so viel kann ich sagen.«

»Bist du auch sicher, dass da ein Luftstrom war?«, fragte Viggo und leuchtete ihm boshaft in die Augen.

»Bombensicher«, antwortete Jorge und schloss stoisch die Augen.

Viggo trat in den dritten Gang ein. Er wurde tatsächlich schnell immer enger. Er konnte nicht mehr aufrecht gehen, sondern musste sich immer tiefer bücken. Schließlich war es einfacher zu kriechen. Er kroch durch einen Gang, der nur notdürftig aus dem Urgestein herausgehauen zu sein schien.

Dann endete er an einer nackten Felswand. Er spürte, wie der Rest der Truppe, einer nach dem anderen, gegeneinanderstieß wie in einem Zeichentrickfilm. Es gab keinen Weg mehr, bis auf den trostlosen Weg zurück. Und der war auch nicht gerade leicht zu bewältigen.

Etwas, das vielleicht Klaustrophobie sein konnte, stieg in Viggo auf. Aber auch das vermochte seine zu diesem Zeitpunkt heroische Gelassenheit nicht zu erschüttern.

»Hallo«, rief er. »Hier ist es zu Ende.«

»Restlos?«, fragte Kerstin mit gebrochener Stimme.

»Jawohl«, antwortete Viggo. »Das fünfte Verspaar. Wer hatte das genommen?«

»Aha«, sagte Gunnar von irgendwo hinten. »›Der fünfte Vogel flüstert': Die Sekunde in der wir sterben, / schenkt höhere Visionen als unseres Lebens Scherben.‹«

»Die Scheißscherben, ja«, fluchte Kerstin.

»Aber vor allem die sprachlichen Scherben bei ›höheren Visionen‹«, warf Jorge mit einer Stimme ein, die nicht ganz wiederzuerkennen war. »Visionen können nicht höher sein. Versuch es mal nach oben, Viggo. Eben höher.«

Viggos Taschenlampe leuchtete die massive Steinwand vor ihnen hinauf. Die Wand erstreckte sich tatsächlich ein Stück nach oben, und dort weitete sich der enge Tunnel leicht. Zur Decke hin war eine Reihe von sechs Ziegelplatten in die Wand eingemauert.

Diejenigen, die dazu in der Lage waren, tauschten verwunderte Blicke aus. Keiner konnte auf Anhieb sagen, wie sie weiterkommen sollten. Viggo befingerte eifrig die sechs Ziegelplatten, drückte auf sie, versuchte, sie zu drehen, aber nichts geschah.

»Probiert doch den sechsten Vers«, meinte Gunnar schließlich. »Wer hatte den?«

»Das war ja ich, herrje«, sagte Jorge. »›Die Kunst ist grausam, trällerte der Vogel sechs aus voller Kehle, / denn ungerades Leben nimmt dem geraden jede Seele.‹«

»Ungerade«, sagte Paul. »Versuch es mal mit den Ziegelplatten eins, drei und fünf. Den ungeraden.«

»Spionageheini«, brummte Viggo und drückte auf die erste und die dritte Platte. Lena kletterte auf seinen Rücken, streckte die Hand aus und drückte mit ihrem ganzen Gewicht gegen die fünfte Ziegelplatte.

Etwas tat sich. Die Platten sanken nach innen. Nach einigen Sekunden kaum erträglichen Wartens hörten sie ein Klicken, und mit beinahe der gleichen Lautlosigkeit wie oben im Festsaal glitt eine schwere steinerne Tür zur Seite. Eine Öffnung, etwas mehr als einen halben Meter im Quadrat, tat sich auf. Und im Inneren herrschte natürlich pechschwarze Finsternis.

»Das zweite kleine architektonische Wunder«, sagte der elfte Gast, der als Drittletzter in der Reihe stand, vor Paul und Kerstin.

Keiner nahm von ihm Notiz.

Viggo seufzte tief und zwängte sich durch die enge Öffnung. Auf der anderen Seite des Steins weitete sich der Gang, sodass er sich wieder aufrichten konnte. Dahinter lag ein Raum. Den leuchtete er ab, während die anderen ihm nachkamen. Auf jeder Seite der Öffnung, durch die sie einer nach dem anderen hereinkletterten, steckte eine ausgebrannte Fackel in einer in die Wand eingelassenen Fassung. Links in dem Gewölbe stand ein großer, reich ornamentierter Barockschrank. Geradeaus stand ein Schemel. Auf dem Schemel lag eine kleine Kiste. Die rechte Wand bestand aus massiver Eiche anstatt aus Stein. Die Kegel der drei Taschenlampen irrlichterten in alle Richtungen. Aber mehr konnten sie alle nicht erkennen.

Kerstin griff nach Jan-Olov Hultins Hand und fragte: »Ist alles in Ordnung, Jan-Olov?«

Hultin stöhnte ein wenig, streckte seinen ungefähr siebzigjährigen Rücken, sodass der ein lautes Knacken von sich gab, und streichelte ihre Hand. Dann sagte er: »Ich glaube, wir brauchen das siebte Verspaar.«

»Das geht mir schon eine Weile im Kopf herum«, erklärte Sara Svenhagen. »›Das siebte Federvieh pries lautstark Lebenskraft, / den Liebesschatz, den all' wir einst gehabt.‹«

Im Schein dreier Taschenlampen ging sie geradewegs auf die Kiste zu, die auf dem Schemel lag, und betastete sie. »Es gibt nicht so viel anderes, das ›der Schatz‹ sein könnte, oder?«

»Wenn es auch kein ›Liebesschatz‹ ist«, sagte Jorge.

»Nun macht sie schon auf, ihr Turteltauben«, forderte Viggo.

Sara versuchte es. Aber das Schloss ließ sich nicht öffnen. Es war eindeutig abgesperrt.

»Darf ich dann endlich auch mein Sprüchlein beitragen?«, fragte Jon Anderson heiter. »›Von zerplatzter Illusion sang Piepmatz Nummer acht, / und der Schlüssel in des Löwen Pranke lacht'.‹ Endlich kommt der Schlüssel an die Reihe. Dieser rätselhafte Gesell.«

»Und zugleich der Schlüssel zu dieser gesamten Expedition«, sagte Jorge anerkennend.

Jon betrachtete ihn mit Tränen in den Augen und flüsterte: »Ich finde, wir sind alle ziemlich gute Schlüssel.«

»Aber wo zum Teufel ist denn die Löwenpranke?«, unterbrach Viggo robust die rührselige Szene.

»Aha«, sagte Arto. »Wo pflegen Löwenpranken denn zu sein?«

»Ist das eine Lehrerfrage?«, wollte Viggo wissen. »Hört sich zumindest so an.«

»Dozentenfrage, wenn ich bitten darf«, sagte Arto.

»An Löwen?«, schlug Jon vor.

»Barockmöbel weisen gewöhnlich den einen oder anderen Löwen auf«, gab Paul Hjelm weise zum Besten.

»Du bist ein solcher Musterstudent, Paul Hjelm«, sagte Arto anerkennend.

»Danke«, antwortete Paul zurückhaltend.

Lena machte sich sogleich an die Untersuchung des Barockstücks auf der linken Seite des Raums. Sie leuchtete konzentriert den mächtigen Schrank ab. Und natürlich war er da, der Löwe, in einen dramatischen Zweikampf mit einem Einhorn begriffen, und in der vorgeschobenen Pranke dieses Holzlöwen steckte ein kleiner Schlüssel. Lena riss ihn an sich und ging mit entschlossenen Schritten zu der Kiste. Sie steckte den Schlüssel ins Schloss und drehte ihn um.

Der Anblick war ziemlich beklemmend. Die Kiste war bis zum Rand mit einem tiefschwarzen Pulver gefüllt. Lena betastete es vorsichtig und betrachtete ihren Finger. Er war kohlrabenschwarz.

»Aber hallo«, sagte Viggo.

»Wenn man neugeboren ist, darf man das sagen«, erklärte Lena.

»Das ist ja meiner«, fuhr Viggo ungerührt fort. »›Der neunte Matz von Heilung sang und Buß', / denn frei die Wahrheit ist von Schmutz und Ruß.‹«

»Und das hier ist wirklich Ruß«, bezeugte Lena.

»Aber die Wahrheit findet sich dort unten«, sagte Arto, »in die Kiste.«

»Jaja«, sagte Viggo. »Ich habe ja versprochen, euch zu retten.«

Damit bohrte er die Hand in den Ruß und rührte darin herum. Schließlich stieß er gegen etwas. Er fischte es heraus. Es war ein kleiner pechschwarzer Brief. Langsam faltete er ihn auseinander.

In dem schwachen Licht sah das Papier durch und durch schwarz aus, sooft Viggo es auch auseinanderfaltete. Schließlich stand er mit einem vollkommen schwarzen Bogen Papier in der Hand da und richtete den Strahl seiner Taschenlampe darauf.

»Doch«, sagte er. »Ich kann es tatsächlich lesen. Denn ich erkenne die Handschrift. Außerdem ist es lächerlich einfach. Da steht ›10‹, in Ziffern.«

»Zehn?«, entfuhr es den meisten.

»Das ist recht interessant«, sagte Paul. »Auch in dieser aussichtslosen Lage gelingt es unserem Jakob Andreas, weiter mit uns Zukunftswesen zu spielen. Bitte schön, Jan-Olov, lies das Reimpaar Nummer zehn.«

Jan-Olov Hultin rezitierte feierlich: »›Vogel Nummer zehn kann den Schmerz kaum ertragen, / dass Gesetz sich verkehrt in Treten und Schlagen.‹« Dann lachte er und fuhr fort: »Er hat versucht, sich zurückzuhalten. Aber jetzt ist die Zeit reif. Da ich pensioniert bin, überlasse ich es dem Abkömmling von Jakob Andreas in direkter absteigender Linie, den Befehl zu erteilen.«

Der elfte Mann lächelte verhalten und nickte langsam.

Dann sagte er: »Wahrscheinlich fällt es mir deshalb so wahnsinnig schwer, dich loszulassen, Jan-Olov.«

»Keine Vornamen, bitte«, erklärte Hultin unglaublich neutral.

»Dann erlaubt mir, bitte«, sagte der elfte Mann und zeigte auf Gunnar Nyberg: »›Treten und Schlagen‹. Würdest du so freundlich sein, und die Tür in Splitter treten, Gunnar?«

Der Zeigefinger des Mannes glitt weiter zu der Wand auf der rechten Seite, die dem Anschein nach aus massiver Eiche bestand.

Gunnar Nyberg entgegnete: »›Zehnstimmigen Gesang der elfte Vogel feiert, / den verbreiterten Gang, der den engen erneuert.‹« Dann seufzte er schwer und tat es.

Er trat die Tür in Splitter.

Im selben Augenblick ging ein merkwürdiges Beben durch das ganze Herrenhaus. Es war, als lösten sich Teile davon in einer aufsteigenden Welle auf und kämen danach zurück. Darauf wurde der ganze Raum seitwärts gedreht, wurde konkav, wurde in eine konvexe Blase hinausgedrückt und verwandelte sich wieder zurück.

»Was war das, zum Teufel?«, rief Viggo.

Keiner antwortete. Sie blickten durch die zertretene Tür. Zuerst war da nur eine wirbelnde Staubwolke. Die drei schwachen Lichtkegel der Taschenlampen warfen die schwirrenden Staubkörner wie in einem Prisma hin und her. Allmählich legte sich der funkelnde Staubvorhang und gab die Sicht frei auf das, was sich hinter der zersplitterten Tür befand.

Dort saß ein Mann, vollkommen still.

In seiner Hand steckte ein Federkiel. Wahrscheinlich war der noch vor dem Mann selbst ausgetrocknet, doch das war nicht sicher. Aber eindeutig sicher war, dass beide gleichermaßen ausgetrocknet waren.

Der Mann war nur noch ein Skelett.

Vor ihm befand sich eine ganze Kiste mit Notizbüchern.

Der elfte Mann trat durch die zerstörte Tür ein. Er ließ die Finger über die Splitter streifen und sagte: »Das dritte architektonische Wunder.«

Dann trat er an das grinsende Skelett, und als er mit der Hand über die knöcherne Wange strich, ging wieder dieses sonderbare Beben durch das Gebäude, diesmal noch ein wenig heftiger. Es schien, als lösten sich kleine Teile der gesamten Umgebung in Luft auf.

»Hier ist er also, Jakob Andreas, mein Verwandter«, sagte der elfte Mann. »Er war auf den Tag genauso alt wie ich jetzt, als er sich hier hinsetzte. Und hier ist alles, was er geschrieben hat, während er auf den Tod wartete. Es wird phantastisch sein, es zu lesen. Vielleicht kann ich es in meinem eigenen Buch verwenden. Es wird in einigen Monaten fertig werden.«

Die übrigen zehn drängten sich, so gut es ging, in die kleine Zelle hinein. Außer dem Skelett und den Notizbüchern standen dort noch eine Pritsche, ein Stuhl und vier große Kisten auf dem Boden. Als sie erstaunlicherweise alle in dem Raum versammelt waren, erfolgte ein weiteres Beben. Diesmal war es ernsthafter, wie ein Erdbeben. Das Gebäude um sie herum begann zu zerbröseln.

»Was zum Teufel ist das?«, fragte Jorge.

»Es tut mir leid«, sagte der elfte Mann. »Das hier ist leider unvermeidlich.«

»Wer bist du eigentlich?«, fragte Kerstin Holm.

»Dies hier ist mein Urahn«, sagte der elfte Mann und strich noch einmal über den Wangenknochen des Skeletts, weshalb ein neuerliches massives Beben das Herrenhaus erschütterte. »Ich bin in direkter absteigender Linie eine Frucht der Verbindung von Jakob Andreas und Neeltje. Und hier befinden sich meine Wurzeln, bei Jakob Andreas und in seiner Zeit. Seiner Zeit der Veränderung. Aber auch der Offenheit.«

»Hast du wirklich irgendwelche Macht über uns?«, fragte Viggo.

»Ich will keine Macht haben«, erklärte der elfte Mann. »Mir ging es noch nie um Macht oder Ruhm. Aber ich will Freiheit, genau wie Jakob Andreas, und auf eine eigentümliche und vielleicht unvermeidliche Art und Weise hängt das zusammen. Aber reale Macht, nein, die will ich absolut nicht.«

»Dann erklär uns das hier«, sagte Sara und zeigte auf die zerfallende Szenerie um sich her. »Was geschieht hier?«

»Ihr werdet all das hier vergessen«, sagte der elfte Mann. »Schon heute, an diesem Montag, werden diejenigen von euch, die noch dafür infrage kommen, zur Reichspolizeiführung gerufen werden, wo man euch eine neue und hoffentlich reizvolle Aufgabe anbieten wird. Denen von euch, die wieder Detektive werden wollen.«

Gunnar sah sich um. Knapp die Hälfte der Umgebung um ihn herum war noch vorhanden. Als wäre die Szenerie auseinandergezogen worden und hätte Lücken hinterlassen. Als würde um sie herum weißes Papier freigelegt.

»Ich weigere mich, an Magie zu glauben«, sagte Gunnar.

»Aber ich bin kein Magiker, Gunnar. Ich bin ein einfacher Handwerker. Ein Schriftsteller.«

»Das ist doch lächerlich«, entgegnete Gunnar. »Man kann seinen Autor nicht treffen.«

»Du wirst es schon noch begreifen«, meinte der elfte Gast, und als er diese Worte aussprach, fuhr ein Stoß durch das Gebäude, der es beinahe vollständig auslöschte.

Nicht einmal Arto Söderstedt war vollkommen bei sich, als er fragte: »Was hat ihn eigentlich getötet?«

»Die Eitelkeit natürlich«, sagte der elfte Gast. »Das hättest du doch begreifen müssen, Arto.«

»Hätte ich wohl«, antwortete Arto.

Noch eine Erschütterung ließ bis auf einige Fragmente alles verschwinden. Aus den Fragmenten schaute Paul Hjelm heraus. Er fixierte den elften Gast und sagte: »Jakob Andreas Dahl. Und du, mystischer Mann, bist sein Abkömmling. Sag jetzt, wer du bist. Ich werde mich sowieso nicht daran erinnern.«

»Aber Paul, das muss dir doch schon lange klar sein«, erwiderte der elfte Mann. »Ich bin Arne Dahl.«

24

Paul Hjelm erwachte am nächsten Morgen von einem SMS-Signal, das ihm ungewöhnlich vorkam. Bekannt und unbekannt zugleich. Dann sah er, dass nicht nur sein Handy, sondern auch das von Kerstin leuchtete. Die Signale der beiden Telefone hatten sich vermischt.

Er rüttelte Kerstin wach, und sie las die Mitteilung: »Wichtige Sitzung, 0900, RP.« Jetzt war es acht Uhr. Sie blickten sich an in ihrem gemeinsamen Bett in der Heleneborgsgatan und wurden lebendig.

Während sie gemeinsam durch den strömenden Regen des Novembermontagmorgens zur Bushaltestelle in der Långholmsgatan liefen, sagte Kerstin atemlos: »Komisch, dass wir beide die gleiche SMS bekommen haben.«

Paul Hjelm antwortete noch eine Spur atemloser: »Genauso komisch ist es, dass der Chef der Reichskriminalpolizei sich immer noch RP nennt.«

Unmittelbar vor der Tür des Polizeipräsidiums auf Kungsholmen stießen sie mit Jorge Chavez und Sara Svenhagen zusammen. Sara sagte: »Wir haben beide die gleiche SMS bekommen, Jorge und ich. Komisch, oder?«

»Ich habe heute Nacht so verdammt irre geträumt«, sagte Jorge.

»Was denn?«, fragte Paul. »Ich übrigens auch, glaube ich.«

»Ich habe nicht die geringste Ahnung«, antwortete Jorge. »Aber es war total irre.«

»Also nicht gruselig?«, meinte Paul.

Jorge sah ein wenig nachdenklich aus, wurde jedoch dadurch abgelenkt, dass ihnen auf dem Flur Jon Anderson und Lena Lindberg entgegenkamen. Beide blickten auf ihre Handys.

»Seltsam«, sagte Jon. »Ihr auch?«

»Das Leben ist seltsam«, sagte Paul.

»Welch unergründlicher Ausspruch«, lobte Jorge. »Fast wie von einem Orakel.«

»Kinderärsche«, sagte Kerstin. Durch ein Fenster sah sie hinunter auf den Empfang. Dort stand ein großer Mann und redete wild auf den Wachhabenden ein, der zu ihr heraufblickte. Sie gab dem Wachmann mit einem Winken zu verstehen, dass alles in Ordnung sei, und Gunnar Nyberg wurde hereingelassen. Mit fragender Miene hielt Gunnar ihr sein Handy entgegen.

Als sie fast bei der Tür des Reichspolizeichefs angelangt waren, trat Arto Söderstedt aus einer Toilette.

»Ein Liter Orangensaft am Morgen fordert Tribut«, sagte er. »Sowie natürlich eine sonderbare SMS, wenn man gerade vor seinen Studenten steht und die Stunde anfangen soll.«

»Niete«, sagte Jorge.

Gunnar Nyberg holte sie ein, obwohl sein Lauftraining in der Zeit auf Chios offenbar ein wenig zu kurz gekommen war, und als sie zur Tür des Würdenträgers kamen, saß auf einer Wartecouch ein Mann und las in aller Ruhe eine Zeitung. Es war Viggo Norlander. Er hob sein Handy hoch und fragte: »Berufen sie jetzt sogar Pensionäre ein?«

»Das haben sie doch schon immer getan«, erwiderte Sara.

In diesem Augenblick öffnete eine Privatsekretärin die Tür zum Büro des Reichspolizeichefs und ließ sie eintreten. Sie sammelten sich vor seinem imposanten Schreibtisch. Auch er las in aller Ruhe eine Zeitung und rauchte Pfeife wie ein alter Detektiv. Offenbar hatte er eine Sondererlaubnis.

Er las noch eine Weile weiter, bis alle versammelt waren. Dann faltete er die Zeitung sorgfältig zusammen und wandte ihnen langsam den Blick zu. Er räusperte sich und sagte: »Schön, euch zu sehen. Gut geschlafen?«

Sie betrachteten einander. Tauschten konsternierte Blicke aus. Schließlich zuckten sie gemeinschaftlich die Schultern, und Kerstin Holm antwortete: »Wir fühlen uns äußerst revitalisiert.«

»Ausgezeichnet«, sagte der Reichspolizeichef und paffte an seiner Pfeife. »Ich habe nämlich ein Angebot, dem ihr nicht widerstehen könnt.«

»Die Bedrohlichkeit wird mit jeder Seite größer.«

Simon Beckett

* Cover- und Preisänderungen vorbehalten

Hier reinlesen!

Johan Theorin

Inselgrab

Kriminalroman

Aus dem Schwedischen von Kerstin Schöps und Susanne Dahmann
Piper, 480 Seiten
€ 19,99 [D], € 20,60 [A], sFr 28,90*
ISBN 978-3-492-05470-6

Auf Öland hat die Hauptsaison begonnen, und eigentlich sind die Sommergäste gekommen, um Mittsommer zu feiern. Doch einer von ihnen ist zurückgekehrt, um eine alte Schuld zu begleichen. Einzig der alte Inselbewohner Gerlof ahnt, wer der Rückkehrer ist und an wem er sich rächen will. Er ist diesem Mann schon einmal begegnet, als sie beide auf dem Friedhof standen und plötzlich Klopflaute aus einem frischen Grab drangen … Das grandiose Mittsommer-Finale von Johan Theorins Öland-Krimi-Quartett.

PIPER

Leseproben, E-Books und mehr unter www.piper.de